Paris, 1870. Paulette, dix-sept ans, jeune femme récalcitrante et dotée d'un appétit de vivre démesuré, est à deux doigts d'étouffer dans son existence étriquée. Son entourage – une famille d'ingénieurs de la grande bourgeoisie – annihile ses passions et la conjure d'adopter un mode de vie conforme à son rang et à son sexe. Seules l'insurrection de 1871 et les journées de la Commune lui apporteront la libération espérée. Elles montrent à la jeune femme qu'on peut se soulever contre les situations établies. Mais l'expérience socialiste s'achève sur un massacre. Fuyant son chagrin, Paulette s'enfuit à Vienne pour aller visiter l'Exposition universelle de 1873, où elle fait la connaissance de son futur époux, le Japonais Tetsuo. En sa compagnie, elle abandonne l'Europe. C'est l'une des premières femmes de ce continent à se rendre dans le Japon de l'époque meiji, c'est-à-dire dans un pays qui s'ouvre à l'Occident après plus de deux siècles d'isolement et se transforme radicalement.

Philipp Weiss est né en 1982 à Vienne. Il a suivi des études de langue et civilisation allemandes et de philosophie. Il est l'auteur de pièces de théâtre qui lui ont valu plusieurs distinctions. *Le Grand Rire des hommes assis au bord du monde* est son premier roman.

PHILIPP WEISS

LE GRAND RIRE DES HOMMES ASSIS AU BORD DU MONDE

ROMAN

Traduit de l'allemand (Autriche)
par Olivier Mannoni

SEUIL

Titre original : *Am Weltenrand sitzen die Menschen und lachen, Enzyklopädien eines Ichs, von Paulette Blanchard, herausgegeben von Louis de Neufville*
Éditeur original : Suhrkamp Verlag, Berlin
ISBN original : 978-3-518-42817-7

ISBN 978-2-02-141933-7

www.seuil.com

ENCYCLOPÉDIES
D'UN MOI

PAR

PAULETTE BLANCHARD

SOUS LA DIRECTION DE

LOUIS DE NEUFVILLE

PARIS, 1881

À L'ÉDITEUR DE CE LIVRE, LOUIS DE NEUFVILLE

Paris, le 17 août 1880

Cher Monsieur,

Permettez-moi de vous faire parvenir un petit texte singulier, avec la demande quelque peu impertinente de bien vouloir faire usage de votre esprit d'expert pour l'examiner.

C'était en 1870, j'étais une jeune fille, lorsque deux objets me tombèrent entre les mains : d'un côté, un Journal aux pages encore vierges ; de l'autre, la somptueuse *Encyclopédie* de d'Alembert et Diderot, dont j'ai trouvé les lourds volumes empoussiérés au grenier, dans la maison de ma grand-maman malade. Vous qui êtes un homme de lettres, vous comprendrez peut-être quelle euphorie s'est emparée de moi en feuilletant ces gros ouvrages qui contenaient le monde. J'ai alors moi-même décidé de devenir encyclopédiste – et pourtant j'ai fini simple chroniqueuse. J'ai commencé à écrire dans mon Journal, page après page, emportée par une fête secrète du Moi dont personne ne savait rien ou ne devait rien savoir. Au cours des années suivantes – sous le coup d'une guerre, d'une insurrection, d'une maladie, d'une Exposition universelle, d'un mariage, d'un voyage en Extrême-Orient –, ce sont plusieurs milliers de pages de notes qui ont été rédigées, une masse écrasante que j'ai longtemps gardée par-devers moi, ou plutôt que je me suis dissimulée à moi-même dans un recoin perdu de la maison, si bien que je n'ai pas tardé à l'oublier totalement. L'an passé, cependant, alors que ma vie se décomposait de plus en plus et partait en quenouille, j'ai ressorti ces carnets et me suis mise à les lire, systématiquement, pénétrée par le désir de les mettre en ordre et, finalement, de comprendre pourquoi la somme de toutes ces émotions et de tous ces événements pouvait bien avoir produit cet état désespéré où je me trouvais. J'ai commencé à regrouper mes notes, à les classer sous certaines rubriques, pressée que j'étais de savoir comment ce Soi s'était métamorphosé, comment il avait eu selon les époques des apparences disparates, voire extrêmement contradictoires. Bref : j'ai découpé, redisposé. De la même manière que Duchenne de Boulogne, dans ses études, disséquait le visage humain, déchiffrait le mécanisme de l'expression physionomique des sentiments par la stimulation électrique des différents muscles, isolait par exemple le muscle de la souffrance et celui de la lubricité pour reconstituer au bout du compte un monstrueux faciès grimaçant, je me suis mise, moi aussi, à disséquer et à redisposer les différents muscles de mon âme. Ils sont devenus, pour moi, des objets qui ont trouvé un gîte dans l'alphabet. Et cet ordre, me semble-t-il, qui plaçait tout dans une simultanéité entrelacée plutôt que dans la succession, était bien mieux à même de rendre compte des événements et émotions de cette époque confuse que les pages de mon Journal, qui ne faisaient jamais que s'enchaîner sans fin les unes aux autres. Alors seulement, j'ai compris que j'étais devenue cette encyclopédiste que j'avais rêvé d'être quand j'étais petite fille. Mais comme elle était différente, mon encyclopédie ! Et il n'y en avait pas qu'une, mais plusieurs à la fois. Diderot a écrit : « Quand on vient à considérer la matière immense d'une Encyclopédie, la seule chose qu'on aperçoive distinctement, c'est qu'elle ne peut être l'ouvrage d'un seul homme. » J'ai fini par noter : « Quand on en vient à considérer la matière immense d'une vie humaine, la seule chose qu'on aperçoive distinctement, c'est qu'on ne peut en aucun cas la trouver dans une unique encyclopédie. » J'ai donc créé plusieurs encyclopédies, ou en d'autres termes : des alphabets, dont certains circonscrivaient une section de ma vie. Je les ai pourvus de commentaires, les différentes mentions ont été liées par des renvois et le texte a été revu ici et là, lorsque cela me paraissait adapté, sans jamais toutefois désormais imposer au fond la moindre déformation. Ainsi est né le manuscrit d'origine, qui regroupait environ quatre mille feuillets grand format. Mais un millier d'entre eux contenaient uniquement et à eux seuls les rêves que j'avais consignés. Vous pouvez certainement imaginer combien de mal j'ai eu à en tirer un nouveau manuscrit condensé à l'extrême. Ce travail eût été impensable si je n'avais pas eu la boule à écrire Malling-Hansen, qui m'a coûté bien des années d'économies et que j'ai finalement eu la chance de pouvoir acquérir lors d'une liquidation à Paris. Seule cette machine m'a permis de mettre mes notes en petits morceaux. Là où l'écriture manuscrite crée toujours du lien, la machine désagrège. Elle transforme les pensées en lointains mercenaires qui me regardent depuis la feuille de papier, étrangers, comme s'ils venaient d'un autre monde et n'avaient strictement rien à voir avec moi. Alors que l'écriture à la plume me force à suivre constamment des yeux la succession des lignes, des lettres et des mots, le texte est à présent coupé de moi-même. Bien éloignées de la main qui presse et martèle, qui imite le rythme de notre temps, et dérobées à l'œil, les lettres sont déposées d'un coup sur le papier dans leur forme complète. Si j'ôte, pour finir, la feuille achevée, c'est l'écriture d'une étrangère que je lis. Si mes Journaux m'ont avant tout appris à m'écrire à moi-même, les *Encyclopédies* m'ont enseigné à m'observer comme si je me trouvais entièrement hors de moi-même.

Ainsi le texte que vous avez devant vous a-t-il vu le jour, pourvu, comme vous vous en apercevrez peut-être, d'un singulier étiquetage. Mais voilà, je compte au nombre de ces fantasques qui rêvent d'un monde où le singulier aurait une place au soleil et ne serait pas condamné à être broyé entre les meules de la conformité. Je vous envoie donc ce manuscrit non pas en tant que documentation de l'intime ou que célébration de la sensibilité, ni comme œuvre des sciences et encore moins des arts, mais peut-être comme une œuvre qui pourrait être tout cela à la fois, en alternance et de manière interchangeable. Peut-être pourrez-vous, comme moi-même, y découvrir quelque chose d'universel, à savoir ces moments dans lesquels le monde s'abat sur le Moi. Mais peut-être ce Moi s'est-il déjà brisé sous le poids du monde, peut-être le regard déformé ne voit-il que des chimères là où se trouve, en vérité, du vide. Dans ce cas, vous pouvez sans difficulté détruire ce petit écrit. Il ne doit pas vous être une charge.

Votre très dévouée
PAULETTE BLANCHARD

PREMIER ALPHABET

YERRES,
JUIN 1870

Après la fin longuement espérée de la période du pensionnat, que ce Moi dont il sera question ici avait passée auprès des Sœurs de la Congrégation de Notre-Dame du Grandchamp à Versailles, après, donc, un temps de pieuses études censées la préparer à une vie de mère et de femme d'intérieur, mais qui se présenta, dans l'esprit de la pensionnaire, comme une longue période d'ennui et de dégoût, la jeune femme – elle venait tout juste d'avoir dix-sept ans – s'attendait à rentrer dans la maison de ses parents à Paris. Mais son père avait d'autres projets pour elle. Il refusa son retour au domicile familial et l'envoya à Yerres, auprès de sa grand-mère malade. C'est pendant cette période d'exil subi qu'elle rédigea les premières notes de son Journal. D'abord timidement, mais bientôt prise de cette fièvre qui allait caractériser les années suivantes.

AÉRONAUTIQUE* — **1.** Voilà qu'enfin je peux la coucher sur le papier, dans l'espoir de la préserver et d'être au bout du compte libérée de la peur enfantine que m'inspire l'idée que je pourrais un jour, tout simplement, l'oublier. Combien de fois me la suis-je déjà répétée à moi-même, cette histoire, le soir avant de m'endormir – infligeant du même coup un épouvantable ennui à ma poupée articulée ! –, depuis qu'oncle Eugène me l'a racontée pour la première fois, lorsque j'étais encore une petite fille. Des milliers, je crois bien ! Et pourtant des doutes me viennent : l'histoire est-elle toujours la même, n'y ai-je pas, çà et là, lorsque mon imagination m'emportait ou que ma mémoire me laissait en plan, ajouté ou ôté quelque chose dans mon élan fabulateur ? Car elle me semble moins construite d'après la réalité qu'inspirée par un conte, on dirait presque que je l'ai inventée moi-même pour me redonner sans cesse du courage à son contact – l'histoire de mon arrière-grand-mère Marie Madeleine Sophie Blanchard, l'aéronaute de l'empereur.

2. Et ce sont deux images qui se superposent en moi. Elles se sont formées au fil des ans dans mon imagination excitée, elles sont allées toujours plus loin, se sont faites de plus en plus pressantes et ne veulent plus,

Charlière

* Toutes les entrées des *Encyclopédies* sont en français dans le texte. (*N.d.T.*)

désormais, me sortir de la tête ! La première montre le ballon dirigeable s'élevant, cette nuit-là, au-dessus du jardin de Tivoli, cette charlière d'une taille inhabituellement petite, cousue de soie blanche abondamment brodée, un somptueux vaisseau aérien qui se tient au-dessus de Paris comme le char solaire de Phaéton. La nacelle est faite d'une seule coque en argent qui permet d'observer presque en entier la silhouette rayonnante de l'aéronaute pendant la montée. Elle ressemble à un ange, au moment où elle s'élève dans le ciel, dans sa robe blanche plissée, avec son chapeau orné d'une plume d'autruche, cette femme menue comme un enfant et pourtant d'une beauté irréelle, sphérique, qui a quelque chose d'un oiseau avec son nez un peu pointu et ses petits yeux perçants. (C'est sûrement d'elle que j'ai hérité les miens !) Elle tient dans ses mains un drapeau blanc qui bat vivement au vent. Et tandis que le ballon monte encore dans le ciel sombre de la nuit, toute cette apparition se trouve illuminée par un feu de Bengale disposé en couronne de rayons en dessous de la nacelle. Elle que, même sans ce somptueux costume, les habitants non avertis prenaient pour la Sainte Vierge lorsqu'elle descendait avec son ballon dans des zones rurales, se tient à présent devant moi, sur cette première image, comme une apparition proprement surhumaine.

La deuxième image montre une pluie argentée qui s'abat sur Paris, de nuit, des étoiles scintillantes et des feux d'artifice comme d'innombrables soleils qui éclaircissent même la terre, et jusque dans les profondeurs des gosiers de la foule en liesse. Paris n'a encore jamais rien vu de tel ! Et la bouche de l'aéronaute est elle aussi grande ouverte, mais d'effroi. Ses poings serrent les cordages, son chapeau est roussi, ses cheveux aussi, car tout le ballon est en feu ! Le gaz enflammé en jaillit comme de failles dans la terre. Et elle tombe, elle tombe sur les toits de la rue de Provence, la nacelle heurte bruyamment les tuiles d'un toit en pente le long duquel elle glisse, une cheminée se met en travers de son chemin et l'ange, arraché à son support, dévale avec un long cri dans la rue de Provence puis se fracasse sur le pavé.

BELLE & JOLIE — Il m'arrive ainsi de me demander si je suis belle et ce que cela peut bien vouloir dire. Et comme il m'est hélas impossible de siffler sur un coup de tête un jeune homme ou même un monsieur d'âge mûr afin qu'il vienne à moi et que je lui demande un jugement

Madame Récamier,
d'après une peinture de François Gérard

solide sur la question, il m'arrive de temps à autre de prendre en main des portraits de femmes insignes qui sont en droit d'avoir une haute opinion de leur beauté, et de les comparer à cette apparence qui, dans le miroir, me jette un regard tellement singulier. J'utilise pour ce faire l'album que j'ai découvert dans le bureau de mon grand-père, bureau qui se trouve, depuis sa mort l'année passée, aussi inchangé qu'un petit musée et qu'on n'ouvre qu'une fois par jour à la demande de Grand-Maman, afin que Louise, armée de son plumeau, puisse y faire la poussière. Mais un jour où elle commit la négligence de ne pas le refermer à clef une fois son travail accompli, je sus que le moment était venu. L'album contient des images de femmes que grand-père avait collectées. Des photographies de comédiennes et de dames que je ne connais pas, ainsi que toutes sortes de petites lithographies en couleurs d'œuvres des beaux-arts, là encore le plus souvent des portraits de dames, si bien que je me vois forcée d'en conclure que ce n'était pas l'amour pour la photographie, le théâtre ou la peinture qui avait incité grand-père à réunir cette collection, mais uniquement l'amour de l'univers féminin. Au dos des images, je trouvai effectivement aussi des commentaires longs de quelques mots rédigés par mon grand-père : « Formidable ! », « Chapeau ! », « Voilà ce que j'appelle des lèvres ! » C'étaient par exemple des photographies de la comtesse d'Auvigny, très prisée par les messieurs si j'en crois les dires de Grand-Maman, ou encore des portraits de la célèbre Mademoiselle Rachel qui pose tantôt dans le rôle de Roxane, tantôt dans celui de Phèdre, puis sous les traits de Chimène, et dont les yeux sombres portent toujours la douleur de la tragédienne, ne vous regardent jamais en face, mais, tournés sur le côté, observent des lointains indéterminés. Comme ils me semblent différents, mes yeux à moi, qui ne peuvent trouver le repos et dans lesquels s'exprime une volonté épouvantable ! Je crois que je manque totalement de cette suavité que je perçois dans les portraits de Madame Récamier, qu'ils soient peints par David ou par Gérard, et dont j'admire profondément la chevelure bouclée. La mienne, au contraire, est abondante et rétive, elle enfle avec tant d'allant que Gervaise a chaque jour toutes les peines à la dompter d'une manière ou d'une autre ! Dans les dernières pages de l'album, j'ai trouvé quelques nus réalisés par des peintres célèbres, qui ne m'en ont pas moins effrayée. Je n'ose pas recopier ici les commentaires griffonnés par grand-père au dos de ces images. Seule une Orientale peinte par Ingres, allongée sur un divan et regardant par-dessus son épaule, m'a donné l'impression d'avoir une certaine ressemblance avec moi. Mais comme je ne parviens pas, l'un dans l'autre, à me retrouver dans ces illustrations – ce matin, par exemple, j'ai passé quelques heures à étudier chez Gainsborough la pâleur de la nuque, des épaules et de la poitrine, les proportions équilibrées de la stature et des traits du visage, les hanches corsetées et la subtilité des tailleurs, pour m'exclamer au bout du compte : Non ! Je ne ressemble pas du tout à ça ! – j'en conclus que je ne suis pas belle. Ce qu'on admire, dans le beau, c'est le noble, le régulier ; dans le joli, en revanche, c'est la singularité et l'esprit. Oui, je crois que je suis jolie et que pour ce qui concerne ma personne le beau m'indiffère totalement ! Tout cela me paraît même trop fallacieux, trop vide, et n'est pas à mon goût !

BIENSÉANCE — Deux fois déjà, aujourd'hui, la chère Gervaise m'a aidée à changer toute ma toilette. Elle entre et se contente de me regarder de ses yeux tranquilles comme si elle devinait chacune de mes pensées. Elle baisse la tête avec ce petit sourire familier, et aussitôt je me sens mieux. Non, ce n'est pas par vanité que je me change. Pas même par ennui, même si cela serait pardonnable, car je m'ennuie épouvantablement, ici. Comme je suis seule ! Grand-Maman appelle ça mes lubies et me sonne les cloches, convaincue que j'ai de mauvaises manières et que « du haut de mes dix-sept ans je me prends pour l'épouse de l'empereur ». Elle me reproche de manquer de modestie et de tendresse, deux qualités qui m'iraient bien. Les sœurs du couvent, ajoute-t-elle, ont sans doute dans mon cas raté leur travail éducatif. Eh bien, chère Grand-Maman, avec tout le tendre amour et tout le respect que j'éprouve pour vous, vous me permettrez de demander s'il peut effectivement être adapté de tenir à la longe une jeune fille comme si elle était un petit enfant de trois ans. Car même si vous ne m'avez pas vue depuis des années, même si cela peut vous avoir échappé, vénérée Grand-Maman, j'ai tout de même déjà appris à marcher et la station debout ne m'expose plus du tout aux risques de chute. Une robe ailée m'irait sans doute mieux, si seulement elle me laissait voler au lieu de m'attacher ! Et autant j'aime regarder le ciel, autant je trouverais tout de même vivifiant, de temps en temps, de ne plus être promenée en landau. Comment appeler autrement, en effet, le fait de rester ici, dans cette chambre, et de n'avoir que ma fenêtre pour observer ce monde dont je suis coupée ? Ou bien de faire, seule à ses côtés, des sorties en calèche ? Cela m'étonne, chère Grand-Maman, que vous m'attribuiez des manières de hussard sous prétexte que je me permets de remarquer, avec tout le respect qui s'impose à une petite-fille, qu'un peu d'air frais me ferait du bien, qu'au cours des chaudes journées d'été un bain dans l'Yerres m'apporterait un certain soulagement, ou bien de temps en temps une sortie sur le magnifique moreau qui se trouve dans votre écurie. Je sais bien entendu votre état de santé. Je me fais du souci et j'aimerais vous témoigner un amour et une attention sincères, autant que je le peux, chère Grand-Maman, et pourtant cela me plongerait tout de même dans un certain étonnement que vous teniez à me voir aussi malade que vous l'êtes vous-même. Allons, chère Grand-Maman, sans doute suis-je encore jeune, mais écervelée, en aucun cas ! Je perçois bien entendu votre regard affligé, je perçois bien entendu votre blâme, lequel est forcément lié aux projets de mon cher père ! Car la visée de ces forces unies, me tenir éloignée de Paris, ne m'a pas échappé. Alors, parlez, Grand-Maman, que cache ce complot ? Que s'agit-il de me dissimuler ? Comme tout cela me serait plus facile si vous pouviez me répondre sur ces pages. Je ne devrais plus me contenter de hocher la tête et de sourire d'un air résigné, je ne resterais pas toujours l'automate que votre éducation a fait de moi. Mais oui, chère Grand-Maman. Comme vous le souhaitez. Certainement, cher Papa, je vais faire comme vous l'ordonnez.

CORPS — **1.** Ah, comme j'aime, après le bain, me lancer dans le miroir des regards dérobés à moi-même, à ce corps dans le miroir, nue comme ma mère m'a mise au monde, avant que de le recouvrir pudiquement. Et avec lui, moi-même.

2. J'ai même rêvé que mon squelette était déjà rabougri et totalement dissous et que sous la poudre ne se trouvait plus que du vide.

CORSET — Murs, murs, murs ! J'ai l'impression d'étouffer. Qu'elle me serre, cette robe ! De l'air, de l'air ! À trois reprises, déjà, ce matin,

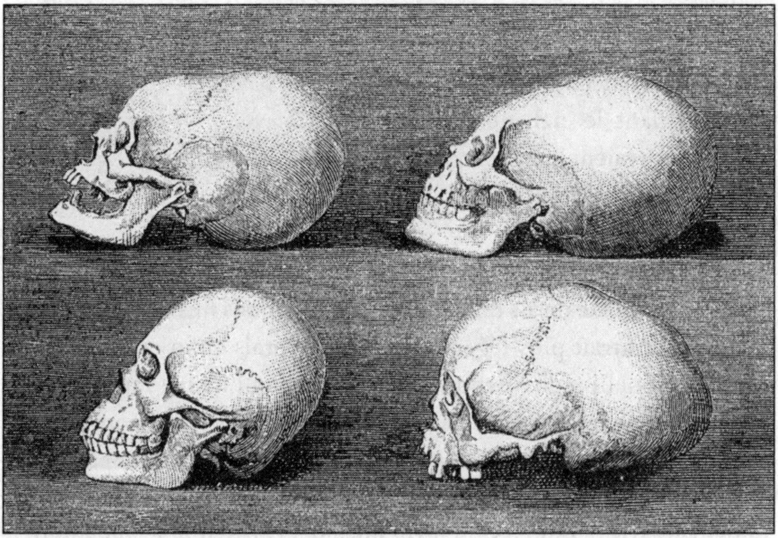

Quelques crânes déformés artificiellement

j'ai dû faire appeler la chère Gervaise afin qu'elle me desserre mon corset. Quel appareil hideux et absurde que celui-là ! Et, au fond, inutile. Car il ne fait pas confiance à l'anatomie et veut soutenir à l'extérieur ce qui est porté depuis fort longtemps à l'intérieur. À l'état naturel, l'être humain est moelleux. Et mobile ! Pourquoi, dans ce cas, pourvoir ce corps d'un blindage ? Pourquoi diable cette machine à aplatir la poitrine, qui opprime et oppresse les organes, m'étire en longueur et me cause une telle douleur aux seins ? Ce corset est une prison rusée. Cette pratique primitive ne vaut-elle pas celle des sauvages à propos de laquelle j'ai lu récemment avec effroi l'histoire de cette tribu inca qui, pour les rendre plates, coince les têtes de ses nouveau-nés entre deux planches, les spoliant ainsi de leur forme naturelle ? Ne s'agit-il pas d'une seule et même manipulation ? Et un crâne plat est-il donc d'autant plus noble, bien qu'il compresse la masse cérébrale et transforme en âne celui dont on a ainsi moulé la tête ? Pourquoi toujours inhiber ? Pourquoi toujours tuer ce qui grandit en nous et demande à s'exprimer ? Et tellement de choses veulent grandir en moi ! Tellement ! Je jetterais volontiers ce corset par la fenêtre ! J'aimerais le voir s'envoler au gré du vent, bien loin au-dessus des champs, j'aimerais voir, émerveillée, des rapaces s'en emparer dans le ciel, des oiseaux qui ne pourraient rien reconnaître d'autre en lui qu'un ennemi sans tête !

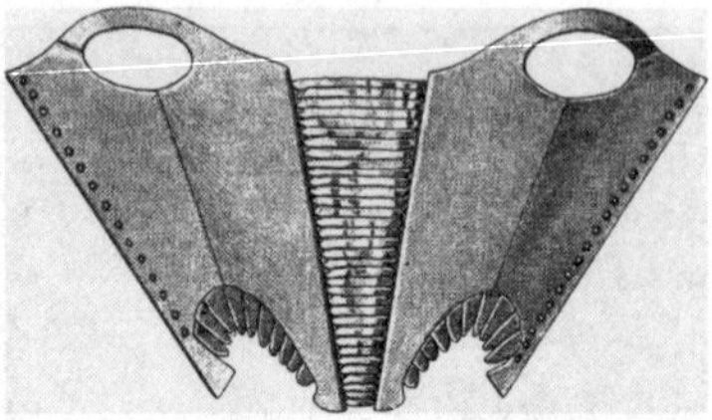

Corset

CULPABILITÉ — **1.** Cela me pèse tellement, et pourtant je n'ose pas l'écrire. Je me disais qu'une fois que je l'aurais mis dans le Journal, cela me paraîtrait plus léger. Que je trouverais enfin en lui le compagnon auquel j'aspire depuis si longtemps, qui ne me rappelle pas à l'ordre, qui ne me restreint pas, devant lequel je peux au contraire me confesser ouvertement et sans rien cacher. Je me suis trompée. Je ne peux pas ! Tout ce que je couche sur le papier me regarde fixement ! Je ne peux pas. Comme si le texte lui-même portait une culpabilité.

2. Si je pleure tant, c'est que je sais que c'est un péché. Mais quoi ! Cela dépendrait-il de mon pouvoir, par hasard ? Sans doute pas ! Et pourtant ce n'est pas bien. Ah, je tourne en rond ! À présent je vais éteindre les bougies et tenter de me rendormir. Demain cela ira.

ENCYCLOPÉDIE — Comme l'escalier grince ! C'est donc sur la pointe des pieds que je me faufile vers le haut. La porte du grenier n'est pas fermée à clef. Et pourtant j'hésite encore un moment, je m'abandonne à mes rêveries sur l'univers qui, sans doute, m'attend derrière la porte, un monde de recoins pleins de toiles d'araignée, d'objets magiques enveloppés de poussière, de lourds tissus et, derrière, d'accessoires bien à l'abri que mon grand-père a rapportés d'Orient et a sagement cachés. Mais quelle n'est pas ma désillusion ! Je découvre le grenier vide et propre. On dirait qu'il a été balayé la veille. On n'y trouve que quelques cordes à linge tendues sur lesquelles les vêtements juste lavés peuvent sans doute sécher les jours de pluie. Je m'assois donc sur cette parcelle de plancher où le soleil projette une clarté fougueuse par un fenestron étriqué monté dans la pente du toit, et je boude copieusement dans mon coin. Alors seulement je remarque un bahut sans prétention posé dans un angle sombre, à l'extrémité du long espace barré par des poutres de bois brut. Et quel trésor recèle-t-il ! Il est plus grand que tous ceux que j'ai jamais imaginés dans mes rêves, plus précieux que tous ceux dont parlent les fables. Non, je n'exagère pas lorsque je dis que ce coffre de bois contient le monde entier ! Au premier instant, je me dis qu'il s'agit d'une poignée de livres anciens, rien de plus. Ce sont trente-quatre lourds volumes datant du siècle dernier, reliés en cuir, le dos richement orné, gravé et doré. Et avant même que j'ouvre ne serait-ce qu'un seul d'entre eux, me vient aux narines une odeur comme je n'en ai encore jamais respiré d'aussi intense – l'odeur du savoir. *Encyclopédie, ou Dictionnaire raisonné des sciences, des arts et des métiers*. Une encyclopédie ! J'espérais trouver le grenier rempli de trésors jusqu'au toit et je déniche un trésor rempli à craquer de connaissances accumulées ! On a rassemblé ici les splendeurs produites par des milliers, peut-être des millions d'esprits, un savoir composé à partir de toutes les régions du monde, puisé dans différents millénaires et condensé à partir d'une quantité monstrueuse d'observations et de réflexions humaines. C'est la première fois que je vois le monde entier à mes pieds. Et toutes les questions que je porte en moi depuis que je suis capable de réfléchir, toutes celles qui me tourmentent, qui me tiraillent – j'ai enfin trouvé un compagnon qui les analyse patiemment à mon intention. Il s'agit de seize volumes grand format couverts d'une écriture extrêmement dense ainsi que de onze volumes de planches supplémentaires, avec des gravures sur cuivre. Je passe une heure entière à contempler les images illustrant la *camera obscura* et sans doute une bonne soixantaine de minutes avec celles qui traitent de l'anatomie des hermaphrodites ! S'y ajoutent sept volumes de complément, dont la très utile *Table analytique et raisonnée* en deux tomes, qui recense encore une fois toutes les entrées sous forme d'aperçu. Je crois que mon bonheur serait parfait s'il ne manquait pas un volume dans la collection. Désespérée, je compte, je classe et je reclasse, j'explore les autres recoins du grenier, mais ce livre reste introuvable. Or le volume manquant est le tout premier de la série, c'est-à-dire celui qui ne peut que m'apparaître comme le plus précieux. Si j'en crois l'index, il comprend les entrées de *A* à *Azymites*. Et au lieu de me réjouir de tout ce savoir que j'ai trouvé et qui me procurerait sans doute des années de lecture gratifiante si je voulais en faire le tour, je ne peux que ruminer

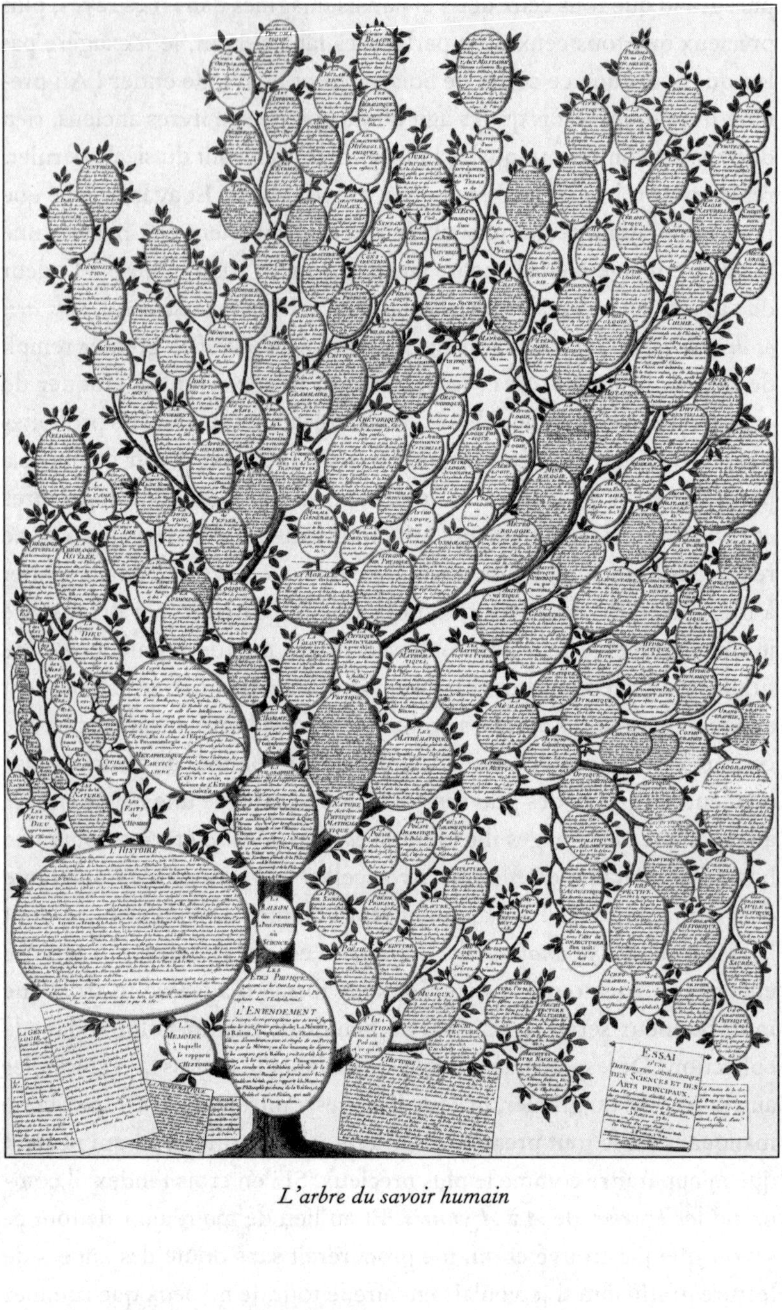

L'arbre du savoir humain

sur tout ce que l'absence de cet unique volume va forcément me faire perdre ! À elle seule, l'idée de l'entrée *Amour* me met au désespoir, car elle aurait sans doute été la première que j'eusse engloutie. Et si je devais à présent rester, toute ma vie durant, dans l'ignorance des choses de l'amour ?

FEMME — Grand-Maman vient de me transmettre la sentence bouffonne qui suit, qu'elle a attrapée au vol Dieu sait où et qu'elle a mémorisée pour mon édification : « Une femme qui remplit son devoir est une femme qui ne cherche pas de romans dans la vie, car elle ne peut pas en trouver de bons. Qu'elle cherche tout aussi peu la poésie, car le devoir n'est pas poétique. Qu'elle se détourne aussi de la passion, car celle-ci n'est qu'une manière courtoise de désigner le vice. »

FUTUR — **1.** Mademoiselle Paulette, que comptez-vous lire ensuite ? Tout ! Mademoiselle Paulette, que vous plaira-t-il de faire quand vous serez enfin à Paris ? Tout ! Mademoiselle Paulette, quelles études envisagez-vous de suivre ? Toutes ! Mademoiselle Paulette, dans quels pays aimeriez-vous voyager ? Tous ! Mademoiselle Paulette, quel homme aimerez-vous un jour ?

2. Mon Dieu ! Si seulement je savais ce qui vient. Si seulement j'avais la certitude que tout ira bien.

LETTRE — **1.** Je m'inquiète pour ma mère. Ses lettres sont distantes et d'une froideur qui me fait frissonner. Toute sa personne paraît tellement transformée que je me demande si les quelques lignes qu'elle me fait parvenir de temps à autre sont vraiment de sa plume. Je suis même allée, ce matin, jusqu'à comparer son écriture avec celle des lettres dans lesquelles elle s'adressait encore à moi pleine de chaleur et d'attention. Et même si les caractères paraissent plus petits et anguleux, même si je n'y retrouve plus la légèreté des arrondis, des boucles et des liaisons qui la caractérisait d'ordinaire, je conclus tout de même qu'ils sont forcément de sa main. On dirait qu'elle a posé la plume après chaque mot et qu'il lui a fallu produire les plus grands efforts pour le faire suivre par un autre. En certains endroits, l'inclinaison des lignes semble tellement avoir pris le dessus que j'en ai le vertige : mon imagination sous tension voit déjà les mots basculer, franchir le rebord du papier et être précipités dans le vide. Comme je regrette douloureusement l'absence de tout indice sur ce qui pourrait bien rendre mon retour indésirable. Durant toutes ces années au pensionnat au cours desquelles il m'arrivait souvent de ne pas la voir pendant des mois et des mois, je ne l'ai pourtant encore jamais sentie aussi éloignée. Des conseils, des sentences mécaniques, comme si Grand-Maman en personne les avait dictés ! Et Dieu ? Depuis quand parles-tu à Dieu, Maman ? Jusqu'à ce jour nous avons toujours pu bien vivre sans Lui. Ai-je donc échappé aux murs du couvent pour découvrir qu'ils se sont étendus partout autour de moi ? Ah Maman, comme tout cela me blesse. « Sois gentille, mon enfant. Écoute ta grand-mère. Va à l'église. »

2. Une lettre d'oncle Eugène, expédiée depuis Alger ! Quand la chère Gervaise me l'a remise, je me suis sentie tellement brûlante, ma tête s'est mise à bourdonner, si bien que j'ai eu peur de me retrouver tout à coup par terre. « Dieu du ciel, comment vous sentez-vous, Mademoiselle ? » a demandé la chère enfant. J'ai fait comme si ce n'était rien et j'ai évoqué, en passant, le climat qui me mettait à rude épreuve. Ah, mon cœur bat si fort et mes joues sont en feu, je suis à deux doigts de devenir incandescente. Non, je ne vais pas l'ouvrir tout de suite. Je vais au contraire la garder scellée jusqu'à demain, jusqu'à après-demain, jusqu'à la semaine prochaine, peut-être, et savourer ainsi le temps qui m'en sépare. Je vais imaginer quelles aventures a vécues oncle Eugène et quels mots envoûtants il a bien pu m'adresser. Il y a peut-être même des cadeaux dans l'enveloppe ? Je la flaire, je la palpe, mes doigts pressent le papier autour de la tête de l'empereur et il me semble que je peux sentir quelque chose qui n'est pas seulement du papier. Ah, je n'ose même pas en rêver, mais ne se pourrait-il pas aussi qu'Eugène m'y informe de son proche retour ? Peut-être a-t-il déjà entamé ce difficile voyage pour me libérer enfin de la misère dans laquelle je me trouve ici ?

MOI — **1.** Moi – il se tient donc là désormais, ce petit mot long de trois lettres, on pourrait croire qu'il ne pèse rien du tout, un souffle d'air un peu âpre peut-être, un raclement de gorge ou un soupir. Il bondit au-dessus de ma plume et tombe aussitôt, lourd comme du plomb, sur le papier. Il m'a fallu des années pour le poser ici, et voilà que c'est fait. Alors répétons-le immédiatement : Moi ! Oh, comme cela me rend heureuse !

2. Je voudrais tout ! Tout saisir, tout comprendre, tout vivre. Tout – c'est mon mot préféré ces derniers temps. Rien de moins. Mais il se peut à présent que je me rende ridicule. À mes propres yeux et eux seuls, cela dit. Mon cœur bat si fort ces temps-ci. Le pauvre organe est totalement hors de lui.

3. Il faut s'élever et se modeler soi-même, et pour finir se dépasser. Tout comme le sculpteur, lorsqu'il s'installe devant sa pierre, a seulement besoin de dégager la sculpture qui dort au fond du minéral depuis des ères entières pour la faire apparaître enfin aux yeux des autres, il faut aussi libérer le Soi. Il faut discerner à l'état de germes les dispositions qu'une personne porte depuis sa naissance. Et une fois qu'on a déposé la graine, l'important est de la garder toujours en soi et de la servir, car c'est l'idée qui guide tout ce qui va suivre. Et de cette sculpture naîtra un groupe de sculptures, et de celui-ci s'élèvera un palais, et de celui-ci une ville, et cette dernière deviendra le modèle de l'architecture de pays entiers, et un jour les étoiles se formeront à son image !

4. Comme je suis petite ! Comme je suis insignifiante ! Comme je suis peu douée et indigne. Je traîne ici, je ne sais rien faire, je ne connais rien, je n'ai pas même la moindre idée de ce pour quoi je suis au monde. Quelqu'un avait-il quelque chose en tête au moment de me créer ? Je crains que non ! Qui que ç'ait été, il faut qu'il ait été distrait dans ses réflexions. Et qui doit me prendre en affection ? Je ne le sais pas.

MOUCHETTE — Grand-Maman est assise dans sa chambre, elle parle toute seule, crochète ses napperons et souffre. Ah, comme elle aime cela, souffrir ! Au point qu'elle a décidé de ne plus rien faire de ses jours et de ses nuits ! Et elle ne le fait même pas en silence. Non, Grand-Maman a la souffrance offensive, elle souffre bruyamment, comme une tragédienne sur scène ! Qu'elle vienne à estimer qu'un soupir est passé inaperçu, la voilà qui le répète avec une telle fréquence, et plus vif à chaque fois, qu'on ne peut plus faire autrement qu'en prendre connaissance et qu'on demande d'un air inquiet : « Ça va très mal, Grand-Maman ? » ou encore « Oh, Grand-Maman, vous avez de nouveau des douleurs ? » Sur quoi elle se contente de hocher la tête en silence, de plisser le front et de faire de la bouche une grimace censée conférer une expression à son tourment, concluant avec un lourd et nouveau soupir indiquant qu'ainsi, tout est dit. Autant que faire se peut, je tente donc d'éviter d'entrer dans la chambre de Grand-Maman. Quand je suis malgré tout contrainte de m'y rendre parce qu'elle me fait appeler ou parce que la décence commande de s'enquérir de son état et de lui procurer ainsi la satisfaction de mettre une nouvelle fois à l'épreuve son art du soupir, je sens me sauter au visage cette odeur, senteur nauséabonde qui, dans le monde entier, ne flotte que dans la chambre de Grand-Maman, mélange de cette étrange fragrance que diffusent les vieux objets ; de la poussière des lourds rideaux ; de la puanteur des antiques bougies de suif que Grand-Maman s'obstine à vouloir utiliser, de l'épouvantable suie que celles-ci dégagent si on ne les mouche pas régulièrement avec un appareil antédiluvien nommé « mouchette » et qui prend dans les mains de ma grand-maman l'allure d'un perfide instrument de torture ; et pour finir de cette eau de toilette avec laquelle elle tente de recouvrir l'ensemble de ces relents. Tout cela réuni compose l'odeur de la chambre de Grand-Maman. Et j'entre donc, non sans avoir auparavant inspiré une quantité d'air abondante ni avoir frappé plusieurs fois bruyamment à sa porte, je la trouve la tête branlante, la coiffe en conséquence toute chiffonnée, plongée dans son ouvrage de crochet et dans son monologue – elle ne prend même pas conscience de ma présence. C'est une litanie sans fin et l'on se demande très sérieusement comment elle parvient à parler ainsi sans arrêt, sans reprendre ne serait-ce qu'une fois son souffle : « … Non non, on reprend au début, il faut que ça soit mieux que ça, eh, oui, ça me plaît comme ça, ça me plaît comme ça, ça va être un très gentil petit napperon, bien sûr, bien sûr, qu'est-ce que la petite peut bien être encore en train de mijoter, cette bonne à rien, elle ne fait que des sottises cette gamine, c'est tout de même étonnant, très étonnant, oh, ça ne va pas bien finir, non non, mais voilà une idée qui me vient, c'est fort de café, ça serait bien dans son genre, un jour ou l'autre elle va se couper les cheveux, on va aller jusque-là, ah, si seulement, bientôt, ça reste à espérer, on lui passait la bague au doigt, qu'elle ne me reste pas sur les bras, cette enfant, et que ce soit un bon parti, ah ben oui, avec la fortune que son père lui…,

Mouchette

enfin, c'est une dot comme il faut, elle peut être fière, ah, si seulement elle avait des manières, mais non, juste des soucis, rien que des soucis, ah, et ces douleurs… » Et cela se serait poursuivi ainsi à l'infini si je n'avais pas toussoté bruyamment à plusieurs reprises, et si je ne l'avais pas attrapée par l'épaule en la faisant crier d'effroi : « Pour l'amour du ciel ! Ne me fais donc pas des frayeurs pareilles, mon enfant, à moins que tu ne veuilles m'envoyer au cimetière ? » Une fois ce rituel accompli, l'activité préférée de la grand-mère consiste, alternativement, à me réprimander et à me faire la lecture de ses solides manuels de bonnes manières qu'elle a conservés de sa jeunesse et qui sont censés m'inculquer toutes les pieuses vertus seyant à une dame de mon rang.

NATURE — 1. Voilà que mon cousin Édouard est venu en visite, une distraction bienvenue et plus qu'appréciée ! Mais voilà, comme Grand-Maman ne peut plus sortir, elle va être rongée par la jalousie si je le fais de mon côté. Seulement elle n'ose pas se comporter face à un jeune homme comme elle le fait avec moi. Et c'est ainsi qu'Édouard m'a emmenée faire une sortie en bateau sur l'Yerres ! Depuis combien de temps je rêvais de passer une journée à l'air libre ! C'est qu'on perd raison et santé à rester constamment coincée dans cette maison misérable. Je crains que je ne puisse déjà en avoir attrapé l'odeur – mais Édouard m'a garanti en riant bruyamment que ce n'était pas le cas. Il semble m'avoir trouvée fort drôle. En tout cas nous avons pu faire ensemble les plaisanteries les plus cocasses, et il m'a été donné de rire de tout mon cœur pour la première fois depuis longtemps, ce qui m'a beaucoup soulagée. Que la nature est somptueuse, ici, dehors ! Par une telle journée d'été, la rivière me fait l'effet du véritable paradis. À peine avions-nous passé quelques minutes sur l'eau – Édouard est un authentique gentleman et a ramé pour m'offrir une promenade aux alentours – que je me suis totalement perdue dans le doux clapotement, dans le concert des oiseaux en parade et des insectes qui bourdonnaient autour de moi, dans le vent léger soufflant à travers les arbres qui s'inclinaient vers nous depuis la rive. Plus d'un saule taquin me caressa même la nuque, faisant courir dans mon dos un frisson glacé. Et un canard insolent voulut me baiser la main que j'avais nonchalamment laissée plongée au fil de l'eau. Tout mon chagrin paraissait avoir été dissipé par le vent ! Lorsqu'un verdier est passé devant moi en battant des ailes, j'ai été prise d'un tel ravissement que j'ai perdu l'équilibre, je ne sais comment, et me suis retrouvée sous l'eau avant même de m'en rendre compte. Ma terreur fut si forte que j'en oubliai totalement de fermer les yeux et je découvris un tableau aux couleurs somptueuses, fait de plantes d'eau qui se tortillaient et de petites bulles d'air, ce jusqu'à ce qu'Édouard, que l'effroi avait rendu livide, me tire de nouveau à la surface. Comme nous avons ri ! Quant à Grand-Maman, rien n'a pu la calmer lorsqu'elle m'a vue arriver trempée comme un caniche dans ma petite robe. Sa tête avait viré au rouge crête de coq !

2. Cette nuit l'orage et la tempête ont été si violents que j'ai sérieusement cru que c'était la fin. Je suis sortie brutalement de mes rêves confus – j'y traversais les cercles de l'enfer de Dante parmi des créatures maudites qui tendaient leurs bras vers moi à la recherche de lumière. J'ai bondi sur mes jambes, pour trouver la chambre éclairée comme en plein jour. Mais quelle lumière atroce c'était ! Froide et criarde à vous en faire mal aux yeux, elle projetait contre le mur de longues ombres, dans lesquelles je ne pus rien reconnaître d'autre que les personnages du rêve, qui avaient dû me suivre ici. La pluie fouettait à présent la fenêtre et, tandis que je m'apprêtais à tirer ma couverture au-dessus de ma tête comme un toit protecteur, retentit un tel coup de tonnerre que je vis déjà la maison s'effondrer et ne pus rien faire d'autre que pousser un grand cri. Il m'était impossible de faire encore la distinction entre ces tempêtes qui soufflaient à l'intérieur de moi-même et celles qui se déchaînaient à l'extérieur, de telle sorte que le désespoir prit des dimensions qui, considérées avec calme et raison, paraissent totalement exagérées. Et pourtant, même lorsque je me fus un peu apaisée, lorsque j'eus allumé quelques bougies et me trouvai finalement à la fenêtre, lorsque la tempête se fut calmée et que la pluie eut repris une forme paisible, me vint l'idée effrayante qu'en moi aussi pouvait faire rage une nature similaire, quelque chose que l'on ne pouvait ni apaiser ni contrôler et auquel j'étais livrée.

PIANO — Quand plus rien d'autre ne parvient à me soulager, je m'assois au piano, je ferme les yeux et je me mets à jouer. Chopin, de préférence les *Nocturnes*, ou bien les *Brises d'Orient* de Félicien David, ou encore les *Mélodies* de Saint-Saëns. Je joue, et tout est oublié, le monde a disparu d'un coup ; non, au contraire, il commence à naître devant moi, il se lève comme le soleil le matin au-dessus des champs à Clécy. Et là où, jusqu'alors, était la nuit, pénètrent quelques rayons de lumière, et ils se reflètent dans la rosée comme si le sol était couvert de billes. Là où, auparavant, se trouvait une peinture, sans horizon ni paysage, voilà que s'étend tout à coup une forêt, que courent une rivière, un chemin qui mène vers le lointain et, franchissant les montagnes, dans une région encore inconnue ou une province reculée. Et moi, cela m'emporte. Je ne sais plus rien, je ne vois rien, j'ai presque oublié mes mains, et ma tête, et tout autant les touches du piano, le salon et la maison. Comme si les atomes de mon corps, mis en vibration, se détachaient les uns des autres et se mettaient à voler, comme si, devenus un son, ils commençaient par tournoyer à travers la pièce avant d'en sortir par les fissures de la fenêtre et de gagner l'air libre, de passer devant le tilleul et finalement de monter au-dessus des prairies. Et ensuite, je vole ! Je vole au-dessus des paysages – la force sensuelle des montagnes, la poésie indéfinie des lacs. Je m'abandonne aux rêveries en aplomb de la mer, je cherche une terre que je devine quelque part au loin, je suis portée par un vent brûlant qui me pousse loin, au-dessus du désert, comme dans l'ode symphonique de David où l'on ne voit pas un arbre, pas une herbe, pas un homme et pas un animal, où tout est simplement étalé là, sans bruit, depuis des temps éternels. Seule la caravane parcourt ce monde sans ombre. Je la suis un moment et la nuit tombe, mais avant que je puisse finir de compter les étoiles le jour est revenu et je dérive au-dessus de Tunis, je commence à descendre sur Athènes et je ne tarde pas à me retrouver à Constantinople, au milieu d'un bain turc comme je n'en ai jamais vu que chez Ingres, en peinture, fabriqué en pierre avec des coupoles de verre scintillantes, entre d'innombrables

Piano

femmes qui, telles que la nature les a faites, ne dissimulant aucune beauté, aucune disgrâce, sont allongées autour des bassins de marbre, sur des divans couverts de coussins et de tapis luxueux, certaines en discussion, d'autres buvant du café ou du sorbet, d'autres encore jouant du luth ou du tambourin, beaucoup simplement couchées avec nonchalance, blotties les unes contre les autres comme des amantes, tandis que leurs esclaves s'emploient à leur nouer de gracieuses tresses ou à agiter des encensoirs en or. Et je sombre dans l'eau, qui est brûlante, tandis que toutes les femmes dirigent leur regard sur moi comme si elles voyaient la créature la plus charmante du monde, moment au cours duquel je me dissous, où je ne suis plus qu'un frisson pétillant, si bien que le vent m'endort et que moi, abasourdie, j'ouvre les yeux et me retrouve au piano, telle que j'y suis assise à présent.

POUPÉE — J'ai toujours éprouvé pour ces jouets un discret mépris, même si je n'ai jamais pu m'expliquer ce sentiment. Et si ce n'était pas du mépris, j'ai senti à chaque fois une indolence et une soudaine apathie s'emparer de moi, qui m'incitait à aborder avec sérénité et bienveillance ces objets patauds aux yeux de verre. On créait tout un inventaire et l'on dédoublait de cette manière le monde autour de moi. Il y avait une poupée maman et une poupée papa, des femmes de chambre, des petites sœurs et des petits frères, une cuisine avec cuisinière et ustensiles ; et même un cellier toujours bien rempli. On y trouvait un salon élégant avec pianino, une horloge de table, une cheminée avec des peintures et des candélabres sur les murs tapissés, la chambre à coucher des parents avec le lit conjugal pompeux et la coiffeuse de la mère, avec cela un berceau d'enfant et, comme je l'ai constaté avec un certain effroi, une maison de poupée qui, à son tour, contenait tout son petit monde, et ainsi de suite. Mais il y avait surtout une quantité monstrueuse de robes et de penderies dans lesquelles ne pouvait manquer aucun accessoire. Et l'on s'acharna tellement à provoquer l'enthousiasme qu'étaient censées m'inspirer ces poupées que la seule proximité de ces figurines ne tarda pas à me plonger dans un état de singulière léthargie. Cela alla si loin que mes parents inquiets, craignant que leur enfant ne fût aveugle ou abrutie, envoyèrent chercher le médecin. C'est plus tard, seulement, lorsque

La poupée phonographique d'Edison

mon esprit a commencé à se déployer peu à peu et qu'a grandi en moi cet irrépressible besoin de demander comment les choses étaient faites, que s'est aussi développé mon intérêt pour les poupées. Qu'ils m'avaient ennuyée, ces personnages rigides et froids en porcelaine ou en cire, ces mioches cousus dans du shirting, rembourrés au son et à la sciure de bois ! Mais lorsque mon oncle Eugène m'a fait cadeau de ces poupées articulées fabriquées sur le modèle japonais, mépris et indolence se sont, d'un seul coup, mués en fascination. Comme il se laissait courber, ce corps-là ! Et comme j'étais étonnée de voir simplement fonctionner les articulations à boule qui le permettaient ! Je pliais ces pauvres corps pour en faire des silhouettes grotesques. Et c'est ainsi que s'offrit aussi à moi, m'inspirant un joyeux frisson, un premier aperçu de la mécanique de ma propre anatomie.

RÊVE — J'ai beau passer mes journées à dissiper la mélancolie, je consacre tout de même mes nuits aux plus belles aventures. Chaque nuit, je voyage. Depuis que je lis *Voyages en Amérique* de Chateaubriand, je rêve de prairies, de chevaux sauvages, de chasseurs de bisons, des Sioux, des Comanches, des Pieds-Noirs et des Apaches qui galopent sur les vastes terres en quête de nouveaux butins. Ou alors de grandes villes et d'édifices tellement hauts qu'ils peuvent se mesurer au phare d'Alexandrie. Mais toujours se révèle à moi cette pure immensité, cette ampleur démesurée des choses et des paysages qui ne seraient comparables avec rien de ce que je connais. La dernière nuit cependant j'ai fait un rêve d'une absurdité épouvantable. Je me trouvais sur l'un des nouveaux vapeurs qui traversent l'Atlantique à une vitesse stupéfiante entre Le Havre et New York. Sur le pont, je rencontrais un professeur allemand qui m'expliquait qu'au terme de longues années d'études très accaparantes il avait accompli son œuvre et qu'il pouvait désormais démontrer que l'Amérique n'était nullement, comme on le croyait, plusieurs fois plus grande que l'Europe, mais que, bien au contraire, ce continent était une île ridiculement minuscule située dans l'Atlantique. Lorsque je lui exprimai l'étonnement que m'inspirait cette théorie dont je n'avais jamais entendu parler, le professeur me fournit une explication sobre, mais non dénuée d'infatuation, selon laquelle, en raison de champs magnétiques terrestres exceptionnels et d'autres facteurs encore insuffisamment explorés, se déroule lors de la traversée transatlantique un processus de réduction progressive, une compression de la matière qui concerne autant les objets que les créatures vivantes, si bien que, par exemple, un homme, une fois arrivé dans le Nouveau Monde, n'a en réalité même plus la taille d'une tête d'épingle ! Les indigènes qu'on y rencontre sont déjà, en revanche, par leur nature même, les créatures

Un groupe de Sioux

d'un monde de nains auxquels, si l'on conservait sa taille normale, on n'aurait accès qu'au moyen d'une loupe ou d'un microscope. Le phénomène, admettons-le, est extrêmement étonnant, mais il est indéniable si l'on se fie à ses calculs. Cela étant dit, m'a-t-il expliqué, comme dans l'hypothèse où l'on revient en Europe par le même chemin on est exposé lors du trajet vers l'est à des forces opposées qui provoquent quant à elles l'expansion de la matière dans la même proportion, on ne prend à aucun moment conscience de ce fabuleux spectacle que nous offre la physique et l'on se laisse prendre à l'illusion naïve qui nous fait croire que l'Amérique est grande.

SECRET — 1. Mon seul salut, c'est le coffret, j'y disparais comme un génie oriental sort de sa lampe, mais dans l'autre sens. Je le conserve dans mon armoire à vêtements, dans le tiroir le plus bas, dissimulé sous une poignée d'accessoires sans importance. Je porte la clef autour du cou, dans un médaillon. Dans le coffret est ainsi rassemblé tout ce que je possède de *lui* : dix-sept lettres (la plus ancienne datée du

4 janvier 1866 !) dont les mots m'ont déjà si souvent emplie que je pourrais tous les réciter, y compris à rebours, si on l'exigeait de moi ; les *Cinq semaines en ballon* de Jules Verne avec la dédicace, « Pour ma petite Paulette ! » ; l'exemplaire des *Orientales* de Victor Hugo, déjà usé à force d'être lu ; quelques esquisses sur feuilles éparses où il me fit un jour des copies du *Codex sur le vol des oiseaux* de Léonard de Vinci, dont un étonnant appareil aux ailes rotatives et un ornithoptère ! ; un bouton de manchette avec ses initiales, qu'il croyait avoir perdu un été à Clécy jusqu'à ce que je finisse par le récupérer après son départ et que je me l'approprie ; un papillon qu'il a attrapé au filet comme l'aurait fait un petit garçon avant de me l'offrir, sur quoi nous l'avons examiné à la loupe pendant des heures ; un dessin qui le montre en Algérie avec le visage affreusement mal rasé et un foulard sur la tête, noué en turban comme celui des Bédouins. Et pour finir deux photographies, un tableau de famille pour la première, un daguerréotype pour la seconde, un portrait que j'ai déjà, dans ma vie encore courte, observé si longuement et tellement dans le détail que je me figure qu'une copie doit s'être gravée sur la rétine de mes yeux, et sinon sur elle, du moins à l'intérieur de moi, et ce de manière ineffaçable. Le portrait montre son visage anguleux, marqué par les aventures, encadré par ses boucles noires et sa barbe de mousquetaire, et pénétré par cette intelligence qui lui est propre. Son nez marquant donne à son apparence encore plus de tranchant, si narquois et si bienveillant à la fois ! Il porte une veste de velours, comme un dandy, et un jabot rayé noir et blanc et noué devant son cou, un accessoire que je trouve d'un chic phénoménal !

2. Je tente de lire la théorie de l'hérédité, dont tout le monde parle ces derniers temps. Hier, alors que j'avais pu convaincre Grand-Maman d'aller chez le pharmacien à sa place pour me faire servir une ordonnance, j'ai entendu par hasard une conversation entre Monsieur Nasrallah et un monsieur savant que je ne connaissais pas, et même si je n'ai pu suivre ce qui était dit que par bribes, du fait que la conversation durait déjà depuis un bon moment quand je suis arrivée et que de surcroît ces messieurs chuchotaient presque, j'ai tout de même cru comprendre que les toutes dernières recherches en sciences de la nature montraient que l'amour entre parents par le sang provoque une épouvantable dégénérescence. Que les enfants issus d'un tel amour auraient tendance à être atteints par les pires maladies, comme la danse de Saint-Guy, la catalepsie, l'anémie et les perturbations mentales de toute sorte ! Je n'ai pas osé demander des précisions, j'ai remercié gentiment pour les médicaments et je suis partie en vitesse. Mais depuis, je suis toute retournée ! Au dîner j'avais les larmes aux yeux et Grand-Maman m'a traitée de taciturne et d'inapprochable parce que je ne prononçais pas le moindre mot. Aujourd'hui j'ai inspecté toutes les étagères, mais les livres sont beaucoup trop vieux pour me fournir des renseignements ! Et je ne sais pas à qui demander ! Revenir chez le pharmacien ? Mais quel prétexte pourrait rendre mon intérêt crédible ? Comme je suis malheureuse !

3. J'ai lu ce matin le chapitre de l'*Encyclopédie* et je n'ai pas pu me retenir. J'ai pleuré tant de larmes, et si douloureuses, que je n'ai même pas entendu Grand-Maman frapper à la porte. Elle est entrée et a dit : « Oh mon Dieu ! Mais qu'as-tu donc, pauvre enfant ? » Et moi, totalement prise de court, j'ai répondu par un mensonge, en disant que Maman me manquait tellement. Alors elle m'a serrée contre sa poitrine et m'a consolée, elle m'a même chanté une chanson et, si je me sentais toujours très seule, le poids n'était plus aussi lourd.

VOLUPTÉ — 1. Et comme je m'adonne justement tout entière à mes rêveries, emportée par la pétarade et la vibration des roues, le corps et l'imagination agréablement animés, passe en galopant sur un chemin prévu à cet effet un monsieur mince dont le cheval en bondissant fait tournoyer un nuage de poussière. Je le suis longuement des yeux et je me sens toute bizarre, comme si le cavalier avait aussi soulevé un tournoiement à l'intérieur de moi-même. Je n'ose pas demander à Grand-Maman qui est ce monsieur élégant. Elle semble de toute façon s'être déjà endormie. Notre calèche continue ainsi son trajet le long de l'Yerres. De temps à autre, les groupes d'arbres et les buissons libèrent la vue sur la rivière dans laquelle quelques jeunes hommes, tels des gamins turbulents, se baignent dans le courant, se chamaillent et plongent depuis une branche. Eh ! mais c'est que leurs corps fermes et leurs bras puissants me plaisent beaucoup ! Je me demande à quoi il peut bien ressembler, *lui*, sans ses vêtements.

2. Reçu une lettre de Berthe ! Comme elle me manque, cette chère teigne ! Elle écrit que Monsieur Gustave l'a embrassée ! Et qu'il lui a chuchoté à l'oreille les taquineries les plus impudiques. Allons donc, j'aurais dû me douter que quelque chose de ce genre allait arriver ! Et dans quelle confusion tout cela me plonge-t-il ! Parce que je trouve cela frivole et repoussant, et qu'à elle seule cette idée me donne le vertige. Mais qu'il est beau, ce mot ! Lèvres. Lèvres. Je ne peux m'empêcher de me le répéter tout le temps. Lèvres… Tendresse…

DEUXIÈME ALPHABET

PARIS,
JUILLET 1870

Un bref télégramme mit un terme abrupt au séjour à Yerres. Le père exigeait de voir sa fille – à Paris. Si le Moi en fut d'abord plongé dans une euphorie sans bornes en raison de la vie de rêve qu'il croyait désormais avoir devant lui, il retomba peu après d'autant plus bas et douloureusement qu'il fut forcé de reconnaître les insolences de sa propre caste. Ce fut une période de lutte entre le Moi et le monde où il était né.

ASSOMPTION — La main me tremble trop. Elle flageole au point que mon écriture se démembre sous mes yeux. Et pourtant il me faut écrire, sans quoi je vais exploser sous la pression de mon horrible chagrin ! Il a plu toute la nuit. Moi sans sommeil. Et le matin venu, lorsque je monte dans la calèche avec Papa, on voit encore au-dessus de Paris cette masse nuageuse lourde et sombre qui écrase tout avec une certaine violence. Et pourtant l'air est tout à fait moite et le pavé est à deux doigts de produire de la vapeur. Ils ne m'ont pratiquement rien dit ! Juste qu'il s'agit d'une maladie. Pas une syllabe de plus. Il a fallu qu'Odette, la cuisinière que jusqu'à ce jour je ne pouvais pas souffrir, finisse par me décrire, en larmes et dans des termes émouvants, ce qui était survenu. On avait trouvé Maman inanimée, allongée sur le sol et totalement immobile, au point qu'on avait d'abord cru qu'elle était morte ! Et avant même que le médecin n'ait eu le temps d'arriver, elle avait sombré dans des accès de rage effroyables, avec des convulsions qui lui secouaient tout le corps et qui lui faisaient faire des bonds en tournant sur elle-même comme si elle avait la danse de Saint-Guy, spectacle d'épouvante qui était allé de pair avec des cris assourdissants. Oh, comme j'espère me réveiller de ce cauchemar ! La mine du père est restée sombre tout au long du voyage en calèche. Il se tait, et comme je le presse malgré tout plusieurs fois, il finit par évoquer une extinction aiguë des facultés d'entendement et de mise en relation qu'offre d'ordinaire la raison. Quelle effroyable sentence, qui se vrille dans votre esprit et ne s'en détache plus. Tandis que nous passons le long du Jardin des Plantes et devant la gare d'Austerlitz tout juste construite, la pluie recommence à tomber. La calèche s'arrête devant le grand portail en pierre de la Salpêtrière, un bâtiment puissant qui me fait forcément l'effet d'une deuxième Bastille. Et comme nous voyons marcher à notre rencontre, traversant l'une des vastes cours, deux fossoyeurs trempés de pluie qui portent un cercueil, tandis que la lumière des torchères de l'église continue à scintiller comme si elles étaient à l'abri, je m'écrie malgré moi : « Dieu du ciel ! Ça n'est quand même pas... » – « Ne sois pas stupide. Viens ! » m'appelle Papa. Il éclate d'un rire glacé, comme je n'en ai encore jamais entendu, et continue à avancer d'un pas rapide tandis que je reste là, pétrifiée, à regarder le cercueil que l'on hisse dans un corbillard, lequel, tiré par des chevaux, s'éloigne ensuite dans un bruit de ferraille. Le gardien, un personnage un peu bossu et d'allure rugueuse, demande tout de suite, et à deux reprises : « Êtes-vous bien certain, Monsieur ? Êtes-vous bien certain ? » – « C'est une enfant obstinée. » Le gardien hoche la tête. « J'attends ici. » Et c'est ainsi que j'accompagne le gnome, toute seule, empruntant des couloirs interminables, des galeries, des halls, des escaliers qui tous baignent dans cette épouvantable lumière gris cendre. Je passe devant des silhouettes qui ressemblent à des morts, qui viennent forcément de sortir d'une quelconque faille de la terre et qui me regardent si fixement que j'en suis tétanisée de peur. Mon souffle, agité et superficiel, ne fait plus que s'évaporer. Comme j'aimerais me retourner et décamper ! Le gardien avance devant moi en traînant les pieds et s'arrête finalement devant une petite porte de bois. Il fait tourner la clef dans la serrure puis, d'un hochement de tête, me fait signe de passer. J'entre et je trouve un réduit obscur, austère, à peine éclairé par une fenêtre étroite. Je pense d'abord que cette pitoyable cellule est forcément vide et que le gardien s'est trompé. Ce peu de chose, cette petite masse qui se trouve là-bas sous les draps, ça ne peut pas être un humain, tout au plus un animal. Non, non. Et pourtant si. C'est Maman ! Dans ce lit à barreaux de fer, blême et maigre, elle est allongée, recroquevillée, une créature de pierre, immobile, les yeux ouverts. « Maman, comment allez-vous ? Maman ! C'est moi, votre Paulette ! » Et je la prends dans mes bras et l'embrasse, en larmes ! Mais elle... ah, cela me brûle et me ronge les entrailles, comme un poison ! Elle ne prend absolument pas conscience de ma présence, elle regarde fixement devant elle, aussi engourdie qu'une poupée stupide ! Ne pas être reconnue par sa propre mère, je n'ai encore rien vécu de plus cruel et de plus désespérant ! Et quelle n'est pas mon épouvante lorsque je lis cette singulière expression dans ses yeux. On y voit briller une félicité absente, comme si elle contemplait un être très exceptionnel et très beau

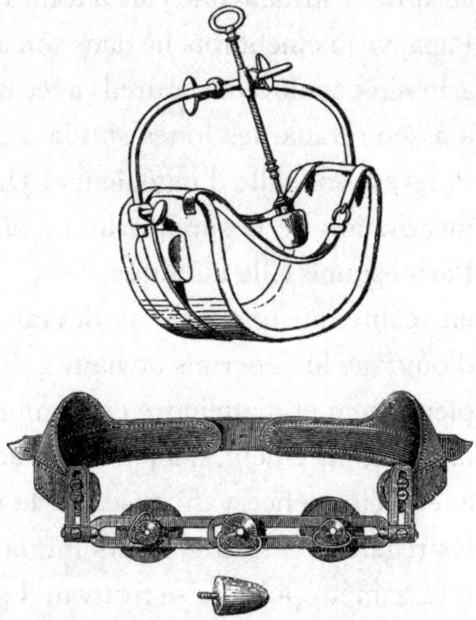

Deux types de compresseur ovarien

qui volerait au-dessus d'elle. Mais malgré mes efforts, je n'y trouve que de hideuses taches sombres. « Maman ! Vous ne me reconnaissez donc pas ? Maman ! Que vous est-il arrivé ? » Elle persiste dans son épouvantable silence. Je remarque alors sous le drap l'atroce instrument de torture dans lequel elle est ligotée par des lanières de cuir et qui enfonce dans son bas-ventre, comme je le constate avec effroi, une longue vis arrondie. Comme tout cela est horrible ! Elle gémit sous les douleurs que lui inflige forcément cet appareil de métal et de cuir, qu'on me présentera ultérieurement sous le nom de compresseur ovarien. Et puis, enfin, elle prend conscience de ma présence – mais avec quel regard terrifiant ! Elle sourit. Ses lèvres se mettent à émettre laborieusement des sons qui ne sont pas des mots, plutôt un sifflement, un murmure totalement dépourvu de sens, fruit d'un atroce état de peur dans la toile duquel elle m'enveloppe et me noue moi aussi. Alors, elle écarte les mains et regarde vers le haut comme si le ciel allait s'ouvrir au-dessus d'elle. Elle veut se redresser, mais l'appareil ne le lui permet pas. Ah ! Elle gémit. Elle regarde en direction de la fenêtre et l'unique rayon de lumière qui pénètre dans sa chambre tombe sur un visage livide aux traits affalés. Elle prie ! Elle prie pour la pécheresse qui est venue à elle ! « Ô Dieu, notre père, sauve cette créature misérable. » Puis elle s'exclame, emportée par l'extase : « Je suis la Sainte Vierge. La mère de Dieu ! » Et je recule. Je me bats, je lutte. Je sens pourtant monter en moi un abominable écœurement. Une profonde répugnance envers cette âme abattue, faible et déchirée !

AVANCÉE — 1. Et c'est ainsi que l'on en est venu à parler des *grands travaux* ; le marquis a dégainé le bon mot sur les « comptes fantastiques d'Haussmann » avant d'éclater d'un rire tonitruant, tellement absurde et strident que j'ai eu toutes les peines à ne pas l'imiter, sur quoi Papa, visiblement touché dans son amour-propre l'espace d'un instant, a aussitôt soulevé les sourcils avec mépris et s'est mis à pontifier. Paris, a asséné Papa, les joues soudain échauffées et les yeux écarquillés, Paris est une ville d'ingénieurs ! Un triomphe de l'esprit humain, une incarnation de la supériorité de la civilisation sur la simple nature ! Paris est une ville utopique, c'est-à-dire une ville située en un lieu où, en réalité, aucune ville ne devrait se trouver. Seul l'art des maîtres d'ouvrage lui a permis de naître, de se maintenir en vie, de s'épanouir pleinement et d'atteindre ce sommet auquel aucune autre époque que la nôtre, justement, n'a jamais eu accès. À ce niveau, a poursuivi papa avec l'éloquence vaniteuse qui le caractérise quand il sent que tous les regards sont dirigés vers lui, là où s'élève aujourd'hui une somptueuse métropole, ne se trouvait il y a deux mille ans qu'une région de marécages boueux traversée par le lit de la Seine et pourvue d'à peine quelques emplacements de terre ferme. Ce marais, un dernier reste de la mer qui, il y a des éons de cela, s'étalait sur de vastes parties de la France, ne se prêtait absolument pas à l'édification d'une zone d'habitat urbain. Seuls les architectes les plus audacieux ont pu avoir l'idée de s'approprier cette terre, de l'assécher et de construire sur son sol.

2. Il ne fait aucun doute qu'à cet instant précis Papa tentait de se placer pour obtenir de plus hautes fonctions. Et pourtant, reprit-il après une pause non dénuée de calcul, même si l'on regroupait tous les coups de génie de l'esprit d'invention, ces grandes heures de l'art des ingénieurs et de l'urbanisme qui s'étaient succédé au XVIIIe siècle, on ne mesurerait pas encore ce que Monsieur Haussmann a fait pour la gloire, le bien-être et le futur de notre ville. Au début du Second Empire, la population de Paris avait franchi le cap du million. Puis, de nouveau, la capitale avait titubé sous le poids de son propre rayonnement et de sa force d'attraction, et avait manqué chuter. L'économie et les transports étaient paralysés, la ville plongée dans l'obscurité et la misère de ses ruelles. Mais deux hommes s'étaient trouvés là, qui avaient d'autres projets pour elle. Le premier, un grand visionnaire, l'autre un homme d'action, un empereur et son préfet qui avaient médité sur leurs gigantesques projets d'urbanisme et n'avaient rien dessiné d'autre qu'une

Extension de la rue Drouot, avec ses boutiques mondaines

nouvelle Rome. Papa semblait à présent porté par l'ivresse. Il faisait les cent pas dans le salon et avait oublié le monde qui l'entourait, ou du moins en donnait l'impression. Il s'exclama : « Et nous n'avons pas fait dans la demi-mesure, certainement pas ! Oui, nous avons détruit le vieux Paris ! Tout à fait ! Oui, nous avons taillé à la hache dans les quartiers misérables où le peuple affamé s'entassait et se chamaillait, où l'on se marchait sur les pieds dans la pénombre et où l'on respirait difficilement ! Oui, nous avons abattu des milliers de maisons ! Et oui, nous avons dilapidé des milliards pour la mise en œuvre de ce rêve ! Mais avec quels bénéfices ! Car ces trouées que nous avons faites à travers la ville à coups de sabre experts n'ont-elles pas redonné à celle-ci de l'espace, des poumons pour respirer, ne lui ont-elles pas permis de retrouver la clarté du soleil ? Mieux, n'avons-nous pas relié Paris et le monde au moyen des gares, ces nouvelles portes de ville, puis celles-ci les unes aux autres, et n'avons-nous pas ainsi fait de chaque Parisien un citoyen du monde ? Les louis d'or ne pleuvent-ils pas comme jamais sur la ville ? N'avons-nous pas créé des revenus pour des légions entières d'ouvriers et d'artisans ? Et n'avons-nous pas offert la santé à la ville en la libérant du choléra ? N'avons-nous pas dessiné un lieu de beauté, de faste et de joie de vivre qui ont apporté à cette cité une renommée mondiale ? Et après un siècle de révolutions, ne sont-ce pas pour la première fois des maçons et des artisans qui parcourent les rues à la place de bandes d'insurgés importuns ? Et si l'on éventre le pavé, de nos jours, n'est-ce pas plutôt pour poser des conduites d'eau et de gaz que pour construire des barricades ? Et des indemnités mal évaluées ne menacent-elles pas bien plus nos maisons, aujourd'hui, que le feu et l'artillerie ?

« Comme il est facile de prendre sa place dans le chœur des médisants ! Comme c'est aisé ! Mais comme c'est faire preuve de myopie que de ne pas mesurer ce que Monsieur Haussmann a fait pour notre ville. Ici il a créé une rue, là une avenue ou un boulevard, là-bas une place, une promenade. Du vide, il a fait les Champs-Élysées, le bois de Boulogne, le bois de Vincennes, l'avenue de l'Impératrice – cent vingt mètres de large ! –, la place de l'Étoile – le soleil de Paris ! Où que l'on porte son regard, on voit la perspective et la composition ! Et la nuit, on marche dans une ville lumière qui vous enchante avec ses magasins, ses cafés et ses théâtres éclairés ! Marquis, je vous le dis : vous vivez, heureux homme, au centre de ce monde ! Grâce à Monsieur Haussmann, sur lequel tout le monde tape désormais avec légèreté, Paris est l'esprit de l'ingénieur du monde moderne. Mieux, on peut légitimement affirmer que le nouveau Paris n'est rien de moins que le successeur de la Rome ancienne ! Et ces grands travaux, soyez-en certain, sont l'humus sur lequel travail et prospérité fleuriront de nouveau au bénéfice du plus grand nombre ! »

Ainsi parlait Papa, tête cramoisie et main levée. On entendait monter l'approbation et la jubilation parmi les auditeurs qui, désormais, se pressaient dans le salon. Mais qu'était-ce que cela ? Un peu en marge, nonchalamment allongé sur un divan, le marquis, la pipe à la main, riait si fort que ce rire strident et mordant étouffa la suffisance. Il montrait son point faible sans la moindre gêne, si bien que toute l'assemblée commença par regarder son ventre clapotant, qu'il retenait d'une main, puis les larmes qui lui coulaient sur les joues, et pour finir les dents pointues et obliques qu'il arborait en riant ! Le papa bavard, désormais blême comme un spectre, se détourna et, sans un mot de plus, quitta la maison !

BOUDER — Passé toute la journée dans ma chambre dont la moitié dans mon lit, enroulée dans mes couvertures et enfoncée dans mes oreillers. Les rideaux tirés. Non, je ne veux rien savoir de quoi que ce soit ! Je ne veux voir personne ! J'ai seulement demandé à Gervaise de monter brièvement me voir pour qu'elle m'apporte les draps et le dessus-de-lit dans lesquels je m'enveloppais toujours dans mon enfance, avec des étoiles et des lunes que je pouvais compter pour m'endormir et dont je savais qu'elles veilleraient sur moi une fois que j'aurais fermé les yeux.

CRINOLINE — Non, ce n'est pas censé être *un faux-cul* dernier cri, comme je me suis permis de le suggérer avec impertinence, pas un *cul de Paris,* pas même une *crinolette* qui aurait au moins pu paraître un peu plus décente, non, Papa s'est montré têtu comme un bourricot et a insisté pour emballer Maman dans une de ces crinolines dont le bas est plus large que la hauteur de tout son corps ! Même quand je l'ai flatté en lui disant que lui, un homme toujours en avance sur son temps, ne voulait certainement pas la parer de la mode du temps passé, mon père n'a hésité qu'un bref instant, pour s'en tenir ensuite à son plan avec d'autant plus d'obstination. Si ce n'était pas à pleurer, je n'arrêterais sans doute plus de rire ! Ah, la pauvre Maman, à laquelle le médecin a tout de même prescrit une stricte période de repos alitée et dont toute cette agitation n'améliore certainement pas l'état ! Augustine a passé sa matinée à préparer Maman pour qu'elle soit à peu près pimpante – Maman qui, en guise de protestation, s'est emmurée dans un silence buté. On a passé au pinceau sa peau cendreuse comme si elle n'était elle-même que l'une de ces photographies en noir et blanc qu'on a coutume de colorer après coup ! Telle une enfant rétive, elle a refusé toute collaboration. Elle a regardé fixement la crinoline comme s'il s'agissait d'une cellule dans laquelle on comptait l'enfermer par la ruse, ce que l'on est sans aucun doute en droit d'affirmer d'un certain point de vue. Un peu énervée, je me suis donc mise à traiter le sujet sur le mode de la plaisanterie, mais le visage de ma mère est resté inexpressif.

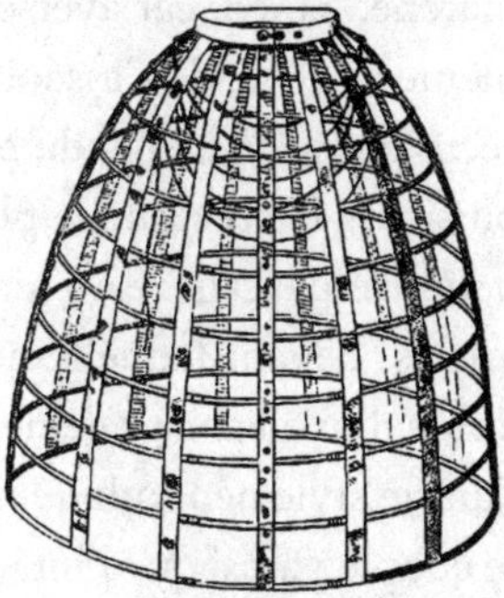

Crinoline française

Et pour combler le tout, les baleines d'acier souple se sont prises dans ses cheveux ! Lorsqu'on lui eut finalement passé cette cage volumineuse et mis les tissus en forme, il nous a fallu constater que la malheureuse ainsi empâtée passait à peine la porte à battants dont la largeur était pourtant fort honorable, et ne pouvait en aucun cas descendre par l'escalier qui, dans son passage le plus étroit, mesurait à peine la moitié du diamètre de la jupe. Papa devrait morigéner l'architecte à l'esprit étriqué pour ne pas y avoir songé ! Le matériau se révéla toutefois extrêmement docile et flexible, et Papa, peu après, put se réjouir de retrouver dans le vestibule son épouse, qu'il aurait tout aussi bien pu échanger contre une marionnette. Quant à moi, dans toute cette excitation, j'avais honteusement négligé ma tenue, ce qui m'était toutefois fort indifférent, et Papa n'accorda pas non plus à cette circonstance plus d'attention que cela. Mais après tout, on dit que les rues de Paris ont été élargies pour les crinolines des dames ! C'est ainsi que nous nous sommes mis en marche, à pied, car avec cette jupe monstrueuse il n'était pas question, même en rêve, de s'asseoir dans la calèche. Monsieur Pontagnac nous a reçus dans son atelier du boulevard Malesherbes. Papa avait commandé plusieurs décors que le photographe zélé avait déjà mis en place. Une peinture paysagère à l'ambiance estivale, un étang, des herbes et des arbres, devant laquelle nous avons dû poser ensemble ; une véranda dotée d'une balustrade de pierre et d'un pilier couvert de vigne vierge, dans le style néogothique, décor qu'on avait préparé pour y faire poser le couple ; ainsi que l'intérieur sans luxe d'un bureau d'homme, pourvu en son centre d'une chaise tendue de velours et garnie de houppes, pour un portrait photographique du père. Je les ai tous trouvés exécrables ! Et Maman, elle aussi, a donné l'impression de se sentir mal, car à peine avions-nous pénétré dans l'atelier qu'elle a visiblement été tourmentée par une étrange inquiétude. Monsieur Pontagnac utilisait le procédé photographique de l'ambrotype, dont le nom, nous expliqua-t-il fièrement, provenait du mot grec *ambrotos*, ce qui signifie à peu près « immortel », explication que nous avons tous les trois acquittée d'un sourire froid. L'unique moment où nous avons été unis. Il s'agissait d'un procédé de photographie sur plaque à collodion humide, dans lequel la plaque de verre qui reçoit l'impression est enduite d'une solution gélatineuse composée d'alcool, de cellulose, d'éther et d'acide. Cette plaque est ensuite plongée, en chambre noire, dans un bain de nitrate d'argent, procédé qui la rend photosensible, puis installée dans une cassette hermétique et finalement introduite dans l'appareil photographique.

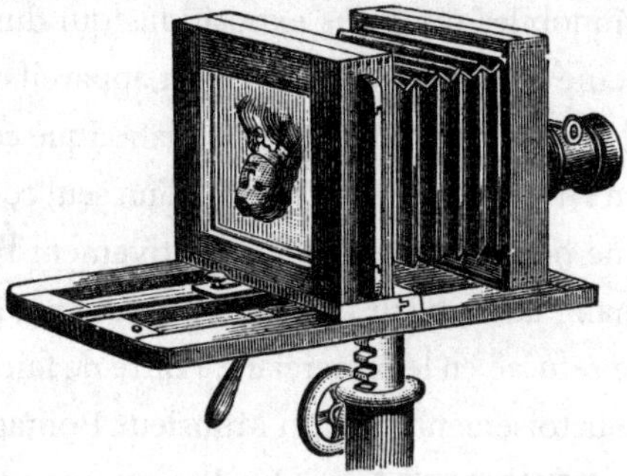

Chambre à plaque à collodion humide

Ma curiosité était sans bornes ! Et c'est ainsi que Monsieur Pontagnac, un homme charmant qui ignora délibérément le regard impatient de mon père, me laissa regarder par l'appareil, dans lequel le monde, à ma grande joie, était tête en bas et pieds en l'air, ce qui le remettait en place ! Les assistants du photographe nous ont ensuite mis en position. On rajusta encore une fois des robes, on remit des coiffures en ordre, on essaya des poses et l'on arrangea la composition des corps devant la toile peinte pour former une image d'extraordinaire bonheur familial. Le photographe disparut sous le tissu qui pendait à l'appareil, contrôla une fois encore le cadrage de ce tableau idyllique et finit par ôter l'enveloppe de la plaque, déclenchant ainsi l'impression. Celle-ci exigeait plusieurs secondes d'immobilité jusqu'à ce que l'image retournée et inversée de la famille Blanchard soit fixée pour l'éternité à la surface de la plaque humide. Maman, en tout cas, fut prise d'une telle agitation qu'elle ne parvint pas à rester immobile et ne cessa au contraire de bouger la tête d'un côté et de l'autre en arpentant anxieusement la salle du regard. Père était hors de lui ! « Femme sans esprit ! » Et si je ne l'avais pas déjà su auparavant, j'aurais deviné à cet instant, au plus tard, quel était le sens de toute cette mise en scène ! Lorsque l'entreprise eut échoué pour la deuxième fois, parce que Maman refusait de se plier au jeu, le photographe, qui perdait son calme, envoya l'un de ses commis dans une pièce située à l'arrière et celui-ci en revint avec un dispositif antique. Il s'agissait d'une chaise pourvue de ce que l'on appelait un appuie-tête à vis que l'on utilisait dans les premiers temps de la daguerréotypie afin de bloquer ceux dont on faisait le portrait et de les maintenir ainsi immobiles pour des expositions qui duraient plusieurs minutes. Or, à peine Maman avait-elle vu cet appareil que l'effroi se lut dans ses yeux. Il lui rappelait sans doute le diabolique compresseur ovarien dans lequel on l'avait enserrée ! Et Père, d'un seul coup alarmé, redoutant sans doute une nouvelle crise, quitta furtivement l'atelier en tenant Maman par la main, laissant sur place, l'air consterné, le photographe et ses assistants. Je refusai, en le remerciant, l'offre de faire un portrait de moi que m'avait courtoisement faite un Monsieur Pontagnac embarrassé.

DÉCADENCE — La Bourse maintient l'État comme la corde le pendu. C'est ce qu'a dit Monsieur Delasalle la semaine dernière. Il semble que les Blanchard soient accrochés à la même corde ! Papa vient de m'expliquer qu'il est en faillite. En faillite ! Fabuleux ! Jusqu'ici, je ne connaissais ce mot que par les plaisanteries haineuses faites par Papa sur ses rivaux en affaires. « Pour l'amour du ciel, Père, vous plaisantez, n'est-ce pas ? » me suis-je exclamée. « M'as-tu jamais vu plaisanter ? » a-t-il dit sobrement, et j'ai eu tendance à prendre aussi cette réponse pour la ligne suivante d'une mauvaise blague. Je me suis même efforcée de rire, mais Père, avec son absence d'humour provocatrice, ne m'a parlé que de toutes sortes de billevesées qui ne m'intéressaient pas le moins du monde ! Du préfet Haussmann, qui avait perfidement été démis de ses fonctions, de la Caisse des travaux, des frères Péreire, qu'il avait rencontrés des années auparavant, des terrains et des expropriations, des obligations émises par l'État, des devises et des erreurs de calcul. « Vous aussi, Papa, vous êtes un spéculateur ? » me suis-je exclamée non sans dissimuler mon indignation. « Contrôle-toi ! » a-t-il répondu avant de rajouter, comme si c'était sa plus grande fierté : « L'un des pires. » Et j'ai frissonné lorsqu'il a prononcé cette phrase ! « Pas un mot là-dessus aux autres, mon enfant. Nous devons être solidaires, à présent. »

ÉNERGIE PNEUMATIQUE — « L'avenir a commencé ! Poste humaine par tube sous Broadway ! » annonce la manchette du journal. Et l'écriture manuscrite d'Eugène à côté : « Bientôt, chère Paulette, nous ferons le tour de la terre en quelques secondes à bord de projectiles pneumatiques ! Et jusqu'à la lune ! » Ah, Eugène, comme vous me manquez ! Je me laisserais aspirer sur-le-champ s'il s'agissait de vous rejoindre !

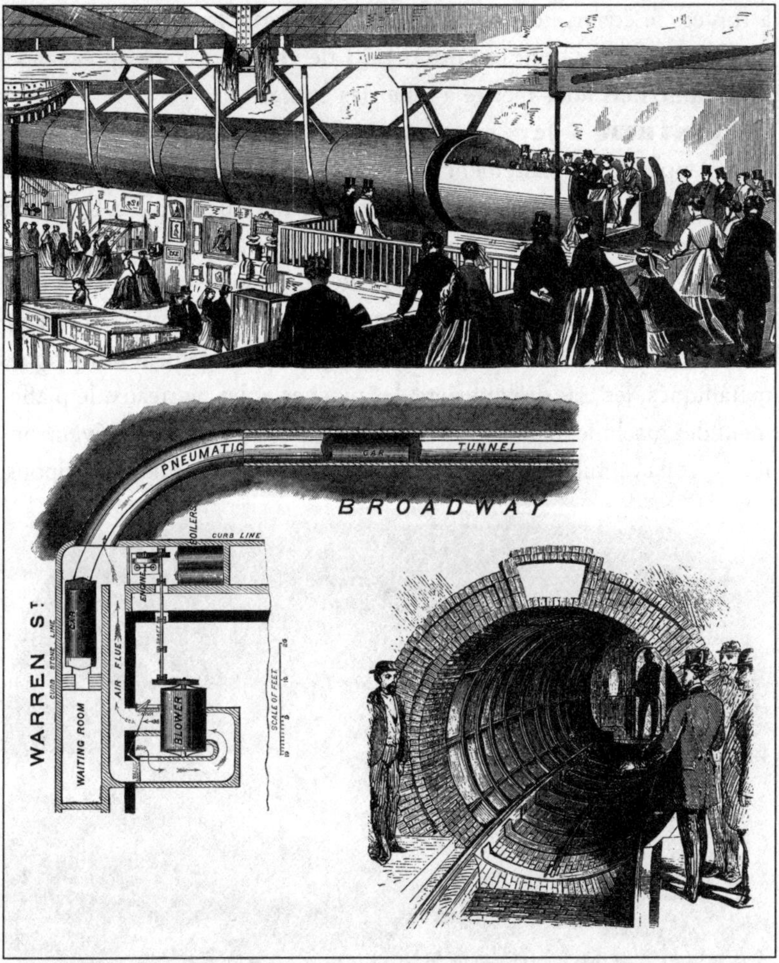

Le tunnel pneumatique sous Broadway

En écrivant « nous », voulez-vous dire que vous et moi, tout seuls, pourrions entreprendre ce voyage ? Cette idée serait trop séduisante. Sur la lune, cher Eugène, nous pourrions, ensemble, édifier un nouveau monde entièrement à notre goût. Et sans aucune pesanteur. Et comme sur cette image de Grandville où l'on voit un lutin fantastique bondir avec légèreté sur des passerelles d'acier d'une planète à l'autre jusqu'à ce qu'il atteigne les anneaux de Saturne, nous nous laisserions aspirer à travers le cosmos dans nos voitures confortablement rembourrées qui fileraient sans bruit par des tuyaux de verre. Et étape après étape, nous pourrions nous mettre à relier les étoiles.

ÉVENTRER — Je ne peux me rappeler que notre intérieur, et même cela n'apparaît pas clairement à mes yeux. Quand je pense au Paris de mon enfance, je ne vois que poussière de mortier, rues percées, bâtiments en construction et quartiers béants. Je vois les lampes à acétylène qui, même de nuit, assiègent les chantiers de leur lumière criarde, comme si la journée ne prenait pas de fin. J'entends le grincement des poulies qui ne cessent de hisser des pierres de taille, le déchargement des plaques métalliques, les cris des ouvriers, les pioches et les marteaux, le piaffement des machines à vapeur et les sifflements stridents. Nous éventrons Paris, voilà ce que j'ai entendu dire. Nous l'ouvrons et nous l'étripons.

Travaux nocturnes rue de Rivoli à la lumière Drummond

FACE — **1.** Comme tout cela était excitant ! Je me plaisais à me tenir dans un coin du salon et à observer en détail les membres de l'assemblée. Il se trouve que j'avais déjà remarqué auparavant, en particulier, un monsieur distingué, habillé avec élégance, portant un frac bien taillé et un nœud de cravate, tête nue, avec d'imposants favoris blancs qui tranchaient fabuleusement sur les nombreux visages uniformes autour de lui. Il était en pleine discussion animée avec Monsieur Duval lorsque le marquis se dirigea vers lui et s'exclama, à sa manière un peu exaltée : « Monsieur Duchenne ne veut-il pas divertir notre vespérale assemblée en nous présentant son art de l'expression électrophysiologique des sentiments ? » Ce à quoi l'autre répondit : « Allons, précieux marquis de Marconnay, je n'ai rien d'un cheval de cirque. » – « Vous m'avez promis, cher Duchenne, de me faire la bonté d'apporter ce soir vos instruments, dont tant de choses inouïes me sont déjà parvenues à l'oreille. » – « Vous vouliez jeter un coup d'œil dessus. Alors je vous les ai apportés. » – « Admirable ! Admirable ! Dans ce cas, jetons-y un coup d'œil. » Et, visiblement agacé, Monsieur Duchenne, dont il s'avéra qu'il est un scientifique renommé dans le domaine de la physiologie, fit entrer sa malle, que le domestique avait manifestement les plus grandes peines à soulever. L'assemblée étonnée se regroupa autour de la machine singulière que Monsieur Duchenne dévoila alors et qu'il appela son appareil volta-faradique ! Il s'agissait d'une cassette en bois, allongée et laquée de noir, sur la façade de laquelle se trouvaient deux tiroirs recelant toutes sortes d'instruments et de dispositifs de mesure ; mais à sa surface se dressait un cylindre de bronze allongé qui, pour sa part, était surmonté d'une sphère traversée d'une fiche qui semblait contenir elle-même l'électricité.

« Voilà ! s'exclama le marquis. Il est donc là, l'appareil qui peut nous déchiffrer l'âme humaine, rien de moins ! et du même coup les intentions de Dieu ! » Il éclata d'un rire bruyant avant de reprendre : « Monsieur Duchenne a beau se dissimuler sous les atours d'un scientifique, en vérité c'est un curé qui a inventé un nouvel instrument liturgique ! » – « Je vous en prie, marquis, je crains que vous ne soyez intoxiqué. » – « C'est bien possible ! Le vin, le vin ! Mais n'est-il pas vrai que vous pensez voir dans la face humaine la porte de l'âme, qui distingue de l'animal la respectable espèce de l'*Homo sapiens* ? Et n'affirmez-vous pas, par hasard, avoir trouvé la clef de cette même âme ? » – « Eh bien, précieux marquis, vous avez tendance à donner aux choses une tournure poétique qui les déforme un peu. » – « Pardonnez-moi ! C'est certain, j'ai été injuste avec vous ! » Puis, s'adressant de nouveau aux autres : « En vérité en effet, Monsieur Duchenne n'est ni un religieux ni un homme de science, seulement un artiste ! » – « Précieux marquis de Marconnay, je vois parfaitement clair dans votre jeu, et exceptionnellement, aujourd'hui, puisque vous avez une occasion de faire la fête, je vais vous faire le plaisir d'y prendre mon tour. Je crains toutefois qu'il ne vous faille accepter en contrepartie de servir d'objet d'exposition. » – « Avec le plus grand plaisir ! Dénudez mon âme, Monsieur Duchenne ! Mais je vous en prie, songez qu'il y a aussi des dames dans l'assistance. » Ce numéro de variétés spontané causa un grand plaisir à l'assemblée de cette soirée-là, qui accepta volontiers qu'on lui remplisse de nouveau son verre et, dans cette joyeuse atmosphère, prit ses aises en attendant la suite. Je m'assis moi aussi et observai la scène. « Je dois vous mettre en garde, marquis, dit Monsieur Duchenne en ouvrant une autre valise qui contenait de nombreux instruments et câbles électriques, notre petit projet pourrait vous valoir quelques douleurs. J'ai coutume de mener d'ordinaire mes expériences sur des patients paralysés et totalement insensibles, ou sur d'autres que de longues années de souffrance ont habitués à la douleur. » – « Il me semble, répondit le marquis, moqueur, que vous avez omis de mentionner les cadavres ! » Et comme Monsieur Duchenne se taisait, quelque peu consterné, le marquis ajouta : « Sans oublier les jeunes filles qui ont sombré dans la folie, celles à qui vous vous en prenez par prédilection ! » Le marquis se mit à rire bruyamment. Mais Monsieur Duchenne, au lieu de réagir à ces folies, relia les câbles et les instruments à l'appareil volta-faradique, plaça une chaise devant celui-ci et demanda au marquis de bien vouloir s'asseoir. Le marquis joua alors au clown, fit semblant de ne pas comprendre, s'approcha de la chaise à pas de loup comme s'il était le pantomime Deburau, l'examina minutieusement, tapota le dos du siège, regarda sa partie inférieure, en fit le tour, finit par se tourner de nouveau

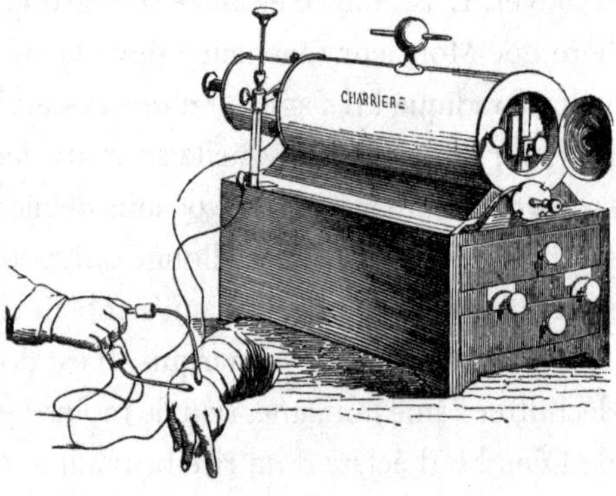

L'appareil volta-faradique

Horreur et agonie – les mécanismes de la physionomie humaine

vers ses invités, leva les mains d'un geste interrogateur et haussa les épaules de manière exagérée avant de demander : « Mais qu'est-ce que ce monsieur peut bien me vouloir ? » Nous riions aux larmes ! « Vous riez ! » s'exclama alors Duchenne, si bien que tout le monde se tut dans la pièce. « Vous êtes bien gai, marquis. En vous, Madame Duval, je discerne une pure joie. Et vous, mon ami Félix, vous êtes indubitablement songeur. Mademoiselle Blanchard, vous êtes aussi attentive qu'un lynx, et sans doute plus qu'aucun de mes étudiants. » Comme j'ai sursauté ! « Vous, au contraire, Monsieur Blanchard, vous éprouvez une certaine colère. J'en suis vraiment navré. J'espère ne pas en être la cause. Et vous, duchesse de Champfleur, pardonnez-moi cette remarque, vous avez bien du mal à dissimuler votre lubricité. » La duchesse rougit puis partit d'un rire forcé qui dévoila ses dents jaunies. « Eh bien, comment puis-je savoir tout cela ? reprit Monsieur Duchenne. Serais-je un voyant capable de lire dans sa boule de cristal ? L'un de ces bonimenteurs qui affirment pouvoir s'entendre sur une science du psychisme ? Ou bien un de ces charlatans qui vous prédisent l'avenir, dans la rue, en échange d'une pièce ? Pas du tout ! Rien de tout cela n'est nécessaire. Car même les signes les plus fugitifs de la sensation sont lisibles pour celui qui s'y entend. Nous possédons tous la capacité instinctive d'exprimer nos émotions sans prononcer ne fût-ce qu'un seul mot. On parle et l'on comprend cette langue dans tous les pays de la terre et quelle que soit l'époque. Elle est universelle et immuable ! Ce qui se manifeste en elle, ce sont les mouvements de l'âme elle-même. Et le visage humain est la carte sur laquelle ils sont inscrits ! » Tous se turent alors, et l'écoutèrent avec la plus grande attention. Duchenne reprit : « J'ai étudié cette grammaire de l'âme et j'ai pu distinguer treize états fondamentaux de ce type. Par la suite, j'ai disséqué le visage lui-même et j'ai distingué un muscle particulier pour l'expression de chaque sentiment : c'est le cas pour le muscle de la souffrance, pour celui de la lubricité, celui du pleur et du gémissement, pour les muscles de la vigilance, de la colère, de la réflexion, de la douleur, de l'étonnement, de la compassion, pour le muscle du sourire mélancolique, celui de la tristesse ou celui de la peur et de la terreur. Le visage humain est peuplé d'états ! »

Et sur ces mots, il manipula un levier de son appareil, qui se mit à gronder de la manière la plus inquiétante qui soit, comme si un essaim d'insectes géants s'activait à l'intérieur. Duchenne, avec un sourire large et étrange dont le muscle m'était encore inconnu, approcha alors deux instruments faradiques, accrochés à des câbles et rappelant des baguettes magiques, du visage du marquis qui faisait à présent des grimaces visibles de tous où l'on ne lisait plus désormais aucune espèce d'humour. « Détendez-vous, marquis ! Détendez-vous ! Sans quoi votre cadeau va vous causer des douleurs encore plus vives. » Et déjà il tenait les bâtons à gauche et à droite des joues du noble, dont le visage afficha d'un seul coup la plus large hilarité ! Seulement les yeux et le front ne paraissaient pas en harmonie avec ce tableau, et plus l'expression du rire était rayonnante sur les lèvres, plus le reste portait celle de l'effroi. « Il s'agit d'un choc faradique, à l'aide duquel je stimule le muscle du rire. » Alors, au grand soulagement de toute l'assistance, Monsieur Duchenne éloigna les bâtons du marquis. Celui-ci palpa son visage, incrédule, en grimaçant comme s'il avait dû expulser un démon en lui-même. « Eh bien, comment cela s'est-il passé pour vous ? » demanda Monsieur Duchenne au marquis. « Si je me rappelle bien, Monsieur Duchenne, vous avez écrit un jour que n'importe quel visage peut devenir beau, y compris celui d'un vieillard stupide ? » rétorqua celui-ci. « Tout à fait. Le visage montre sa beauté spirituelle du seul fait du surgissement aigu de l'émotion pure. » – « Même le mien ? » – « Eh bien, laissez-moi voir un instant. Oui, je pense que même le vôtre recèle, bien dissimulé, ce potentiel. » Et ils se mirent tous à rire, comme s'ils étaient tout à coup soulagés de constater que ces messieurs continuaient à échanger des traits d'humour comme si de rien n'était ! « Je vous le demande donc, précieux Duchenne, faites de moi la belle Hélène ! Auriez-vous cette amabilité ? » Et Monsieur Duchenne leva de nouveau ses bâtons.

2. « Garder la face ! » dit Papa.

FORNICATION — J'ai envie de pleurer ! De rire ! Je pourrais crier ! J'ai l'impression d'étouffer. Allons, allons, Paulette, respire, respire. Non, j'aimerais que les médecins viennent m'emmener moi aussi à la Salpêtrière, alors du moins la folie me paraîtrait convenable ! Combien de temps il m'a fallu pour comprendre tout cela ! Des semaines ! Que dis-je ? Dix-sept ans ! Je ne sais plus ce que je dois penser ou ressentir. Je crois que je suis en train de tomber malade. Je me sens très mal. Peut-être devrais-je appeler Gervaise. Mais non, je veux être seule. Ne plus jamais voir un être humain. La chère Anne ! La pauvre Anne ! Je crois qu'elle a tout juste quelques années de plus que moi. Et quand bien même elle serait plus âgée ! Quel monstre ! Je vais simplement frapper à la porte de son bureau et dire : « Papa, il faut que je vous parle. J'ai quelque chose qui me pèse sur le cœur. » Allons, voyons. Et après ? À quoi bon ? À savoir si c'est vrai ! Mais comment en douter ? Tout s'effondre devant moi. Je dois mettre de l'ordre. Je vais tout noter, lentement, et ensuite me faire une idée d'ensemble, je vais me lire et me relire autant de fois qu'il le faudra jusqu'à savoir ce qu'il faut faire et ce qu'il faut penser.

Je suis donc arrivée à Paris. Et personne n'a rien dit. Papa m'a paru extrêmement aimable. Il a glissé, en passant, que Maman était malade. Qu'elle n'était pas là. Et cela m'a aussitôt plongée dans une telle confusion – même plus tard, lorsque j'ai enfin pu obtenir de voir Maman, je ne savais absolument plus où j'avais la tête, je n'ai même pas remarqué l'absence d'Anne. C'est seulement au bout d'une semaine que j'ai pris conscience, pour la première fois, que je ne l'avais pas encore revue. « Où est Anne ? » ai-je demandé à Père. Et il a froidement déclaré qu'il avait été obligé de lui donner son congé. « Comment cela, Papa ? Notre chère Anne ? Que s'est-il passé ? » – « Elle ignorait comment doit se comporter une bonne. » Et la manière dont il prononça ces mots n'autorisait aucune question supplémentaire. Je suis donc allée voir Charles, qui m'a dit que le cher Monsieur avait congédié Anne pour comportement dissolu, car on ne tolérait pas dans cette maison de comportement déplacé, c'est ce qu'avait dit le cher Monsieur. « Dieu du ciel, mais qu'a-t-elle donc fait ? » ai-je demandé. Charles n'avait cependant rien à dire de plus précis sur ce point, à moins qu'il n'ait jugé bienvenu de garder le silence. Et c'est une fois de plus Odette, cette femme aussi ronde que loquace et fiable, qui me parla de la grossesse. Anne, enceinte ! Le père de l'enfant était un bon à rien sorti du caniveau et avec lequel elle s'était souillée, m'a dit Odette. J'aurais dû m'en contenter sur-le-champ, j'aurais même compris la décision de Papa. Si Maman n'avait pas dit des choses. Des allusions que j'avais plus tendance à attribuer à son imagination fiévreuse qu'à prendre au sérieux. Mais lorsqu'elle m'a plusieurs fois répété, il y a quelques jours, que je devais demander à Hyacinthe si je voulais savoir précisément ce qu'il en était, j'ai décidé d'aller au fond de la question. Je suis donc allée la voir aujourd'hui, cette amie de Maman qui tient à ce que je lui donne du Madame le Directeur Lagrange, ce qui me paraît d'une idiotie épouvantable. Madame le Directeur Lagrange, en quoi la position qu'occupe votre excentrique de mari me concerne-t-elle, qu'il soit le directeur ou un clochard ? Vous n'avez donc aucune vie personnelle ? Sans doute pas ! Madame Hyacinthe le Directeur Lagrange, en tout cas, a commencé par jouer l'ignorance. Elle a fait servir du thé et des gâteaux en prononçant sans arrêt les mots « Ah, ma chère enfant ! », ce qui m'a terriblement agacée. Et comme, ah, chère enfant que je suis, Madame le Directeur m'a questionnée jusqu'à ce qu'elle soit persuadée que j'avais franchi le cap de l'adolescence, elle s'est enfin décidée à épancher devant moi son âme chagrinée. Quelle histoire atroce ne m'a-t-elle pas racontée ! L'état de ma mère, me dit-elle, l'inquiétait depuis longtemps déjà, mais comme celle-ci ne se prononçait pas et que Madame le Directeur supposait que son abattement avait son origine dans les discordes du couple, elle prit son courage à deux mains – on ne sait où elle le trouva ! – et fit une visite rue Murillo. On la fit entrer et Charles l'informa que Monsieur Blanchard était en conversation et qu'elle devrait patienter. Et comme elle prenait place dans l'antichambre, elle fut le témoin involontaire d'une effroyable dispute qui se déroula dans le couloir du premier étage. Elle ne perçut d'abord que des voix indistinctes en lesquelles elle finit pourtant par reconnaître celle de mon père et celle de la bonne. Pour finir, elle entendit clairement Papa s'exclamer : « C'est une honte, espèce de petite impertinente ! Une rente, un logement ! Et tout ce que j'exige en contrepartie, c'est que tu ne dises rien des circonstances ! Que veux-tu de plus, jeune créature débridée ?! » Sur quoi Madame le Directeur, épouvantée, prit la fuite et quitta la maison, non sans se poster auparavant dans le parc Monceau pour y attendre et, à couvert, voir effectivement peu après la chère Anne sortir en larmes, décomposée, par la porte de service.

Ah, Maman ! Voilà donc ce qui vous a ravi la raison ! Gentille femme que vous êtes. Cela vous a vexée à mort. Et maintenant vous ne savez plus faire qu'une chose, prier.

FUTUR — Certes, Maman et Papa ne veulent que mon bien. J'ai donc préparé un plan et je vais mettre mes parents dans le secret dès que je trouverai le moment adéquat pour le faire. Dans un premier temps, j'aimerais me consacrer de nouveau au piano. Refaire enfin une visite à Madame d'Étoile ! Et étudier de nouveaux morceaux ! Réapprendre l'agilité dactyle, qui me paraîtra forcément dévastée maintenant que cette indicible nonne et ses conseils tordus ont réduit à néant tout ce que je savais arracher d'harmonieux à ce bel instrument. Mieux, me consacrer pendant un ou deux ans exclusivement à l'art et à la musique pour qu'ils me fassent mûrir et affinent mon sens de ce qui est beau. Et ensuite, à l'Université de France ! À la faculté des Sciences ! Le physicien trouve son point de départ dans l'exploration de la nature. Il utilise son esprit pour percer à jour ce qu'il a ainsi vu et s'en sert pour former une idée qu'il vérifie par l'expérimentation. Oh, toute ma vie ne doit être qu'une vaste expérience de ce type et suivre une seule grande idée : la transgression ! L'homme de science, ai-je lu – et pourquoi cette loi ne s'appliquerait-elle pas aussi bien à la femme ? –, oriente toujours ses efforts vers l'impossible et fait tout pour le ramener dans le domaine du possible. Sa pensée pénètre dans ces sphères qui paraissaient encore hors d'atteinte à d'autres qui l'ont précédé. Si je pouvais tout savoir et tout comprendre, j'aurais atteint le bonheur suprême.

GALOP INFERNAL — Un vacarme effroyable me fait sursauter, je regarde autour de moi et je trouve ma chambre entièrement métamorphosée ! Ou plus exactement, il n'y a plus de chambre, plus de couverture sur moi, plus de sol, plus de murs, rien qu'une noire pénombre. Il me semble alors entendre le son d'un triangle, et d'un seul coup tout se retrouve dans la plus vive clarté du jour. Autour de mon lit se tient à présent une grande assemblée. Maman et Papa, Isabelle, Édouard, Monsieur Pontagnac, le marquis, la duchesse de Champfleur, Madame d'Étoile et bien d'autres encore, disposés comme pour une veillée funèbre, en sorte que je tiens pour établi le fait que ma dernière heure a sonné ou que je suis déjà partie rejoindre les spectres ! Alors seulement, je vois où je me trouve. Mon lit n'est plus du tout dans son alcôve protégée, mais sur une vaste scène éclairée par les vives lumières à l'acétylène de la rampe ! C'est le théâtre des Bouffes-Parisiens ! Et la scène est pleine de dieux et de démons ! Les rangées sont remplies jusqu'à la dernière place d'une foule haute en couleur, des messieurs et des dames raffinés, des paysans, des bonnes et des apprentis crasseux ! Et tous braillent et applaudissent comme s'ils étaient soudain plongés dans l'extase. Dans une loge est assis l'empereur en personne, qui m'examine sous toutes les coutures avec sa lorgnette. Voilà Maman qui fait un pas en avant, elle est à présent tout près de mon lit, dans sa tenue blanche, la Sainte Vierge, entourée par un éclat aveuglant. Elle me sourit, ouvre largement la bouche avant d'entonner d'une voix croassante et stridente : « Évoé ! Ton feu sacré ! Évoé ! Évoé ! Devenez incandescents en moi ! Évoé ! C'est toi que je veux servir ! Évoé ! Salut à toi, Bacchus ! » Alors, la musique commence à jouer, et tout le monde se met à danser, comme frappé de folie. Je ne sais pas si c'est la *Marseillaise*, une valse ou le cancan. Maman pose sa main sur sa poitrine et arrache sa robe virginale, dénude ses seins avec un cri de démente et apparaît l'instant suivant sous les traits d'une bacchante, portant comme des bijoux des grappes de raisin et une peau de tigre pour tout vêtement. Les autres l'imitent, et les femmes de l'enfer se mettent à tourbillonner en formant une ronde. Papa, tantôt Bacchus, tantôt maître des enfers, porte au front des cornes de diable et pousse de tels cris que la terre tremble en dessous de moi. Un rire épouvantable s'élève alors depuis les rangées. Les dames relèvent leurs amples crinolines et dévoilent leurs dessous. L'orchestre fulminant fait désormais tout avancer au rythme de cette violence déchaînée qui s'abat comme des coups de fouet. Hop ! Hop ! Hop ! Hop ! Vive le galop ! À cet instant, l'empereur s'élève dans un char divin, au milieu d'un nuage d'étincelles et de flammes, flanqué de sirènes et de satyres, escorté par des fanfares et les chants extatiques des faunes. Et le peuple crie et jubile, il clame mon nom en mesure : « Pau-lette ! Pau-lette ! Pau-lette ! Pau-lette ! » L'empereur vole à présent au-dessus de moi, la bouche rouge comme la braise, et m'envoie des baisers. Ce sont des hordes qui se resserrent autour de ma personne, qui m'enserrent et rient sans interruption tout en faisant battre leurs capes comme les ailes d'oiseaux sombres et en lançant les jambes en avant, dévoilant de la sorte leurs répugnantes parties génitales. Et ils tournent de plus en plus vite pour ce galop d'enfer. Et ils lancent les jambes de plus en plus haut, de plus en plus vite. Et leur rire résonne toujours plus fort. « L'empire, c'est la paix ! crient-ils. Évoé ! Évoé ! » Monsieur Pontagnac prend des photographies. Ces messieurs de la presse font danser les plumes. Les flûtes, les cordes, les percussions et les trombones, tous fouettent ces corps incandescents pour les faire avancer, ces travestis, toujours plus près de moi. Les feux de la rampe sont si vifs que j'en suis aveuglée. « Évoé ! Évoé ! » Un vertige. Un amusement effroyable ! Et mille mains se tendent vers moi. Elles m'arrachent du lit, tant et si bien que je me réveille en criant.

INSUPPORTABLE — Visite d'Isabelle. Enfin. Ma chère sœur ! Depuis combien de temps ne l'ai-je pas eue en face de moi ? Elle attend un enfant, sapristi, et j'ai du mal à m'en réjouir. Elle a tellement changé. Je la reconnais à peine. Où est-elle, ma grande sœur éveillée, avec sa tête bouclée pleine d'idées loufoques et de rêveries, avec ces gigantesques yeux bleus qui ne cessent de découvrir des choses qui m'échappent, avec sur sa petite robe chic des pois encore plus larges que les miens ? Ma très chère Isabelle ! Hélas, enfoncée jusqu'au cou dans l'intérieur de Madame Focher, puisque tel est à présent son nom ! Elle et François se sont enfin installés à l'étage bourgeois, avenue de l'Impératrice. Comme c'est chic ! La maison dispose d'un ascenseur hydraulique. Je ne vois rien de positif à ajouter à ce sujet. Si j'avais passé toute ma journée à monter et à descendre dans cet appareil, je me serais épargné bien du malheur. Pour ce qui concerne la magnificence et la noblesse, cet appartement est sans doute difficilement surpassable. Quatre cents mètres carrés et des splendeurs partout où l'œil se pose. J'ai cru étouffer ! Nous sommes donc allés au bois de Boulogne. La chaleur était à peine supportable, mais les arbres projetaient de longues ombres et le lac, lui aussi, refroidissait un peu l'air. Isabelle marchait devant nous avec sa splendide toilette et son ombrelle, elle faisait les yeux doux aux messieurs. « Qu'en est-il de ton bonheur, ma chère sœur ? » ai-je demandé. – « Tout est en ordre. » – « En ordre ! Voilà un mot curieux ! » – « Eh bien… Le mariage est un devoir ennuyeux. Je sais le remplir. » – « Et l'amour, Isabelle ? Qu'en est-il de l'amour ? » – « Paulette, je t'en prie, oublie ces enfantillages ! » Elle a blâmé mon tempérament bouillonnant et m'a dit d'un ton pontifiant que je comprendrais bien un jour, quand l'heure serait venue. Mais j'ai compris depuis très longtemps ! Il est tellement plus facile de dire : Je me résigne, je me plie à ce qui est attendu, je trouve mon bonheur dans le seul fait de me conformer à l'image que d'autres m'ont accrochée au-dessus du miroir ! « Alors on se garde un amant contre l'ennui », a dit Isabelle, et en prononçant ces mots elle s'est trouvée effroyablement chic et moderne ! Et comme je n'ai pas pu dissimuler mon indignation, elle a ajouté : « Crois-tu donc que Maman s'en soit sortie autrement ? » – « Tu devrais avoir honte ! Notre chère Maman… » – « Enfin, sœurette, tu crois vraiment que c'est à cause de Papa qu'elle perd la raison ? Monsieur Duval l'a laissée tomber. Pour une plus jeune ! Voilà ce qu'elle n'a pas supporté. » Et tandis que j'étais encore une fois en train de m'effondrer, elle me chuchota : « À présent, reprends-toi, Paulette. Les gens nous regardent. »

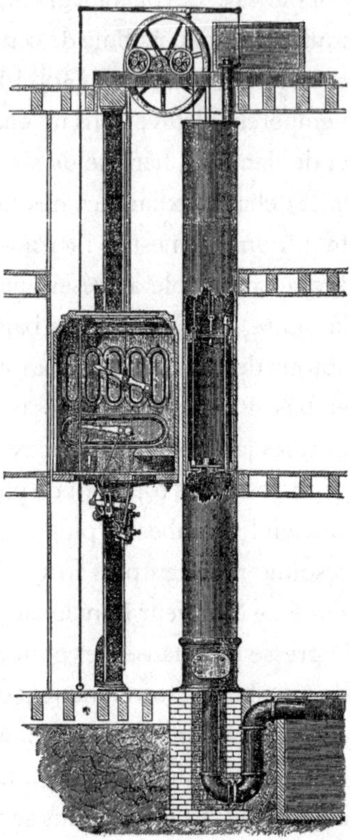
Ascenseur hydraulique

KALÉIDOSCOPE — Magenta et aigue-marine, pourpre, jaune renoncule, opale, indigo, vert arabe, blanc albâtre, bleu persan, basalte et bordeaux, or louis-d'or et argent nacré, aubergine, rose Japon, abricot et écarlate, jaune moutarde et bleu jacinthe ! Losanges, cercles, ovales, triangles et trapèzes, points lumineux, trajectoires et points de fuite ! Et des fleurs qui se transforment en yeux qui se transforment en soleils qui se transforment en labyrinthes qui se transforment en constellations qui se transforment en jardins, en feux d'artifice et en taches de rousseur ! Ah, je pourrais m'abandonner pendant des heures à ce spectacle !

Images reflétées dans un kaléidoscope

MUTISME — J'aimerais ne jamais devenir comme vous, Maman. Même si je vous aime et vous respecte tellement, même si vous êtes pour moi la personne la plus importante de la terre. Maman, vous dormez. Vous dormez toute la journée et moi je m'éveille ici, à côté de vous, au bord du lit, je vous tiens la main. Vous êtes tellement épuisée, Maman. Vous êtes horriblement fatiguée, je le comprends sans peine. Vous avez beaucoup souffert. Votre souffrance m'écœure, Maman. À quel point elle m'écœure ! J'aimerais pouvoir vous l'ôter. J'aimerais que pour une fois vous m'écoutiez, Maman, et que vous me croyiez quand je vous parle de la beauté et du bonheur. Je vais continuer à vous dire à l'oreille, Maman, qu'il y a un bonheur et que vous n'avez qu'à tendre la main pour l'attraper. Et que je suis là pour vous, Maman. Toujours. Si seulement vous n'étiez pas aussi têtue ! Vous avez l'air vieille, Maman. J'ai failli ne pas vous reconnaître quand je suis venue vous voir dans cet affreux mouroir. C'est sûr, il ne m'y restait à moi non plus rien d'autre à faire que m'effondrer. J'étais dans une telle rage, Maman ! J'étais tellement furieuse, et je le suis encore ! J'ai crié : « Vous l'avez détruite ! Et à présent vous comptez l'abandonner dans cette chambre de l'enfer ? » Vous m'aviez pourtant affirmé que vous y étiez hébergée pour le mieux. Vous disiez que le grand Monsieur Charcot en personne allait s'occuper de vous. Qu'il connaissait des milliers de cas comme le vôtre ! Qu'il savait ce qu'il fallait faire. Je n'ai pas supporté cela, Maman. J'ai dit : « Ramenons-la ! Tout de suite ! » Et Papa a répondu : « La place d'une femme malade, c'est à l'hôpital. » À présent vous voilà ici. Et je vois que vous allez bien. Je vois que vous retrouvez des forces. Il faut que vous mangiez votre soupe, Maman. Et je reste ici, je me réveille à côté de vous. J'ai beaucoup d'affection pour vous, Maman. Mais j'aimerais ne jamais devenir quelqu'un comme vous.

SECRET — Je ne peux plus le garder pour moi. Que cela éclate ici une fois pour toutes. Je l'aime ! Je l'aime ! J'aime Eugène, mon oncle Eugène !

UTÉRUS — Ils ont tenu des propos grandioses ! Bravo, bravo, bravo ! À la bonne heure ! Avec quel brio ils nous ont présenté leurs éminentes théories, ces messieurs, à nous, viles créatures ! Je suis ravie ! Papa, vous nous avez donné là une grande leçon. Je m'incline, reconnaissante pour cette séance d'instruction, même si, bien entendu, mon esprit inférieur ne peut l'appréhender dans toute sa splendeur et toute sa grandeur. Chapeau, Messieurs, je vous applaudis !

Papa nous a fait savoir que le docteur Théophile Lenoir se présenterait pour le souper. Il nous a fait comprendre, sans la moindre équivoque, qu'il souhaitait notre présence, et a recommandé une « toilette correcte ». « Pensez-vous, Papa, que l'état de la chère Madame Maman permette un tel effort ? » – « Sois rassurée, mon enfant, l'initiative revient à Théophile lui-même et je pense qu'il serait stupide de contredire un médecin prestigieux. » Maman est apparue dans une somptueuse robe à volants de tulle et de satin, et a certainement placé son mari sous le meilleur jour possible. Moi-même, je portais une robe simple en mousseline blanche. « Émilie ! Comme je suis heureux ! Vous avez une mine ravissante ! J'aimerais presque dire que vos charmes sont tels qu'ils éblouiraient les yeux exercés d'un médecin. On pourrait croire que vous jouissez de la meilleure santé qui soit ! » Maman, livide, fit une petite et humble révérence. « Et je suppose qu'il s'agit de la petite Paulette ! Comme je suis étonné. Une jeune dame ! » Je baissai la tête un bref instant, puis la relevai et observai Monsieur Lenoir. Cela lui était visiblement désagréable. Il me parut extrêmement insignifiant, ce petit homme grassouillet avec sa demi-calvitie, sa moustache et son pince-nez qui ne voulait pas tenir en place, raison pour laquelle il ne cessait de froncer son nez hideux ! On servait le premier plat lorsque Monsieur Lenoir a commencé : « Je suppose, cher Jean-Baptiste, que le diagnostic évoque l'hystérie ? » – « Tout à fait exact, Théophile, Monsieur Charcot parlait même d'une grande attaque. Une grande attaque ! Avec tout ce qui s'ensuit ! Le stade de la convulsion, les grands mouvements, l'arc ! Puis les gestes passionnés, accompagnés de cris et de vision de terreur. Et, pour finir, le délire ! » – « J'ai pu l'observer de mes yeux ! » Papa sirotait son apéritif. « De quelconques symptômes durables ? » – « Seulement provisoires. Une hémianesthésie et une contraction temporaire de la main gauche. » – « Les attaques se sont-elles répétées ? » – « Hélas, cher Théophile, deux fois. J'ai beaucoup souffert. Mais plus depuis qu'elle a été autorisée à sortir. » Monsieur Lenoir, qui mangeait bruyamment sa bisque de homard, fronça le nez et observa longuement Maman. « Eh bien, Jean-Baptiste, il s'agit désormais d'être fort. » À cet instant, le pince-nez se détacha et manqua tomber dans la soupe. Il reprit hâtivement : « Nous, les hommes, sommes l'épine dorsale de cette société et de sa plus petite fraction, la famille. Pardonnez-moi, mesdames, si je m'exprime franchement. N'y voyez rien de désobligeant. Je parle au contraire avec la voix de la science elle-même. » – « Mais voyons, cela va de soi ! s'exclama Papa. Je t'en prie, reprends ton exposé ! » – « Eh bien, la femme a par nature une faible constitution, et pourtant sa vie est significativement plus dure que celle de l'homme. C'est extrêmement regrettable, n'est-ce pas ? Elle a un cerveau plus petit, ce qui a des effets très défavorables sur sa capacité de réflexion. Il lui manque en outre la force vitale virile qui, seule, l'élèverait au rang de créature achevée. Et pour finir, mais ce n'est pas le moindre, comme nous pouvons l'observer de manière exemplaire dans le cas de ton épouse, cher Jean-Baptiste, la femme demeure l'éternelle esclave de l'utérus, qui la condamne à vivre en état de passion et conditionne sa structure nerveuse. Cela, les Grecs anciens le savaient déjà ! “L'utérus est un animal, écrivait Platon, qui réclame ardemment des enfants ! Que celui-ci reste longtemps infécond, le voilà qui s'enflamme de colère, parcourt l'ensemble du corps, encombre les voies respiratoires, inhibe la respiration et plonge de cette manière le corps tout entier dans les pires dangers et les pires maladies !" Ou encore, comme j'ai coutume de le dire : une femme, donc malade ; et malade, parce que femme ! Mais voilà, à quoi sert de se plaindre de l'injustice de la nature ? La femme a besoin du mariage, qui est sa protection et sa liberté. Et toi, cher Jean-Baptiste, tu dois à présent remplir ton devoir ! Car le mari est le médecin de la femme. Tiens, voici déjà le deuxième plat ! » Et tandis que Charles servait la perdrix et les huîtres, Papa s'exclama : « Il est possible, Théophile, que ce devoir soit pour l'homme une lourde charge, puisqu'elle freine sa propre évolution. Mais tu oublies à quel point l'homme est aussi enrichi par sa compagne, en ce qu'elle est un élément complémentaire, proche de la nature et pourtant supraterrestre. » Monsieur Lenoir hocha la tête et fronça le nez, qu'il avait laid. « On a calculé que la femme est inférieure à l'homme par son physique, son esprit et sa morale, dans une proportion finale de vingt-sept pour huit ! Mais pour ce qui concerne la beauté, la proportion est inversée, et sur ce point la femme est largement en avance sur l'homme ! » – « Aux femmes ! » s'exclama Papa. « Aux femmes ! » Et les deux messieurs levèrent leur verre. Maman les imita mécaniquement. Je fus la seule à rester sur mon siège, immobile, tête baissée. Le petit médecin grassouillet se sentit obligé de reprendre la parole : « Il est très facile d'observer ce qui arrive à la femme quand elle quitte le chemin qui lui a été tracé. Que l'on songe par exemple à Madame Sand ou à Madame de Staël. Elle s'abandonne à son amoralité innée et court tout droit à la damnation. Elle se livre à la déchéance morale et sociale. Il n'y a que deux solutions : ou bien une femme est femme d'intérieur, sous la protection du mariage, ou bien elle est une concubine. » Et ils continuèrent à converser ainsi. Quelle attitude suffisante et blasée ! Et Maman ? Figée comme une colonne ! Je l'aurais volontiers poussée, ou pincée, ou alors j'aurais crié : « Maman ! Réveillez-vous ! Je vous le demande ! Et soutenez-moi ! » Ah, quelle humiliation, quelle misère ! Devoir rester là, m'étrangler avec mes huîtres et ma perdrix, et ravaler ma colère à chaque bouchée ! Non, ça ne peut pas être vrai. Non, je ne crois pas un mot de ces messieurs ! Cela ne se peut pas ! Plutôt mourir que de vivre la vie de cette créature qu'ils ont esquissée aujourd'hui avec tant d'agilité !

TROISIÈME ALPHABET

PARIS ET CLÉCY,
JUILLET À SEPTEMBRE 1870

Le 19 juillet 1870, Napoléon III déclara la guerre à la Prusse. Et ce mot, la guerre, détona dans ce Moi comme un tir d'artillerie lourde. Désormais ce n'étaient plus seulement la famille et la société parisienne qui paraissaient être sorties de leurs rails, mais aussi la nation, voire le monde. Paris était pris dans le vertige d'une singulière euphorie belliciste. Et ce Moi, excité par tout ce qui est grand, par tout ce en quoi il pouvait flairer la vraie vie, se trouvait tiré à hue et à dia entre l'effroi et l'espoir d'un changement. Six semaines plus tard, déjà, la France subissait une sévère défaite près de Sedan. L'Empire tomba, on proclama la République. La famille Blanchard se réfugia dans sa maison de campagne de Clécy. Tandis que Paris était assiégé et bombardé par les troupes prussiennes, la jeune femme était confrontée à des manœuvres d'un autre type.

ARMES — Papa est de retour et nous parle d'armes ! Ses hauts-fourneaux chauffent à blanc. Les morts donnent des ailes à ses actions. Et Papa chante l'hymne de la fumée qui monte ! Cette fois, il a fait les bons placements. Et moi, j'ai envie de pleurer. J'ai eu l'impression que Papa lui-même était sur le front lorsqu'il nous a donné au salon son cours sur les toutes dernières évolutions de l'armement, qu'il a chanté son cantique sur la supériorité de notre nation et l'habileté de ses procédés. À ce moment-là, il est même allé jusqu'à se jeter par terre, à tourner en rampant sur le tapis comme s'il était devenu fou, il a transformé la chaise longue en tranchée et le piano en affût. Pendant des millénaires, a-t-il dit, on s'est fait la guerre avec l'épée et le bouclier, l'arc et la flèche. Mais au cours de notre siècle, la science a donné un nouveau souffle à l'art militaire. Les champs de bataille d'aujourd'hui sont vides, car on écrase l'ennemi à des centaines et des milliers de mètres de distance. Le tapis a servi à Papa de plan de bataille. Il y a porté mon

Mitrailleuse

chevalet ainsi qu'un moulin à café et les a assemblés pour en faire une mitrailleuse, l'arme secrète de nos troupes, la fierté de la France et la révolution de l'armurerie ! Alors Papa actionna la manivelle du moulin à café et l'on vit grêler des salves de plus de cent coups à la minute. Les membres des bataillons ennemis tombaient par milliers. Maman ne put réprimer un cri au moment où Papa finit par sortir un fusil authentique. « Tout frais de l'usine ! » Le fameux Chassepot qui va nous apporter la victoire, dit-il : toutes nos armées étaient équipées de ce fusil-mitrailleur à chargement par la culasse. Le Prussien allait frissonner d'effroi avant de tomber à tout jamais ! Trois cents de ces Chassepot vaudraient plus que cinq cents Dreyse prussiens. « Nous autres, ingénieurs, nous avons fait notre part ! Aux soldats, à présent, de faire la leur ! »

FATALITÉ — **1.** Et il faudra quand même bien que ça ait un sens, quel qu'il soit ! Rien ne se produit dans ce monde qui ne soit chargé de sens. Pas un souffle de vent ne caresse le champ sans utilité, aucun brin d'herbe ne se brise sans raison et aucune guerre n'éclate sans une nécessité profonde et impénétrable. Cela, je dois me le répéter : il faudra ne jamais l'oublier. Aussi minuscule que je sois, aussi ingénue, aussi incapable de discerner le plan d'ensemble, je sais tout de même que tout n'est fait que pour mon bien, que tout ce qui se produit doit se passer ainsi et qu'au bout du compte tout finira au mieux !

2. En conséquence, je me rends. Je fais ce que mon destin me dicte. Qui suis-je pour m'insurger contre le cours du monde ? Qu'est-ce qui me prend, de vouloir réécrire l'ordre des choses ? Pourtant, quoi qu'il arrive, je resterai à mes propres yeux celle que je suis. Je peux me plier en apparence, mais intérieurement, je me le jure, je dois rester au plus près de moi-même. Je ne me perdrai pas. Certainement pas ! Je n'ai pas le droit de me perdre.

FUITE — **1.** Terminé ! Partis ! Toute la ville est en fuite ! On tremble, on est accablé parce qu'on ne sait pas ce qui viendra. Et si l'on a un pressentiment, il est bien sombre. On ne peut pas vivre ainsi. On nous a réveillés, et le jour n'était même pas levé ! « La bataille est perdue ! a crié Papa. L'empereur est prisonnier ! » Toute la maison a été prise d'une agitation frénétique. On n'a emballé que le strict nécessaire. Après tout, on ne sait pas combien de temps la route sera encore praticable. Je n'ai même pas eu le temps de jeter un dernier coup d'œil à cette maison, même si, en réalité, je la hais. Peut-être ne la reverrai-je jamais ? Et tandis que les calèches pliant sous le poids des corbeilles et des valises roulaient vers la gare Montparnasse, j'ai trouvé Paris chaviré, saisi par une effroyable terreur. Ils couraient dans tous les sens, comme des spectres hantant les rues, le visage affalé, l'air découragé. Des hordes encerclaient les kiosques à journaux ! Au milieu de la rue, des figures pétrifiées en colonnes de sel lisaient et relisaient les grands titres sans en comprendre ne fût-ce qu'un mot. Entre tout cela, des amas humains qui agitaient leurs drapeaux et scandaient : « À bas la couronne ! » Tout n'est que scintillement et mes sens sont hébétés. Bien sûr, je suis dans le train, il le faut, et pourtant mon impression ne serait pas différente s'il s'agissait d'un projectile filant dans le cosmos étincelant. La gare Montparnasse avait tout d'une maison de fous ! La foule des voitures qui arrivaient chargées de bagages jusqu'au toit ; l'afflux vers les guichets qui démentait tout discours sur le caractère civilisé de la nation ; l'effervescence au moment de déposer ses bagages. Les porteurs, les marchands de journaux ! Un effroyable pêle-mêle. On nous a finalement indiqué notre quai. Peut-on imaginer cette ville, construite en vue d'un éclat éternel, se retrouver en ruine ? La locomotive se met en marche en émettant de bruyants sifflements. Ce monstre noir et puissant qui halète et qui souffle ! La tête colossale de ce serpent de fer dont la voie, les articulations, les aiguillages forment l'épine dorsale, et les gares de terminus les extrémités. Il nous porte comme un animal docile et fidèle ! La voie du Paris-Granville a été ouverte il y a seulement deux mois. Trois cent vingt-huit kilomètres en à peine huit

Locomotive

heures ! On a presque l'impression de voler. Le paysage défile devant mes yeux, j'en ai le vertige.

2. Nous avons accueilli les Roquette, qui se sont enfuis de Rouen. C'est tout naturel, bien sûr, même si c'est épouvantablement désagréable pour cette pauvre famille, même si elle ne cesse de prier qu'on l'excuse d'être ainsi devenue une charge, excuses qui commencent, pour ce qui me concerne, à me peser un peu. Nous sommes désormais quatorze personnes dans notre demeure, dont trois enfants hilares qui ne savent rien ni des batailles ni des nations, et j'irais presque jusqu'à dire qu'un peu de vie est entrée dans ces lieux. Aujourd'hui, à un moment, j'ai même vu Maman rire, si bien que les larmes me sont aussitôt montées aux yeux. Je partage désormais ma chambre avec Isabelle et Gervaise, et nous passons parfois la moitié de la nuit à chuchoter et à faire les idiotes. Cela éveille en moi des souvenirs des jours anciens, je suis submergée par un tel sentiment de bien-être que j'en oublie, pour un temps, tout ce qui va mal.

GUERRE — 1. « La guerre ! a crié Papa. La guerre ! » J'ai presque cru qu'il allait sauter sur la table dressée, se débarrasser de sa redingote et danser le cancan. « C'est notre salut ! À bas la Prusse ! »

2. Je suis inconsolable. Papa m'a permis, aujourd'hui, de rendre visite à ma chère Berthe, qui est enfin rentrée, depuis mardi, de ses vacances à Sarrebruck et séjourne de nouveau à Paris. L'idée de voir Berthe a donné un goût suave à toute ma matinée et je me suis sentie tellement légère que j'en aurais presque oublié toutes les mauvaises nouvelles. Cela faisait certainement trois mois que nous ne nous étions plus serrées dans les bras et embrassées, et si l'on songe qu'on nous appelait les Inséparables au pensionnat, cela fait une éternité ! La mère de Berthe m'a reçue avec une grande ferveur, mais j'ai été épouvantée quand j'ai découvert la pagaille qui régnait dans l'appartement des Schneider : ce n'étaient que cartons empilés et petits chariots ; les meubles avaient déjà été en grande partie démontés en vue du déménagement et leurs éléments avaient été regroupés pour le départ ; les murs étaient d'une effroyable nudité ; et une légion affairée d'artisans et de portefaix s'activait dans toutes les pièces et dans tous les couloirs. J'ai trouvé Berthe dans sa chambre, qui avait été entièrement vidée et donnait une impression de très grand malaise. Elle avait seulement approché une chaise de la fenêtre et regardait ainsi, le menton posé sur la main, le boulevard Bonne-Nouvelle. « Oh ma précieuse Berthe, ma tendre, ma sauvage ! » me suis-je exclamée avant de courir dans sa direction, portée par la joie qui m'emplissait. Mais elle n'a pas réagi, elle est restée à sa place, le dos tourné, en regardant par la fenêtre. « Que t'arrive-t-il ? Berthe ? » – « Je m'appelle Bertha », m'a-t-elle répondu d'une voix froide avant de se retourner dans ma direction. Alors seulement, j'ai vu ses yeux affreusement enflés par les larmes. « Berthe, chère ! Que s'est-il passé ? Qu'arrive-t-il à votre appartement ? Parle donc ! Vous déménagez ? Nous allons être voisines, c'est ça ? » C'est alors qu'il a jailli, ce poison effroyable qu'on lui avait inoculé de je ne sais où. « Vous autres Gaulois êtes un peuple arrogant. Vous vous prenez pour une grande nation, n'est-ce pas ? En réalité vous avez seulement un goût immodéré pour la jouissance, vous êtes indisciplinés et paresseux. Vous voulez la guerre ? Mais faites donc, avec plaisir ! Seulement nous allons vous broyer ! » Je suis partie en courant, comme percée de mille flèches. Je ne peux plus m'arrêter de pleurer.

3. On chante la *Marseillaise* ! Cette ville est devenue folle ! Les gens ont perdu toute raison ! Je suis allée en calèche, avec Maman, jusqu'à la place de l'Étoile, et tandis que nous la traversions une foule de milliers de personnes a marché vers nous dans un état d'extase parfaitement effroyable. On agite le drapeau tricolore, on jette son chapeau en l'air ; les visages sont blêmes d'excitation, quand le vin ne les a pas rendus cramoisis ; on chante, on danse, on célèbre sa propre perte. Voilà qu'une bande de jeunes hommes saute sur notre véhicule en criant « Vive la France ! » et « À bas Bismarck ! »

4. Ils ont enrôlé Édouard dans la Garde mobile ! Mais aussi oncle Gilbert ! et François ! Maman pleure du matin au soir. Impossible de la tranquilliser. Le médecin est venu et lui a fait une saignée. Depuis cette intervention, elle dort tranquillement. Isabelle, me semble-t-il, est froide et indifférente, presque soulagée.

5. Papa dit que nous allons vaincre l'ennemi.

6. Les journaux racontent que notre armée a remporté une grande victoire près de Frœschwiller, sous la direction de Mac-Mahon ! Allons, je ne puis dissimuler ma fierté. Peut-être tout cela va-t-il bien finir !

Patrice de Mac-Mahon

7. Et si cela, précisément, était la vraie grandeur ? Si la France était élue pour porter ce fardeau d'être la première parmi les nations ? Si c'était à nous de nous opposer à cette mégalomanie démesurée des Prussiens ?

8. Mensonges ! Mensonges ! Nous perdons une bataille après l'autre et bientôt tout sera perdu.

9. Je vous hais ! Je vous hais tous, vous et votre exécrable guerre ! Cela met mon pauvre cœur en lambeaux. Papa a ordonné qu'on me le cache. Mais je le sais à présent. Nous avons attaqué Sarrebruck ! Il y a déjà plus de deux semaines. Et des milliers de soldats sont morts. Des milliers, des milliers ! Ma chère, chère Berthe ! Si seulement tu étais tout de même ici, près de moi ! Je viens tout juste de t'écrire. Très chère Berthe. Je viens tout juste de l'apprendre. Comme je me fais du souci ! Tu avais bien raison. J'ai honte, j'ai honte pour la France ! Écris que tu vas bien ! Écris que tu es en sécurité ! Et ta famille ! Écris-moi, je te prie ! Ne fût-ce qu'une ligne. Voilà que je me mets même à prier. Je t'en prie, cher Dieu, fais que Berthe aille bien. Fais que Berthe aille bien !

10. L'Empire craque par tous ses joints. Il ne lui reste plus qu'à tomber. On se prépare au pire. Nous passons toute la journée à traîner comme des malades et des miséreux, et à attendre des nouvelles. Les visages aussi affalés que notre monde. On s'arme pour la défense de Paris. Par précaution, on a même transformé le palais de l'Industrie et les Tuileries en hôpitaux de campagne.

11. Papa est agité et grognon, ne cesse d'écrire des dépêches et passe ses journées à fumer ses cigares qui empestent notre air. Il compte partir demain, mais il ne dit pas où. Je suppose qu'il flaire de bonnes affaires.

12. Voilà, c'est fait. Maintenant c'est terminé.

13. J'ai demandé son avis à Maman, mais elle s'est contentée de répondre que la politique était une affaire d'hommes. Elle me parle de Dieu. Je sais pourtant à quel point elle est chagrinée qu'oncle Gilbert et Édouard soient au front et sans doute précisément en train d'être massacrés par les Prussiens. Chaque jour je vois la tension et l'agitation qui s'emparent d'elle avant le passage du facteur, et son visage qui vire au jaune lorsque, une fois de plus, il n'est arrivé aucune nouvelle.

14. J'ai toujours pris Papa pour un ardent bonapartiste, mais il semble qu'il ne verse pas une larme sur l'empereur.

15. Coupe claire au bois de Boulogne ! Je n'ai jamais vu une image plus triste. Cette forêt millénaire, ce vert majestueux, transformés en une plaine jonchée de souches qui émergent de la terre comme des tombes. Entre tout cela, des troupeaux de bœufs et de moutons que les paysans ont conduits jusqu'à la ville pour en assurer l'approvisionnement.

16. Paris est assiégé. Le gouvernement déclare la guerre à outrance, ils clament : « Nous vaincrons ou nous mourrons ! » Et mon cœur est desséché. Je suis tellement maussade que je ne trouve plus rien à écrire.

HOUILLE — 1. « Paulette, ma chère enfant ! » C'est en ces termes qu'il m'a appelée ce matin, il m'a chaleureusement serrée dans ses bras comme il ne le fait jamais d'habitude, il s'est accroché à mon bras et a demandé : « Accorderas-tu à ton vieux père un petit peu de ton temps précieux pour l'accompagner dans sa promenade ? » Ah, Papa, comme j'aimerais croire à cette affection soudaine ! Que vous vous disiez vieux, on peut encore le qualifier de coquetterie pardonnable. Mais comment ne pas subodorer une perfidie dans le fait que mon temps, tout à coup, soit censé passer à vos yeux pour quelque chose de précieux ? Parlez donc, Papa, de quoi s'agit-il ? Vous ne devenez certainement pas sentimental sans motif ! « Mais quelle est donc cette mine ? » m'a-t-il demandé. Il s'est manifestement senti pris sur le fait et s'est dépêché d'ajouter : « Paulette, ma chère, la guerre donne à penser, elle force à réfléchir à ce qui nous tient vraiment à cœur. » Allons, Papa ! Et il m'a raconté le triste destin de Monsieur de Sandrouin, qui a perdu d'abord son fils dans une bataille puis son épouse à la suite d'une maladie, et qui doit vivre à présent dans la solitude la période désespérante que nous

Cheminées de fabrique fumantes près de Lyon

traversons. Il y a quelques semaines encore, me dit-il, il était invité rue Murillo. Moi, en tout cas, je ne peux me rappeler ce monsieur.

2. Monsieur de Sandrouin par-ci ! Monsieur de Sandrouin par-là ! Il me semble que cette maison ne connaît plus d'autre sujet que le raffinement et le sens commercial de cet homme ! Mais voilà : en quoi cela me regarde-t-il ? Ce Jérôme de Sandrouin me fait l'effet d'un spectre qui se serait niché, invisible, dans ces murs, et aurait tout ensorcelé avec un sombre philtre ! Je trouve cela fort absurde. Comme s'il n'y avait rien d'autre sur quoi l'on puisse échanger ces jours-ci !

3. Monsieur de Sandrouin aurait été l'un des premiers à acheter les concessions dans le Pas-de-Calais afin d'y prospecter pour trouver du charbon. Monsieur de Sandrouin aurait ce je-ne-sais-quoi qui distingue le véritable homme d'affaires ! Monsieur de Sandrouin aurait déjà possédé plusieurs mines, des années avant que ne débute cette ivresse qui les pousse tous à déterrer ces pierres fossilisées pour les jeter dans les hauts-fourneaux incandescents et dans les gosiers des machines ! Au moment où les sociétés minières poussaient comme des champignons pour aller chercher les trésors du sol, Monsieur de Sandrouin s'était distingué de tous les autres en se montrant le plus audacieux et le plus visionnaire ! Rien n'arrêtait Monsieur de Sandrouin, ni les prospections sans résultat, ni les effondrements de mines, ni les inondations qui faisaient des dizaines de morts, ni les importunes insurrections ouvrières, ni même les actionnaires en panique ! Monsieur de Sandrouin aurait agi avec une extrême clairvoyance en investissant constamment ses gains dans les outillages les plus récents, si bien qu'il n'extrayait plus chaque année des milliers de tonnes, mais des centaines de milliers, bientôt un million ! Monsieur de Sandrouin n'y serait pas seulement parvenu grâce à cette masse de minéraux, mais tout autant par la valeur des titres ! Monsieur de Sandrouin l'aurait multipliée par cent, par mille ! Monsieur de Sandrouin ! Un héros ! Un génie ! Un dieu ! Oh, mes aïeux ! Je n'en peux plus, d'entendre ça !

4. « Les Anglais ont Manchester, Glasgow, Sheffield ! Les Prussiens ont la Ruhr. Mais nous, nous avons la Lorraine et le Pas-de-Calais ! »

5. Une autre fois Papa se met à se lamenter à propos de ses soucis d'argent. Il m'a parlé de notre ruine. Si un miracle ne survient pas, dit-il, nous sommes finis.

6. Branle-bas de combat à la maison ! Monsieur de Sandrouin est donc finalement remonté du monde des spectres et nous a honorés aujourd'hui de sa présence en chair et en os. Il ne descendait nullement du ciel, et pourtant on l'a reçu comme le Messie lui-même ! Ce monsieur est élégant et pourrait sans aucun doute être mon grand-père. Papa jouait l'homme que les troubles de la guerre ont plongé dans une certaine gêne financière, il était mielleux et faisait le dos rond avec tant de zèle que j'avais honte de lui. L'invité, lui non plus, ne savait pas trop comment le prendre et acquitta d'une grimace ces flatteries pleines d'onction. Quel hideux spectacle ! On avait par précaution éloigné les Roquette pour la journée, qu'ils n'aillent pas gêner la mise en scène ! Le personnel de service a fait une haie d'honneur et l'on nous a promenés dans toute la maison. Maman s'est fait un devoir de souligner avec empressement la fécondité des Blanchard en évoquant Isabelle qui, à peine mariée, portait déjà un enfant. « Excellent ! » a commenté Monsieur de Sandrouin. L'heure était venue de me présenter sous la tonnelle. Non sans m'avoir fait auparavant peinturlurer et accoutrer pendant une heure comme un coq de bruyère empaillé ! Papa a fait l'article comme si ma personne sortait tout juste de la fabrique ! La marchandise est donc enfin placée. Répugnante vérité ! Il va me vendre en un tournemain ! Papa, comment pouvez-vous donc… ? Plutôt crever que de me livrer à celui-là ! À ce moment, mon père a donné le signal, on s'est retiré en me laissant seule avec ce vieillard fripé, ce qui était profondément humiliant. Il m'appelait son petit gardon et m'a parlé comme à un enfant en bas âge. « Charmante ! Charmante ! Mon petit gardon, dis au cher Jérôme combien d'enfants tu aimerais avoir. » Cet œil fixe derrière le monocle, qui me reluque de la manière la plus importune qui soit ! Je serais partie en courant et en hurlant ! Mais je suis restée sur place, aussi immobile qu'une colonne Morris, à hocher la tête, incapable de produire le moindre mot. J'ai cru imploser ! « Tu ne parles donc pas, mon petit gardon ? » – « Certes si, Monsieur. » Ensuite cette effroyable torture a pris fin et ces messieurs se sont retirés au fumoir. J'ai la nausée rien qu'à l'idée des paroles qu'on y a échangées !

7. Papa dit que je dois faire ma part. « Il m'a demandé ta main. Mon attente est que tu acceptes. » – « Mais Papa ! » – « Mon enfant, nous devons tous sacrifier un peu. » – « Mais je ne l'aime pas ! » – « Assez d'enfantillages ! » – « Et puis il est vieux comme Mathusalem, Papa, il me fait peur ! » – « Allons, mon enfant, tu le sais bien, je ne veux que votre bien à tous. » – « Je ne peux pas faire ça, Papa ! Je ne peux pas ! » Il se met alors à hurler, d'une voix épouvantable : « On ne répond pas ! Espèce de gamine gâtée ! »

8. Maman dit qu'une femme doit prendre la place qui lui revient dans la famille. « Allons, mon enfant, avec un peu de chance il mourra d'ici quelques années. »

HUMANITÉ — Et à quoi bon, alors, tous les efforts de ceux qui avancent en rêvant, qui imaginent et qui planifient, qui construisent au prix d'une peine infinie en gardant toujours la grandeur à l'esprit, posant sans cesse une pierre sur l'autre pour se rapprocher du ciel, s'il en vient ensuite qui rasent tout cela en l'espace d'une unique seconde ? Et pourtant j'aimerais croire que les choses vont de l'avant, uniquement de l'avant, que le monde suit cette loi de Pascal selon laquelle les choses sont d'abord deux fois moins, mais ensuite plus que jamais !

Nous vivons peut-être en ce moment le dernier sursaut du vieux monde barbare. Peut-être n'est-ce qu'une ultime régression dans ces atroces errances, peut-être ne nous reste-t-il plus qu'à tirer les quelques leçons restantes de cette colère aveugle. Oui, je suis certaine que le mal produit nécessairement le bien et que ce n'est pas tout à fait en vain que nous tranchons les gorges !

INSOMNIE — Cela fait des heures que je suis couchée sans pouvoir dormir. Quelle épouvantable dispute. Mais les rêves sont encore pires. Des rêves effroyables, bileux, vénéneux ! Je me suis vue moi-même, secouée par les convulsions, les yeux injectés de sang, la langue noire, râlant, le visage blanc comme de la craie, le glas aux oreilles, finir comme la Bovary ! Et je criais, je m'appelais moi-même en criant, mais personne ne venait. J'ai alors levé les yeux et je n'ai vu qu'un monde fané, vermoulu, pourri et dépourvu de contours clairs. Et j'ai entendu un prêtre qui priait. Les Prussiens tiraient leurs bombes. C'était abominable ! Mon Dieu, qu'elles tourbillonnaient, ces images ! Et tout à coup j'ai été Emma, emportée par les baisers et les passions, à un moment je regardais, de l'extérieur, ce qui se passait, en me contentant de l'appeler comme si c'était une alliée. Puis je suis de nouveau intervenue et je les ai giflés, elle d'abord, puis Homais, et Charles pour finir.

Papa était parti. Et moi, je m'étais faufilée dans la bibliothèque, en quête de consolation et de savoir ; j'y ai effectivement trouvé la petite clef à l'endroit où je supposais qu'elle se trouvait, et je m'en suis servie pour ouvrir l'armoire, cette armoire convoitée qui, pour reprendre l'expression utilisée par Papa, contenait les textes qui n'étaient pas destinés aux yeux des femmes – raison pour laquelle rien ne m'avait, depuis cette date, paru plus précieux et désirable que d'en ouvrir la porte. J'en sortis donc pour commencer le livre de Flaubert dont je croyais avoir un jour entendu dire qu'il s'agissait d'un ouvrage immoral et blasphématoire, je le tins entre mes mains comme un trésor et je le dévorai en une seule nuit, tremblante, le souffle court ! J'étais allongée, le soleil se levait, et je ressentis un effroi et une confusion sans bornes. Non, ça ne peut pas se terminer comme ça, pas comme ça. Quatre mots me vinrent aux lèvres : Vous l'avez détruite ! Cet atroce désespoir ! Une terrible colère est alors montée en moi, d'abord contre les hommes, ces monstres, puis contre le monde entier, et pour finir contre la Bovary elle-même, que je trouvai tout d'un coup stupide, imbue d'elle-même et vaniteuse ! Non, c'est un mensonge ! Et je vais prouver que l'on peut vivre autrement. Je vais vous le montrer ! Hier, j'ai passé toute la journée au lit, incommodée, incapable d'écrire. J'ai fait savoir que j'étais malade. Et le soir Papa est revenu ; il savait, j'ignore comment, que les livres ne se trouvaient plus à leur place. « Tu es une entêtée, tu n'as pas de respect, ton comportement est à faire rougir de honte ! Tu es sur la mauvaise pente, mon enfant ! » La saisie nous guette-t-elle nous aussi ? Avons-nous nous aussi perdu tout ce que nous avions ? Si seulement je pouvais croire en l'amour sans la moindre espèce de doute ! Et cette guerre épouvantable ! Le jour se lèvera-t-il enfin ?

OUBLI — Il semble alors qu'elle s'éveille subitement d'un long rêve dans lequel elle a été empêtrée depuis des mois, peut-être des années ; elle lève ses yeux de toute jeune fille et se dit qu'elle est d'humeur à monter à cheval ! Madame Roquette, visiblement étonnée de voir cette étincelle de vie briller spontanément dans la prunelle de Maman, exprime des doutes : est-il prudent de vouloir quitter la ferme ? On ne peut pas être certain que des cavaliers prussiens, par exemple, ne rôdent pas aux alentours. « Mais non, voyons ! » s'exclame Maman, qui rayonne à ces mots d'une telle gaieté et d'une telle conviction que toutes les objections se dissipent à l'instant même. Aucun mot n'est nécessaire entre nous, un seul regard suffit et nous nous sommes comprises. Nous faisons seller deux chevaux moreaux et nous voilà sur les deux montures, les rênes dans les mains. Cela doit faire des années que je ne suis plus allée à cheval ! Et Maman, métamorphosée à peine en place sur le dos de sa monture, donne de l'éperon et bondit déjà pour partir au galop à travers champs, comme si elle volait ! Et d'un seul coup il n'y a plus qu'un mot d'ordre : En avant ! Comme sa course est infiniment plus rapide que celle de notre chagrin, toute mélancolie reste derrière nous. Les cheveux de Maman dans le vent sont la plus belle image que j'aie vue depuis longtemps dans ce monde. Avec l'air dense qui lui caresse la peau, la vie est d'un seul coup reconquise, saisie au vol. Comme je m'en sens amoureuse, de cette vie ! Je crois que j'entends Maman rire et jubiler bruyamment, mais ce n'est peut-être que le vent.

Au contraire de ce qui se passe quand on marche et qu'on est forcé de regarder constamment le sol pour ne pas trébucher et tomber, je commence à me redresser et à regarder : ici la nature, là-bas l'horizon, et ce qui se trouve derrière. La pensée s'arrête alors totalement. Nous volons. Il n'y a plus d'obstacles. Plus de racines, de marais, de ravines ou de torrents que les sabots ne franchissent d'un bond. En avant, Maman ! Nous avons recouvré la vie.

PATRIE — Isabelle me reproche mon manque de sentiment national. Elle a peut-être raison. Jamais auparavant l'idée que je vivais dans une patrie ne m'était venue à l'esprit. Maintenant qu'on m'en a informée, je le sais.

QUATRIÈME ALPHABET

CLÉCY,

JANVIER ET FÉVRIER 1871

Alors que Paris était assiégé, puis bombardé, alors que la guerre prenait un tour de plus en plus barbare, que l'hiver et la famine ravageaient le pays et que dans la capitale on se nourrissait de rats et de mortier, l'entourage de la jeune femme, à Clécy, consacrait son temps à repousser l'armée des pauvres au portail de la résidence ainsi que la peur des Prussiens qui arrivaient. On tenait bon et l'on se distrayait avec les préparatifs de la noce. Le mariage, en revanche, tardait : Monsieur de Sandrouin était bloqué dans le Pas-de-Calais et les troupes prussiennes avaient avancé si loin en Normandie qu'il n'était pas envisageable de réunir les fiancés. À ce point, où ce Moi s'était déjà abandonné et semblait se plier au destin dont on lui parlait, se produisit un nouveau renversement. Eugène, l'oncle secrètement aimé, revint d'Algérie fin janvier 1871, peu avant la signature du cessez-le-feu. Avec lui, c'est un allié qui entra dans la vie de la jeune femme, et la promesse d'un autre monde. Suivit une époque au cours de laquelle le besoin d'écrire et d'assimiler atteignit un nouvel apogée.

AMOUREUSE — 1. Je reste allongée et éveillée toute la nuit sans fermer ne serait-ce qu'un œil. Eugène est revenu ! Mon cher oncle Eugène ! Il est de nouveau près de moi, il dort sous le même toit. D'un seul coup toute la froideur s'est dissipée. Comme je brûle ! Je suis déjà au lit et je me suis sans doute tout juste endormie lorsque je suis arrachée au sommeil par des pas, des voix et des sabots de cheval qui battent la glace. Et pourtant aucun rêve n'aurait pu être plus beau que ce réveil. Toute la maison est sur le qui-vive. Je commence par ressentir une épouvantable terreur à l'idée qu'il pourrait s'agir de soldats prussiens. Mais en regardant par la fenêtre, je vois Jacques avancer dans la cour à travers la tempête de neige ; lanterne à la main, l'air insouciant, il conduit deux chevaux à l'écurie ; à cet instant précis, l'épaisse couche de nuages s'entrouvre, la lumière de la lune fait surgir de la pénombre le paysage argenté et une merveilleuse intuition me vient. Vêtue de ma seule chemise de nuit, je descends les escaliers en bondissant, le souffle court, ma précipitation manque me faire tomber, je me rue dans la salle à manger où je les trouve tous rassemblés à la lumière des bougies, tandis que Charles sert un souper improvisé à la hâte. Il est là !

« Eugène ! Vous êtes enfin là ! Mon cher Eugène ! » – « Je t'en prie, voyons ! Ton tempérament ! » lance mon père. « Allons, laisse-le donc dîner ! » s'exclame Maman, même si elle se réjouit manifestement de me voir de nouveau si animée. Et Papa, qui se tient un peu à l'écart, dans un coin sombre, grogne : « Ton oncle a fait un long voyage. Il a besoin de repos, maintenant. Tu auras encore l'occasion de l'accabler. » Ah, comme je suis heureuse ! Eugène ! Qu'avez-vous bien pu vivre ? Quels lieux avez-vous vus ? Quelles aventures avez-vous vécues ? Je me dis : Paulette ! Défais-toi à présent de ton chagrin. À présent tout va être différent. Eugène est de retour !

2. Mais quelle idiote je fais ! Et grotesque de surcroît ! De toute évidence un spectre s'est emparé de moi, une fièvre perfide, j'ai le plus grand mal à penser à quoi que ce soit d'autre : Eugène ! Dès le matin, je fais donc déjà les cent pas dans la chambre, changeant vêtements et coiffure, coiffure et vêtements. Le monde tourne tellement que j'ai l'impression de me trouver sur la tête. Je ne pourrais rien souhaiter plus ardemment que de le voir ; et pourtant je tremble de tout mon corps à cette idée. Comme c'est stupide ! Je passe des années à attendre, et lorsque le jour désiré est enfin arrivé, je ne trouve rien de mieux à faire que de m'enfermer dans ma chambre, rideaux tirés, et de me cacher sous le plus grand de mes oreillers. Reprends-toi, Paulette ! Un peu de contenance ! Hier, tu lui as sauté dans les bras avec légèreté pour le saluer. Qui a donc pu te couper les ailes en l'espace d'une nuit ? Si seulement j'avais pu fermer l'œil ! Non, je suis restée éveillée jusqu'au matin et désormais mon visage me paraît d'une pâleur hideuse. Je ne peux pas me présenter à lui comme cela. À trois reprises déjà il a frappé à ma porte. Que doit-il penser de moi ? Je tourne tellement en rond que j'aimerais éclater. Je me sens idiote à en hurler ! Et voilà que ça recommence à frapper !

3. Et je n'ai pas pu m'arracher le moindre mot. Ensuite, je me suis remise à parler sans fin, et je ne sais plus ce que j'ai dit, certainement toutes sortes d'absurdités dans le seul but de masquer ma perplexité. Comme je suis heureuse !

4. J'aime. Oui, c'est forcément cela. J'aime avec passion.

5. Il paraît changé : encore plus beau, encore plus excitant. Sa barbiche à la mousquetaire a laissé la place à une barbe complète, si bien que j'ai d'abord été effrayée, mais pour remarquer ensuite que celle-ci, encadrée par sa chevelure sombre et puissante, répondait encore plus clairement à sa nature. Pour un bref instant seulement, nos regards se sont croisés, je me suis trouvée mesmérisée au point que les sensations les plus étonnantes se sont mises à parcourir la totalité de mon corps ! Eugène porte sur ses boucles un bonnet persan qui monte haut, et avec son gilet de velours rouge pourvu d'arabesques orientales en or, dont Eugène raconte qu'il s'agit d'un cadeau personnel du grand émir Abd el-Kader, qui a rendu pendant quinze ans la vie infernale aux colonisateurs français, il ne peut que me faire l'effet d'une image de rêve venue d'un autre monde. Allons, Eugène, je ne saurais que trop volontiers ce qui se passe lorsque cette absence vacillante apparaît dans votre regard, comme si vous voyiez pointer à l'horizon quelque chose qui demeure invisible aux autres.

6. Isabelle le traite de mufle. J'attribue cela à sa jalousie et à elle seule. Ô ma sœur naïve ! Chez lui, la force physique est contrebalancée par la noblesse de l'âme.

7. Il m'aime aussi, c'est forcé ! Je l'ai compris aujourd'hui à sa voix, à ses gestes qui tremblaient un peu et semblaient me chercher. Et quand, tout d'un coup, il a levé les yeux, il a subitement eu l'air d'un gamin qui a vu ou pensé quelque chose d'interdit, puis a baissé le visage en toute hâte. Je crois même qu'il a un peu rougi. Est-ce possible ? Partageons-nous donc ce secret, cette passion ? Ou bien mon imagination me joue-t-elle des tours ? Car hier, lorsque je suis arrivée en courant, alors qu'il était justement plongé dans sa lecture, et que je l'ai assommé, d'une manière certainement très maladroite, avec mon flot de questions, il a eu une réaction tellement froide et hostile que cela m'a causé le pire des chagrins. Si seulement je savais lire dans ses yeux.

8. Aujourd'hui Monsieur Roquette me dévisage, pose sa pipe et me dit que l'amour est un enfant du roman, rien de plus.

9. Si je pouvais l'épouser, je le ferais immédiatement !

ARABES — 1. Nous étions ensemble à table, dans la meilleure humeur qui soit, lorsque Papa s'adressa à Eugène : « Je vois que tu t'habilles très chic, ces temps-ci, mon cher frère. » Nous sursautâmes, oubliâmes notre bouillon, baissâmes nos couverts. J'entendis Isabelle avaler sa bouchée. Papa en rajouta : « Tu es donc allé parmi les Arabes, à ce qu'il paraît ! Dis-moi tout, as-tu donc définitivement renié la nation française ? Pour moi, ce serait un soulagement. » Tous regardèrent alors Eugène avec un certain embarras. Lui, qui continuait à manger sa soupe, répondit avec insouciance : « Je suis réjoui que mon apparence te plaise, Jean-Baptiste. Serais-je revenu auprès de ma charmante famille si j'avais tourné le dos à la France ? » – « Pardonne-moi ma franchise, c'est seulement que je ne peux m'empêcher de m'étonner un petit peu de te voir afficher ta sympathie pour une race inéducable dont l'infériorité est avérée. » À cet instant, Charles entra pour servir un autre plat, mais s'arrêta brutalement et rebroussa chemin. Seul Eugène continua à manger sans lever les yeux. Madame Roquette, à qui le long silence qui suivit était manifestement insupportable, finit par se laisser emporter : « Comme cela doit être merveilleux de vivre dans un pays encore si proche de la nature ! » Elle avait la voix stridente. Et une fois encore, ils se turent tous. J'en oubliai de respirer. Eugène se resservit de bouillon. Mais ce n'en était pas assez pour Papa. « C'est tout de même un peu fort ! La meilleure preuve du caractère effroyablement borné du peuple arabe n'est-elle pas qu'il se refuse obstinément à accepter la culture et le progrès que nous lui apportons et que nous sommes prêts à partager sans contrepartie ? J'ai entendu dire que cette race paresseuse tente encore de s'insurger contre nous plutôt que de travailler. Ils appellent au djihad, mon Dieu ! Dis-moi, Eugène, quant à toi, les musulmans t'ont-ils déjà converti ? » – « Eh bien, mon cher frère, commença Eugène en levant lentement les yeux, je crains de ne pouvoir te suivre complètement. Ce que tu appelles culture et progrès, est-ce le fait que nous ayons détruit les structures communautaires des indigènes et fermé leurs séminaires ? que nous ayons laissé leurs écoles tomber en décrépitude ? Veux-tu parler des expropriations et des annexions de centaines de milliers d'hectares de terre ? Penses-tu aux récoltes détruites, aux villages brûlés, aux puits empoisonnés, au bétail chassé, aux massacres, aux enfumages, aux viols, aux déportations ? J'ai vu de mes yeux notre glorieuse culture à l'ouvrage, en Kabylie, sur le haut plateau, à Oran, dans le Dahra. J'ai vu des infamies à vous faire vieillir un homme avant l'heure ! Tu vas me répondre que ce ne sont là que désagréables nécessités liées au fardeau de la supériorité. Certes, Jean-Baptiste, je crois volontiers que ce fardeau te pèse plus lourd que ton cerveau, mais n'attends pas, je te prie, que je te rejoigne dans ta feinte autocompassion. J'ai passé près de deux décennies dans ce pays, avec des colons français – des gens d'une trempe admirable, soit dit en passant – qui tournaient comme des vautours au-dessus des grottes des Ouled Riah, attirés par la puanteur des morts, avides de récupérer le moindre mètre carré de terrain susceptible d'avoir un bon rendement. Je les ai côtoyés suffisamment longtemps, les grands concessionnaires, ces messieurs du capital venus de Paris et de Marseille et qui mènent des pays entiers à la faillite. L'Égypte ! La Tunisie ! Tout cela avant de les mettre en pièces ! J'ai vu pendant suffisamment de temps ce qu'on appelle le progrès et la liberté, Jean-Baptiste. Les chiens ont plus de droits que n'importe quel citoyen algérien ! Apparemment, seuls les glorieux Européens ont le droit d'avoir des droits. Et ils crient : Achetez ! Achetez ce que nous vous servons, et de surcroît à prix d'usurier ! Et fournissez-nous pour une bouchée de pain ce que nous vous demandons en toute modestie ! Si vous ne le faites pas, nous vous tordrons le gosier. Et si cette affaire devait vous plonger dans les dettes, soyez rassurés. Nos banques sont déjà prêtes à vous accorder des crédits. Car sachez-le, nous sommes un peuple noble d'esprit. Et si vous deviez, un jour lointain, vous retrouver dans la déplaisante situation de ne plus pouvoir rembourser vos crédits, puisque vous autres, déplorables chiens, ne savez justement pas gérer, eh bien, vous serez livrés aux autorités. Voilà ! Quelles abjections ! Cette colonie suffisante où l'on dort, où l'on travaille et où l'on s'enrichit sur un terrain engraissé par les cadavres ! Un tiers des Algériens ! Emportés ! Tandis que nous, nous nous multipliions par cent ! Ce ne sont pas des mathématiques de haute volée, juste de la politique, mon cher frère ! Fer, phosphate, minéraux ! Et quand on trouve un village sur son chemin, on l'exproprie. S'il y a de la résistance, on l'incendie ! L'empereur est venu pour se réconcilier avec les éminences arabes, et puis un peu aussi pour procurer à ses généraux de l'exercice en vue de la grande bataille, afin que le jour où ils feront face à la misérable populace parisienne, ils sachent déjà comment on s'y prend ! Ce gigantesque abîme infernal me donne le vertige ! »

2. J'ai passé une nuit blanche. Chaque fois que je fermais les yeux, mon esprit torturé par l'angoisse projetait de sombres images oniriques : Eugène s'éloignant dans la nuit sur un cheval arabe, se retournant encore une fois vers moi, debout devant la maison, pieds nus dans la neige, et criant : « Adieu ! J'entame ma chevauchée vers la mort. » Je me sentais coupable et c'est encore le cas, incapable que je suis de me réjouir de ce cessez-le-feu que nous espérions pourtant depuis des mois. Je n'ai que des motifs vils et égoïstes. Car si la guerre est à présent à son terme, Eugène va s'en aller. Et moi, je vais me marier. Tel était le cercle décrit par mes pensées. Jusqu'à ce que j'aille à la fenêtre et que j'aperçoive à celle d'Eugène une lumière qui dessinait sur la neige les motifs les plus singuliers. Décidant de lui rendre visite, j'ai allumé une bougie et traversé la maison à pas de loup. Je suis restée longtemps, gelée, devant la porte d'Eugène, sans oser frapper. Puis j'ai pris mon courage à deux mains. « Paulette, ma chère nièce, tu n'arrives pas à dormir ? » Un feu brûle dans la cheminée et Eugène me tend une couverture qu'il me pose sur les épaules. Et sans que je lui aie rien demandé, il fait la chose la plus consolatrice qu'il me paraisse possible de faire à cet instant. Il se met à raconter. Il me raconte la civilisation millénaire des Arabes. Il me raconte l'art des mosquées et des palais, il me raconte que le premier art gothique des XIIe et XIIIe siècles est fondé sur l'art oriental antérieur. Il me parle de la floraison de l'islam sous le règne des Abbassides, de la bibliothèque de Bagdad et des grands savants arabes qui, au XIe siècle, ont libéré l'Europe du sombre Moyen Âge en se présentant à Salerne et à Tolède, apportant avec leurs manuscrits leurs connaissances astronomiques, médicales, mathématiques et philosophiques. D'Abu Ali al-Hussein Ibn Sina, le plus grand savant de tous les temps, et de ses prodiges encyclopédiques ; de Constantin l'Africain et de ses textes sur la médecine et la botanique ; d'Al-Khwarizmi, le célèbre mathématicien qui introduisit en Occident le zéro et

Les arts arabes

avec lui l'idée du néant ; et d'Ibn Rochd de Cordoue, dit Averroès, le grand commentateur des textes d'Aristote. (Je demande à Eugène de me noter tous les noms sur un morceau de papier.) Il dépeint ce bonheur parfait qu'ont dû ressentir ces étudiants européens lorsqu'ils ont retrouvé dans les bibliothèques arabes, sous forme de traductions, des trésors de l'Antiquité que l'on croyait perdus depuis longtemps : Ptolémée, Archimède, Euclide, Aristote. (Ces noms-là aussi, je me les fais noter par précaution.) Selon Eugène, les sciences arabes de la nature ont été le germe qui a peu à peu désagrégé le Moyen Âge féodal, qui a sapé l'autorité de l'Église et a, pour finir, lancé un processus qui a connu son ultime apogée avec la Révolution française. Tout cela en déployant les forces de la raison.

Je ne sais pas à quel moment ses explications ont commencé à me peser sur les paupières. Ce matin je me suis réveillée dans mon lit, solidement emmitouflée dans une quantité de couvertures, et sans me souvenir ne serait-ce que d'un seul mauvais rêve.

BADINGUET — **1.** « Badinguet, ce crétin ! » Tel est le sobriquet dont Eugène affuble notre empereur démis, et même Papa s'en est accommodé. Un triomphe ! Il s'est contenté de marmonner et de grogner des mots incompréhensibles et a fait une grimace idiote et courroucée. C'était terriblement drôle. J'aurais volontiers éclaté de rire !

Napoléon III

2. Je ne me doutais de rien. Elles avaient si peu de choses à voir avec tout cela, les histoires qu'on nous débitait au pensionnat, à Versailles ! On nous parlait de l'euphorie du peuple. Nous pouvions lire que l'empire, c'était la paix. Mensonges ! À quoi bon étudier les livres s'ils ne sont qu'un amas d'impostures et de manœuvres ? Eugène m'a raconté comment Louis Napoléon s'est nommé empereur, il m'a raconté le coup d'État, tout juste deux ans avant ma naissance, un événement au sujet duquel je n'avais encore jamais entendu le moindre mot. Il m'a parlé des massacres, des exécutions, des répressions terribles, des militaires déchaînés formés à l'école des guerres coloniales. Il m'a dit que des milliers d'opposants avaient été bannis ou déportés. Dont Eugène lui-même ! D'abord dans la colonie pénitentiaire, sur les îles du Salut, et pour finir – Papa, qui était déjà à l'époque un homme influent, étant enfin intervenu – en Algérie. (« Eugène ! Maîtrise-toi ! Tu me dois la vie ! » s'est exclamé Papa hier.)

DÉPART — **1.** Eugène ne parle que de Paris. Paris, Paris, Paris ! Et de l'insurrection qui vient. « Les temps sont mûrs, Paulette ! » Cela semble être sa seule pensée. « Maintenant il faut agir, maintenant ! » Dès qu'il sera possible de se rendre à nouveau dans la capitale, il sera donc parti. Eugène, prenez-moi avec vous ! Je porte déjà votre feu en moi.

2. Ce matin j'ai trouvé vide la chambre d'Eugène. J'ai eu bien du mal à recouvrer mon calme. Il a tout de même l'habitude de dormir longtemps, de ne guère se présenter à nous avant dix ou onze heures du matin, en dépit des moqueries nasillardes de Papa, si bien que chaque matin, au lever du soleil, j'entrouvre la porte de sa chambre, dans la peur que le léger grincement le réveille, et je jette un coup d'œil au dormeur ; alors seulement, le cœur battant, éclatant presque de bonheur, je vais prendre mon petit déjeuner. Mais ce matin j'ai trouvé le lit vide. Tout émue, j'ai couru dans la demeure, craignant qu'il ne puisse être parti sans moi. C'est Jacques qui est venu à ma rencontre en riant et m'a expliqué que Monsieur avait fait une insomnie et était sorti aux premières heures du jour faire une promenade sur le moreau.

EUROPE – Eugène m'a offert aujourd'hui le discours de Monsieur Hugo. Cette vision m'enchante tellement que je ne peux m'empêcher de le relire et de le relire sans cesse. Je l'ai déjà recopié dans une lettre à ma chère Berthe. Je le connais presque par cœur à présent et je crois en tout cas fermement que plus on le répétera au monde, plus vite il deviendra réalité. Encore une fois, par conséquent : « Un jour viendra où la guerre paraîtra aussi absurde et sera aussi impossible entre Paris et Londres, entre Pétersbourg et Berlin, entre Vienne et Turin, qu'elle serait impossible et qu'elle paraîtrait absurde aujourd'hui entre Rouen et Amiens, entre Boston et Philadelphie. Un jour viendra où vous France, vous Russie, vous Italie, vous Angleterre, vous Allemagne, vous toutes, nations du continent, sans perdre vos qualités distinctes et votre glorieuse individualité, vous vous fondrez étroitement dans une unité supérieure, et vous constituerez la fraternité européenne. Un jour viendra où il n'y aura plus d'autres champs de bataille que les marchés s'ouvrant au commerce et les esprits s'ouvrant aux idées. Un jour viendra où les boulets et les bombes seront remplacés par les votes, par le suffrage universel des peuples, par le vénérable arbitrage d'un grand Sénat souverain qui sera à l'Europe ce que le Parlement est à l'Angleterre, ce que la Diète est à l'Allemagne, ce que l'Assemblée législative est à la France ! Un jour viendra où l'on montrera un canon dans les musées comme on y montre aujourd'hui un instrument de torture, en s'étonnant que cela ait pu être ! Un jour viendra où l'on verra ces deux groupes immenses, les États-Unis d'Amérique, les États-Unis d'Europe, placés en face l'un de l'autre, se tendant la main par-dessus les mers, échangeant leurs produits, leur commerce, leur industrie, leurs arts, leurs génies. Et ce jour-là, il ne faudra pas quatre cents ans pour l'amener, car nous vivons dans un temps rapide. »

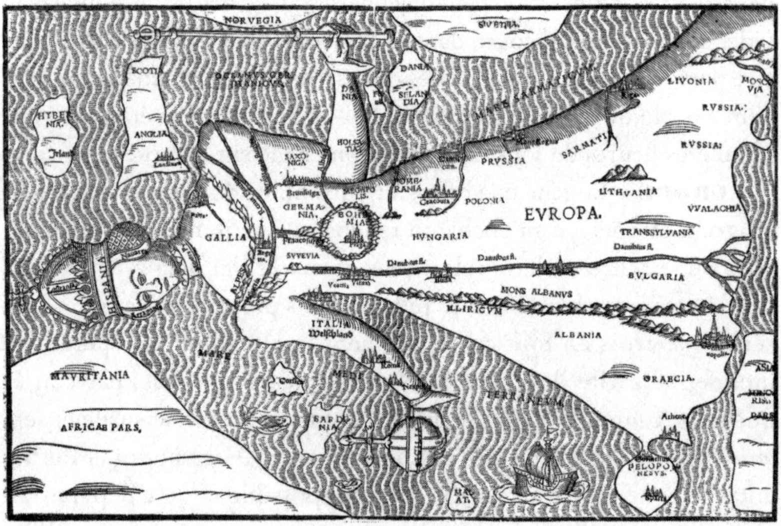

La reine Europe

FEMME — **1.** Peut-il donc me considérer comme une femme ? Voit-il en moi une dame, au même niveau que lui, ou seulement une jeune fille ? Ou bien une créature asexuée, une simple parente ? Un apôtre de ses doctrines ? Une auditrice docile ? Remarque-t-il seulement les changements qui se sont déroulés en moi ? Prend-il conscience de mes formes ? de ma peau ? de mes regards ? Distingue-t-il la femme qui lui fait face ? Voit-il la beauté dans mon apparence ? la passion ? Parfois j'aimerais le secouer et crier : « Eugène ! Taisez-vous enfin et embrassez-moi ! »

2. Il m'a ainsi expliqué une loi insolite et dissimulée que je n'aurais jamais pu formuler avec une telle clarté, même si je crois l'avoir toujours pressentie. À savoir que, dans l'histoire de l'humanité, les civilisations qui se sont le mieux épanouies sont celles qui accordaient à leurs femmes le plus de respect et de liberté. Les Japonais, peuple qui, parmi ceux d'Asie, compte au nombre des plus honorables, des plus courageux et des plus travailleurs, sont les plus indulgents et les moins jaloux à l'égard de leurs femmes. Car un peuple n'est pas seulement composé pour moitié de femmes, il est avant tout intégralement constitué de fils et de filles qui dépendent du bonheur ou de la misère de leurs mères. Voilà donc pourquoi l'avenir de la France est si mal engagé !

GUERRE — **1.** Paris a capitulé. Mais pas moi. J'ai de nouvelles raisons d'espérer. La grande guerre s'achève, la petite commence. Papa mène sa bataille personnelle, dirigée contre rien, sinon contre mon bonheur. « C'est terminé ! s'exclame-t-il aujourd'hui. Les armes se taisent ! Nous pouvons de nouveau respirer ! » Il y a quelques mois encore, ne célébrait-il pas la guerre en annonçant qu'elle serait notre salut à tous ? N'a-t-il pas dit que cette guerre nous sauverait, en pensant en fait qu'elle sauverait ses affaires ? « Grand Dieu ! Nous pouvons de nouveau respirer », répète-t-il, incapable de voir que sa fille s'asphyxie à en avoir la peau bleue juste à côté de lui.

2. François est de retour, sain et sauf ! Même Isabelle s'est laissée aller à un épanchement de sentiments et s'est jetée – avec son ventre rond comme un ballon ! – contre la poitrine de son mari en pleurant des larmes de joie et de soulagement. Combien de tension vous tombe de l'âme en un moment pareil ! On a donné un repas de fête, nous avons imposé qu'on ne parle pas politique ce soir-là et qu'on se contente exclusivement de célébrer ce moment ! Tous se sont tenus à la règle. Seul Eugène paraissait de sombre humeur.

3. L'éclat ne s'est pas fait attendre longtemps. Et comment aurait-il pu en être autrement ? On élit une nouvelle Assemblée nationale, on se fracasse donc mutuellement le crâne au salon ! Bravo, Messieurs ! François, le grand patriote, ne parle plus que de batailles hideuses et s'enorgueillit de ses actes héroïques. Par précaution, cet optimiste a tout de même transféré sa fortune en Angleterre au cours de l'été ! Eût-il été à la tête de notre armée, c'est sûr, les Prussiens auraient pris la fuite avec armes et bagages ! Il parle d'un nouveau Napoléon et j'en suis déjà à me demander si c'est lui qu'il désigne ainsi. Papa, depuis peu défenseur de la République, ce que l'on considère généralement comme une mauvaise plaisanterie, a élu son nouveau héros en la personne de Thiers, le seul selon lui à associer sens de la tradition, juste mesure et ordre. Comme cela sonne bien ! J'en ai des frissons ! Les Roquette, quant à eux, placent désormais leurs espoirs dans la maison d'Orléans. Tous sont cependant au bout du compte unis dans leur instinct conservateur, et l'on pourrait aussi passer sur les petites divergences d'opinions qui séparent les membres de l'ordre franc-maçonnique des possédants. Mais voilà, il s'en trouve un, parmi eux, qui les dérange tous. L'insurgé avec son incurable morgue, qui ne parle que dans la fièvre ! Le mutin qui fait cause commune avec l'ennemi ! L'oisif qui intrigue avec la plèbe ! Le chien rouge ! Le jacobin insolent ! Eugène ! Lui seul brûle d'effroi. Lui seul ose poser le doigt sur cette plaie purulente. Lui seul tempête contre ce crime monstrueux, contre le bellicisme des classes dominantes, contre la politique de conquête et de prise de butin qui, seule, nous a précipités dans ce conflit fratricide pour nous mener ensuite à notre perte ! Contre ce gouvernement de traîtres qui a pompé le sang et ravi les forces de Paris, ce gouvernement dont l'incapacité et la bêtise nous ont conduits dans cet abîme. « Froid, faim, bombardements ! Enfants emportés par milliers dans la mort ! Des morts fauchés comme du blé à chaque sortie ! s'exclame Eugène. Et tout cela pour accepter cette honte, pour devenir une deuxième Metz et nous livrer comme un troupeau de moutons ? 400 000 hommes dotés d'armes et d'artillerie capitulent face à 200 000 ! Cette folie me ravit la raison ! »

La guerre domine dans notre propre maison. Un pugilat répugnant s'est produit. Et j'ai pensé, l'espace d'un instant, qu'ils allaient assassiner Eugène en un tournemain pour ne pas avoir à supporter que quelqu'un dise la vérité sans détour. Le vase romain s'est fracassé au sol, on a renversé des chaises et le portrait de grand-père est tombé du mur quand ces bagarreurs l'ont heurté. Mes aïeux ! Des soudards du XIIe siècle ne se seraient pas comportés autrement ! « Ou bien nous restons dans les ruines du vieux monde, s'est écrié Eugène, ou bien nous tranchons en faveur d'un monde, un monde nouveau qui appartienne aux générations futures ! Nous avons le choix entre replonger pour des siècles dans le fossé de l'impuissance, dans la damnation de l'esclavage et de la barbarie, ou bien assumer le combat, sans nous arrêter aux frontières des nations et des continents, pour édifier une autre société : la politique, l'héritage du vieux monde, tout cela est condamné. Maintenant, place au peuple ! Place à la Commune ! » C'en était trop pour la pauvre âme des bourgeois. Eugène finit par se réfugier dans le jardin. Il ne revint que quelques heures plus tard. En tout cas, tout le monde avait honte. On discute à présent comme s'il ne s'était rien passé.

ÎLES DU SALUT — **1.** J'interroge Maman sur la colonie pénitentiaire. Elle devient alors toute pâle et se contente de secouer la tête.

2. Il en parle visiblement avec une grande légèreté. Mais quand on creuse un peu, sa mine s'assombrit, son visage s'affaisse littéralement et rien ne peut plus l'arracher au silence qui suit. Et pourtant au bout de quelques heures il se tient devant moi, souriant, comme s'il ne s'était jamais rien passé.

INSURGÉ — **1.** Les révolutionnaires, dit Eugène, sont des poètes, car ils inventent un monde nouveau.

2. Eugène est né pendant les « Trois Glorieuses », en pleine révolution de 1830 et entre les barricades ! La foule ivre et surexcitée enveloppa le nourrisson dans le drapeau tricolore, le brandit à bout de bras et s'exclama, en liesse : « Hourra ! Hourra ! Fils des désespérés, tu grandiras dans un monde libre ! » Comment a-t-elle pu se tromper à ce point ? Il n'avait pas encore dix-huit ans qu'il discutait déjà dans les clubs politiques, dans les arrière-salles des bistrots à vin parisiens, rédigeait des pamphlets, écrivait des manifestes secrets et donnait des conseils en vue de l'insurrection. Il était à peine plus âgé que moi lorsqu'il s'est lui-même retrouvé sur les barricades de 1848 !

3. « Paulette, dit aujourd'hui Eugène, ils peuvent nous persécuter, nous réprimer, nous assassiner, nous mettre au cachot ou nous bannir, tout cela n'interrompra pas le chemin immuable, cela n'empêchera pas l'effondrement de cet ordre fallacieux et encore moins la renaissance d'un autre monde sur ses ruines. Un monde plus jeune et plus beau lui succédera. »

INTERNATIONALE – Aujourd'hui Eugène a défilé au pas de l'oie dans la maison en chantant à tue-tête :

« Tous les peuples sont nos frères,
Notre ennemi c'est la tyrannie ! »

J'ai commencé par tressaillir, car je n'avais certainement encore jamais rien vécu de tel. Mais lorsqu'il m'a adressé un clin d'œil, je me suis immédiatement prise au jeu. Si Papa n'avait pas fait une mine aussi courroucée, j'aurais presque défilé avec lui !

LIBERTÉ – Voilà qu'Eugène prononce ces phrases comme si elles étaient sorties du néant et elles me donnent l'impression de n'avoir jamais rien entendu de plus admirable. Il aime l'être humain, dit-il, et celui qu'on aime, on le sert en éveillant en lui les instincts d'indignation et d'indépendance, en l'appelant au sentiment qu'il a de lui-même, à sa force et à ses droits ! Souhaiter à l'autre la plus grande liberté possible, cela signifie aimer et le premier acte de l'amour consiste donc à briser les chaînes. Tout ce qui donne aux humains la force d'être eux-mêmes est vrai, tout le reste est faux, absurde et tue la liberté. Tel est, dit-il, le sens intime de tous ses actes.

« Vous aimez donc ? » m'exclamé-je dans un accès d'exubérance. « Et comment, j'aime ! » répond Eugène d'une voix puissante.

Eugène Delacroix – *La Liberté guidant le peuple*

LISTE DE MOTS BRILLANTS — **1.** Les choses les plus merveilleuses ! Et je suis suspendue à ses lèvres, toute avidité, pour ne pas perdre une seule syllabe. Comme elles scintillent, ses pensées ! Et il m'éclate de rire au visage. « Mais pourquoi prends-tu une mine aussi grave ? »

2. Pour ne surtout rien perdre, je collecte. Après chaque discussion avec Eugène, je m'assois à mon bureau et je prends des notes, je tente de me rappeler, syllabe après syllabe, mot après mot, phrase après phrase. Ah, qu'elle est pleine de trous, la mémoire humaine ! À cela s'ajoute qu'Eugène s'adresse à moi comme si j'étais l'un de ses compagnons révolutionnaires barbus. Souvent je n'ose pas l'interrompre, lui demander des précisions au moment où il se laisse emporter par l'ivresse des mots ; de toute façon je me ferais l'effet d'une idiote. Et pourtant ! Je collecte. J'ai ainsi commencé à tenir une liste des notions et des idées que j'entendais de la bouche d'Eugène, dont beaucoup que je ne connaissais pas jusqu'alors. Et comme elle s'allonge, ma liste ! Et comme il croît, mon bonheur !

MARCHE NATURELLE – Nous avons découvert les patins à glace dans la cave ! Après les avoir rapidement bouclés, nous sommes passés de l'animal qui marche à celui qui glisse. Quelle splendide métamorphose ! Il est vrai qu'Eugène m'a parlé, récemment, de l'évolution, et je me demande pourquoi celle-ci n'a pas directement pourvu les ours blancs de patins à glace. L'Orne est gelée depuis un certain temps déjà, et quelle envie est la mienne d'aller enfin patiner dans la campagne ! C'est fabuleux ! Seule Maman m'a un peu importunée, elle se tenait sur la rive et ne cessait de me crier que je ne devais pas briser la glace et tomber, conseil pour lequel je lui étais franchement reconnaissante. Eugène et moi-même tenions chacun par la main l'un des enfants des Roquette, le petit Maxime patinait déjà tout seul. Les enfants, eux aussi, étaient fous de bonheur de pouvoir enfin, pour une fois, s'évader de leurs quatre murs. Nous sommes restés plusieurs heures sur la glace, tant ce divertissement nous était léger et libérateur. Et puis c'était un enchantement pour l'esprit ! Eugène s'est remis à discourir. Car moi, inquiète, je l'avais interrogé sur l'avenir. Et que n'a-t-il pas fait surgir, cette fois encore, comme par magie, de son bonnet persan ! Il m'a parlé de la physique sociale, d'une science de la politique et de la manière dont l'humanité avançait sans se laisser décourager ni détourner sur le chemin qui la conduisait à une perfection toujours supérieure. L'avancée de la civilisation, selon Eugène, est le résultat des dispositions de l'espèce humaine, tout comme l'homme adulte est celui des dispositions du nourrisson. L'humanité doit selon lui parcourir trois phases, et nous en avons déjà accompli deux : la phase archaïque, dans laquelle l'homme s'imaginait être le jouet des dieux et tremblait devant les phénomènes naturels ; puis cette phase au cours de laquelle l'esprit humain s'est déployé, a commencé à dominer son environnement en étudiant les relations des phénomènes naturels, inventant ainsi la science ; et pour finir cette phase au seuil de laquelle nous nous trouvons et dans laquelle l'esprit humain parviendra à son plein épanouissement. L'astronomie, dit-il, s'est détachée de l'astrologie

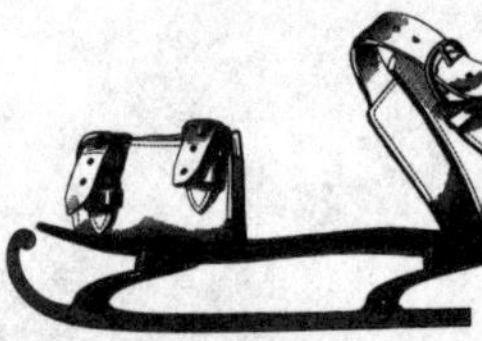

Patin à glace

et la physique des expérimentations fantasmagoriques de l'alchimie, pour se redresser au bout du compte sur le sol de la raison. La politique finira elle aussi par les imiter, et cette invention, la plus élevée et la plus complexe de toutes les inventions humaines, se hissera au rang d'une science exacte : la physique sociale. Aucun souverain par la grâce de Dieu ne guidera plus le destin humain, aucun contrat social, non, juste une formule, une loi de la nature que l'on aura trouvée. Et cette formule sera celle de l'égalité, de la fin des classes et de la liberté pour tous. À cet instant, je suis tombée et j'ai entraîné Eugène dans ma chute. Ah, comme j'aurais aimé rester allongée ainsi !

MARIAGE — **1.** Après des semaines à broyer du noir, je revois la lumière pour la première fois. La chape de neige qui semblait jusqu'alors tout écraser et nous couper du reste du monde, et dont j'étais seule à pouvoir percevoir l'acerbe froideur, devient d'un seul coup un manteau qui recouvre tout d'une paix scintillante. Comment ai-je bien pu rester aussi longtemps aveugle à cette beauté ? Comment ai-je pu si vite me perdre moi-même ? Non, c'est terminé. Je ne veux plus y penser ! Désormais je prends espoir. Je ne m'appellerai jamais Sandrouin. Je pressens que tout va se passer tout autrement !

2. Je me suis dévoilée ce matin dans l'entièreté de mon chagrin. « Ce vandale ! s'est exclamé Eugène, il veut te fourguer au plus offrant ? C'est bien dans le genre de mon frère ! » Et comme il me dévisageait, il ajouta : « Mais non, voyons. Ce n'est pas un industriel veuf et rupin qui scellera ton destin. Ne t'inquiète pas ! Je serai à tes côtés. »

3. Eugène dit qu'il a imaginé un plan. Il dit que l'esclavagiste et son client fortuné peuvent s'attendre à une jolie surprise.

4. Papa est dans l'humeur la plus sombre qui soit. Abattu, il tourne en rond comme un animal qui grogne. Qu'a-t-il bien pu se passer ? Tout lui échappe. On ne peut que retenir son souffle dans la peur qu'un faux mouvement puisse à lui seul déclencher un terrible épanchement. Par précaution, je me suis retirée dans ma chambre et j'ai décidé de lire quelque chose pour me distraire.

5. Le voilà tout à coup devant moi, la tête pourpre, clamant avec une emphase qui aurait convenu à n'importe quel bon tragédien : « Les noces sont annulées ! Je suis inconsolable, tu ne te marieras pas, mon enfant ! » Moi, ahurie par ce retournement subit et invraisemblable, je me hâte de prendre la main de Papa, frissonnant en secret face à son regard infernal. « Papa, que s'est-il passé ? » – « Nous sommes ruinés ! » crie-t-il d'une voix épouvantable avant de quitter la pièce et de claquer la porte dans un bruit de tonnerre !

6. Voilà, c'est sorti ! François m'a tout raconté en détail. Papa a reçu une lettre de Sandrouin. Celui-ci y raconte que dans un accès de barbarie abominable, les Prussiens ont ravagé ses mines, revers qui lui vaut une régression de plusieurs années par rapport à la concurrence. C'est dès lors un homme ruiné. Il ne songe donc plus qu'à ma main. Moi seule pourrais encore le consoler en ces sombres heures, après cette année qui a laissé sa vie totalement détruite, qui lui a ravi sa fortune, son fils et son épouse. Avec la dot considérable que j'apporte dans le mariage, celle qu'a promise Papa, et les biens qui lui sont restés, une bonne vie m'est assurée. Il a décidé d'abjurer les affaires et de tourner le dos à son existence d'industriel – il espère mener tranquillement l'automne de sa vie avec sa nouvelle épouse. D'ici quelques jours, dès que tout le nécessaire aura été fait et que sa présence là-bas ne sera plus indispensable, il partira pour Clécy. Il escompte que tous les préparatifs en vue du mariage auront été réglés.

7. Eugène dit qu'il ne se mariera jamais. Cela me coupe le souffle. « Mais comment pouvez-vous seulement dire une chose pareille, Eugène ? » Il m'explique alors que le mariage est une institution destinée à mettre l'amour en esclavage. Il ne faut jamais tomber dans cette fosse à tigres, fût-elle recouverte des fleurs les plus somptueuses. Le joug du mariage, dit-il, est incompatible avec la vraie passion, que l'on trouve exclusivement dans la liberté. La fondation d'un foyer est une fable inventée dans le seul but de récompenser ce qui est contre-nature. Je suis profondément horrifiée de l'entendre parler ainsi.

8. Voilà que Monsieur de Sandrouin s'est présenté aujourd'hui. Papa l'a reçu froidement. « Nous vous attendions. » – « Quelle époque odieuse ! s'est exclamé notre hôte. Mais il s'agit à présent de regarder vers l'avant. Les préparatifs ont-ils été faits ? Si cela ne tenait qu'à moi, nous ne perdrions pas une seconde. » Au même instant, il m'aperçoit dans l'escalier. « Ah, mais elle est là ! Très chère ! Viens me voir, chère enfant, viens voir ton époux ! » – « Paulette, tu restes où tu es ! » s'est écrié Papa, et je n'ai rien osé faire d'autre que ce qui m'avait été ordonné. « Que dois-je comprendre, Monsieur Blanchard ? » a demandé Monsieur de Sandrouin, étonné. « Eh bien, avez-vous donc posé la question directement à ma fille ? » a répondu Papa. « Qu'à cela ne tienne ! » a dit Monsieur de Sandrouin. Et ce vieux monsieur s'est agenouillé devant moi ! « Eh bien, précieuse Mademoiselle Blanchard, voulez-vous devenir mon épouse ? » Et moi, plongée dans une immense confusion, j'ai regardé tour à tour Papa, Maman, Eugène, dans l'espoir que quelqu'un allait venir à mon secours. J'ai fini par dire non, dans un bredouillement. Totalement consterné, Monsieur de Sandrouin s'est indigné : « Espèce de petite mal élevée ! » Papa nous a alors rejoints et a annoncé : « Il n'y aura pas de mariage ! » – « Monsieur Blanchard ! Qu'entends-je là de votre bouche ! Je croyais que nous avions tout réglé. Elle m'appartient ! » – « Réglé ! s'est récrié Papa. Mais sous des auspices qui n'avaient rien à voir ! Pensez-vous que je vais donner ma fille à un fauché, à un crève-la-faim ? On n'a pas une Blanchard à ce prix-là, mon bon ami ! » Écumant de rage, l'homme auquel il venait de décerner ces titres prit son chapeau et son manteau, qu'il venait tout juste de confier à Charles, et se dirigea vers la porte. « Jamais, de toute ma vie, personne n'a eu l'audace de m'offenser de la sorte, Monsieur Blanchard ! Quelle bassesse ! Quelle fierté vaniteuse ! Ma fortune est mille fois plus importante que la vôtre. N'importe quel débauché a plus d'esprit que vous ! À quelles intrigues vous livrez-vous ? Pourquoi vous complaisez-vous dans ces manœuvres d'hypocrite ? Vous osez ! Je vais vous broyer ! N'allez pas croire que l'on peut impunément m'humilier à ce point ! » Et il quitta la maison sans se retourner.

9. C'était lui ! C'est lui qui a écrit la lettre en se faisant passer pour Sandrouin ! Eugène !

10. Voilà, tout est fini. Je suis perdue. Le Chassepot à la main, Papa a mis Eugène dehors. « Si tu oses encore une fois te présenter à ma vue, alors que Dieu te garde ! » Je suis sans espoir.

PROPRIÉTÉ — **1.** « La propriété, c'est le vol ! dit aujourd'hui Eugène. Propriétaire et voleur, assurément, nous avons toujours considéré que c'étaient deux opposés, mais nous nous sommes trompés ! Qu'est-ce d'autre en effet lorsque celui qui possède, mais ne lève pas le petit doigt, s'enrichit sur le dos de ceux qui s'éreintent, mais ne possèdent rien ? Du pillage ! »

Pierre Joseph Proudhon

2. En Algérie, dit-il, on n'a pas de notion de propriété. « De toutes les maladies que nous avons introduites sur d'autres continents, la peste est la pire ! »

QUERELLE — **1.** Ces disputes sans fin ! Ce combat de coqs ! Papa et Eugène se volent dans les plumes chaque minute que dure la journée. Tout le monde en souffre. Les Roquette songent à aller loger ailleurs, Isabelle et François parlent déjà, eux aussi, de partir. Maman est blême comme un spectre. Et où dois-je m'enfuir ? Dans les bras de Sandrouin ?

2. « Ici ! Regarde-toi, enfin ! Ouvre les yeux, une fois, une seule ! » a hurlé Papa en traînant Eugène à travers la pièce jusqu'à ce qu'il se retrouve devant le miroir. « Tu ne vois donc pas ce grotesque ? Un bourgeois, des pieds à la tête – car tu n'es que cela, Eugène, que cela te plaise ou non ! Un bourgeois qui, sous le coup d'une hypocrisie insolente ou d'une confusion mentale, se fait passer pour un travailleur primitif, pour un Arabe – mon Dieu ! – et qui veut, ce qui est bien émouvant, faire sienne la cause du peuple ! C'est tout de même une forme de mépris largement supérieure ! C'est du sarcasme, rien que du sarcasme, Eugène ! Tu es un misérable clown, mon cher frère ! Moi, au moins, je sais qui je suis et où se trouve ma place. » – « Réellement ? Et moi qui croyais que tes opinions variaient en fonction des cours de la Bourse ! »

3. Papa dit qu'Eugène a toujours été un esprit inconstant et d'une faible constitution morale.

4. Longue discussion avec Maman. Elle est si bienveillante, et son destin est de comprendre son mari. Elle dit que Papa prend épouvantablement mal l'affront que lui a fait Eugène. Il est en vérité profondément blessé et chagriné. Il s'inquiète pour son frère. Voir quelqu'un gaspiller sa vie de cette manière est pour lui un motif de tristesse et d'incompréhension. « Mais comment pouvez-vous dire une chose pareille, Maman ?! » Elle me répond que c'est une épouvantable tête brûlée, un rêveur coupé du monde dont le seul talent est de se mettre dans les difficultés, lui-même et tous les autres. Est-ce réellement votre opinion, Maman, ou bien vous contentez-vous de répéter ce que vous dit Papa ? L'ingratitude d'Eugène blesse très profondément Papa, me dit-elle. Cet épouvantable bannissement a plongé toute la famille dans un grand malheur. Et Papa a fait tant d'efforts, ajoute-t-elle, pour tendre la main à Eugène. Or celui-ci n'a que moquerie pour son frère, dans lequel il voit une incarnation du diable. Elle affirme qu'Eugène a chauffé à blanc les travailleurs algériens et les a poussés à la grève. Il a, selon elle, perdu sa place d'ingénieur, ce qui est la véritable raison de son retour. « Ton père est inconsolable. Je sais que tu te disputes avec lui, cher enfant, mais crois-moi, c'est un honnête homme. »

SPIRALIFÈRE — Nous avons alors décidé de faire une promenade dans la neige. En certains endroits, nous nous enfoncions jusqu'à la hanche. Sur la colline, à côté de la forêt, nous nous sommes laissés tomber, nous avons descendu en roulant, nous avons fait les fous comme de petits enfants et tout notre chagrin s'est dissipé. Eugène m'a parlé du pôle Nord, et au moment où il me racontait tout cela les boucles de ses cheveux et sa barbe, autour de son visage, étaient couvertes d'une couche de glace et de neige tellement épaisse, et qui scintillait de surcroît au soleil, qu'on aurait pu facilement le prendre pour un bonhomme de

Le navire spiralifère de La Landelle

neige. Qu'est-ce que j'ai ri ! Nous sommes allés jusqu'à l'aqueduc, où Eugène a tout à coup sorti quelque chose de sa poche et me l'a tendu en disant que c'était un cadeau, pour que je n'oublie jamais de rêver que je vole. Ah, Eugène, comme vous êtes bon ! C'était un spiralifère, un propulseur prenant la forme d'un jouet qui peut lui-même, grâce à la rotation, s'élever dans le ciel, animé par un cordon enroulé autour d'une tige de bois et qu'on déroule aussi vite que possible. L'esprit léger, j'ai fait monter mon spiralifère dans la calme certitude que je le retrouverais ensuite dans le blanc paysage, et je crois qu'il est monté à peu près aussi haut que les ballons de mon arrière-grand-mère, Marie Madeleine Sophie !

VOLUPTÉ — Nous voilà tout à coup très proches l'un de l'autre ; sa jambe pressée contre la mienne ; je sens son souffle. Et je tremble de tout mon corps, je tremble comme si j'étais gelée. Et pourtant je me sens tellement brûlante !

CINQUIÈME ALPHABET

PARIS,
MARS ET AVRIL 1871

Début mars, les Blanchard revinrent à Paris. L'ambiance était maussade rue Murillo. Ce n'était pas seulement qu'ils aient trouvé dans un état lamentable leur ville successivement prise sous le feu des canons, assiégée puis occupée : les relations au sein de la famille ne valaient guère mieux. On s'évitait, on se taisait. Toutes les tentatives visant à apaiser la colère du riche industriel Sandrouin et à le faire changer d'avis avaient échoué. On avait dû mettre en vente la bien-aimée propriété de Clécy pour effacer les dettes. « Mesure, loi et ordre », telle était la formule du père, allaient ramener famille et nation sur le droit chemin. Pendant ce temps-là, Eugène, chassé de la maison, demeurait introuvable. C'est seulement le 17 mars que la jeune femme reçut un message de son oncle, à la veille des événements qui allaient s'abattre subitement sur Paris et sur ce Moi, imprévisibles et avec la force d'un bouleversement qui ne laisse rien en l'état. Pour ce Moi, la période qui suivit fut celle d'une extase durable qui, pendant des semaines, le fit agir comme dans un rêve.

ARMES — J'ai été tellement incandescente toute la journée qu'on pourrait me faire tomber d'une pichenette, comme la cendre d'un cigare ! Ma tête s'abandonne entièrement à la pesanteur, elle aspire à rejoindre le sol. Puis-je lui en tenir rigueur ? Oh, mes aïeux, comme j'ai bu ! Tout bourdonne autour de moi. Comment les mille morceaux dispersés vont-ils s'assembler pour former une image ? Comment se faire une idée à partir de tout cela ? Doucement, Paulette. Une chose après l'autre. Ce matin : on frappe à la porte ! Je sursaute et Gervaise s'exclame : « Réveillez-vous, Mademoiselle ! Réveillez-vous ! Il y a des soldats partout ! On sonne le tocsin, c'est le branle-bas de combat ! Les soldats investissent la colline ! » Je veux d'abord croire qu'il s'agit d'un rêve, mais elle n'arrête pas de crier. « La butte Montmartre, Mademoiselle ! » Cela me revient. Eugène, le message ! Je voulais me lever tôt, monter en haut de la butte et trouver l'adresse qu'il m'a donnée. Des soldats ? « Que s'est-il passé, pour l'amour de Dieu ? » – « Le gouvernement veut voler ses canons au peuple ! Versailles déclare la guerre à Paris ! » Gervaise – blême comme la lune ! Contre son propre peuple ! En entendant cela, rien ne peut plus me retenir et, dix minutes plus tard, je suis dans la rue. La ville est plongée dans une brume épaisse. Je vois à peine où je mets les pieds. Sommes-nous en guerre civile ? Est-ce un coup d'État ? Le petit homme, Thiers, veut-il de nouveau brandir le sceptre royal ? Cela ne s'arrêtera donc jamais ? Allons rue Muller ! Vous rejoindre, Eugène ! Je n'ai plus rien d'autre en tête. Vous revoir enfin ! Non, je ne prendrai pas une de nos calèches. Personne ne doit savoir où je suis ! Cette idée m'effraie. L'instant d'après, déjà, elle me paraît téméraire ; et le suivant, futile. Rue de Monceau, je trouve un cocher. Il me crie avec insolence : « Que vient faire cette petite dame avec les misérables pilleurs qui pointent leurs canons sur la ville de la bourgeoisie ? » – « Je vous en pose, des questions ? Vous voulez faire marcher votre affaire, oui ou non ? » Je sais comment on parle à ces gens-là. Le parc Monceau tout encoconné de brouillard. Tout comme mon esprit. Après le cimetière Montmartre, la foule devient de plus en plus dense, les gens sont toujours plus nombreux à se presser dans les ruelles qui mènent vers les hauteurs. D'où sortent tous ces gens ? Des escouades de personnes armées, d'autres non, des vieillards, des femmes et des enfants, tout cela semble sorti de terre ! Un bataillon de la garde nationale passe devant moi au pas de course, les bottes claquent en rythme sur le pavé : « En avant, camarades ! À bas les traîtres ! » Je descends et continue mon chemin à pied. Et ensuite ? La rue Muller ! Une maison de deux étages ; je frappe à l'étroite porte de bois. « Eugène ? Êtes-vous là ? Eugène ? » Personne ne répond. Les rideaux sont tirés. Il est vrai que ce n'est pas le moment de traîner chez soi. Et maintenant ? Les rues ne sont qu'une indicible mêlée. Cris. Les cloches sonnent le tocsin à l'unisson, comme si le jour du Jugement dernier était venu. Une vieille femme ridée brandit son bâton devant mon visage. « Citoyenne, les canons nous appartiennent, tu comprends ? D'abord nous vendre aux Prussiens ! Ensuite, nous voler nos armes ! Et pour finir nous piétiner ! Jamais ! Mort à ces salauds de traîtres ! » Elle crache par terre et reprend son chemin clopin-clopant. Un petit groupe se tient devant une affiche du gouvernement collée à un mur, un jeune fait la lecture à voix haute : « Tant que cette situation dure, le commerce est entravé, vos commerces se dessèchent, le crédit ne se développe pas, le capital n'arrive que chichement ! Puissent les bons citoyens se séparer des mauvais ! L'ordre doit être restauré de manière immédiate, complète et indestructible ! » Ils arrachent la

Les canons de Montmartre

proclamation en criant des injures. « À bas le jean-foutre ! » Une foule en colère déferle comme une vague, me soulève et m'emporte avec elle. Je veux m'enfuir en direction du mur, j'ai l'entrée d'une maison en ligne de mire ; je tends la main vers un passant, mais en pure perte. La foule continue à me porter. « Les canons sont à nous ! Ils ont été achetés avec nos sous ! Économisés avec nos estomacs ! » Me voilà entraînée jusqu'au parc de tir, où tout le monde s'est regroupé devant la bonne centaine de canons. Un tumulte effroyable ; alors se décharge une colère attisée par des mois de siège, d'humiliation et de privation. Une mer de poings tendus vers le ciel ! Les culottes rouges du gouvernement, de jeunes hommes au visage à peine duveteux, se tiennent là, derrière leurs capitaines, fusil au pied, tremblants, pressés par la foule. « Traîtres ! », « Mort aux Versaillais ! », « Voleurs ! », « Vous emportez nos canons à Berlin, crétins ? », « Honte sur vous ! », « Viens donc, mon garçon, sur ma poitrine tu trouveras de la chaleur et une bouteille de vin ! », « À bas Thiers ! », « Vive la Commune ! » Il me semble que je vais être écrasée comme un scarabée. J'ai un voile noir devant les yeux. Je ne respire plus ! Un effroyable encombrement ! Je veux partir d'ici, partir ! Les femmes avancent devant, endurcies par la misère, maigres et furieuses, elles n'attendent pas les hommes et encerclent les mitrailleuses. « C'est une honte, mes garçons ! Pointer les armes contre des femmes et des enfants ! » Je sens une main sur ma jupe. Une haleine pestilentielle me monte au nez, mêlée aux émanations de sueur et de vin. « Eh bien, ma douce, on donne un bécot à sa crapule ? » Le lascar s'approche de si près que je sens son souffle, humide et chaud, contre ma joue. « Allez, ne fais pas de manières, petite crotte. Dans le feu de l'émeute, tout est permis. À moins que je sois trop crasseux pour toi ? Femme arrogante ! » Au même instant, un homme à cheval crie : « Premier rang, un genou à terre ! » Une indignation écumante s'empare de tous ! Les femmes bousculent les sentinelles. « Quoi donc, soldats, fils du peuple, vous nous massacrez sur ordre de nos généraux infâmes ? », « Bravo, gros porteurs d'épaulettes ! Vous tuez des femmes et des enfants, ça vous vaudra une médaille, hein ? », « Il y a eu les Prussiens, et maintenant c'est vous qui voulez nous abattre ? » Au même moment, le général lève son sabre et hurle : « Feu ! » J'inspire, je ferme les yeux. Je veux vivre. Vivre ! Un mugissement parcourt la foule. Les soldats baissent les armes ! Ils mettent la crosse en l'air, ils agitent des mouchoirs ! « Tirez, bandes de lâches ! Traîtres ! » Mais pas du tout : les soldats fraternisent ! On accourt et l'on se jette dans les bras les uns des autres. On pactise ! On est en liesse ! Un pantalon rouge prend une fillette au creux de son bras, cela lui vaut un baiser de la mère. L'officier d'état-major n'a pas compris, il braille : « En avant contre la canaille ! » En un clin d'œil, on le fait tomber de cheval ! Ses propres soldats veulent le fusiller, l'accablent de menaces, mais une poignée d'hommes se placent devant lui pour le protéger et l'emmènent. « Vive la République ! », « Bravo ! Bravo ! » À peine libéré de son cavalier, le cheval du général est percé par des dizaines de baïonnettes ! La carcasse encore chaude démembrée en cent morceaux ! Les femmes, chargées de leur butin, affamées, partent en courant pour retrouver leurs fourneaux. La foule patauge dans le sang de cheval. Je trouve enfin une faille et m'enfuis en courant. Quitter ces lieux ! Partir ! « C'est la canaille ! Eh bien, j'en suis ! » chante-t-on autour de moi.

BAIL — Nous faisons la fête ! Et nulle part on ne peut le faire d'une manière plus détendue et plus gaie que dans la rue Muller. Vive la Commune ! Puisque les locataires ne peuvent pas payer, ils ne paieront pas. Ainsi parla la Commune ! Voilà ! Avec son premier décret, elle a effacé les loyers en souffrance de ces derniers mois. Tout Paris est en liesse ! Voilà ce qu'il faut faire ! Car si Versailles, à la question de savoir qui doit verser les cinq milliards de dommages de guerre aux Prussiens et payer les dix milliards de dégâts, ose répondre insolemment : « Les travailleurs ! », la réponse de Paris est très claire : « Le capital ! » Clémentine n'a pas pu retenir ses larmes. Gustave avait finalement dû vendre son atelier de serrurerie en raison de ces recouvreurs de dettes. Ces temps sont désormais révolus ! Il s'agit de remplir les ventres, et le petit Jules peut pointer ses yeux bleus insolents vers un avenir de liberté. Quelques voisins ont tiré dans la rue un vieux pianino sorti d'on ne sait où. Dieu du ciel, que c'était beau ! Il était épouvantablement désaccordé, cet instrument, et il avait des touches coincées, mais ça n'avait aucune importance. Le vin ! Et l'on a dansé. Je me suis moi aussi installée au piano et j'ai chanté. Alors Eugène m'a longuement serrée dans ses bras et m'a dit : « Paulette, je suis tellement heureux ! »

BARRICADE — Et me voilà aujourd'hui à arracher des pavés sur la chaussée, le soleil brûle au-delà de toute mesure, l'air sent le printemps et d'un seul coup tout me fait l'effet d'un grand rêve chatoyant. Il y a quelques semaines encore, jusqu'à ce qu'Eugène me l'apprenne, je n'aurais pas su dire ce qu'est une barricade. Oh, et je me faisais de tout cela un tableau très héroïque ! Et maintenant ? Je m'écorche les genoux ; ma robe est pleine de poussière ; mes muscles tremblent et cèdent ; comme je n'ai pratiquement pas dormi, je suis

Une barricade

morte de fatigue ; des cals se forment sur mes mains ; mes ongles se brisent. Mais c'est bien réel ! Nous retournons des charrettes, nous formons des rangées, nous faisons passer les pierres de main en main, nous remplissons des sacs avec des gravats, nous empilons tout cela, obstinés, durs à l'ouvrage, jusqu'au premier étage, jusqu'au deuxième, chacun à son gré et selon son imagination, sans personne pour surveiller ni donner des ordres, et pourtant tout ici s'enchaîne pour le mieux. L'instinct de Paris ! Nous chantons : « Vive la Commune ! Enfin ! Vive la Commune ! » Des drapeaux battent aux fenêtres ouvertes. Des femmes apportent de la soupe, étalent leurs couvertures. Plus d'un est assis là, le soleil illuminant un visage satisfait, on se repose, on boit au goulot d'une bouteille de vin que l'on fait ensuite passer. « À notre liberté ! » On discute, on chante, on rit. Des passants s'arrêtent, étonnés, et prennent plaisir à ce spectacle. Et tout à coup mon cœur se met à battre, pris d'une telle joie inconnue que je ne peux m'empêcher d'éclater bruyamment de rire. Je fais même un aller-retour en courant dans la rue dans le seul but d'ébrouer mon corps pour en faire tomber tout ce bonheur, le disperser sur le pavé, je prends dans mes bras un petit marmot poussiéreux qui est en train de jouer aux billes et je lui donne un baiser.

BOURGEOIS — 1. On m'a certainement prise pour une voleuse, à me voir m'approcher en tapinois, regarder à la dérobée aux coins des immeubles, faire le tour de la maison en décrivant de grands arcs de cercle et attendre longtemps derrière un arbre du parc Monceau avant d'oser enfin approcher. J'ai trouvé le portail de notre villa verrouillé, les volets fermés, même le portillon du jardin était solidement cadenassé. Dans un accès de témérité, j'ai franchi la clôture basse qui sépare la propriété et le parc, je me suis frayé un chemin à travers la haie et je me suis retrouvée dans le jardin. Là-bas, protégée de tous les regards, j'ai été prise d'une telle mélancolie, si soudaine et si puissante, que j'ai littéralement été secouée par les larmes. Comment quelque chose peut-il m'être à la fois aussi familier et aussi lointain ? J'ai passé des milliers d'heures dans ce jardin – et pourtant il n'a rien à voir avec moi. J'ai donc discrètement fait le tour de la maison, désemparée, solitaire – mieux, d'un seul coup une ombre épaisse s'est déposée sur moi, et à l'intérieur de moi-même tout n'était plus qu'une grande lamentation.

Qu'est-ce que je fais ici ? Au portail, coincée entre le battant et le chambranle, j'ai découvert une enveloppe à mon nom. Une lettre de Maman ! Ils s'étaient réfugiés à Versailles. Ils avaient laissé une adresse. « Paulette, ma chère enfant, je prie Dieu jour et nuit que tu ailles bien, que ces misérables ne te fassent rien dont tu puisses pâtir. Donne-nous des nouvelles, s'il te plaît ! Je suis inconsolable. Ta mère. »

2. D'un seul coup, Zoé s'est levée de table en titubant, renversant par terre un lot de verres à vin et, en même temps qu'eux, un candélabre. La salle était plongée dans une pénombre tamisée. Le chant s'arrêta. Zoé me regarda fixement. « Alors comme ça tu veux en être, hein ? Tu veux que la cause des travailleurs soit la tienne ? » D'où venait cette colère, Zoé ? Quel motif t'ai-je donné ? Eugène s'est interposé, apaisant. Karim s'est levé lui aussi : « Zoé, tu as bu. » Mais à ce moment-là, elle a écarté les deux hommes en un tournemain et a fait un pas dans ma direction. « Mais est-ce que c'est bien clair dans ta tête, Paulette, qu'il y a une différence entre toi et nous ? » J'ai haussé les épaules. « Tu sais que les ouvriers, bien qu'ils créent à eux tout seuls la richesse, sont condamnés à vivre dans la misère, l'ignorance et l'esclavage ? Tu sais ce que c'est, Paulette, la misère ? » Et comme je hochais timidement la tête, elle reprit : « Tu comprends que la racine du mal qui pèse sur nos épaules, à nous, les ouvriers, c'est la pauvreté ? Et que la pauvreté est une conséquence de l'ordre économique, et avant tout de la mise en esclavage du prolétariat sous le joug du capital, c'est-à-dire de la bourgeoisie ? Tu comprends cela ? » J'ai tenté de répondre, mais elle m'a coupé la parole. « Et tu sais qu'entre le prolétariat et la bourgeoisie existe une hostilité mortelle, conséquence inéluctable des points de vue économiques de ces deux classes ? Tu comprends, Paulette, que la richesse des possédants est incompatible avec la liberté des travailleurs, parce que leur richesse démesurée repose uniquement sur le pillage et l'asservissement de la classe ouvrière ? Tu comprends donc que, pour la même raison, la réussite et la dignité du peuple travailleur ont absolument besoin de la suppression totale de la bourgeoisie ? Paulette ? » Le vin m'est monté à la tête. Mes mains tremblaient. Pourquoi me fais-tu ça, Zoé ? « Tu as vraiment la force qu'il faut pour défendre loyalement la cause du peuple ? Tu es prête, Paulette, à mettre de côté tes intérêts personnels, à ne pas conclure de compromis véreux avec la classe dans laquelle tu es née ? Tu crois vraiment pouvoir résister à la tentation de sortir du lot, de t'élever au-dessus de tes camarades, ce qui te renverrait immédiatement à ton état de bourgeoise et donc d'ennemie du prolétariat, parce que l'unique différence entre le capitaliste et l'ouvrier, c'est que le premier cherche son intérêt en dehors et aux dépens de la communauté, tandis que l'intérêt du second dépend entièrement de cette communauté et de sa solidarité ? » Elle prit un bref instant pour respirer, puis reprit : « Regarde en toi-même, Paulette. Donne-toi une réponse. Si ça n'est pas le cas, s'il te plaît, disparais. Rentre à Versailles ! »

CLUB DES FEMMES — **1.** Nous sommes assises autour d'une longue table, nous nous serrons sur des chaises, des caisses, des bancs, sur plusieurs rangées, les unes sur les genoux des autres, contre un mur ou dos à dos, certaines avec des enfants dans les bras ou au sein, des femmes, c'est-à-dire des vieillardes, des mères, des écolières, des ouvrières, des ménagères, et nous parlons, nous discutons, tantôt gauchement, tantôt en expertes, nous bondissons, nous gesticulons, nous bredouillons, nous sommes en rage, il nous arrive même de pleurer, nous nous aiguillonnons mutuellement ; on hurle, c'est vrai, on se querelle, et pourtant on s'écoute, on laisse chaque femme prendre la parole, même la plus discrète, même celle qui est accroupie dans le dernier recoin de la salle, et quand elle finit par faire entendre dans un souffle sa voix ténue, alors tout d'un coup le silence complet se fait et la voix résonne dans la pièce, si bien qu'à l'autre bout on peut lui répondre, l'approuver ou la contredire bruyamment. Cela me fait l'effet d'un concert, d'un chant âpre et polyphonique. Chaque voix existe par elle-même, aucune n'est au-dessus des autres. Nous nous contentons de parler et pourtant, je le sens, nous donnons ici forme à un monde.

2. « Si vous me posez la question : les élections, moi, je chie dessus ! Je veux avoir de quoi bouffer. Je veux que ma petite ne se gratte pas jusqu'au sang. Tout le reste, ça peut attendre ! » – « C'est bien pour ça qu'il faut que tu votes. C'est bien pour ça qu'il faut te faire entendre ! » – « Mes enfants se sont cassés au travail douze fichues heures de la journée pour que nous ne crevions pas ! Et moi je fais le trottoir. Tu vas voir ce que je vais leur mettre, sur leur bulletin de vote ! » – « Nous ne pouvons pas voter, mais nous pouvons nous organiser ! Nous sommes prêts à nous battre ! » – « Assez de cet esclavage et de cette exploitation ! Ça suffit ! On nous traite plus mal que du bétail ! » – « De la dignité, les femmes ont besoin de dignité. » – « Si l'on veut réellement intégrer le peuple, les femmes doivent avoir le droit de participer. Nous avons fait cette révolution ensemble, cela doit continuer ainsi ! » – « Si l'armée n'a pas tiré, c'est à nous, et à nous seules, qu'on le doit. À nous, les femmes ! Nous sommes le cœur de cette révolution ! »

3. a) Préparation des infirmeries, des vivres, des barricades
b) Instauration d'écoles de filles laïques (Éduquer à la liberté !)
c) Orphelinats
d) Réorganisation du travail ! Coopératives, ateliers (Salaires justes !)
e) Mobilisation, mise en réseaux
f) Manifestations, conférences, tracts, affiches, articles de journaux (Comme j'aimerais écrire !)
g) Achat de pétrole et d'armes pour les citoyennes combattantes

4. Louise ! Andrée ! Michelle ! Chloé ! Geneviève ! Nathalie ! Allons, tout le comité ! Et le *Club Rouge des Femmes* de Zoé ! Vraiment, j'ai trouvé le lieu que j'aime le plus au monde. J'aimerais presque dire : je suis chez moi. Et d'un seul coup, je comprends à quel point j'étais perdue et solitaire jusqu'ici. C'est terminé, maintenant.

5. Louise, toujours vêtue de sombre – à ce qu'on m'a dit, depuis que son ami Monsieur Noir a été tué et qu'elle s'est juré, devant sa tombe, de porter le deuil jusqu'à la fin de sa vie – sauf son écharpe rouge qu'elle arbore comme une vérité à proclamer. Sa silhouette nerveuse, trop maigre, sa tête énergique !

Louise Michel

6. Je me suis dépêchée de prendre des notes. Les voici, en substance :

« Les vieux révolutionnaires de 48 me demandent ces derniers temps : Louise, dis-moi, pourquoi toute cette agitation ridicule ? D'où vient cette hystérie parmi les femmes ? N'avons-nous justement rien de plus urgent à résoudre ?

Ne s'agit-il pas de combattre un ennemi extérieur ? Mes bons amis, nous, femmes, nous nous sommes tues pendant des années, des décennies, des siècles. Eh bien maintenant, nous sommes plus en colère que d'autres ! Le prolétaire est un esclave. Mais l'esclave entre les esclaves, c'est l'épouse du prolétaire. Dans la rue, la femme est une marchandise. Dans les couvents, où elle se tient cachée comme dans un tombeau, elle est attachée par l'incertitude et des règles la forcent à tourner dans la machine comme une roue, pulvérisant son cœur et son cerveau. Dans le monde, elle se recroqueville à force d'humiliation. Chez elle, elle est broyée par la charge. Et l'ordre ancien veut la laisser dans cet état. Comme le disait Molière, les femmes sont toujours la soupe de l'homme. Pour ma part, communardes, j'ai refusé d'être la soupe d'un homme, quel qu'il soit, et jusqu'ici j'ai traversé mon existence sans faire l'esclave pour un César. Je n'ai jamais pu comprendre pourquoi il existe un sexe dont on s'efforce à tout prix de mutiler l'intelligence, comme s'il y en avait déjà trop sur terre, de l'intelligence. Non, nous nous enfonçons dans la bêtise. Et c'est maintenant qu'il faut faire appel à notre intellect, communardes ! Avec la révolution débute une ère nouvelle. Nous voulons donc faire les choses méticuleusement. Pour qu'elle ne se brise pas dès le deuxième jour. Il est idiot de penser que la question des ouvriers et celle des femmes sont séparées l'une de l'autre. Elles ne font qu'un. Ne combattons-nous pas ensemble pour un monde nouveau ? N'êtes-vous donc pas assez forts, hommes, pour concevoir cette lutte des femmes comme une partie de ce combat ? Comme vous, nous réclamons le savoir, l'éducation et la liberté. Nous connaissons nos droits et nous les revendiquons. Nous avons décidé que c'en était assez. Et nous ne céderons pas. Car la force trouve refuge auprès de nous. Et la Commune a besoin de ses femmes. Nous avons nos armes, les armes des esclaves, silencieuses et épouvantables. Nous n'avons besoin de personne pour nous les mettre en mains. C'est fait depuis longtemps. De quelles armes s'agit-il ? L'organisation, les communardes et la conscience de soi ! Alors, regroupez-vous, parlez-vous, apprenez ! Vive la Commune ! »

7. À cet instant, Louise interrompt ce débat confus, elle se tourne vers moi et tout le monde se tait. Elle me dévisage de ses yeux tranquilles et pénétrants, et demande : « Paulette, que penses-tu de cette affaire ? »

Mon cœur se met à battre à toute allure. Je blêmis. Se peut-il que… Est-il possible que personne ne m'ait encore jamais posé cette question ?

COMMUNE — **1.** La Commune est élue ! On se salue en pleine rue, on sourit, on se fait des clins d'œil sans se connaître. Non, nous ne sommes plus des étrangers, à partir de maintenant nous sommes les enfants de la même volonté, du même amour. Je marche tout droit à travers la ville, et je gribouille, au passage, mes pages de notes. Tout est vivant ! Sur les boulevards, les flâneurs se promènent joyeusement, les cafés sont bien remplis. Paris emplit ses poumons d'air, comme un homme qui voit pour la première fois la lumière du jour après un long séjour au cachot. Désormais on n'a plus rien à craindre. Le bulletin de vote a repoussé les fusils pour toujours.

2. Chaque membre du Conseil représente 20 000 habitants, en sorte que pour les vingt arrondissements ce sont au total quatre-vingt-dix conseillers qu'il fallait élire. Le résultat : dix-sept membres de l'Internationale, treize pour le Comité central, sept sont des blanquistes, neuf représentent la presse radicale, vingt et un les clubs les plus divers et quinze le camp de la bourgeoisie ! (On s'attend à ce que ces derniers soient suffisamment lâches pour couvrir leur mandat de honte !) Vieux et jeunes, néojacobins, socialistes, hommes d'autorité, anarchistes, romantiques – une sacrée bande ! Relieurs, tonneliers, couvreurs, forgerons, maçons, cordonniers, artistes peintres, scientifiques, comédiens, comptables, médecins, juristes et journalistes. Responsables et révocables à tout moment, sous la surveillance constante de tous les citoyens !

3. Aujourd'hui Eugène s'exclame : « Paulette, ici nous écrivons l'Histoire, tu en es consciente ? C'est la première fois, dans ce monde remarquable, que le peuple se gouverne lui-même. Pas de Césars, pas de papes, pas d'État ! Les fossoyeurs de la liberté ont abdiqué, tu m'entends ? Paris pose sa couronne, proclame en liesse sa propre démission afin de donner à la France, à l'Europe, au monde entier liberté et vie ! Paulette, je suis tellement heureux ! »

4. La Commune proclame par décret : l'armée de métier est dissoute, on arme le peuple ; les loyers sont effacés ; les gages des prêts sur gage sont restitués gratuitement ; les écoles et l'éducation sont librement accessibles à tous. Église et État sont séparés ; les salaires des fonctionnaires sont limités ; on fixe le prix du pain ; le travail de nuit des boulangers est interdit ; on verse les pensions des veuves et des orphelins ; on distribue les appartements vides ; on donne à des coopératives les fabriques abandonnées.

5. La Commune, c'est l'unité d'une ruche, non plus celle d'une caserne.

CRI DU PEUPLE — **1.** Sans même comprendre ce qui m'arrivait, je me suis retrouvée sur le front le plus avancé du cortège, tenant entre les mains un drapeau rouge battant ! Comme il flottait au-dessus de moi, comme il claquait dans le vent du printemps ! En marche sur le boulevard. En avant, en avant ! Alors seulement je me suis retournée et je les ai vus, ces milliers de personnes, des milliers et des milliers qui chantaient et criaient de joie – un bruit assourdissant – et qui avançaient du même pas derrière moi, non, qui me portaient plutôt en avant ; mieux, j'avais l'impression que mes muscles n'avaient plus besoin de travailler, que j'étais poussée, catapultée vers l'avant par une force encore inconnue, d'une nature telle que je ne pouvais dire si elle me plongeait dans l'euphorie ou dans l'angoisse, comme si la foule elle-même devenait un corps que je pouvais sentir, cent fois, mille fois plus grand que moi, comme si nous ne formions plus, tous autant que nous étions, qu'une unique avancée, un unique cri : liberté !

2. Ce côté indompté suffit à me faire peur : elle emporte tout avec elle, cette rage, la masse qui me paraît parfois trop dépourvue de tête semble prête à tout. Qui est censé la guider ? Se guide-t-elle elle-même ? Est-ce vraiment possible ? Ou bien est-elle victime de gens qui cherchent à la séduire ? Et si oui, qui sont ces canailles ? Que se passera-t-il si la révolution aggrave encore les choses ? Si tout suit un chemin totalement différent de ce que l'on attend et espère ? Si l'on se heurte à quelque chose que l'on serait incapable d'embrasser du regard, de contrôler, d'endiguer ? Eh bien ! Je crains que tout cela puisse virer à l'atrocité. La manière dont ils ont entraîné deux généraux et les ont troués comme des écumoires pour leur seule satisfaction ! Non, Paulette, ça n'a été qu'un moment bref et sombre. C'est bien comme ça. C'est ce que te dit ton cœur. Aie confiance !

ENNEMI — **1.** Voilà que ces fous furieux veulent imiter les Prussiens et bombarder la capitale ! Ça n'est pas possible ! Paris se comporte pacifiquement, il ne réclame que son droit. Et quelle est l'idée qui germe à Versailles ? L'affamer, l'isoler et maintenant lui envoyer des obus et des balles de mitrailleuse ! Plonger son propre pays dans une guerre civile ! Mais bravo, Monsieur Thiers, ô César rabougri ! Qu'est-ce qui vous prend ? On a attaqué Neuilly. J'étais justement en train de marcher dans la ville quand j'ai entendu une effroyable canonnade. Et j'ai vu des nuages de fumée blanche monter à l'ouest. Les Parisiens en grand émoi se rassemblent sur la hauteur de l'Arc de triomphe. On monte sur les barrières, on se retient aux saillies du monument, on tente d'apercevoir ce qui se passe. Un petit voleur organise aussitôt une affaire, pose une planche sur plusieurs chaises et fait payer l'accès à son belvédère improvisé. Ah, pourvu que ce ne soit pas une grande allégorie cynique ! Car tandis que les troupes gouvernementales font retentir le tonnerre de leur artillerie sur la ville depuis l'avenue de la Grande-Armée, les Parisiens s'accrochent au bas-relief *La Paix* sur l'Arc de triomphe !

2. C'est donc la guerre désormais. Aucun chemin ne mène plus à Versailles. Et désormais je suis leur ennemie. (Je l'étais sans doute déjà auparavant.) Papa jubilera-t-il si l'on me fusille ? Eugène dit qu'en 1789, pendant la Grande Révolution, en 1830 lors de la chute des Bourbons, mais aussi en février 1848, nous avons combattu ensemble pour une même cause, bourgeois et ouvriers, côte à côte ! Ne pouvons-nous donc pas mener aussi cette lutte-là à son terme ensemble ? Mais non, les deux camps hurlent : Toute alliance est impossible ! Une seule solution : la violence ! Mais vous vous trompez ! Comme vous vous trompez !

FAMILLE — 1. Yann, le père de Zoé, le vieux capitaine à la chevelure et à la barbe blanc argenté, décoré de la médaille de la révolution de Juillet, s'exclame aujourd'hui : « Voilà quarante ans que je fais des révolutions ! Mais je n'ai encore jamais rien vécu de tel ! » Le vieux sabreur semble vexé que l'insurrection ait commencé sans qu'il y soit pour rien. Mais c'est vite oublié. Il me semble qu'il rajeunit à chaque minute, à chaque « Vive la Commune ! », à chaque pavé arraché à la chaussée. Eugène était avec Yann à la colonie pénitentiaire sur les îles du Salut. Ils se sont battus ensemble en 1848 !

2. Zoé et sa chevelure bouclée ! Zoé et ses yeux sombres. Zoé et son tempérament ombrageux. Et avec cela, enjouée et narquoise comme une gamine ! Et comme elle aime mordre et griffer. Une vraie chatte !

C'est un joli spectacle tant qu'elle joue avec une pelote de laine. Mais malheur aux crapules, Zoé a des serres ! Et de l'esprit ! Et quand elle prend son Bakounine à la main, elle crache aussi du feu ! Zoé, chère Zoé… Avant la révolution, elle enseignait à l'école de Louise. Et chaque fois qu'elle a une minute de libre, elle s'occupe, en plus du reste, des enfants qui l'aiment comme leur mère. Il me semble parfois compter moi aussi au nombre des petits, et dans ces cas-là je rêve de me trouver sur le banc de l'école, face à Zoé.

3. J'ai donc enfin rencontré Karim, l'ami algérien dont Eugène n'arrête pas de chanter les louanges. Un galopin ! Et un bel homme de surcroît, je suis bien forcée de le reconnaître ! (Les spahis sont une sorte de garde nationale algérienne que nous, misérables Français, avons envoyée sur le front pour servir de chair à canon dans la guerre contre les Prussiens. J'ai honte ! Et oui, je comprends la rage de Karim, je comprends sa colère !)

4. Ils disent que je peux rester ! Ils disent : Paulette, nous serions heureux de t'avoir auprès de nous ! Et ils me prennent dans leurs bras. Et je pleure d'être aussi heureuse.

5. C'est tout de même singulier ! Dans cette villa de la rue Murillo où, pourvu que je fasse preuve d'un peu d'habileté, je pouvais facilement me promener toute la journée dans les vastes étendues du salon, des appartements et du jardin sans rencontrer ne fût-ce qu'une seule personne, dans laquelle, donc, l'espace n'avait pas de fin mais où il n'y avait jamais de place pour moi, je me sentais toujours proche de l'étouffement, j'avais l'impression que je devais me faire toute petite pour passer de justesse à travers les nœuds coulants qu'on avait tressés à mon intention. Et ici ? Nous partageons à quatre cette chambre minuscule, et je grandis chaque jour qui passe. On se presse les uns contre les autres et l'on se sent moins oppressé que jamais. On se marche sur les pieds et l'on continue à danser joyeusement.

6. Un journal ! Pour les femmes ! Quelle bonne idée ! Un baiser pour toi, Zoé ! Il faut secouer les gens pour les réveiller. En finir avec cette ingénuité. Nous pourrions susciter des débats, nous liguer ! Donner une voix aux femmes. Un petit bureau où l'on se rencontre, où l'on échange, où l'on discute des articles ! Un nom ? *Le Rouge des Femmes*, qu'est-ce que ça donnerait ? Ah, je me suis mise aussitôt à rêver ! Zoé, elle aussi, irradiait !

7. Je n'ai jamais ressenti pareille chaleur que chez nos voisins, les Simon ! On entend leur ventre gargouiller avec force, mais ils partagent leur unique hareng comme si c'était la chose la plus naturelle du monde. Il y a là Gustave, il est serrurier, mais avec les loyers que réclamait l'ancien gouvernement il a perdu son atelier. Son visage s'emplit de tristesse quand il le raconte. Puis Clémentine, qui porte tant d'amour dans son cœur qu'elle rayonne encore du fond du plus grand chagrin. Elle enchante tout et je cherche la soirée durant sa proximité qui me réchauffe tant. Elle espère trouver du travail comme couturière dans l'une des coopératives que veut fonder la Commune. Et Jules, ce petit blondinet ! Pendant que je jouais avec lui, j'ai oublié la totalité du monde autour de moi.

8. Du vin, du vin, du vin ! Le premier décret de la Commune a-t-il consisté à baisser le prix du vin ? Ma tête ! Des discussions jusque tard dans la nuit. Mais quels discours ardents ! Alessandro, un capitaine garibaldien, a la langue acérée comme une baïonnette. Combien de choses je peux apprendre ici ! Avais-je entendu parler des insurrections en Pologne, des combats révolutionnaires qui durent depuis des décennies, avant de faire la connaissance de l'ami d'Eugène, Tymoteusz, qui m'en a informée ? Non, je n'en avais pas la moindre idée ! Savais-je qui est Garibaldi ? Pas le moins du monde ! Avais-je eu vent des insurrections qui éclatent depuis le retour des spahis en Algérie ? Certainement pas. Savais-je ce qu'est une famille ?

9. Maman, je me demande bien comment vous allez. Je me fais de tels reproches ! Vous, seule, avec le tyran ! Et le souci que je vous cause doit vous faire souffrir les mille morts. Je vous imagine toujours tellement perdue et solitaire, et cela me fait mal. Mais tout cela ne sert à rien. Je ne peux vous écrire. Vous vous montrerez compréhensive envers moi. Oui, il en ira ainsi.

FÊTE — Tataram-tamtam ! Tataram-tamtam ! Marchons ! Marchons ! La *Marseillaise* ! Je ne peux plus arrêter de chanter. C'était Paris, tout entier ! Toute la ville réunie dans un vertige de joie, une ivresse telle que le monde n'en voit sans doute qu'une seule fois en mille ans ! Devant l'Hôtel de Ville, on a proclamé la Commune. Et des centaines

La proclamation de la Commune sur la place de l'Hôtel-de-Ville

de milliers de personnes se sont rassemblées sur la place de Grève avant d'essaimer dans toutes les directions jusqu'au boulevard de Sébastopol et vers les quais. Quelle fête ! Un bon ami de Yann, Léo, qui est ramoneur et nettoie aussi les cheminées des maisons aristocratiques, connaissait le lieu le plus beau et le plus inhabituel que l'on puisse imaginer pour suivre ce spectacle : les toits de la rue de Rivoli ! Nous nous étions levés de bonne heure pour arriver à traverser la foule dense, nous nous sommes faufilés dans la mêlée avec une joie de gamins, nous sommes passés devant le portier, avons monté l'escalier jusqu'aux mansardes sombres où logent les domestiques, nous avons continué à grimper en passant par une trappe et une échelle étroite, nous sommes arrivés sur le toit mansardé et nous y avons effectivement trouvé une petite plateforme sur laquelle nous avons pu nous asseoir. Nous étions suspendus au-dessus de Paris ! Je me suis accrochée à Eugène, ce qui m'a donné encore plus le tournis ! Je tenais sa main. Oh, comme j'ai souhaité que ce moment ne s'arrête jamais ! Le soleil rayonnait, déversait des flots de lumière sur la place comme si lui aussi brûlait pour notre cause, comme s'il voulait nous dire : désormais le monde est sous le jour le plus vif ! Les baïonnettes aux canons reluisaient et lançaient des éclairs ! Tout désormais va être autrement. Tout ! Sur une estrade entourée de drapeaux rouges, devant l'Hôtel de Ville, on les voyait assis, les membres de la Commune élus par le peuple, surmontés par le buste de la République ornée du bonnet phrygien, signes d'indépendance et de liberté. La place tout entière était une mer de drapeaux ; devant les fenêtres se pressaient deux, parfois trois rangées de spectateurs ; des enfants étaient assis sur la nuque des bustes ; et ce sont des grappes humaines entières qui s'accrochaient aux barricades ! Un orateur s'adressa à la foule : « Permettez-moi de féliciter le peuple de Paris pour le grand exemple qu'il a donné au monde ! Au nom du peuple, la Commune est proclamée ! » Je n'ai jamais rien vécu de semblable à ce qui a suivi. Un mugissement d'approbation, un unique cri jubilatoire jaillissant de centaines de milliers de gorges : « Vive la Commune ! Vive la République ! » Alors la musique commence, les tambours jouent une marche, on pose les képis à la pointe des baïonnettes, on brandit les drapeaux. La *Marseillaise* ! Tataram-tamtam ! Cent mille personnes reprennent cet hymne. « Le jour de gloire est arrivé ! » Un canon tonne et fait vaciller le sol ! Je pousse un cri, je m'accroche encore plus solidement à Eugène, je serre ma tête contre sa poitrine. Les applaudissements redoublent ! Le chant monte vers le ciel en un chœur encore plus sonore. Le canon ne cesse de tonner. Rien ne nous retient plus, nous bondissons sur nos jambes, nous, Eugène, Zoé, Yann, Karim, Gustave, Clémentine, Léo, nous nous tombons dans les bras, nous nous mettons à danser sur les toits, Paris nous appartient !

FUTUR — **1.** Nous voilà donc désormais au seuil. Et comme je peux m'estimer heureuse de vivre cela, d'en faire partie. La pauvreté, la maladie et la guerre relèveront bientôt du passé, d'une sombre époque que nous aurons laissée derrière nous. L'homme a la capacité de se sauver lui-même !

2. Paris ouvre la marche ! Et bientôt elle suivra, la République mondiale !

GUILLOTINE — Elle brûle, la guillotine ! Et comme elle brûle bien ! Pourquoi ne lui a-t-on pas découvert plus tôt cette admirable propriété ? On a trouvé deux de ces anciens instruments de meurtre dans la prison de la Roquette et l'on a décidé de détruire pour toujours ces appareils de terreur. Le 137e bataillon a érigé un bûcher devant la statue de Voltaire, il a enterré les deux guillotines sous tout ce qui lui tombait sous la main et dont on pouvait penser que cela partirait en flammes. Un flambeau était en main, un orateur sur les lieux : « Nous méprisons toute forme de pouvoir, car il n'a d'autre but que la domination et repose donc sur la terreur et la violence ! Puisse l'idée même de la dictature brûler par ce geste ! Ce feu, citoyens, consacre notre nouvelle liberté ! » Et le voilà qui brûle et nous réchauffe en cette froide soirée. Voltaire, qui veille sur les flammes, me donne l'impression de sourire. Dans un vieux recueil du philosophe, j'ai trouvé aujourd'hui rue Muller une phrase qui dit en substance : « Ce sera donc la force qui jugera, en attendant que la raison pénètre dans un assez grand nombre de têtes pour désarmer la force. » Ce jour est venu !

Guillotine

JALOUSIE — **1.** Une femme arrive en courant, un morceau de viande de cheval à la main, elle se fraie un chemin dans la foule, se presse contre moi. Le sang sur ma robe ! C'en est trop pour moi. Cette masse prise d'ivresse. Elle va me piétiner ! « Eh bien, la fille de bourgeois, qu'est-ce qui t'arrive ? Tu as peur de la populace ? C'est très bien comme ça ! Fiche-moi le camp d'ici ! » Ça grouille autour de moi, c'est une marmite qui bouillonne. Je passe en courant devant la tour de Solferino. J'entends trois coups de canon. La sueur me perle au front. Partir d'ici, et vite ! Mais quelqu'un me retient. Une main sur mon épaule. Le mouflet de tout à l'heure ? « Paulette ? C'est toi ? Paulette ? Que fais-tu donc ici ? » Je ne veux rien entendre, juste m'en aller. Cette canaille me tire alors contre lui. « Allez, calme-toi donc. » C'est seulement à ce moment-là que je lève les yeux. Je lui saute au cou. Et tout en moi devient lourd. Le bruissement dans ma tête. « Enfin, Eugène ! »

Je me réveille dans une petite chambre. « Le peuple s'éveille ! » s'exclame Eugène. Le peuple ? « Partout, les réguliers fraternisent, à Belleville, aux Buttes-Chaumont, au Luxembourg. » – « Et toi ? Tu es planté là auprès de la petite mièvre et tu joues le bon Samaritain. Rien ne me retient plus ici ! On a besoin de nous ! » Et la femme, portant l'uniforme de la garde nationale, descend l'escalier dans un bruit de tonnerre. Eugène court derrière elle. « Zoé ! Mais attends donc ! » – « On arrache les pavés dans les faubourgs. Nous devons construire des barricades, Eugène ! La réaction ne dort pas. Il faut mettre les canons en sécurité. Les bataillons doivent aller à l'Hôtel de Ville. Et j'ai entendu dire qu'à Château Rouge la foule en colère veut massacrer le boucher de juin ! » – « Ça, il faut l'empêcher ! » – « Alors, allons-y, Eugène ! C'est notre journée à tous ! » Moi, encore tremblante, les jambes flageolantes, je toussote, embarrassée. « Pardonnez-moi… » La femme me répond en feulant : « Ce vouvoiement ! C'est quoi, ça ? Va donc lécher les bottes de ton roi si t'as envie de t'humilier ; faut dire qu'elles sont sacrément crades ! » Eugène vient à ma rencontre en remontant l'escalier. « Paulette, ma chère, tu vas mieux ? » Et cette furieuse qui porte le nom de Zoé s'exclame : « Ah, mais va te faire voir ! Ta Thusnelda bourgeoise ferait mieux d'aller jouer avec ses poupées ! Moi, je m'en vais ! » Et elle part en claquant la porte dans un bruit de tonnerre.

2. Où aller à présent ?

Que faire ?

Je suis perdue.

3. En voilà une qui me demande : « Pour l'amour du ciel, Mademoiselle ! Que vous arrive-t-il ? Est-ce la populace qui vous a mise dans un tel état ? » Je crache dans sa direction.

4. On en est donc là. Te voilà sans toit. Tout se met à tourner. J'aimerais dormir. Non, j'aimerais enfin me réveiller. J'aimerais que ce qui me tourmente ici soit un cauchemar. Oui, ce n'est qu'une chimère. S'il vous plaît ! Maman, vous me manquez tellement. Je suis désolée. J'aimerais être auprès de vous, Maman. Non, cela non plus. Je suis sans espoir.

5. Eugène ! Zoé ! Mais comment pouvez-vous donc ?! Tout est fini maintenant.

6. J'ai donc dormi dans le jardin de la rue Murillo, sur le banc de la tonnelle, les membres serrés contre le corps comme un animal à l'agonie. Et je n'ai même pas mal dormi. Les rayons du soleil m'ont réveillée, d'une caresse tendre et consolatrice sur mon oreille et sur mon front. Avec cela une brise légère qui portait un parfum de rhododendrons, et lorsque j'ai ouvert les yeux j'ai vu une mésange bleue, non loin de moi, qui m'a lancé un regard interrogateur en émettant un puissant « tsitsi bé », comme si elle n'était venue que pour me sauver. Je me suis presque réveillée avec un sentiment de légèreté. Mais me voilà affligée d'effroyables maux de tête. Hier j'étais d'une humeur épouvantable. D'une noirceur ! Je ne veux plus jamais rien ressentir de pareil. Et pourtant, à la lumière du jour, tout n'est quand même pas aussi dramatique que j'en ai d'abord eu l'impression. Non, Paulette, arrête avec ces ténèbres ! Je vais à présent faire une promenade à travers le parc Monceau, comme autrefois. Peut-être des idées sensées me viendront-elles.

7. Non, pas de tragédie, pas de drame racinien, pas de Bovary ! Je viens pourtant tout juste de humer l'odeur de la liberté. Je me suis pour la première fois enivrée de bonheur. À présent je ne me laisserai plus abattre aussi vite. Non, peut-être Eugène a-t-il raison. Le mariage sert à mettre l'amour en esclavage. Peut-être la passion doit-elle être libre. Mais cela fait affreusement mal !

8. Et s'il l'aime, à présent ?

9. J'ai trouvé une épaule pour pleurer toutes les larmes de mon corps. Une grande épaule, forte et chaude. Et d'une patience ! Cela a-t-il duré des heures ? Je ne peux pas le dire. Je me sens plus légère à présent ! Je peux de nouveau respirer. « Eugène, dit Yann de sa voix d'ours qui, à elle seule, me console déjà, Eugène est un libertin, tu le sais ? Ce n'est pas le genre à se marier. Mais je peux te révéler un secret ? Il parle de toi, ma petite, comme si tu étais un ange ou quelque chose comme cela, quelque chose de très particulier, venu du ciel. Et je trouve qu'il a raison. »

10. Mais qu'est-ce que je me suis imaginé ? Qu'il s'était réservé pour moi ? Grand Dieu, Paulette ! Il faut que tu apprennes à vivre avec ce chagrin !

11. Je connais ça par les romans. Il y a ceux auxquels le bonheur est acquis. Et ceux qui périssent de douleur.

12. Voilà, nous nous sommes tous serrés dans les bras, Eugène, Zoé et moi. Il n'y avait même pas beaucoup d'embarras dans tout cela. Désormais tout doit donc aller bien. Et à partir de maintenant je ne veux plus y penser. Il s'agit de se consacrer à des choses plus grandes. Sois forte, Paulette !

MISÉRABLES — 1. Aujourd'hui les Simon m'ont emmenée avec eux à Belleville, chez le cousin de Gustave. Et comment pourrais-je refuser une invitation des Simon ? Le cousin en question s'appelle Jean, il est apprenti cordonnier, c'est un titan qui me dépasse facilement deux fois par son énergie comme par sa taille, il avait entendu parler de moi et avait insisté pour que je dîne aujourd'hui avec sa famille et lui. Comme je me suis réjouie ! Ceux-là sont cinq à présent, en comptant Adèle, la femme de Jean – cette créature silencieuse, blême et belle comme une image –, et leurs trois enfants Sébastien, Georges et Odette. On m'a reçue comme un vieux membre de la famille, on n'a vraiment pas été économe en baisers, en embrassades et en manifestations de joie. J'ai tout de même eu très peur au moment où j'ai enfin trouvé un peu de temps pour regarder autour de moi. Ce que cette famille appelle son logement est, si l'on observe les choses avec lucidité, une sombre cellule qui serait indigne d'une prison. Une pièce unique dotée d'une seule fenêtre étroite sur le côté, humidifiée par ce froid terreux à odeur de moisi qu'on ne trouve d'ordinaire que dans les anciennes caves voûtées. L'unique raison pour laquelle je n'ai pas vu de salpêtre sur les murs est que la lumière n'y suffisait pas. Je n'entreposerais pas même mes pommes de terre ici, fût-ce pour une seule journée ! Dans un premier temps, je me suis dit qu'il s'agissait sans doute du vestibule, dans lequel tout le monde se serrait pour me souhaiter la bienvenue. J'avais ôté mon manteau et m'apprêtais déjà à proposer que nous passions dans les autres pièces lorsque j'ai compris, au tout dernier moment, qu'il n'y avait pas d'autres pièces. Comme je suis heureuse que la pipelette que je suis ne se soit pas mise tout de suite à parler, comme c'est souvent le cas, et, cette fois-là, se soit tue ! Même si l'on voyait sans doute ce qui se passait dans mon esprit, même si l'on s'efforçait d'autant plus de tout faire pour que je me sente à mon aise – de quoi vous réchauffer le cœur. On me servit immédiatement du thé, on me laissa l'unique siège rembourré, on était gai, on plaisantait, bref : je ne manquais de rien. Malheureusement, cela n'a pas servi à grand-chose. Il n'y avait qu'un seul lit ! Et à ma demande timide, on m'a confirmé que la nuit toute la famille devait y trouver refuge. « Mais quoi, Mademoiselle, beaucoup vivent dans la rue, nous nous en sommes bien sortis ! » J'ai appris plus tard que c'est pendant les « grands travaux » de cette rénovation de Paris, que mon père vantait avec tant d'ardeur et qui a au bout du compte fait la richesse de ma famille, qu'eux ont été chassés du cœur de la vieille cité et réinstallés ici, dans les faubourgs – expulsés, donc, de cet indémêlable entrelacs de ruelles où logeaient les ouvriers avant qu'on étripe ces quartiers à la hache et qu'on y creuse des trouées à la charrue. Ah ! Papa, en quels termes exaltés avez-vous parlé des « grands travaux » ! « On nous a chassés de la vraie ville ! » voilà ce qu'il m'a fallu entendre aujourd'hui. « Eh ! quoi, nous sommes trop sales pour ces messieurs dames qui froncent le nez et qui, pour je ne sais quelle raison, ne supportent pas nos barricades », a plaisanté Jean. Personne n'a plus les moyens de vivre dans les arrondissements du centre, et même ici, à l'extérieur, la vie est presque hors de prix. Je ne le comprends qu'à ce moment-là : tous ces milliers et ces milliers de travailleurs qui sont venus à Paris pour les travaux de réaménagement ! Depuis la guerre, ils n'ont plus de travail ! C'est ce que m'a raconté Gustave qui, lui aussi, n'est arrivé à Paris qu'il y a dix ans, au moment des travaux en question, dans l'espoir de pouvoir donner une vie meilleure à sa famille. Et à cet instant il me semble que son visage, tout son corps expriment quelque chose d'une longue souffrance, qu'ils me font deviner un peu de l'humiliation et du mépris que doivent subir ces gens que j'aime tant. « Allons, Paulette, laissons cela. C'est du passé, maintenant ! »

2. Je pensais les connaître ! Je croyais avoir lu mon Victor Hugo, avoir souffert sur des milliers de pages avec Fantine, avec Cosette, avec Gavroche ! Je me suis trompée. Je n'ai fait que me délecter de leur souffrance. Je me disais : Oh, comme ils sont purs, qu'ils sont authentiques et naturels ! J'aspirais à leur misère.

3. Alors que la seule chose que je souhaite, c'est que tous les gens soient heureux !

ORGANISATION — « L'insurrection parisienne à l'ancienne ? C'est notre perte ! » s'exclame Eugène. Et Yann, grognon : « Peuh ! Eugène, mon vieux camarade de fers, ça a toujours suffi à mettre le feu au cul de cette bande de voleurs ! » – « En 1830, le simple enthousiasme du peuple a suffi. Mieux, le soulèvement armé a été une surprise totale. C'était un événement inouï ! Mais ce genre de chose ne se passe bien qu'une seule fois. » – « Et 1848 ? C'était quoi, 48 ? La même méthode ! » – « Je te le dis volontiers : en février, nous avons eu de la chance ! Et juin prouve tout de même à quel point il est dévastateur de ne pas avoir de tactique. On construit ici et là, au petit bonheur la chance, des barricades qui ne méritent pas ce nom, des amas informes qui ne constituent pas un obstacle. Chacun selon sa volonté et dans son quartier, sans commandement, sans harmonisation. Et l'armée ? Elle a l'organisation, elle a la discipline et elle a des Chassepot ! Je te le dis : l'organisation, c'est la victoire, la dispersion, c'est la mort ! » – « Ah, Eugène, blanquiste invétéré, épargne-moi tes éructations bourgeoises sur la discipline et l'ordre, le commandement et la hiérarchie ! Tu n'as rien compris. Nous n'avons pas besoin d'un Bonaparte ! Le peuple ne veut pas de maître ! » – « Mais vers quelle catastrophe allons-nous si nous répétons la même bêtise face à un militarisme sans pitié qui dispose désormais des grandes inventions : les voies ferrées, le télégraphe électrique, les canons tractés et le Chassepot ? Ils vont noyer Paris dans le sang ! »

PRIVATION — J'ai honte. Et pourtant je me dis : Paulette, à présent tu te découvres telle que tu es. Tires-en les leçons. Débarrasse-toi de ton arrogance. Apprends de ceux qui ont toujours vécu ainsi. Maintenant tu es l'une d'entre eux. Tu fais partie désormais – mais oui, écris-le ! – de ceux qui n'ont rien. Non, je me répugne ! Comme je me méprise ! Comme je suis sale ! Je n'ose plus aller dans la rue. Pour l'amour du ciel, l'idée que je puisse être vue par quelqu'un que je connais d'autrefois ! La honte m'enfoncerait dans le sol ! Quel mépris, quel effroi m'atteindrait alors ! Respire, Paulette. Respire tranquillement. C'est ce même mépris, à propos duquel tu écris ici, que tu méprises en réalité au plus profond de toi-même. Ah, je ne sais pas. C'est terrible. Ça me fait peur ! Que se passera-t-il si je sombre dans la déchéance ? Si j'ai encore plus faim ? Oui, j'ai faim ! J'ai faim pour la première fois de ma vie. Et je méprise la faim ! Elle est épouvantable. Je l'ai toujours aimée. Je l'ai aimée comme quelque chose qui augmentait encore le plaisir qu'on ajournait avec elle. Et comme le repas était meilleur, le soir, quand on n'avait rien mangé de la journée ! Oui, j'ai honte. Mais je n'ai pas honte parce que je suis pauvre. J'ai honte parce que je suis démesurément arrogante. Clémentine ne m'a-t-elle pas raconté, hier encore, que la faim lui avait fait perdre deux nourrissons ? La faim ! Je suis en rage ! Je ne comprends pas cela ! Quand même, il y a de quoi manger ! Nos celliers sont pleins à craquer. Si seulement on avait frappé à notre porte. Mais je me rends ridicule. Je suis misérable. Eh bien, je l'écris donc ici : moi, Paulette Blanchard, je n'ai pas d'argent. Soit, si l'on veut : je n'ai jamais eu d'argent, mais je n'ai jamais manqué de quoi que ce soit. Que puis-je donc faire ? Qui suis-je donc ? Qu'ai-je appris qui serait d'une quelconque utilité à d'autres que moi ? Non, je ne me vendrai pas à un Monsieur de Sandrouin ni à aucun autre, quel que soit son nom ! Et non, je n'écrirai pas à Versailles pour demander de l'argent. Eugène, lui aussi, considère cela comme une très mauvaise idée ; pour ma sécurité, pour ma liberté. Mais je suis fatiguée. Aujourd'hui je suis allée jusqu'à tenter de mettre ma robe et mes chaussures au clou. Cent francs pour la robe ! Je m'exclame : « Cent francs ? Elle en vaut certainement encore cinq mille ! » – « Pour ce truc déjà porté ? » – « Mais enfin, je ne la mets que depuis quelques semaines ! » – « Et qui me reprendra ça, Mademoiselle ? Les dames qui portent ce genre de robes ont leur propre tailleur. » Je suis donc repartie. Fâchée. En colère. Retournée. Une telle humiliation !

RÉQUISITION RÉVOLUTIONNAIRE — « Tu es certaine ? » me demandent-ils sans arrêt les uns après les autres. « Mais arrêtez donc de me martyriser ! C'est une affaire entendue ! » Et je ne sais ni d'où cela vient ni pourquoi, mais je ne ressens aucune espèce de scrupules, non, au contraire, ce projet m'inspire une telle jubilation, une telle joie et un sentiment si limpide de faire la seule chose qui convienne, que je ne peux pas m'empêcher de faire tout le trajet en dansant, un très large sourire aux lèvres. Non, ce n'est pas une vengeance, pas un vol ; c'est la justice ! Mais oui, tout à fait ! Quelle compagnie nous formons ! Louise est parmi nous, au nom du Comité ! Et puis Nathalie, Karim, Zoé, Michelle, Geneviève et, bien entendu, Gustave ! Avec tout cela un groupe de gardes nationaux qui doivent attendre devant la maison avec une charrette. Je suis étonnée de voir combien Gustave s'en sort facilement. Il lui faut tout juste une minute pour ouvrir le portail. Chapeau ! Il prend plus de temps pour les serrures de la porte d'entrée, avant tout parce qu'il veille à ne pas faire de dégâts. Toute la rue Murillo est comme morte. La bourgeoisie et l'aristocratie sont allées se réfugier à Versailles en boudant. Elles n'ont laissé que le parfum des fleurs printanières qui s'élève des jardins abandonnés et flotte jusqu'à nous en franchissant les murs. Et nous y sommes ! Voilà ! La porte est ouverte ! Faites comme chez vous ! Non, je n'entre pas en maîtresse de maison. J'entre simplement comme une femme qui, connaissant la disposition des lieux, sait où l'on doit chercher des trésors. Et de fait, nous trouvons les celliers remplis à craquer ! Des jambons de Bayonne épais comme des massues, des meules entières de fromage de Beaufort dont chacune me fait l'effet de peser plus que mon propre poids, des bocaux et des conserves pleins de volaille, de gibier, de poisson, de légumes, de fruits et de gelées ! Un cri s'élève de notre petit groupe lorsque nous ouvrons la porte donnant sur la cave à vin. Et nous avons presque les larmes aux yeux en découvrant ces délices : il nous faut la discipline la plus extrême et les plus grands efforts pour ne pas nous abattre immédiatement sur toutes ces délicatesses avant de dormir sur place, le ventre rond, deux jours et deux nuits durant ! Nous nous étreignons. On me félicite pour ma loyauté. Totalement exagéré, me semble-t-il. J'ai faim, c'est tout ! Je vide ma penderie avec l'aide de Karim. On ne trouve ni bijoux ni argent liquide dans toute la maison. Je crie : « Prenez ce qui a de la valeur, tout ce que nous pouvons vendre ou distribuer. Ce n'est que justice ! » Mon regard tombe alors sur le sourire de Louise, un peu taquin. Elle me salue d'un hochement de tête et tout devient en moi chaleur et bonheur. On charge la carriole jusqu'à ce qu'il n'y ait plus la moindre place. Je remonte encore une fois dans ma chambre, je regarde à la ronde. Non, aucun regret ! Non, non ! Je n'aurai jamais envie d'échanger de nouveau ! Une larme m'échappe tout de même. Cela suffit, Paulette, quittons ces lieux ! La vie attend !

RÉVOLTE – Je commence seulement à comprendre qu'on peut changer les situations ; que le monde ne doit pas nécessairement continuer tel qu'il est ; que les gens sont en quête de liberté, surtout nous, les femmes ; que nous devons nous soulever et prendre ce qui nous revient sans le demander ; et que nous sommes nombreux ! Nombreux !

TRAVAIL — **1.** Clémentine est folle de joie. Elle coud à présent des uniformes dans l'une des fabriques que les bourgeois ont abandonnées et qui sont vides depuis des semaines. Deux jours après le décret de la Commune, la coopérative s'est constituée. Et depuis hier on est déjà en train de coudre ! « Pour notre cause », comme ne se lasse de le répéter Clémentine. Comme elle brille ! « Plus d'esclavage, Paulette ! Nous avons nos propres machines et nous gérons tout cela ensemble ! Ce que nous gagnons est distribué à parts égales. Tu sais, ma bonne, pour moi c'est une nouvelle vie. Je couds un uniforme, et Gustave peut le porter ! C'est fantastique ! Et il le porte parce que nous luttons tous ensemble contre cette injustice épouvantable ! Je n'ai encore jamais eu autant de joie à trimer ! »

2. Comme si le travail des femmes était sorti du néant hier ! Comme s'il n'avait pas toujours existé !

3. Je suis allée voir Louise. Je lui ai dit que je pourrais travailler dans l'une des coopératives. Que non, je n'étais certes pas une bonne couturière, mais que j'apprendrais, que j'apprenais vite ! Que n'importe quel travail me conviendrait. Et que si c'était en association avec les autres femmes, ce serait tant mieux. « Je veux faire ma part. » Elle éclate de rire et répond : « Mais tu la fais depuis longtemps, Paulette ! » Elle pense que je ferais mieux d'écrire, que cela m'irait beaucoup mieux. Et elle m'a donné quelques noms auxquels je pourrais m'adresser avec sa recommandation. Dont celui de Jules Vallès, le rédacteur en chef du *Cri du peuple*. Je dois aussi aller voir Sophie pour travailler aux affiches et aux tracts. De ce point de vue, un esprit comme le mien serait une aide bienvenue. Et dans les infirmeries, chaque main est utile !

TRENTE SOUS — **1.** Non, je n'ai aucune espèce d'héroïsme. Il me manque l'enthousiasme pour le vacarme de la guerre, je n'ai aucune compréhension pour cette ivresse que les armes semblent communiquer à un si grand nombre d'âmes. J'aime beaucoup trop la vie pour cela ! Est-ce donc un crime ? Il y a encore tant de choses que je veux vivre. La République ou la mort ? Mourir pour une cause parce qu'elle est juste, cela mérite certes le plus grand respect, mais je ne m'y sens pas trop prête, j'aime trop le vent, l'odeur de la pluie d'été, Chopin, le désert, dans lequel je ne suis encore jamais allée, le pressentiment de tout ce que je n'ai pas encore compris, j'aime trop Eugène pour pouvoir supporter de ne plus exister. Les yeux de Yann me font peur. Les éclairs qu'ils lancent dès qu'il porte son uniforme.

2. On bat de tous les côtés le rappel pour la marche générale. Ils y vont donc. Eugène, Karim, Yann, Gustave, Zoé aussi, qui est même prête à renier son sexe dans le seul but d'en être. Je tremble. Et lorsque le roulement de tambour retentit et qu'ils partent en marchant au pas, en chantant la *Marseillaise* et en criant : « À Versailles ! », mes genoux flanchent, toutes mes forces m'abandonnent et je tombe à la renverse. Comment pourrai-je supporter ne fût-ce qu'une nuit sans vous, mes amis ?

3. C'est un miracle, il n'y a pas d'autre mot, qu'ils soient revenus vivants. Depuis le mont Valérien, que nous avions eu la légèreté d'esprit de croire entre nos mains, on a tiré des salves d'obus sur nos bataillons qui marchaient en rangs et se sont aussitôt dispersés dans le chaos et la peur. Tant de morts ! On dit qu'ils ont fendu le crâne de Florent à coups de sabre. Comme tout cela m'effraie !

4. Et les voilà qui repartent.

5. Aucune nouvelle depuis des jours ! Par chance, j'ai Clémentine et le petit Jules. Nous pouvons nous réchauffer tant bien que mal et nous donner mutuellement du courage. Nous souffrons mille maux.

6. J'ai des nouvelles d'Eugène ! Il me parle d'un chaos exténuant. On manque de tout, mais avant tout d'organisation. Il y a pénurie de munitions et de vivres. Les commandants ne sont pas là. La discipline est au diable. Il n'a aucune information sur Yann et Gustave.

7. Et pourtant ! Nous n'avons pas le droit de nous laisser décourager, nous ne pouvons pas baisser les bras ! Tout cela se terminera bien. J'ai fini par retrouver le vieux piano qu'on avait poussé un jour, ici, dans la rue Muller, et je m'apaise en actionnant les touches. Il appartient désormais à un très vieux musicien de théâtre dont les doigts sont trop pris par la goutte pour lui permettre d'en jouer encore lui-même. Il est d'autant plus heureux de recevoir de la visite et d'entendre de nouveau ce son familier. La musique produit aussi son effet profond sur Clémentine et même sur le petit Jules, elle adoucit les bouleversements et nous fait oublier un certain temps le monde autour de nous.

8. Clémentine est livide, elle a sombré dans un épouvantable mutisme. Je m'occupe de Jules tant que je le peux. Nous sommes allées aujourd'hui au sous-comité pour nous renseigner sur l'endroit où se trouvent Yann et Gustave. On n'a pas pu nous donner d'informations, mais on le fera dès qu'on en aura.

9. Je raconte à Jules que son papa est en voyage vers la lune. Ses petits yeux se mettent à briller. Comme j'aimerais avoir mon Jules Verne avec moi !

TROP TARD — L'écriture court après les événements. Je n'ai pas assez de souffle pour les rattraper. À peine ai-je noté une chose à la hâte que la suivante s'est déjà produite, ainsi que celle d'après, et ainsi de suite. Est-ce cela, être vivante ? Ne plus tenir sur une feuille de papier ?

VERSAILLES — **1.** La proposition reçoit un vif assentiment ! On en discute dans tout Paris. Aujourd'hui, l'appel suivant est arrivé à tous les clubs féminins de la ville : « Citoyennes ! À Versailles ! Le 27 Ventôse, c'est nous, les femmes, qui avons déclenché cette révolution ! Non par les armes, mais par notre audace et en appelant nos frères à baisser ces mêmes armes. Opposons-nous aux agitateurs royalistes. Ne tolérons pas que ceux-ci, en calomniant la capitale et en dressant la province contre Paris, commettent le pire de tous les crimes : plonger le pays dans une guerre civile ! Marchons sur Versailles ! Citoyennes, imitons nos glorieuses ancêtres, les poissonnières qui, en 1789, ont mené le cortège des femmes à Versailles ! Répétons, femmes de Paris, ce que nous avons déjà fait une fois, et rassemblons ce pays dans la paix ! Proclamons la vraie nature de cette révolution ! La liberté, l'égalité et la fraternité ! »

Salle d'apparat à Versailles

2. Elles sont des milliers ! Des milliers de femmes comptent se rallier à la marche ! Ce sera l'étincelle ! Et bientôt toute la France respirera cet air de la liberté qui est dès aujourd'hui celui de Paris.

3. On a annulé toute l'affaire. Quelle déception ! Pour quelle raison ? Par lâcheté ! On redoute un massacre. On craint que l'agitation des Versaillais ait déjà tellement aveuglé nos frères au sein de l'armée, qu'elle ait déjà à ce point assommé leur réflexion à coups de gnôle et d'informations atroces, qu'ils ne pourraient rien voir d'autre en nous que du bétail devenu fou. Vous vous trompez ! Ils n'oseraient pas tirer sur des femmes qui pour toute arme viennent avec des mots et les bras ouverts ! On se tendrait la main et ce serait notre triomphe. Et s'ils tiraient ? Alors ils causeraient leur propre perte. Mais ces messieurs de la garde nationale n'ont pas le courage. Non, on préfère crier : Vengeance ! Et : Aux armes !

SIXIÈME
ALPHABET

PARIS ET VERSAILLES,
MAI 1871

Avec la nouvelle de la mort de Gustave, qui ne tarda pas à arriver rue Muller et écrasa toute espèce de bonheur, débuta la plus sombre époque de la vie de la jeune femme. Le rêve qui, pour ce Moi et, au-delà, pour toute la ville, avait porté la promesse d'un recommencement absolu, déboucha sur le cauchemar d'une fin totale. Les jours qui suivirent furent placés sous le signe de l'horreur, à savoir l'avidité sanguinaire du gouvernement de Versailles, un phénomène sans équivalent historique et qui allait coûter la vie à des dizaines de milliers de Parisiens.
Les notes du Journal sont pendant ce laps de temps sporadiques et rapides, beaucoup n'ont pas été conservées, ce sont de simples mémos pris en passant et griffonnés sur des feuilles volantes dans les brefs moments où l'effroi et la course éperdue des uns et des autres marquaient une pause.

AMBULANCE — 1. Il faut avoir les nerfs solides. Mettre les sentiments hors circuit, s'oublier, tout avaler ou aller soi-même au suicide. J'aimerais me mettre à crier ou m'enfouir dans le sol, mais si j'élevais la voix j'attirerais les bouchers et leurs balles de plomb, et l'on m'enterrerait peu après dans l'une des fosses communes. Servir, Paulette, servir. Ne pas prier, car Dieu doit être la plus atroce de toutes les canailles. Aider et sauver ce qui peut l'être. Non, je ne vais pas tout réécrire à présent. À quoi bon ? Le papier ne semble pas moins périssable que la chair. Et l'encre n'éveillera plus personne à la vie. Du calme, Paulette. Tes larmes ne sont utiles à personne ! À cet instant précis ils ont fait entrer un homme à l'intérieur, c'est un groupe de gardes nationaux excités qui le portaient en hurlant et dans le plus grand désordre. « Le chirurgien ! criaient-ils, le chirurgien, tout de suite ! Ils ne l'ont pas loupé ! Il se vide de son sang ! » Et de fait, ils dessinaient un filet rouge ininterrompu sur le sol, comme un fil d'Ariane. J'ai tenté de les guider : « Là-bas, de l'autre côté ! Sur le brancard ! », mais voilà, mes consignes, manquant d'énergie, recouvraient tout juste les plaintes du blessé et résonnaient sans produire d'effet dans le tourbillon fiévreux des sauveteurs. Le groupe ne savait pas quoi faire de ce pauvre homme : notre infirmerie est pleine, il n'y a plus un matelas ni un morceau de sol de libres ; ils ont donc placé le blessé ensanglanté sur la table de la petite cuisine, celle sur laquelle se trouvaient aussi mes notes, qui se sont noyées dans le sang jusqu'à ce que le malheureux, se recroquevillant dans une convulsion et un bref tremblement, périsse dans une affreuse grimace. Et pourtant je dois continuer à écrire. C'est ma manière de crier sans faire de bruit. De crier très fort sans faire de bruit.

2. Un matin tranquille. On est venu chercher les morts, et même si c'est bien peu de chose, cela m'apporte une once de tranquillité. J'ai échangé l'âpre tablier de la clinique contre un tablier de cuisine, et cela aussi est une petite consolation. Julie est allée chercher du pain. Moi, je ne me suis pas risquée à l'extérieur. Mais j'ai préparé le petit déjeuner pour tout le monde, j'ai cassé des œufs, cuit une omelette et même fait couler un café un peu clair. Cela peut paraître étrange et pourtant j'ai le sentiment de voir une brève lueur de bonheur sur le visage de tel ou tel homme allongé là avec ses pansements, les membres amputés, ou se tordant dans les plus vives douleurs, lorsque je me penche vers lui, lui verse du café et lui dis quelques mots de réconfort. J'ai tenu la main de l'un d'eux pendant quelques minutes et il a presque paru heureux.

3. On meurt, ici.

Ils me dictent des lettres d'adieu à leurs femmes.

Je ne peux pas !

4. On a couvert les fenêtres avec des draps pour se protéger. Comme il fait sombre ! Quand nous avons enfin un moment de tranquillité, je deviens tellement mélancolique que la rédaction des registres est mon seul refuge. À gauche les blessés, à droite les morts. Je calcule les prétentions à pension de veuve et à rente d'invalide. Une occupation qui n'a aucun sens. La sobriété des chiffres me tranquillise.

5. Une femme au nourrisson mort de faim.

Elle hurle sans fin.

Jules lui fait une saignée.

Pinson

ESPOIR — **1.** Voilà ce petit pinson perché sur le marronnier d'Inde, il se met à triller sa chanson, la lance comme une cloche aiguë, chante pour contrer le tonnerre des canons, les cris, le mugissement, comme s'il était ivre, comme s'il était possédé à l'idée de nous rendre à tous la lumière et l'espoir. Alors s'empare effectivement de moi une telle légèreté que le monde est oublié pour un moment et que je sais, tout à coup, que tout va bien se passer !

2. Comme une bête au fort ! Oui, je crois qu'à présent la ville a commencé son agonie, elle montre ses dents et ses griffes, elle hurle, elle feule, elle mord, la rage la fait frapper autour d'elle. « Aux barricades ! Pour notre liberté ! » – « Jusqu'à la mort ! » – « Plutôt fusillés qu'asservis de nouveau ! » – « Mieux vaut crever que mener cette vie de chien ! » On collecte toutes ses espérances dans des vases et des pots de fleurs et on les projette, fou de rage, sur l'ennemi qui approche. Désormais tous les moyens sont bons. Le centre-ville doit devenir le tombeau de l'armée.

3. Une jeune fille a planté un tout nouveau drapeau rouge. Sur la roche grise, il fait l'effet d'un coquelicot sur un vieux mur.

4. On parie à présent sur ce trou dans la barricade, cet endroit où manque un sac et où passe tout juste la lumière scintillante du soleil. Par cet unique orifice va s'échapper le courage de tout le bataillon.

FRÉNÉSIE — C'est de la musique ! Possible. Non, c'est plus que cela. Est-ce la mort ? Tellement admirable ? M'a-t-elle atteinte ? Quoi que ça puisse être, j'ai succombé à cette chose, instantanément et sans réserve. Continuer, continuer ! J'avance en pleine rue, hypnotisée, possédée par la seule idée de suivre cet appel. Paulette, Paulette, viens à moi ! Ne plus faire qu'un avec ce son. Tout est devenu flou, comme dans un rêve. Mais quel rêve ! La lune est au-dessus de moi, elle me brille sur la peau, argentée et froide, elle me couvre, elle me plonge dans sa lumière glacée, d'une force primitive. Partout les éclairs, les dents rouges des mitrailleuses qui pétaradent à l'horizon. Elles s'élèvent vers le ciel clair de la nuit, ces lueurs. Une salve claque à côté de moi. Quel fracas ! Je ne ressens plus la peur. D'ailleurs pourquoi aurais-je peur ? En avant ! La musique m'attire, elle m'appelle. Tout le reste est oublié. Rien ne compte plus. Ce sont des sonorités d'orgue, d'un sublime et d'une folie tels que je n'en ai encore jamais entendu. Le ciel lui-même s'ouvre et joue son chant de la fin du monde. Si cela doit être la mort, elle me conviendra bien. En avant ! Prends-moi dans tes bras ! Quels sons ! Non, ils viennent forcément du ciel. Un abîme a dû

Combats devant la barricade de la rue Saint-Antoine, qui résistera deux jours

s'ouvrir quelque part, c'est la seule hypothèse possible. Quel vertige s'empare de moi ! Ici, le cimetière. Les tombes paraissent vivantes dans l'ardeur de ces flammes, à la lueur de ces éclairs qui lancent de longues ombres. C'est magnifique ! Les explosions battent la mesure. Le gazouillis aigu des balles de Chassepot siffle la mélodie. Et en harmonie, oui, tout cela produit une symphonie splendide, démentielle ! J'entre dans la cathédrale abandonnée. La nef est dévastée, les bancs retournés. Comme l'orgue mugit, c'est si profond, si agité que tout se met à trembler, le monde entier n'est plus qu'un son unique et épouvantable. Tout mon corps va vers la dissolution. Tout s'enfuit. Emportée comme par des coups de fouet dans des élans démoniaques qui ne s'épanchent pas dans des harmonies, seulement dans des dissonances. Qui joue cette musique ? Qui est-ce ? Soudain, la lumière glacée pénètre par la fenêtre. Tout se déchire. Non, plus de crainte ! Même Jésus rit, qui se balance sur sa croix la tête en bas. Jésus rit. Tout va bien. Comme c'est beau ! D'une beauté magnifique !

MORT — **1.** La ville pavée de cadavres.

2. Je ne vomis plus que des sucs gastriques mêlés de bile. Mon corps tente par tous les moyens de recracher la réalité, mais en vain. C'était hier, ou aujourd'hui, ou bien voici quelques jours déjà. Je me réveille incapable de dire si je suis vivante ou morte. Un cadavre ! En dessous de moi, une jeune fille le crâne en miettes, comme si les rats l'avaient dévoré. Et à moitié au-dessus de moi, à moitié allongé à côté, un homme qui a perdu tout son sang et dont le visage blanc comme un linge se balance, ressemblant plus à un épouvantable buste de marbre qu'à quelque chose ayant jamais vécu. On m'a donc jetée sur un charnier. Cela se peut-il ? C'est donc qu'on m'a crue morte. Le suis-je vraiment ? Je me hisse hors du trou et un soldat me dévisage, plein d'effroi, lui-même livide comme un cadavre, il n'ose pas me retenir.

MOUCHARD — D'où vient cette haine ? À quoi mène-t-elle ? N'est-elle pas en train de tout dévorer ? Une fois déployée, n'utilise-t-elle pas ses canaux, ses victimes ? Ne hurle-t-elle pas au sang ? Ne rend-elle pas aveugle ? Ne se nourrit-elle pas d'elle-même ? Ne croît-elle pas toujours et encore, sans limites, sans arrêt ? Ah, comme cela m'afflige ! Comme cela me fait peur ! Je ne sais plus quoi penser, je ne sais plus que croire. Et pourtant j'aime les gens. Comme tout cela est fragile, comme chaque point de colle est faible, comme chaque fil est ténu. Je tremble. Quels cadeaux ! C'est donc ça, mon dix-huitième anniversaire ? Est-ce censé porter une promesse d'avenir ? Allons, Anne, je comprends ta colère, ta douleur. Mais ta haine, je ne la comprends pas, Anne ! Eugène disait ce matin : « Retrouvons-nous donc rue Lévisse ! Et nous te ferons la fête, nous fêterons la vie, comme des rois ! » Comme je me suis réjouie ! Et sur le chemin qui allait vers la gargote, alors que je passais le Château Rouge, voilà que j'aperçois Anne dans la rue, ma chère Anne, entre un groupe de gardes nationaux, adossée au mur, une minuscule créature dans les bras. Est-ce possible ? Se peut-il que ce soit l'enfant ? L'enfant caché de papa ? Et donc ma petite sœur ? « Anne ! C'est toi ? Anne, quel bonheur de te voir ! » La voilà qui pique un fard, elle lance autour d'elle des regards de bête traquée, elle fait quelques pas en courant puis tourne brutalement les talons et se précipite vers moi. « Celle-là, c'est une moucharde ! Son père a ruiné ma vie ! Une sale bourgeoise ! Une exploiteuse ! Comment oses-tu venir ici, petite crotte ? » D'un seul coup, une meute en colère et écervelée se rassemble autour de moi et me serre. On me crache au visage ! On me pousse par terre ! « Contre le mur ! » – « Qu'elle crève ! » – « Judas ! » – « On va te couper ta vilaine tête de bourgeoise, espèce de tueuse ! » – « Traîtresse ! » Quelqu'un me pose sa baïonnette sur le cou. « Dis adieu à la vie ! » Quelles pauvres créatures sommes-nous, aveuglées et agitées par la rage ! Quelle bêtise répugnante ! Voilà donc la mort qui vient à ma rencontre et qui crie à gorge déployée, l'air moqueur : « Eh bien voilà, tu vas l'avoir, toi aussi, ta dose de folie ! Pourquoi devrais-je te l'épargner, spécialement à toi ? » Anne pousse le jeune imbécile sur le côté, se rapproche tout près de moi et me regarde dans les yeux. À cet instant, je ne vois que de la haine ! Je ne reconnais plus l'être que je connaissais et que j'aimais. « C'est bien fait pour toi », dit-elle. On me soulève et on me traîne jusqu'au mur le plus proche. Les fusils me mettent en joue. Alors, sortant d'on ne sait où, voilà Eugène qui arrive en tonnant : « Mais qu'est-ce qui vous prend, bande d'ânes bâtés ? » – « Nous rendons justice ! » hurlent-ils. Et Eugène les piétine comme des insectes, si bien qu'ils fichent le camp dans toutes les directions, la tête rouge et basse. Mon anniversaire se noie dans les larmes.

MURAILLE — **1.** Affiché au mur, un décret de la Commune : « Tout individu soupçonné d'entente avec le gouvernement de Versailles sera immédiatement mis en accusation et incarcéré. »

2. Affiché sur le mur : « Chaque jour les bandits de Versailles étranglent ou fusillent nos prisonniers, il ne se passe pas une heure sans qu'on apprenne un meurtre de ce type. Vous connaissez les coupables ; ce sont les gendarmes et les policiers de l'empire, les royalistes de Charette et Cathelineau qui marchent sur Paris, en criant : “Vive le roi !” et en brandissant le drapeau blanc. Le gouvernement de Versailles méprise le droit de la guerre et les droits de l'homme, il nous force à exercer des représailles. Si nos ennemis continuent à mépriser toutes les coutumes en vigueur en temps de guerre entre peuples civilisés et massacrent encore ne serait-ce qu'un seul de nos soldats, nous répondrons en exécutant le triple de prisonniers. Toujours généreux et juste jusque dans la colère, le peuple abhorre les épanchements de sang tout comme il abhorre la guerre civile ; mais son devoir est de se protéger contre ce type d'attentats barbares perpétrés par ses ennemis et de rendre œil pour œil, dent pour dent, quoi qu'il en coûte. La Commune de Paris. »

3. Les murs pleins de sang.

Les Versaillais quadrillent les rues.

Ceux qu'ils trouvent : contre le mur !

Tu n'as pas les mains blanches ? Contre le mur !

Tu portes l'empreinte d'une crosse de fusil ? Contre le mur !

Tu es bossu ? Contre le mur !

Tu portes des bottes ? Contre le mur !

Tu as un enfant dans les bras ? Contre le mur !

PASSION — Son odeur m'enivre ! J'en perds conscience ! Je suis aimée ! Et si le monde devait disparaître, si tout était noyé dans l'affliction, la fin de la liberté, les ténèbres, je ne pourrais faire autrement qu'être heureuse. Depuis l'obscurité, je souris à la vie. Je vole ! Je vole, même si cela devait être la fin. Nous avons défié notre bonheur. Nous nous sommes touchés, nous nous sommes embrassés, au milieu de la poussière, au milieu de la boue, dans le tonnerre des canons. Est-ce que je sais comment cela s'est passé ? Non. La fumée dissipe tout dans mon esprit, mais peu importe ! Cela devait arriver ainsi. Cela m'a catapultée dans ses bras. Il n'y a pas eu d'hésitation, pas de choix. Cela s'est passé sur la barricade, près de la porte d'Issy, peut-être à l'endroit même où ils ont perdu la vie, les uns après les autres. Sa barbe sur ma peau. J'ai les lèvres à vif à force de baisers. Il était tout près de moi, si proche, lorsque mon corps a été secoué d'un seul coup comme par des convulsions, et pourtant les sensations les plus singulières, les plus piquantes et les plus belles le parcourent ! Mes membres sont engourdis, ma tête n'est plus que bruissement !

PÉTROLEUSE — Monstres ! On se raconte apparemment désormais, parmi les Versaillais, que toutes les Parisiennes sont des furies qui hantent la ville la chevelure au vent et les yeux déments, possédées par l'ardent désir de détruire. Oui, nous sommes toutes des pétroleuses qui déversons du combustible en flammes dans les caves. Bien sûr qu'il faut arrêter ça ! En avant, braves soldats ! Sauvez la capitale bien-aimée dont vous ne connaissez pas plus que le nom. N'importe quelle femme pauvrement vêtue et portant un pot à lait, une cruche ou une bouteille vide passe pour une incendiaire ! On la traîne jusqu'au premier mur venu et on lui tire une balle dans la tête.

PLUME — Nous nous disputons de nouveau ! Je ne le supporte presque plus. Quand le monde est en si mauvaise posture, il me faut au moins l'amour de mes amis, sans quoi je crois en plus mourir de chagrin. J'ai dit : « Il faut que nous écrivions ! Il faut que nous racontions au monde ce qui se passe ici ! Il suffit de le faire savoir et tout va s'arranger ! » Zoé m'a ri au nez et toute sa moquerie s'est abattue sur moi avec une force effroyable. Comme cela me blesse ! « Rendre les coups qu'on a pris ? Tu parles ! Il n'y a que les gamins qui font ça, non ? Autant mener une guerre à coups de plume, écrire des lettres d'amour à nos bourreaux ! Mais oui ! Et allez donc ! Griffonner des papiers qui ne serviront à rien, voilà ce qu'il faut aujourd'hui ! Je sais que tu as le même mépris pour l'épée que les soldats pour le bavardage ! Mais tu n'as pas l'air de te douter que la violence est l'unique garante de la liberté, qu'un peuple sombre désespérément dans l'esclavage s'il ne sait pas manier les armes ! Voyons, tu souffres toi-même sous ce joug, Paulette, mais pour le briser tu n'envisages pas un instant de prendre le fusil. Non, la plume ! La plume, uniquement ! Quand le porte-plume reste impuissant, nous sommes forcés de nous battre ! »

Porte-plume

SALUT PUBLIC — **1.** « Tout le monde discute, mais personne n'obéit ! Tout sombre dans le chaos ! s'exclame Eugène aujourd'hui. Chaque ordre est suivi d'un contrordre, on démet tous les commandants, celui-là n'est pas encore nommé, celui-ci est calomnié, tel autre n'est pas respecté, et le dernier est massacré par ses propres hommes ! Nous avons besoin d'ordre, de détermination ! On soupèse, on débat, on se querelle jusqu'à ce qu'il soit trop tard ! Et l'ennemi avance, se moque de nous autres, querelleurs qui nous étripons nous-mêmes ! » Eugène appelle d'une voix forte à la dictature, et je me sens épouvantablement mal !

2. Nous en sommes donc là. Le Comité de salut public est créé. La Commune lui a confié tous les pouvoirs. (Robespierre est donc de retour.)

3. Aujourd'hui je prends mon courage à deux mains et je dis : « Mais enfin c'est une trahison totale ! C'en est fini de tout ce pour quoi nous nous sommes battus ! Si nous nous comportons comme nos adversaires, comment voulez-vous que le monde fasse encore la différence entre eux et nous ? » Et voilà Zoé qui hurle, les yeux étincelants : « Eh quoi ? Le chemin du bonheur exige lui aussi des sacrifices ! Mieux vaut mourir sous un drapeau fait dans les lambeaux de 1793, mieux vaut dans ce déluge une nouvelle dictature, mieux vaut ça que de ne pas se battre ! » Et la voilà qui part rejoindre la barricade des femmes sur la place Blanche.

SAUVETAGE — 1. C'est une plainte à vous fendre le cœur. Enfin, je le découvre, le petit chat, avec sa fourrure roussâtre rayée de blanc, ses grands yeux aux pupilles sombres et étroites, ses petites pattes blanches – il en agite une de bas en haut et de haut en bas dans le seul but de dissiper sa peur. Il est assis là, sur la branche du tilleul, derrière la barricade dont il a dû fuir les coups de feu en grimpant en l'air, il se tortille dans tous les sens, ne peut ni avancer ni reculer, puis il se penche, regarde anxieusement vers le bas et, comme cela ne sert à rien, il finit par pousser son cri désespéré. Je me tiens là, le petit animal m'observe comme si j'étais son dernier espoir. Et les larmes me montent aux yeux. Ce sont des larmes, on ne peut pas tressaillir d'une manière plus douloureuse, même pour la personne qu'on chérit le plus au monde. Je ne peux pas supporter ça ! Je vais donc chercher dans l'escalier l'échelle que j'y ai découverte un peu plus tôt, j'adresse une prière quelque part dans le néant, je ferme les yeux et je porte l'échelle à l'extérieur avant de la poser contre un arbre. On me crie : « Reviens ! Tu es devenue folle ? On va t'exécuter ! » Je n'entends rien, je ne vois rien. Et d'un seul coup tout est calme en moi. Je monte sur l'échelle, une balle touche une petite branche à côté de ma tête et la coupe en deux. Viens, petit chat, viens ! Il a les yeux d'un enfant, impuissants, emplis d'une terreur incomprise. À moi aussi, il veut échapper. Alors je l'attrape par la fourrure et je le prends contre moi. Ça va aller ! Je laisse l'échelle en place et je cours à l'intérieur. Je ne suis plus seule à présent.

2. Comment me suis-je retrouvée ici ? Je ne le sais pas. En rêve, c'est Eugène qui m'a portée. À moins que je n'aie titubé la nuit durant ? Que fait ce ruban tricolore à mon bras ? Trahison ! Maman n'arrête pas de pleurer. Papa veut me tuer à coups de poing. Ça me conviendrait parfaitement. Je voudrais dormir, dormir pour toujours. La ville, une mer de flammes. Et des papillons noirs volaient dans le ciel gris de l'aube. C'étaient des papiers calcinés qui s'élevaient au-dessus de la ville incendiée. Le vent les portait à son gré, légèrement, comme si c'était un jeu, rien qu'un jeu. Je ne l'ai pas supporté. Je suis trop faible. Mes chers amis. Pardonnez-moi. Il faut que je dorme.

TERREUR BLANCHE —

† † † † † † † † † † † † † † † † † †
† † † † † † † † † † † † † † † † † †
† † † † † † † † † † † † † † † † † †
† † † † † † † † † † † † † † † † † †
† † † † † † † † † † † † † † † † † †
† † † † † † † † † † † † † † † † † †
† † † † † † † † † † † † † † † † † †
† † † † † † † † † † † † † † † † † †
† † † † † † † † † † † † † † † † † †

SEPTIÈME ALPHABET

YERRES,
JUIN 1871 À FÉVRIER 1873

La nuit même où la jeune femme, en plein délire, s'est réfugiée à Versailles, Eugène était mis contre un mur et fusillé. La conscience de ce Moi se volatilisa le jour où il reçut la nouvelle. Il se décomposa, plongea dans l'obscurité et les tourments de l'enfer. Il ne restait plus aucun Moi, juste la douleur.
On apprit la mort de Yann, tombé sur les barricades, la mort de Clémentine, la mort même du petit Jules, celle d'Anne et de son nourrisson, tous victimes des commandos d'exécuteurs envoyés par les Versaillais, mais ces nouvelles ne perçaient plus jusqu'à sa conscience. Elle ne sut pas la fin de la Commune. La jeune femme avait de la fièvre. On craignait qu'elle meure.
De tous ses amis, seules Zoé et Louise étaient restées en vie. Elles attendaient dans les geôles de Versailles leur transfert dans la colonie pénitentiaire de Nouvelle-Calédonie.
Protégée par son père, la jeune femme échappa en revanche aux poursuites. On la conduisit à Yerres, chez sa grand-mère, dans ce lieu qu'on jugeait le plus approprié à sa guérison. Il fallut sept mois avant que le Moi sorte des ténèbres, des tressaillements de l'effroi et se recompose suffisamment pour comprendre ce dont on l'informait, demandant même des récits et des renseignements supplémentaires.
Pendant les deux années qui suivirent la Commune, on ne trouve pratiquement qu'une seule mention dans le Journal. Celle-ci cite une phrase qu'avait prononcée Louise le 19 novembre 1871 devant la cour martiale de Versailles.

LIBERTÉ — « Puisqu'il semble que tout cœur battant pour la liberté n'ait plus droit qu'à un petit morceau de plomb, je réclame ma part. »

HUITIÈME ALPHABET

VIENNE
ET L'EXPOSITION UNIVERSELLE,
AVRIL ET MAI 1873

Les forces de la désagrégation avaient commencé à se retourner. Au cours des premiers mois de l'année 1873, l'état de la malade s'améliora. L'amour et les soins de sa mère, tout comme ceux de son amie Berthe, revenue à Paris, jouèrent un rôle considérable dans ce rétablissement. La volonté qui s'était déjà manifestée avec une telle vigueur en cette jeune vie commença à se reformer avec lenteur et obstination et se mit, contre toute attente, à réclamer de nouveau quelque chose au monde et à poser des questions sur la vie.

Paris, où les tombes ne portaient pas de nom, était pour ce Moi un lieu de terreur auquel il s'agissait d'échapper. Le passé était désormais une blessure. Seule l'idée d'un départ lui permit de se restaurer. À Vienne, la capitale de la monarchie austro-hongroise, on comptait exposer cette année-là rien de moins que l'univers. Et cet unique petit mot, « univers », prononcé au bon moment, suffit à ranimer les esprits vitaux de la jeune femme. Le médecin recommanda de céder à sa demande, en dépit de toutes les objections. Ainsi cette jeune fille qui allait sur ses vingt ans prit-elle le chemin de fer au début du printemps, et partit, via *Lyon, Turin, Milan, Venise et Graz, pour la ville impériale et son Exposition universelle.*

ACCÉLÉRATION— 1. Le monde ne cesse d'augmenter tandis que je me réduis. Il me semble que je suis devenue maigre. J'ai peut-être fondu. Et je marche plus lentement qu'autrefois. Là où je faisais cent pas, j'en fais à peine soixante aujourd'hui. Soixante-dix quand je suis très énervée. Ce n'est pas par faiblesse. C'est plutôt que je me suis réveillée un matin en ayant oublié pourquoi je me pressais. Singulier. Jusqu'ici, je n'ai pas réussi à m'en souvenir. Je suis donc tombée hors de l'ordre général. Car pendant les deux années que j'ai passées à somnoler, les choses ont grandi, elles sont devenues plus fulminantes et plus bruyantes. Moi, en revanche, je n'ai fait que pâlir. Ma chevelure rousse est plus flamboyante, mes yeux plus sombres. Mes taches de rousseur se sont multipliées, je ne sais pas pourquoi. Seraient-ce les stigmates laissés par la fièvre ? J'ai perdu un monde. Irremplaçable. Mais j'en ai aussi un à gagner. J'aimerais apprendre de nouveau à courir. J'aimerais rester de mon temps. Qui sait, j'arriverai peut-être à rattraper mon retard puis, revenue en toute première ligne, je risquerai un coup d'œil en arrière. Peut-être verrai-je alors les lignes, les chemins, le cours qu'ont suivis les choses. Peut-être, qui sait, le puzzle se recomposera-t-il à ce moment-là.

2. Aujourd'hui je suis allée me promener sur les prairies du Prater, j'ai remonté l'allée centrale, celle où déambule la bonne société viennoise, et j'ai vu çà et là, sur des voies spécialement aménagées à leur intention, des messieurs élégants conduisant de gigantesques vélocipèdes, suspendus sur leur selle à deux mètres de hauteur, les pieds appuyant, loin du sol, sur les pédales et, une fois lancés, filant avec légèreté en doublant même les charrettes à chevaux. Un peuple d'acrobates ignorant le vertige ! Les roues avant de ces véhicules anglais à la mode, pourvus de rayons légers en tiges de fer plutôt que de lourds arceaux, ont une taille plusieurs fois supérieure à celle des roues arrière. Plus la roue est grande, plus la vitesse est élevée – c'est ce qu'on m'a expliqué de bonne grâce. Va-t-on donc, c'est la question que je me pose, rouler d'ici quelques années sur des roues tellement titanesques qu'on pourra regarder au-dessus de la cime des arbres et des rangées d'immeubles ? Dans ce cas, on aurait besoin de jumelles qui permettraient d'apercevoir les obstacles de loin dans une petite rue. Pour y monter et en descendre, il faudrait des monte-charge construits spécialement à cette fin. (Il resterait à espérer qu'ils fonctionnent mieux que ceux installés ici au palais de l'Industrie.) Des casse-cou bondiraient en un tournemain sur les corniches des toits avec leurs roues tournant à toute allure et, à l'aide de parachutes qu'ils porteraient sur leur dos dans des sacs à la mode, se laisseraient glisser d'en haut vers les boulevards pour se distraire un peu dans les boutiques chics et se changer un peu de la vitesse.

Vélo de course de la marque Rudge

ARMES – J'entre dans le pavillon et j'aperçois, de loin, les canons de Krupp. Je ne peux m'empêcher de penser : Ne s'agit-il pas des mêmes qui étaient pointés sur Paris ? Le vertige s'empare de moi et je suis saisie par une peur tellement effroyable que je prends la fuite. J'entends l'écho des coups de feu, je vois les cadavres qui parsèment le sol. J'avance en pataugeant dans le sang. Est-ce le tien, Yann ? Ou le tien, Clémentine ? À moins que ce ne soit le tien, petit Jules ? Et même si toutes mes forces fondent, je n'ose pas même m'arrêter pour un bref instant, me retourner, je cours au contraire sur mes jambes anesthésiées au-dessus de Paris en flammes et je prie pour que le cauchemar prenne fin et que ces images affreuses disparaissent à nouveau !

ARRIVÉE — 1. Six heures du matin. Un ruban de clarté ténu à l'horizon. Assez pour que ma main se tende pour l'attraper. La locomotive pousse ses cris, non, ce ne sont pas des cris de joie. Nous entrons donc dans le hall de la gare. Le couinement des freins est tellement strident, fer contre fer, que je suis forcée de me boucher les oreilles. Ça siffle, ça feule. J'ai la peau si tendre ces jours-ci ! On émet des signaux. Tout le monde se presse dans les couloirs, les visages collés aux vitres même si l'on ne voit guère plus que la pénombre. L'alignement des réverbères à gaz le long des quais. « N'avez-vous donc pas commandé de fiacre par télégraphe à la dernière halte ? » me demande la femme de Trieste avec un sourire supérieur. « Moi au moins, je sais vivre avec mon temps, n'est-ce pas ? » On me jette des regards de compassion. « Dans ce cas, bonne chance ! dit-elle. Et adieu ! » Les portes s'ouvrent. Je me lance dans cette mêlée de voix enfiévrées et de jambes. J'essaie de trouver un peu d'air. Mais c'est de la poussière que j'inspire. On tourne en rond, on se marche sur les pieds. Tout autour, des échafaudages de poutres. La gare n'est même pas encore terminée. Ça sent la peinture à l'huile et la térébenthine, le surcroît de travail et l'épuisement. Je déniche un panonceau improvisé : bagagerie. Des lampes à gaz m'indiquent le chemin. À la sortie du quai, des instances habilitées distribuent des plaques de métal portant le numéro des véhicules disponibles. J'avance en même temps que la foule. Et tandis qu'un porteur dirige habilement mes bagages dans le hall entre des chariots, des messieurs au pas souverain, des dames qui trottinent, des enfants qui font les fous, des rabatteurs importuns envoyés par les hôtels ainsi que toutes sortes de colporteurs et autres marchands à la sauvette, mon rêve me revient à l'esprit. Le conducteur de la locomotive et le chauffeur ont sauté en marche. Le train roule dans une course furieuse à travers la nuit, sans personne pour le diriger. Chambre de combustion chauffée au rouge, chaudière bouillonnante, il traverse les gares à pleine vitesse, de plus en plus rapide, franchissant des tunnels, des ponts, il piaille, insatiable. Mais il suffit ! Dehors l'aube pointe. Une vaste place. La gare se trouve en marge de la ville, dans une sorte de nulle part. Cela me tranquillise. Voilà donc l'odeur d'une vie nouvelle. Alors commence la partie avec les cochers insolents. Ils ne semblent pas prêter beaucoup d'attention au jeton métallique que je leur présente. On m'encercle. Chacun vante sa voiture, la meilleure, la plus rapide et celle qui coûte le moins cher, pour ne rien gâcher. C'est à peu près tout ce que je comprends car leur français est encore plus mauvais que mon allemand, et leur allemand bien éloigné de l'écrit. Finalement, un petit bonhomme grassouillet rehaussé d'un chapeau claque à la hauteur considérable attrape mon bagage sans autre forme de procès et le jette sur le banc du cocher. Tout est donc décidé. Et déjà mon *comfortable* saute, galope, trépigne tantôt sur le chemin empoussiéré, tantôt sur le chemin de granit. L'air est froid, je suis gelée. Et je m'étonne. Grandeur ! Ampleur ! Plus question de bastions ni de fossés, de ces murailles qui entourent toute la ville et dont parle Nerval dans ses Journaux. À Vienne aussi, on a donc manié la pioche depuis cette époque. Ici aussi l'on célèbre la richesse au moyen de façades dispendieuses et de grands boulevards. On a rasé les remparts pour créer à leur place le *Ring*, le boulevard circulaire. Des bâtiments de cinq étages, or et sculptures, vitrine après vitrine, cafés, restaurations, pompe et surabondance ! Tout cela brille d'un éclat tellement nerveux au soleil levant. Ai-je donc tourné en rond ? Ai-je échappé à Paris pour le retrouver ailleurs ? Le monde a-t-il partout le même aspect ? Même l'hôtel du Danube, que Maman en personne a choisi pour moi avant mon départ et dans lequel je boude à présent, a un air de déjà-vu, presque comme si je n'avais jamais quitté Paris. Je ne suis arrivée nulle part. Je me suis seulement échappée. Et encore, même pas cela.

2. Tout dans cette ville est célébration. Il me semble que le monde entier s'est rassemblé dans cette Vienne pour un grand moment d'ivresse ! Je ne peux que m'étonner. On a perdu une guerre après l'autre, on a gâché son prestige, ses terres, la vie humaine, et le peuple a l'air de s'en moquer éperdument. On construit, on jubile et l'on danse comme si de rien n'était. On édifie un nouvel opéra de la Cour, un nouveau théâtre de la Cour doit suivre rapidement, un nouvel hôtel de ville, une nouvelle Bourse. Une opérette de Strauss, un feu d'artifice au Prater, une pièce de théâtre au Hoftheater, un bal ici, une soirée là, un concert de gala, une réception. En l'honneur de Schubert, en l'honneur de l'impératrice ou de la Sainte Couronne, en l'honneur de la journée de la veille à la Bourse, c'est du pareil au même. Même dans le dernier caboulot minable, on trouve des chanteurs populaires, des poètes au pied levé, des *prima donne* ou des jongleurs, et dans chaque arrière-cour au moins une personne qui fait tourner son orgue de Barbarie. Toute la ville n'est plus qu'une vaste fête. La joie partout, tout le temps ! Un peuple fou de danse et avide de plaisirs vit ici.

3. On ne parle pas français dans les rues. C'est à mettre au crédit de cette ville.

4. Tout est bruyant.

BONHEUR — **1.** Le galop de la vie ne trouve pas de repos, il file, il bondit en avant. Cela me renverse. Les années me dévorent et me consument. Parfois tout me paraît insignifiant, même mon désespoir. Et j'éprouve une cruelle inquiétude à l'idée que je puisse faire partie de ces âmes ardentes et imaginatives qui, parce qu'elles sont *trop* sensibles, se brûlent prématurément au contact de la vie et auxquelles une déception brutale cause une si vive douleur qu'elles en sont anesthésiées et se refroidissent à tout jamais. Suis-je devenue indifférente ou la volonté inconditionnelle d'être heureuse existe-t-elle tout de même encore en moi, bien cachée ?

2. J'ai longtemps veillé la nuit dernière. Il régnait le plus grand silence, on se serait cru au tombeau. Toute la pièce était peuplée des personnages interlopes des heures sans sommeil. À moins qu'il ne se soit agi des reflets de la lanterne fixée au mur, devant la fenêtre ? À deux reprises, seulement, j'ai entendu le trot des carnes dans la ruelle, et au loin quelques voix sourdes. Dans la maison voisine, on a frappé à la porte. J'avais froid, je tremblais. Du jour au lendemain, une froidure s'est abattue sur la ville. Je me suis donc retrouvée là, emmitouflée dans ces couvertures : celles de la solitude, de la confusion, de l'obscurité. Et pourtant j'ai senti un bonheur limpide tressaillir et battre en moi, une jubilation obstinée, rétive, comme si je ne me trouvais pas à cet instant dans le sombre désert d'une vie gâchée, comme si, au contraire, je courais à la lueur du soleil dans une prairie en fleurs, comme si je connaissais un secret silencieux qui dément tout désespoir, qui transforme de noirs souvenirs en allégresse et des déchirures en ouvertures à travers lesquelles passe la lumière. D'où vient cette joie inébranlable ? Je n'ai pas de réponse. Me voilà déjà secouée par une nouvelle vague de félicité aveugle. Et cela bredouille en moi : comme j'apprécie le goût de cette vie ! Comme elle est acidulée !

CHEZ-SOI — Aujourd'hui, dès le petit matin, je me suis rendue au Bureau central du voyage et du logement de l'Exposition universelle où, lorsque j'ai eu exposé ma situation, on m'a donné promptement et de bon cœur une adresse de logement privé non loin de l'enceinte de l'Exposition universelle, à Leopoldstadt, quartier qui jouxte le centre-ville et n'en est séparé que par un bras du Danube. J'ai donc aussitôt rendu ma chambre d'hôtel et j'ai pris mes nouveaux quartiers, tout simples et d'un prix exorbitant, qui vont certainement me valoir la ruine. La logeuse, Madame Löwy, une joyeuse créature doublée d'un modèle de complaisance et d'amabilité, m'a aidée en toute chose. Je suis beaucoup mieux ici ! C'est sans chichis, tranquille, le soleil brille par ma fenêtre quand il lui arrive de se montrer. J'y trouve ce dont j'ai besoin. Pas un iota de plus !

CIME — **1.** Et même si j'ai toujours pensé que je la comprenais, que je ressentais comme elle, mon arrière-grand-mère, le besoin d'aller vers le haut, son désir d'atteindre le ciel, je ne la comprends, elle, que maintenant, ou plutôt je commence tout juste à la comprendre. Marie Madeleine Sophie Blanchard, aéronaute de l'Empereur. La femme-oiseau ! Pourquoi n'as-tu pas supporté la terre ? Ce n'est pas seulement l'ivresse de la hauteur, le fait de voler. C'est plutôt l'évasion. Fille-Icare, tu quittes le labyrinthe, les rues, les masses, le bruit, les exhalaisons, les désirs, cette mêlée incompréhensible, qui fait que tout se met à bruisser et à tournoyer sans la moindre signification. Depuis les airs, ça a belle allure. De là-haut, tu reconnais les signes, les histoires que la vie incruste dans la poussière qui, tout en bas, une fois soulevée, te rend simplement aveugle.

2. Je monte donc l'escalier. Je ne peux penser et écrire que dans le restaurant de la tour de la cathédrale Saint-Étienne. Aucun mot ne veut jaillir de ma plume lorsque je me trouve dans les rues. Un affreux mutisme. Mais ici, tout devient facile. Même l'écriture. La main se déplace comme d'elle-même. On dirait que le vent va emporter toutes mes réflexions maussades. Et comme c'est beau, ici : le rouge carmin des toits, le grondement, les appels, le grincement de la ville. Et un petit oiseau joue la soprano.

La cathédrale Saint-Étienne de Vienne

3. « Vous aimez l'altitude, Mademoiselle, n'est-ce pas ? » m'a demandé Artenstern. Nous avons ainsi pris congé du cocher, sommes montés sur les chevaux que l'on tenait à notre disposition et avons emprunté le chemin raide et fort mauvais qui mène au Kahlenberg. Quel bien cela m'a fait d'être en selle ! Depuis combien de temps n'étais- je plus montée à cheval ? Et ce silence ! Cette montagne située en pleine ville a été autrefois un séjour particulièrement apprécié des excursionnistes de la vieille Vienne. Mais en dépit de ses forêts et de ses perspectives admirables, elle est restée longtemps négligée et oubliée. Jusqu'à ce que, finalement, c'était l'année précédente, on doive vendre la totalité de cette hauteur, y compris les coteaux voisins, les sangliers, les cerfs, les chouettes et les piverts – tout cela constitue un unique objet de spéculation de la taille d'une ville. « Une montagne tout entière achetée par une société anonyme, rendez-vous compte, Mademoiselle ! » Ce sont les mêmes spéculateurs de la montagne qui, comme me l'a expliqué Artenstern, construisent depuis de nombreux mois un téléphérique qui part des rives du Danube et rejoint presque le sommet où, dans les semaines qui viennent, un grand hôtel doit ouvrir ses portes. Mais cela ne se fera pas sans que, sur la face opposée de la montagne, une autre société anonyme effectue un investissement fructueux et fasse concurrence à la première en construisant pour sa part un train à crémaillère qui mène au même sommet – où pourrait-il mener, sinon là ? – si bien que les Viennois devront désormais décider s'ils préfèrent rejoindre leur vierge nature au moyen d'un câble ou d'une crémaillère ! Et tandis qu'Artenstern riait à gorge déployée, mon cheval faisait une bonne glissade sur le sol boueux. Il s'en serait fallu de peu que je n'atterrisse sur le dos dans la fange de cette mine d'or !

CRÉATION — 1. Monde, monde, monde. Et encore une fois : monde ! Je répète inlassablement, pour moi-même, ce précieux mot, ou plus exactement : il m'a entraînée derrière lui, m'a taquinée, m'a séduite au moment où j'étais dans le tramway à cheval, le vent du Nord soufflant sur mes joues incandescentes, le long du *Ring* et de son activité affairée du matin, devant les trottoirs débordants de vie et de flâneurs, les vitrines qui s'ouvrent comme des dioramas, les salons de café qui offrent aux oisifs un abri pour la journée, à travers Leopoldstadt, ma nouvelle patrie, en direction de l'étoile du Prater, et pour finir, toujours plus près de mon but. Le monde ! Comme une formule magique sur les lèvres, tellement consolatrice que rien ne peut me paraître plus salutaire. Comme si un magnétisme secret était à l'œuvre et agissait directement sur mes nerfs et mes réflexions, me dirigeait à son gré ainsi que les chevaux attelés à la voiture. Une direction, et une seule ! Et plus je m'approchais, plus le tramway se débarrassait peu à peu de son fret humain haut en couleur, plus la cathédrale Saint-Étienne s'éloignait, émergeant seule, au loin, de la masse des maisons, obstinément éclairée par un seul et unique rayon de lumière, plus mon cœur battait, plus je ressentais de nouveau cette vieille volonté, cette poussée que je croyais perdue depuis longtemps. J'y étais ! Nous nous arrêtâmes au centre d'une allée qui s'était pomponnée de la première verdure et sur laquelle le vent chassait la poussière. Le conducteur s'exclama d'une voix rauque : « Exposition universelle ! Terminus ! » Il ne pouvait que me faire l'effet d'un magicien lumineux, et quand il me regarda, ensuite, et leva son chapeau pour me saluer, je m'attendis à en voir s'échapper une volée de blanches colombes. Au lieu de cela j'aperçus de la vapeur et de la fumée qui montaient, car une locomotive était justement en train de franchir le large portail de la clôture en lattes ; elle tirait deux voitures qui portaient, sur fond vert, le losange jaune de l'empire du Brésil. Le Brésil ! Le train devait sans doute aller à la gare de l'Exposition universelle, sur les quais de laquelle, pour toute sa durée, convergeraient toutes les lignes et tous les méridiens du continent. Un tel bonheur s'empara de moi à l'idée de ce réseau et du fait que je me trouvais en son nœud principal, que je partis d'un rire bruyant et tout à fait inconvenant. La déception fut d'autant plus amère lorsque je trouvai fermé l'espace réservé aux visiteurs. « On n'entre pas ! On n'entre pas ! » me cria-t-on, ou du moins c'est ce que je crus comprendre. Une semaine avant la grande inauguration, c'est aux ouvriers épuisés qu'on avait réservé le droit d'assister à la création du monde, non, de l'accomplir. Mon humeur s'effondra aussitôt. Il allait donc me falloir encore attendre sept jours. Sept jours ! Ce lieu me parut tout à coup tellement sinistre que, l'espace d'un moment, je ne souhaitai plus qu'une seule chose : être purement et simplement engloutie par cette plaine ! Mais à cet instant arriva en courant, dans son uniforme trop grand, le jeune homme qui, quelques minutes auparavant, m'avait encore refusé l'entrée avec force mots et un grand sens du devoir. Il n'avait apparemment pas supporté de me voir si dépitée : il gesticulait furieusement et désigna un autre gardien, un supérieur qui s'occupait justement d'une charrette et de son chargement – un bouleau adulte et ses racines emmêlées – et me cria : « Dépêchez-vous, Mademoiselle, allez-y donc ! Vous êtes certainement du journal, n'est-ce pas ? » Et comme je ne comprenais pas tout de suite, il me tendit un laissez-passer où figuraient les mots « Représentant de la presse étrangère », me fit signe de franchir le portail et éclata de rire – le visage d'un garnement qui vient de faire un mauvais tour malicieux. J'étais donc à l'intérieur ! Et quel monde s'y révélait à moi ! Contrairement à ce que j'avais supposé, je ne m'étais pas du tout infiltrée dans l'enceinte de l'exposition par la porte principale, mais par l'entrée ouest, suivant ainsi la voie des marchandises qui convergeaient ici dans un flot abondant et ininterrompu, venues de toutes les contrées. De tous les coins possibles de l'Europe, de Perse, d'Amérique, des lointaines îles de Java et de celles des Japonais. Wagon après wagon, ils arrivaient en déposant leur précieux fret, leurs caisses, leurs ballots, leurs odeurs !

2. La violence des marteaux, le tranchant des scies, le halètement des machines. Rails qui couinent, haches qui cognent, charrettes qui grincent.

La vie et l'activité sur les lieux de l'exposition

On ne trouve pas ici le moindre recoin de calme. Des hommes portant des tenues traditionnelles étrangères et des vêtements fantastiques, des jupes en coutil ou des peaux de mouton, le fez rouge à houppe bleue sur la tête ou le chapeau à larges rebords, avec turban, cafetan et babouches. Ils hissaient, creusaient, fendaient, empilaient et dégrossissaient. On déplaçait ici des montagnes entières, à l'aide de grues gigantesques et de leurs bras d'acier. C'est ainsi que j'imagine la construction des pyramides, l'édification de Babylone ou de Rome. Une ambiance presque biblique, s'il n'y avait eu le grondement ininterrompu des machines. C'est le son de notre siècle. Une pièce musicale composée par dix mille hommes et exécutée par un orchestre de poutres d'acier, de blocs de pierre, de planches, de charbon, d'outils et de machines. L'air empli de la mêlée formée par dix mille langues différentes. Comme lorsqu'on pose un coquillage sur son oreille ou qu'on écoute le feuillage au vent ou le crépitement de la cheminée, je me tenais là et j'absorbais avec étonnement cette musique du travail. J'aimerais croire de nouveau aux miracles. Voir de nouveau, savoir de nouveau que nous, humains, sommes capables de créer quelque chose qui nous dépasse et qui, même si nous l'avons inventé nous-mêmes, est plus grand, plus parfait, plus somptueux que nous, si bien que nous pouvons nous en inspirer, le prendre pour point de repère et grandir avec. Le canal de Suez, qui mêle les eaux de la mer Rouge et de la Méditerranée ; la voie ferrée du Pacifique, qui enserre et unifie l'Amérique ; le tunnel du Mont-Cenis qui, creusant sous les Alpes, rattache l'Italie et la France ; le câble télégraphique qui, long de mille kilomètres, lourd de mille tonnes, fait de l'Europe et de l'Amérique deux voisins. Ne s'agit-il pas de miracles ? Ne nous tendons-nous pas les mains ? Ne construisons-nous pas une grande communauté ? Tous ces actes de l'esprit humain n'ont-ils pas qu'un seul et même but, à savoir fusionner de plus en plus vite en une humanité unique ? Et qu'est cette Exposition universelle, sinon précisément la célébration de cette nouvelle rapidité, de cette nouvelle alliance ? Là où la nature nous sépare, nous édifions des ponts, des rails, des canaux, des circuits électriques, nous nous rapprochons les uns des autres, nous nous réchauffons mutuellement. Ah, si c'était vrai !

3. Sept jours, donc, pour créer le monde. Aucun pour se reposer. Ou plutôt quatorze, si l'on compte avec la planche à calculer du baron Schwarz-Senborn, car le directeur général de l'Exposition d'agriculture, avec sa vieille malice paysanne, y ajoute les nuits, il les transforme en journées à l'aide de torches à la poix et de feux de Bengale afin de réussir tout de même à accomplir cet ouvrage impossible. Qui a besoin de sommeil ? Pas les valets du maître d'ouvrage. « Je paie double pour la nuit ! » clame cet esclavagiste. Là où s'étendait encore un an plus tôt un territoire sauvage, une sorte de forêt vierge marécageuse traversée par un bras du Danube, là où des cerfs peu farouches paissaient entre des pins puissants, les palais s'élèvent aujourd'hui les uns après les autres sur les souches aplanies. C'est la main calleuse et poussiéreuse du miséreux qui s'échine sur ces lieux.

4. Je suis entrée dans le pavillon de l'art, dont je n'avais eu jusqu'alors que les échos les plus remarquables. Je suis entrée dans l'espoir de pouvoir jeter un coup d'œil furtif sur les œuvres des maîtres – de tous les styles, de toutes les parties du monde ! – qui devaient se rassembler ici pour une exposition collective. Mais dès que j'eus franchi le hall et passé le portail, je fus frappée par cette épouvantable vapeur qui emplissait les moindres espaces, cet air collant et brûlant dans lequel je me sentais plus dans une forge que dans un musée. Je ne vis pas la moindre œuvre d'art dans les halls ! Les murs autour de moi étaient tapissés d'échafaudages sur lesquels brûlaient des poêles de fonte que des soldats détachés à cette fin alimentaient constamment au charbon avant de les attiser. Qu'est-ce que c'était que ça ? Le but était de provoquer un séchage rapide des murs fraîchement maçonnés et de les préparer ainsi à accueillir les œuvres d'art, l'heure venue, au lieu de les voir couler comme de la cire chaude dès qu'on y aurait accroché les tableaux. Dans cette fournaise infernale, débarrassés de leur redingote et de leur chemise militaire, le buste dénudé et trempé de sueur, la tête cramoisie, les hommes abandonnèrent leur travail et s'installèrent le long des échafaudages, à côté des poêles incandescents, et me regardèrent avec des yeux étincelants, comme s'ils allaient se précipiter sur moi. La fumée du charbon était si lourde, si corrosive dans mes poumons que j'ai craint qu'elle ne me fasse défaillir. Et à chaque seconde qui passait, je sentais la vapeur, les regards qui pesaient sur moi et continuaient à m'écraser ! Le souffle coupé, de plus en plus court. Mon champ de vision, de plus en plus sombre. J'étais presque évanouie, je sentais le noir venir. Des secondes. Des minutes. À cet instant, je me suis retrouvée à l'air libre ! Enfin ! J'avais échappé à ce purgatoire des beaux-arts, je respirais. Je ne sais pas comment.

5. La rotonde – la plus grande et la plus somptueuse parmi les curiosités de l'Exposition universelle, que plus d'un enthousiaste appelle aussi la huitième merveille du monde –, je me l'étais réservée pour la fin de mon premier voyage autour du monde. Après une halte près d'une fontaine qui, quelque peu sinistre, apportait une once de paix à défaut de couler déjà, je trouvai la force de mettre mon plan en œuvre. Londres avait son Crystal Palace, Paris le palais de l'Industrie. Vienne aurait désormais la rotonde ! Le plus gigantesque bâtiment à coupole de l'histoire du monde, une salle des fêtes qui devait représenter tout ce qu'on avait jamais connu en matière de dimensions et de force visionnaire, tellement grande qu'on pourrait y empiler le colosse de Rhodes, les pyramides de Gizeh, les jardins suspendus de Sémiramis et le phare d'Alexandrie sans en atteindre encore le haut. J'entrai donc dans ce panthéon sans dieux édifié par l'industrie à l'industrie, et je fus prise

La rotonde de l'Exposition universelle de Vienne

d'un frisson. Pas seulement à cause de l'incroyable taille du lieu, qui me donna l'impression d'être épouvantablement perdue. Pas non plus en raison de l'état de chaos élémentaire où tout se trouvait face à moi, inachevé, brut et dénudé, le sol parcouru de fossés et de trous, la coupole seulement à moitié habillée, l'ensemble de cet espace intérieur monumental tapissé et quadrillé par un terrible mélange d'échafaudages, de cordes, de poutres et de bois grossier. Je me suis faufilée dans cet immense édifice, je suis passé sur des balles, des planches, des caisses et quelques obstacles non identifiables qui ne semblaient pas encore s'être joints pour former un tout. L'effroi s'est emparé de moi. Ces piliers énormes, assemblés avec des pierres massives, ne se dressaient-ils pas pour l'éternité ? N'étaient-ce pas des colonnes corinthiennes taillées dans le marbre le plus fin ? N'étais-je pas entourée par une muraille solide, ne me trouvais-je pas sur un sol ferme ? Non. Façade, trompe-l'œil, décoration et masque ! Un monde mensonger, creux de part en part ! Je restai donc là à regarder l'espace encore vacant formé par les piliers inachevés, uniquement portés par un audacieux squelette de fer et habillés à la va-vite par des poutres de bois, sans substance, un simple vide caché sous un jet de ciment. Sous la première terreur que me causa cette vision, abasourdie, moi-même devenue une colonne, je levai ensuite les yeux vers les murs de marbre et le plafond massif qui formait une voûte au-dessus de moi. Était-ce donc de la pierre ? Non, c'était de la jute ! Une cavité couverte de jute, et rien d'autre ! Un mur de chiffons. Une simple affirmation. Une escroquerie. Du faux luxe. Du décor de mauvais goût qui scintille encore pour un moment, fera son entrée dans le plus grand éclat, mais s'effritera et pourrira dès l'instant suivant. C'est alors que je me suis retournée. « Comment allez-vous, Mademoiselle ? » me demanda un homme, sans doute un commissaire, portant une redingote de salon noire. Soudain, je vis ce puissant bâtiment commencer à vaciller et à se briser. Et je m'enfuis, prise d'une étrange confusion mentale, je bondis au-dessus des fossés, ma robe s'accrocha à une poutre et se déchira dans un bruit épouvantable. À moins que cela n'ait été le plafond de la rotonde ? Mais je ne pris pas le temps de m'arrêter, je continuai mon chemin en titubant jusqu'à ce que je me retrouve à l'extérieur ou, par surprise, m'accueillit le soleil.

CULPABILITÉ — **1.** Zoé est à la colonie pénitentiaire, bannie en Nouvelle-Calédonie. C'est tout de même insupportable ! J'ai appris que Louise se trouve toujours dans les geôles de Versailles. Et ils continuent à exécuter dans la plaine de Satory. Aujourd'hui encore ! On fusille les communards arrêtés. La mécanique de la règle à lisser. Le *tatatata* meurtrier. Je l'entends chaque nuit. La soif de sang n'a pas de fin. Et moi ? Qu'est-ce que je fais ? Je danse la valse à Vienne !

2. Où es-tu, Eugène ? Es-tu là, quelque part ? Me voilà qui prie. Mais oui, je vais jusqu'à prier. C'est bête et laid. Aide-moi donc, Eugène ! La solitude m'accable. Tu as raison, je n'ai rien mérité d'autre. Non. Je la porte, cette faute, je la porte comme une robe cousue à ma peau. Pardonnez-moi, chers camarades, je vous le demande. Non, ne me pardonnez pas. Moi-même je n'en suis pas capable. Vous êtes morts sans moi. N'aurais-je pas pu vous sauver ? Non, mais il aurait fallu que je vous accompagne dans la mort. Il le fallait ! Il le fallait ! Ou du moins au tribunal des bourreaux. J'aurais dû me tenir bien droite et déclarer : Me voici, moi, Paulette Blanchard, membre de la Commune ! Ou bien appuyer ma tête contre le mur ensanglanté et crier : Vive la révolution !

CUPIDITÉ — 1. Je contemple cet essaim humain devant la Bourse et il ne peut que me faire l'effet d'un monstre posé au fond de la mer, un monstre sombre et doté de plusieurs bras, un monstre qui roule, se tortille en émettant des gémissements tout à fait inhumains et qui n'ont rien de naturel. Il tend ses tentacules, attrape tout ce qui s'approche et ses ventouses inoculent sans interruption son poison, répandant la folie. Un souvenir oublié depuis longtemps me revient alors à l'esprit, et je me revois petite fille, horriblement attifée d'une petite robe rose, me frayant un chemin en battant des bras, car le confiseur de notre rue, sans doute à l'occasion de je ne sais quel jour de fête, distribue à sa fenêtre des sablés au sucre aux enfants qui accourent, gâteaux recouverts d'un caramel aux plus belles couleurs et coupés d'eau distillée de fleur d'oranger ou de rose, de gouttes d'huile d'œillet ou de cannelle. Des trésors accordés ici sans condition à chacun, pourvu qu'il sache tendre la main en temps utile. Et je ne me rappelle que trop bien la gamine qui savait se faufiler beaucoup trop habilement, qui, comme un animal agile, avançait en se tortillant dans cette masse de corps surchauffés et, alors qu'elle avait déjà chargé sa jupe d'innombrables friandises, poussait toujours en avant, insatiable, pour en rafler encore et encore. J'ai été prise d'une fureur tellement démoniaque que j'ai attrapé cette jeune oie par sa tresse et l'ai violemment tirée au sol, une touffe de cheveux entière m'est même restée dans les mains, si bien que tous ces biscuits rassemblés à la hâte se sont répandus sur le sol et ont, en un instant, été ramassés par d'autres mains. Comme j'ai eu peur de voir ces forces qui avaient pris possession de ma personne, cette haine que j'avais, sans le moindre doute, ressentie en moi. La fillette poussa un cri aigu et, comme une bête sauvage, m'enfonça ses ongles dans le visage, de telle sorte que je dus quitter le théâtre de cette scène de bonheur avec des blessures physiques visibles, mais plus encore avec l'âme esquintée, et sans le moindre butin.

Maintenant que je me trouve ici, devant la Bourse, emportée par mes souvenirs, je ne remarque pas du tout, dans un premier temps, le petit garçon qui se tient subitement à côté de moi, vêtu de loques crasseuses, les yeux emplis d'une terrible répugnance et rivés aux événements qui se déroulent devant nous. Je sens alors pour la première fois une harmonie, un lien avec cette petite bouille, si bien que l'envie me prend de le serrer dans mes bras et de lui chuchoter : « Ces grands hommes sont d'une effroyable bêtise, n'est-ce pas ? » Et, submergée par le bonheur d'avoir trouvé un tel compagnon, je lui tends un florin tout entier. « Pour toi, mon petit ! » Et lui, après un moment de frayeur, attrape avidement la pièce sans même lever les yeux dans ma direction, craignant sans doute tout à coup que je puisse changer d'avis, puis, comme s'il n'avait attendu qu'une occasion de ce type, court rejoindre enfin le club des riches, la masse brailleuse des spéculateurs, et disparaît entre les pans des redingotes de ces amateurs de jeux de hasard boursiers.

2. Aujourd'hui, Artenstern, avec son insolence habituelle, me déclare : « Loin de moi l'idée de vouloir abuser de votre situation, Mademoiselle Blanchard, c'est la raison pour laquelle je vais vous parler très franchement. Il ne m'a pas échappé qu'à chaque fois qu'il est question d'argent, les nuages du souci assombrissent votre visage et que vous devenez hésitante et songeuse avant même qu'une pièce ne sorte de votre porte-monnaie. Il y aurait pourtant un moyen tellement simple de vous débarrasser de vos soucis ! »

3. Je compte, je compte, je compte. Chaque soir je compte les billets, les pièces, les jours. Pour combien de temps cela suffira-t-il encore ? Trois semaines ? Un mois ? Un et demi ? Non, je n'écrirai pas à Paris. Certainement pas ! Rentrer chez moi ? Plutôt mourir de faim ! Trouver du travail ? Mais comment, dans une ville étrangère ? Tout ce que je veux posséder, c'est la liberté.

4. « Vous savez, chère Mademoiselle, m'explique aujourd'hui cet indicible personnage qu'est Mayersberg, Vienne n'est pas Paris. Ici, nous n'avons aucun besoin d'une révolution de ce type. On s'assoit ensemble et l'on trouve à toute chose une solution qui respecte le bon ordre. Qu'a apporté l'insurrection citoyenne de 48 ? Mais oui, tout à fait : un absurde massacre. Et où trouve-t-on ses héros aujourd'hui ? On les voit à la Bourse, ainsi qu'au Parlement ! Des centaines de milliers de personnes trouvent du travail ! Les salaires augmentent ! Même le moins indispensable des journaliers se fait transporter ici en fiacre matin et soir comme l'empereur en personne. J'ai entendu dire que plus d'un artisan fait même deux fois l'aller-retour, pour le seul goût de la plaisanterie et de la vantardise ! Voilà la situation du prolétariat aujourd'hui ! On s'occupe du peuple en apportant de l'argent à la Bourse. Une entreprise de travaux publics cause plus de bien que n'importe quelle association de bienfaisance. »

CURIOSITÉ — Berthe me demande de lui décrire la ville. Elle me plonge ainsi dans une perplexité certaine. Car au bout du compte tout y est beaucoup plus somptueux, plus souple et plus précis que ce que ma plume maladroite pourrait coucher sur le papier. Dois-je donc lui recopier un guide ligne après ligne ? La statue équestre de l'archiduc Carl, sur la Burgplatz extérieure, modelée par Fernkorn et moulée dans le bronze, etc. J'en bâille déjà. Berthe, pardonne-moi, mais tu seras sans aucun doute mieux servie en allant chercher dans une bibliothèque une étude d'histoire de l'art, un guide ou l'un de ces récits de voyage en Orient qui prennent souvent leur point de départ à Vienne. Cela te lasserait certainement moins que ce que je pourrais te raconter : ce ne seraient que des esquisses impressionnistes nées de mon esprit, des détails sans importance, des bagatelles qui ne pourraient même pas s'assembler dans ta tête pour former une image chargée de sens. En tout cas, ce n'est pas du tout ce qu'elles font dans mon cerveau à moi ! Je songe déjà à t'écrire le nombre gigantesque de curiosités que je n'ai *pas* vues ! Les multiples lieux devant lesquels je suis passée sans les voir ou en ne les regardant pas faute de pouvoir les supporter, autant de choses dont le guide conseille la visite quand on est sous le joug de cette loi imposée aux voyageurs. Mieux, lorsque je trouve inventorié dans le guide un bâtiment qui me paraît remarquable, il m'arrive même de ne pas le visiter du seul fait qu'il y est recensé, et de passer mon chemin ! Tu me connais, très chère Berthe. J'espère que tu peux rire de moi !

DISPENSE — **1.** Voilà que le train, d'une saccade, se met en mouvement, la locomotive siffle, je vois le quai défiler à côté de moi, il s'éloigne, un monsieur en haut-de-forme suit mon départ de ses yeux sombres. Je quitte Turin. Et je me retrouve enfin telle que je me sens : seule. La place à côté de la mienne est vide. C'est un fait. Il n'y a qu'un peu plus d'air qui circule dans la voiture, et pourtant, comme la respiration est plus facile ! C'est la première fois que je n'ai personne à côté de moi, que personne ne veille sur moi. Je tremble. Mon écriture se fait toute tarabiscotée. De joie ? De peur ? Par Dieu, qu'est-ce qui a bien pu m'animer ? D'où m'est venue, subitement, l'énergie nécessaire pour accomplir un acte pareil ? Je crois le savoir. C'était la peur qui chuchotait, implorante, à mon oreille. La peur que les barrières de l'existence se soient déjà refermées. Qu'il soit impossible d'entrer en contact avec la vraie vie. Que tout soit déjà terminé. Mais il n'y avait pas que ça. C'était, non, c'est une volonté qui se dresse ici, qui se réveille de sa lourde paralysie somnambulesque.

2. Voilà plusieurs jours à présent que je voyage en train, et cela m'a été plus facile à chaque heure qui passait. J'avais échappé à Paris ! Maintenant, prendre le large, et vite ! Et avec chaque contrée qui défilait à ma fenêtre, mes réflexions se sont faites plus légères. Mais dès que j'osais détacher mon regard de ces morceaux de campagne consolateurs, la tête légèrement inclinée sur le côté, pour le tourner vers mon compagnon de voyage, j'en frissonnais. Il était assis là, raide et empoté, le regard fixe et pointé sur moi avec une telle barlourdise. Respectueux de son devoir comme une pendule remontée ! Car il avait reçu de papa l'instruction de ne pas me quitter des yeux une seule seconde. Et de lui adresser qui plus est son rapport trois fois par semaine. Il m'a stupidement répété une douzaine de fois le contenu de sa mission. C'était vraiment insupportable ! Comment pouvais-je guérir de cette manière ? Comment reprendre courage avec un tel geôlier à côté de moi ? Il parle allemand, il connaît Vienne. Mais qu'il est modeste, ce bénéfice, par rapport à l'épouvantable tribut qu'il me force à payer !

3. J'ai donc pris la cassette contenant l'argent du voyage ; il a regardé les espèces et a grimacé. Je n'ai pas vraiment su l'interpréter. Était-ce la cupidité qui étincelait dans ses yeux ? Je lui proposai une somme, il la refusa. Vexé, indigné ! Mais comment pouvez-vous donc, Mademoiselle ? Un incorruptible. Je repris mon courage à deux mains, lui proposai une somme supérieure, et cette fois il se contenta de répéter sans émotion les instructions de mon père. Cela continua ainsi. Son visage : un masque. Jusqu'à ce que d'un seul coup, en secouant la tête, il se dresse droit comme un cierge, me toise d'un air moqueur et m'annonce : « Je veux trois mille florins, Mademoiselle. Pas un kreuzer de moins ! » Une belle somme ! Esclave et maîtresse à la fois, je me suis donc rachetée.

Dois-je en avoir honte ? Un seul acte. Et pourtant une double libération. Il y a désormais deux valets de moins dans le monde. Il suffit ! Tu es libre, Paulette. Libre ! Tu m'entends ? Maintenant, à Vienne !

4. Et je me chuchote les mots d'Eugène, encore et encore, ma prière : « J'aime les gens, et celui qu'on aime, on le sert en éveillant en lui les instincts de l'indignation et de l'indépendance, en l'appelant à la conscience de soi, de sa force et de ses droits. Souhaiter à l'autre la plus grande liberté possible, cela signifie aimer, et le premier acte de l'amour consiste donc à ôter les liens. Tout ce qui donne aux hommes la force d'être eux-mêmes est vrai, tout le reste est faux, liberticide et absurde. » Tout ce qui donne aux humains la force d'être eux-mêmes…

5. Au Bureau du Télégraphe impérial et royal, on m'a expliqué aujourd'hui d'un ton franc et inflexible qu'il était impossible d'émettre une dépêche sous le nom d'un monsieur alors que celle qui dictait le texte du câble était indubitablement une dame. Pareille confusion des genres paraît hautement condamnable pour un esprit de fonctionnaire. J'ai eu beau expliquer que le monsieur en question était mon domestique et m'accompagnait dans mon voyage, cela n'a servi à rien, pas plus que le mensonge que j'ai commis en disant qu'il était cloué au lit et indisponible. Rien de tout cela n'a produit le moindre effet et j'ai quitté bredouille cette centrale de l'honorabilité. On imagine donc la joie qui a été la mienne en apprenant de Madame Löwy qu'il existait désormais dans la ville et dans l'enceinte de l'Exposition universelle des stations télégraphiques spécialement ouvertes à cette fin. Je suis donc partie à leur recherche et n'ai effectivement pas tardé à trouver une installation commode de ce type, où une jeune dame aimable a, sur-le-champ et sans autre formalité, transmis au moyen de l'électricité la dépêche telle que je la lui avais dictée. Sans doute encouragée par ce

Télégraphe à impression de Hughes

premier succès, je parvins même à faire en sorte que l'on puisse désormais me joindre sous une adresse télégraphique particulière, ce qui me permettait de ne pas révéler ma nouvelle adresse aux Parisiens ! Je suis soulagée ! Au nom de Pierre, j'ai donc transmis le message suivant à Papa : « Bien arrivés. Mademoiselle se porte bien. Conformément à son vœu, avons déménagé dans logement privé. Adresse câble : Blanchard – Vienne. » Tout est donc désormais arrangé ! Et au moment où je sors dans la rue, un troglodyte se tient sur le trottoir, bat furieusement de son plumage ébouriffé, lève sa petite tête, me dévisage et gazouille son chant, fredonnant comme s'il pouvait deviner mon bonheur !

FERVENT— 1. Alors que la toute dernière lueur du jour teint le ciel dans des tonalités rougeâtres dignes du carnaval, je reviens en vitesse de ma petite excursion en ville, me retrouve dans la Circusgasse, entre dans ma chère chambre et allume la petite lampe à pétrole, car je crains l'obscurité. Comme j'en ai peur, ces derniers temps ! Je remarque aussitôt l'enveloppe posée sur la table, insolente et inattendue. J'appelle donc Madame Löwy, je lui demande des explications, et je n'obtiens que cette information énigmatique : un monsieur inconnu s'est présenté à la porte quelques heures plus tôt et s'est enquis de la dame en robe noire, dont la description détaillée correspondait sans doute parfaitement à ma personne. Elle n'a certes pas voulu laisser entrer l'inconnu, mais celui-ci a insisté pour déposer cette enveloppe à mon intention. Et voilà l'aimable vieille dame qui m'abandonne sur ces mots, un sourire malicieux aux lèvres. À peine la porte fermée, j'ouvre l'enveloppe avec impatience. J'y trouve une feuille pliée et, sur celle-ci, dans un français impeccable : « Chère Madame. Je vous ai vue hier en début d'après-midi, assise à l'observatoire de la tour de Saint-Étienne, plongée dans les notes, un roman tout entier, que vous preniez dans votre bloc relié de cuir. Si vous vous trouvez dans le même lieu demain à quinze heures, j'aimerais vous communiquer une information importante. Avec mes salutations les plus respectueuses, votre O.v.A. » Quelle extravagance ! Que dois-je en penser ? Inquiète, je cours aussitôt à la fenêtre, je l'ouvre, je regarde dans la ruelle, mais le plus grand calme y règne. Comment cet hurluberlu connaissait-il mon adresse ? M'aurait-il suivie ? Je ne connais aucun homme portant les initiales en question, et je ne me rappelle personne qui se soit tenu en même temps que moi dans le restaurant de la tour, au-dessus de la ville. J'étais trop profondément plongée dans mes réflexions et mes notes, la vue sur la cité était trop captivante pour que je puisse prêter attention à ceux qui avaient su grimper jusque-là. Et une autre question ne me sort pas de la tête : comment cet O.v.A. a-t-il eu l'idée de m'écrire en français ? Tout cela me paraît bizarre ! Ne lit-on pas dans les journaux d'atroces histoires d'assassinats de femmes perpétrés dans la ville ? Serait-ce la manière dont on fait la cour à une dame, à Vienne ? Cela m'angoisse et me plonge dans la confusion !

2. Et une fois que, tout excitée, je suis allée voir Madame Löwy, une fois qu'elle m'eut approvisionnée en petits remèdes pour les nerfs et autres pommades de sa fabrication, une fois qu'elle m'eut assuré à plusieurs reprises que ce monsieur lui avait fait une impression aussi aimable qu'élégante, et qu'elle m'eut de surcroît tranquillisée en m'avouant qu'elle avait peut-être bien, en passant, évoqué mon origine, ce qui pouvait expliquer que le message ait été écrit en français, je me suis sentie mieux et j'ai même fini par trouver le sommeil. Mais aujourd'hui, toute la journée, j'ai eu la tête comme embrumée. J'ai couru dans la ville sans le moindre but et il est arrivé à quelques reprises que je sursaute d'un seul coup et que, ayant perdu tout point de repère, je sois forcée de me demander où je me trouvais. Dans quelle rue ? Dans quel quartier ? Et pire encore : dans quelle ville ? J'errais ainsi, aveugle, perdue dans mes pensées. Pour finir, je me suis réchauffée avec un minestrone italien chaud au restaurant Tuchlauben et j'ai décidé de me rendre sur la place Saint-Étienne avant l'heure dite. Il n'était même pas deux heures. Comme le ciel s'assombrissait et qu'un vent froid se levait, je suis entrée dans la cathédrale que je n'avais pas encore visitée – à part son clocher sud, le point le plus élevé de la ville. Jusqu'alors, les voûtes médiévales m'avaient paru trop sombres, trop oppressantes, même quand je me contentais de porter sur elles un regard lointain et effarouché. Au moment où je pénétrai dans la cathédrale par une porte de côté, je ne pus qu'avoir la confirmation que la pénombre régnant dans ce hall gothique avait formé le contrepoint à la clarté aérienne du restaurant du clocher, que je trouvais toujours tellement vivant. En me promenant dans les nefs latérales, j'eus l'impression de sentir la froideur des dalles me remonter dans les jambes. Je fus prise d'épouvantables frissons en pensant aux catacombes qui, en dessous de moi, abritaient des milliers de morts et, voûte après voûte, s'enfonçaient sans doute aussi profondément dans la terre moisie que le clocher s'élevait dans le ciel. Je trouvai un peu de consolation dans la contemplation des anciennes peintures sur verre. Un rayon de soleil venu d'on ne sait où traversa même l'un des vitraux, projeta une ombre scintillante et interminable dans la nef centrale, et atteignit une vieille qui marmonnait sa prière à genoux et qui prit certainement cela pour un signe. Je quittai la nef latérale en direction du hall du clocher, l'arpentai tout comme la petite chapelle attenante et sortis à l'air libre. J'avais l'impression d'avoir tout juste échappé à ma propre inhumation, tant je me sentais plus légère ! On parvient à l'escalier du clocher par une petite porte de la façade sud, face à laquelle se trouve le bureau du concierge de l'église, auprès duquel on doit se présenter si l'on veut monter. Il ne restait plus qu'une demi-heure jusqu'à l'heure dite ; je me dépêchai ainsi de trouver une cachette susceptible de me permettre de me faire une idée du personnage tout en restant moi-même à couvert, ce qui n'avait rien de simple dans ce vaste espace. Ou bien, en effet, je me trouvais trop exposée, ou bien je n'avais vue sur aucune des entrées. Je commençai donc par glisser un florin dans la main d'un cocher et m'assis – le cœur battant stupidement – dans l'un de ces attelages à deux chevaux qui se tenaient serrés sur la place de la cathédrale. Qu'est-ce que je faisais ici ? Et qu'est-ce donc, au juste, que je voulais guetter ? Un homme élégant ? Mes aïeux ! Il n'y en avait certainement qu'un seul de cette espèce-là... Tout cela était absurde ! J'étais à deux doigts de prier le cocher de me raccompagner chez moi lorsqu'on frappa à la porte du carrosse. « Puis-je me présenter ? » L'homme s'inclina. « Oskar von Artenstern. Il semble donc, Madame, que nous soyons arrivés tous les deux en avance. Me permettez-vous d'attendre à vos côtés ? » Il eut alors un sourire tellement narquois ! Et même si j'étais trop ahurie pour produire ne serait-ce qu'un mot, cet homme eut l'insolence de

Fiacre

monter dans la calèche et de s'installer près de moi. « Non, mais qu'est-ce qui vous prend ?! » – « Je suis honoré que vous soyez venue », dit-il très tranquillement. Il me fallut quelques secondes pour me ressaisir. J'observai cette personne aussi énigmatique que dépourvue de tact : un homme gracieux, bâti presque comme une femme, un ruban de soie noire au cou, une redingote élégante, des bottines lacées excentriques. Son visage blême, ses yeux sombres ne manquaient pas d'expression de l'esprit. Mais il y avait dans ses traits, dans son regard, dans sa crinière en bataille, quelque chose d'indomptable et d'imprévisible. Et pourtant il me regardait comme un enfant qui a vu un bel objet et lui court après, joyeusement et cependant pris d'une peur subite à l'idée qu'il puisse à nouveau disparaître. « Puisque nous sommes déjà dans ce bel équipage, si nous roulions un peu dans la ville, Madame ? » Je hochai la tête sans rien dire et il donna ses instructions au cocher. Le fiacre se mit en marche en brinquebalant. « Je n'ai rien d'une "Madame", Monsieur von Artenstern. » – Ai-je vraiment dit cela ? À quoi voulais-je faire allusion ? Cela pouvait être épouvantablement mal compris ! Mais ces « Madame, Madame » incessants m'importunaient tout bonnement. « Pardonnez-moi, Mademoiselle. » Il se mit à m'observer sans la moindre gêne, comme si j'étais l'une des plantes rares de l'exposition horticole. « Me permettez-vous de demander pourquoi vous portez du noir ? » – « Absolument pas. » Et j'ajoutai : « Du moins pas aujourd'hui. » Qu'est-ce qui me prenait, à nouveau, de parler par allusions ? De lui laisser croire que nous nous reverrions ? Qu'est-ce qui me le faisait croire à moi-même ? Ma main était toute tremblante, je tentai de la cacher sous mon châle. Eugène. Oui, quelque chose en Monsieur von Artenstern me rappelle ta personne, Eugène. Je ne sais pas quoi. Avec quelle niaiserie me suis-je comportée ! Je me suis redressée comme un paon, j'ai regardé par la fenêtre. Quel air prend une dame ennuyée ? J'ai levé le nez et je me suis tue. Et comme il a aussitôt fait de même et n'a plus prononcé un seul mot non pas pour quelques secondes, mais pendant quelques minutes, je n'ai plus supporté cette torture absurde. « Vous aviez un message à me communiquer ? » demandai-je, puis je reposai la question, car ma voix s'était cassée la première fois. Comme c'était grotesque ! Pourquoi n'étais-je pas depuis longtemps descendue de ce fiacre ? À cause de la solitude, peut-être. Artenstern me répondit du ton le plus aimable. « Vous aviez l'air tellement plongée dans vos pensées, Mademoiselle, ce jour-là, au restaurant de la tour. Je n'ai pas osé vous déranger. Et même lorsque vous vous êtes levée, j'étais comme ensorcelé, incapable de bouger, de la même manière qu'on est parfois obligé de s'immobiliser à la vue d'un phénomène naturel qui ne nous laisse plus d'autre possibilité qu'une admiration étonnée. C'est finalement le gardien du clocher, un gaillard attentif et sociable qui avait observé cette saynète, qui m'a interpellé à peine aviez-vous disparu dans la cage d'escalier. Il m'a raconté que vous veniez chaque jour, que vous occupiez toujours la place près de la fenêtre et que vous y passiez des heures. Que du reste je n'étais pas le premier monsieur surpris à vouloir s'approcher de votre auratique personne. Et qu'un jour un admirateur avait relevé, en passant, qu'il vous avait déjà vue une fois à Leopoldstadt tandis que vous quittiez la Circusgasse pour entrer dans la Praterstrasse. » Artenstern m'a alors expliqué sans faire de façons que pour cette raison même il avait passé la journée précédente, depuis les premières heures de la matinée, dans le quartier situé sur la rive du Danube, pour me faire des avances ou bien, selon ses propres mots, dans l'espoir ingénu de m'y rencontrer. Il avait, me dit-il, frappé à des portes choisies au hasard, s'était enquis de la « dame en robe noire » et avait ainsi manqué à deux reprises recevoir des coups. Une autre fois, vers midi – il se croyait déjà au but –, on le conduisit dans un réduit sombre où, cependant, il trouva non pas ma personne, mais celle d'une veuve qui priait et qui, le prenant pour le diable, le chassa en couinant et en lui lançant dans le dos les Saintes Écritures. Il arriva à me faire rire. Cela pouvait-il être faux ? Si son histoire me plaisait, je ne savais pas encore si je pouvais y croire.

FIN À LA VIENNOISE – La pièce m'a épouvantablement ennuyée. Je l'ai trouvée complaisante, surtout la fin. Et comme je m'exprimais à ce sujet, Artenstern s'est exclamé en riant : « Mademoiselle, c'est une fin à la viennoise ! Dans cette ville, tout finit toujours bien. » Il a dit cela d'une voix tellement étrange que j'ai été à deux doigts de vouloir le croire. « Le public viennois est très sensible. Il supporte extrêmement mal ce qui est triste et misérable. L'empereur l'a donc interdit par décret. »

KRACH — **1.** Ces rires horribles ! Ils résonnent de toutes les directions. Depuis la ruelle, sous le lit, dans le placard. Quelle journée sombre et confuse ! Quelle heure peut-il bien être ? Une heure ? Deux heures ? Voilà qu'on frappe à ma porte et qu'au beau milieu de mon rêve je prends cela pour un effet de mon imagination. On frappe de nouveau et j'ouvre, pour trouver toute la maison en grand émoi. C'est Artenstern qui se tient là et rit, le visage déformé par une expression atroce. « Qu'avez-vous donc à rire ? Pour l'amour du ciel, que faites-vous donc ici ? » Madame Löwy surgit dans l'encadrement de la porte et se met à piailler, le souffle court, que ce monsieur l'a réveillée pour demander la demoiselle, mais qu'il a obstinément refusé de payer le supplément de nuit. Et comme elle lui barrait l'entrée, expliqua-t-elle, il l'avait poussée sur le côté, de son poing barbare et noueux ! Et voilà Artenstern qui se remet à éclater d'un rire qui résonne dans la cage d'escalier comme s'il venait tout droit de l'enfer. « C'est un jour comme celui-là que vous me réclamez de l'argent, très chère Madame ? Trop tard, trop tard ! » s'exclame-t-il. Je fouille donc mon porte-monnaie, j'en sors cinquante kreuzers, je les pose dans la main de Madame Löwy pour qu'elle oublie sa menace de prévenir la police, et je conjure Artenstern de mettre enfin un terme à ce rire épouvantable et de venir dans ma chambre me raconter calmement ce qui l'a mis dans un tel état d'excitation. Même si je le pressens bien entendu depuis longtemps ! Il se met alors à crier : « Il nous faut partir, Mademoiselle ! Cela presse, venez ! Je suis venu vous chercher ! » – « Vous me faites peur, Artenstern. Où voulez-vous aller ? » – « Vous montrer mon œuvre d'art ! Vous avez promis de la regarder ! » – « Certes, Monsieur von Artenstern, mais pas à cette heure-ci, voyons ! N'aurons-nous pas le temps demain ? » – « Non, il faut que ce soit maintenant ! Maintenant ! » Puis il m'attrape par le bras et me tire brutalement vers la porte. « Vous me faites mal ! Vous ne voyez pas que je suis en robe de chambre ? » – « C'est urgent, Mademoiselle Blanchard ! Le temps presse ! » Son visage est livide et grimaçant. « Maintenant lâchez-moi ! Je veux que vous quittiez ces lieux immédiatement ! » Je hurle ces mots si fort et avec une telle énergie que ce forcené tressaille et me regarde avec ahurissement comme s'il venait de se réveiller. Je nourris un bref instant l'espoir qu'on pourrait avoir avec lui une discussion rationnelle. Mais déjà il ouvre la porte d'un coup, la referme avec fracas et s'engouffre dans l'escalier qu'il descend d'un pas lourd et nerveux.

2. Aujourd'hui encore j'ai fait ma promenade dans la ville, emmitouflée dans ma cape d'hiver, le parapluie ouvert devant moi contre ce temps infâme, j'ai remonté le quai, je suis passée devant l'hôtel Métropole, puis je suis entrée dans l'entrelacs des vieilles ruelles sans me douter de rien, heureuse que ces chemins veuillent bien me paraître déjà un peu familiers. J'ai emprunté l'une des petites rues situées près de la Bourse, pour me retrouver dans une foule en colère et excitée. Ce n'étaient que soupirs, braillements, plaintes et lamentations, cris de rage, jurons désespérés qui se mêlaient comme si tout le monde était devenu fou et je n'en comprenais pas le moindre mot. L'attroupement était singulièrement haut en couleur. On y voyait un vendeur de marrons chauds à côté d'un conseiller à la Cour, un cocher de tramway à côté d'un officier invalide, un domestique, une prima donna, une cuisinière bohémienne, une marchande d'articles de mode, un dandy, un comte grisonnant, mêlés et unis par leur seule indignation. Mais contre quoi ? contre quoi donc ? Tous se pressaient vers la cour d'un bâtiment dont je finis par apprendre qu'il s'agissait du comptoir de la banque Placht, que l'on m'avait déjà recommandée comme l'une des plus renommées de la ville. « Qu'est-il arrivé ? Que se passe-t-il ici ? » me mis-je à crier. En guise de réponse, une serveuse de restaurant commença à déblatérer en viennois, italien, français, je ne sais quoi, dans le galimatias le plus extraordinaire que j'aie jamais entendu. Mais je compris au moins ceci : « Banqueroute ! Banqueroute ! » Alors la pauvre enfant fondit en larmes de douleur, tressaillit, sanglota, et je ne pus que la prendre dans mes bras. Elle blottit contre ma poitrine son visage aux beaux yeux clairs, mais à présent rougis et embués. « Cette jeune fille a perdu toute sa dot et ne peut plus se marier », m'expliqua le comte aux tempes grises. « Comment cela se peut-il ? » Il rit amèrement. « Comment cela se peut-il, Mademoiselle ? La farce est terminée ! Fini, du passé ! La foudre s'est abattue sur la danse du

Le krach de la Bourse de Vienne

diable de Schottenring. » – « Pardonnez-moi, Monsieur, mais je ne comprends pas un mot. » – « La chute, Mademoiselle ! La déroute ! Les cours s'effondrent. C'est la panique à la Bourse. Un désastre ! Nous sommes finis ! » Un jeune officier au visage cramoisi se fraya un chemin jusqu'à nous : « Un fraudeur, un charlatan, ce Pacht ! Qu'il ose donc sortir d'ici, je lui fendrai le crâne d'un coup de sabre ! Les plus grands profits ! Aucun risque ! Quadruple sécurité ! Un taux d'intérêt de cent pour cent ! J'ai confié toute ma fortune à ce bandit ! Et maintenant ! Rien ! Rien ! L'abîme ! » Et dans un accès d'indignation et de colère, la foule déchaînée se précipita contre le portail et la fenêtre du comptoir, ne tarda pas à les mettre en pièces et s'introduisit à l'intérieur. Et moi, prise de terreur, ne comprenant toujours pas ce qui se passait réellement, je partis en courant aussi vite que mes jambes me portaient sur le pavé trempé, jusqu'à la rue suivante, où régnait une tranquillité étonnante. Deux mots me traversèrent l'esprit : Trouver Artenstern ! Lui sera à la Bourse ! Il faut qu'il revende mes titres ! Il faut qu'il le fasse ! Et tandis que je courais encore, les mots se bousculaient dans mon esprit : Malheureuse que je suis ! Folle ! Comment ai-je pu ? Comment ai-je donc pu ? Contre ma conscience, et en toute connaissance de cause ! Et avec de l'argent qui n'était pas à moi ! C'est bien fait pour toi, Paulette ! Ce n'est que justice. Toi aussi, tu dois prendre ta part dans la grande banqueroute, dans la faillite de la raison. Une débitrice de la stupidité ! Atteinte par une fièvre de putridité intellectuelle ! Par désespoir, c'est bien possible. Mais cela t'excuse-t-il ? J'étais déjà arrivée sur le Schottenring. Pressées devant la Bourse, plusieurs centaines de personnes, peut-être plusieurs milliers, étaient déjà rassemblées, menaçaient, faisaient du tapage, honnissaient les boursiers et levaient le poing. « Rendez l'argent ! Rendez-le, bande de crapules ! » Sur certains visages, on lisait aussi la peur ou un effroi figé. Alors, comme si le ciel lui-même avait été faradisé par la colère de la foule, retentit un puissant coup de tonnerre, et la folie furieuse de cette journée sembla se décharger dans le déluge de pluie qui suivit. En quelques instants, toute la place était sous l'eau. On s'enfonçait dans le sol du *Ring*, qui attendait encore d'être pavé. La foule se dispersa et moi, cherchant de l'aide, je me faufilai jusqu'au bâtiment de la Bourse et arrivai tout près du mur. Il était sec et chaud. Venu de l'intérieur, j'entendis un son clair, presque joyeux, un furieux battement de cloche ! Cela me parut tellement empreint de légèreté et de gaieté que je voulus y voir un bon présage. Ce n'était pourtant, je l'appris plus tard, que le tintement strident des sonnettes signalant l'insolvabilité ! Apparut devant moi un gamin qui, enveloppé de ses hardes dégoulinantes, me tendit une feuille graisseuse et trempée et me réclama dix kreuzers en échange. « Le nouveau bulletin des cours pour la demoiselle ? » Il se lisait sans peine : Banqueroute ! Insolvabilité ! Manque d'encours liquides ! La chute libre. La clochette, la clochette, tellement aiguë !

3. Réussi à dormir un peu. Mais uniquement pour me réveiller avec une triste nouvelle. Un commis d'Artenstern est venu me demander. « Êtes-vous la demoiselle française dont Monsieur n'arrêtait pas de parler ces derniers temps ? » – « C'est bien possible. » Il m'a alors raconté ce qui s'était passé. « C'était peu avant minuit, Monsieur était dans tous ses états, je ne l'avais encore jamais vu ainsi, Mademoiselle, le voilà qui fait atteler son équipage, qui réveille Gustav, le cocher, et lui ordonne de se rendre chez son père, le baron. Cela fait des années qu'il ne s'est plus présenté chez le baron, Mademoiselle ! Celui-ci, bien entendu, était déjà allé se coucher, mais Monsieur est tellement impétueux, il écarte quiconque se met en travers de son chemin, se précipite au château, dans la chambre du père, et s'y agenouille : "Père, je suis crucifié, sauvez-moi. Si l'on ne m'aide pas d'ici demain, tout est terminé et je me tire une balle dans la tête !" Mais son père écarte le sujet d'un geste de la main. "Jeune exalté ! Tu ne t'es pas adressé à la bonne personne. Disparais de ma vue !" À moitié fou, il part vous rejoindre, et après vous avoir effrayée vous aussi, il se met en route pour Hernals, où son panorama se trouve actuellement sur la vaste place donnant sur l'édifice, n'est-ce pas ? Il se met à crier : "Vers le soleil ! Vers le soleil !" Il allume une torche et court avec elle à l'intérieur de la puissante œuvre d'art. Vous le savez, Mademoiselle, ce panorama est pour Monsieur le rêve de toute une vie, le summum de ce qu'il peut imaginer ! Et le voilà qui se met à peindre sur ces toiles hautes comme des tours, Mademoiselle, à les peindre avec sa torche. C'est tout simplement atroce ! Des mois ! Des mois de travail. Des centaines de personnes qui se sont éreintées ici. Et le voilà qui se met à crier, hors de lui : "Je peins sur ma toile avec un gigantesque pinceau grotesque !" Déjà arrivent la police, les pompiers, les secours, et l'on éteint l'incendie. Les dégâts sont suffisamment importants. Et dans son accès de malheur, Monsieur se retrouve finalement dans une camisole de force. Non, c'est tout de même épouvantable ! On l'a conduit à Brünnelfeld, Mademoiselle, à la maison de fous, auprès de Fernkorn, là où on a aussi placé Semmelweis, au moins il sera en bonne compagnie. »

4. Quelle épouvantable maladie que l'argent ! Il pourrit tout ! Mais qui sait, peut-être ce krach est-il quelque chose comme un remède contre la putréfaction, un bain d'acide purificateur et, au bout du compte, une guérison, un éveil, aussi amer fût-il. À moins qu'il ne s'agisse de cet effondrement dont parlait parfois Eugène ? Le pouvoir de l'argent retournerait-il contre lui-même sa force destructrice ? Se dissoudrait-il de lui-même, ferait-il place à un monde nouveau et meilleur ?

5. Un homme explique à une connaissance, dans la rue : « Mon voisin a perdu toute sa fortune d'un seul coup et s'est pendu. Ça n'est quand même pas une raison pour décommander la soirée au théâtre. »

MÉMOIRE — **1.** Je porte du noir. Je porterai du noir jusqu'à la fin de mes jours. Tous mes autres vêtements, je les ai offerts aux pauvres de la gare. Les rouges et les blancs, les bleu acier et les beiges, ceux de soie sauvage qui ressemblent à du café au lait.

2. L'empereur et l'impératrice, les kronprinces, les princes et les princesses royaux, les archiducs, les princes du sang, les généraux, les chevaliers de l'ordre de Malte et les conseillers privés, étoiles, croix, rubans de décorations, diamants, bouquets de plumes, cantates et fanfares ! Le tout rassemblé sous une voûte, surmonté par le ciel et par rien d'autre. Mais voilà : en quoi est-ce que ça me concerne ? Je regarde autour de moi et tout s'estompe sous mes yeux. Les uniformes, les tenues folkloriques, les azalées en fleur, le lion de pierre sur le piédestal, les lumières vives des flashs au magnésium des photographes. Je sursaute, car pour un instant – quelques secondes à peine – je crois reconnaître dans la foule Eugène et son caracul ! Et je me fraie un chemin dans le satin et le brocart. Eugène, portant le gilet de velours pourpre d'Abd el-Kader ! Ce sont bien les mêmes arabesques ! La même chevelure emmêlée, le même pas énergique ! Non, Paulette, non. Regarde donc. D'une robe brodée d'or, d'un Bédouin et d'un général russe, ton esprit a tricoté ce qu'il réclamait. Quand vas-tu enfin le comprendre ? Et comme on tient une allocution après l'autre, comme la liesse de ces milliers de personnes ondule comme des vagues autour de moi, une singulière idée me vient. Celle que, depuis que j'ai quitté Paris, depuis que je me suis éveillée de ce sommeil profond et funeste, je possède quelque chose que je n'avais jamais eu auparavant, que je ne connaissais même pas : un passé. Cela signifierait-il qu'on est adulte ? Devoir prendre position par rapport à ce que l'on a derrière soi ? Enfant, on n'est rien d'autre que le présent ; jeune, on n'est que le futur. Mais ensuite apparaît une dimension, profonde et énigmatique, dont on ne savait rien auparavant. Il se tient là d'un seul coup, le temps qui s'est échappé, et me regarde fixement. Où que j'aille, il ne se détourne pas de moi. Il reste, plus encore : il grandit. Chatoyant, effrayant. Une puissance m'a emportée loin de Paris. Me voilà désormais, ici, dans un total désarroi.

3. On a à Vienne une chanson triste. On la chante à toute heure du jour et, surtout, de la nuit. On la chante aux soldats qui reviennent du front, aux anciens dans leur lit de mort, aux enfants qui pleurent et aux pauvres de l'asile. On s'y berce, on la boit, on la danse : *Heureux celui qui oublie ce qu'on ne peut changer*.

MÉTAMORPHOSE — La nuit dernière, alors qu'on m'arrachait à un sommeil conquis de haute lutte – toute la voiture était en émoi en raison d'un larcin qui avait sans doute été commis entre Milan et Venise – et qu'on me demandait dans le compartiment obscur mon nom et mon origine, la voix me manqua et aucun son ne passa plus à travers mes lèvres desséchées. Bouleversée au fond de moi-même, mais affichant un masque aimable à l'égard de l'extérieur, je luttai, creusai et recherchai ma propre personnalité mais, à ma grande terreur, je n'y trouvai plus rien qui veuille apparaître comme un Moi incontestable de ce type. Nom ? Origine ? Sans doute étais-je sortie du giron de ma mère dans une région quelconque de ce monde, seulement je ne savais plus dire laquelle. On devait sans doute m'avoir appelée par un nom dès ma petite enfance, c'était indiscutable, seulement il se présentait à moi comme s'il se fût agi du nom d'une inconnue. Il sonnait creux et lointain à mes oreilles. Je me suis détachée de moi-même, telle fut la phrase qui traversa ma tête enfiévrée. Aurait-ce été une perte ? Mon état ne tarda pas à me faire l'effet d'un soulagement, quoique sombre et impénétrable. Comme si, à l'instar de cette vieille superstition, j'avais perdu en chemin mon âme incapable de suivre le rythme trop rapide du cheval d'acier. Sans doute erre-t-elle en ce moment, abandonnée, dans un paysage lointain et sinistre. À ce moment-là, le policier a soulevé sa lanterne pour observer mon visage sans âme et m'a du même coup révélé le sien, qui m'a paru tout à fait bienveillant et dont les traits tendres étaient encadrés par une barbe grisonnante. Le train était immobile. Par les fenêtres du compartiment, je vis briller les étoiles – mais ce n'était peut-être qu'un reflet sur la vitre. Nom et origine ? L'homme en uniforme essaya dans plusieurs langues, ayant sans doute conclu que mon silence tenait au fait que je ne comprenais pas la sienne. Et avant que je ne m'en rende compte, la réponse retentit comme si je n'étais qu'un automate, sous forme d'une succession de mots sortant de ma bouche : « Marie-Sibylle Mérian. » Et peu après, par le même canal : « De Bordeaux. » Cela m'inspira une certaine terreur ! Marie-Sibylle

Métamorphose du papillon, d'après Maria Sibylla Merian

Mérian ! Tel était donc mon nom. Et d'une certaine manière il ne pouvait que me paraître familier. Pourtant il fallut encore quelques longues secondes avant que j'y reconnaisse, sous sa forme un peu modifiée, celui de la chercheuse en sciences naturelles et artiste Merian. À la fin du XVIIe siècle, poussée par sa soif de connaissance et d'aventure, celle-ci avait quitté Amsterdam à bord d'un cargo à voiles qui partait vers le Nouveau Monde afin de se consacrer pendant deux ans, dans les forêts vierges du Surinam, à l'étude de la métamorphose des papillons. Pourquoi mon esprit surchauffé a-t-il justement choisi son nom ? Sans doute quelques semaines à peine se sont-elles écoulées depuis que, dans la maison de Grand-Maman à Yerres, j'ai eu entre les mains ce livre illustré d'eaux-fortes et me suis étonnée du miracle de la métamorphose. *Metamorphosis Insectorum Surinamensium*. La manière dont la larve se faufile hors de l'œuf en forme de fuseau décoré avec art, dont la chenille se rassasie de feuilles succulentes et ne cesse de croître, en muant constamment, abandonnant à chaque fois sa peau ancienne jusqu'à ce que, le jour venu, sa petite bouche se mette à sécréter des fils ténus et interminables, à s'en embobiner, à s'enfermer dans ce réseau en forme d'œuf et toujours plus dense jusqu'à ce qu'il ne reste qu'un cocon et, à l'intérieur, une chrysalide ancrée par des fils chatoyants et qu'au bout du compte, après une période de sommeil mystérieux, sorte de cet enchevêtrement la créature sans doute la plus somptueuse de cette terre, qui déploie ses ailes, ornée des couleurs et des dessins les plus étonnants, et s'envole pour aller se nourrir du nectar des fleurs. Le policier répéta alors : « Marie-Sibylle… » Et je complétai hâtivement : « Mérian ! » – « De Bordeaux ? » demanda-t-il en levant ses sourcils hirsutes. « Tout à fait, Monsieur. » Suivirent de cruels instants d'angoisse. La torture ne voulait pas prendre fin, car une fois encore il leva sa lampe et la lumière vacilla sur mon visage. Qu'il vînt à me demander mon sauf-conduit, j'étais perdue ! Mais juste après, enfin, il hocha la tête. « Pardonnez le dérangement, Mademoiselle Mérian. Je vous en prie, verrouillez votre porte. Et dormez bien ! » Puis il tourna les talons et je revins à ma solitude. « Marie-Sibylle Mérian ! » m'exclamai-je d'une voix basse et sourde, par précaution. Et je fus prise d'une étrange euphorie, d'un soulagement, comme si j'avais ôté une vieille peau fragile, comme si, à ce moment même, des ailes m'avaient poussé sur le tronc, comme si, enveloppée de mon cocon, j'avais fini par me métamorphoser, comme si j'étais désormais prête à sortir de la pelote formée par mon épouvantable rêve et à m'en aller d'un battement d'ailes.

MORT — Peut-être la vérité est-elle que nous mourons et que nous naissons chaque jour ? Sans cesse quelque chose naît en moi, sans cesse quelque chose meurt. Mon âme est un incendie perpétuel. Et mon ardent désir de brûler recèle déjà celui de me consumer. Oui, puisse la vie s'épuiser vite, pour que je repose bientôt à côté de toi, Eugène.

ŒUVRE D'ART TOTALE — Il m'a parlé de lui et de son origine. Son père, m'a dit Artenstern, était l'un de ces innombrables parvenus dont la ville se parait désormais. Après s'être échappé de Dobromil, son *shtetl* de Galicie, et avoir fui une pitoyable misère, cet homme était devenu un banquier fortuné, et même un baron. C'était désormais la mode chez les nouveaux riches du pays. « Un titre de noblesse ? Rien de plus facile ! » Il suffisait d'acheter une quantité suffisante d'emprunts d'État à une maison impériale pourrie jusqu'à l'os et de fourrer de l'argent dans ce volumineux séant, un arrangement sans lequel ce dernier aurait été en faillite depuis longtemps. « Une monarchie sans les Rothschild ? Sans Todesco, Lieben, Euphrussi, Schey, Epstein ? Impensable ! » Mais lui, Artenstern, ne se sentait aucune vocation pour l'argent. Il affirmait que son « idéal véritable et immanent était de s'en servir comme d'un crampon pour s'élever vers les sphères de l'esprit ». Son père, le baron von Artenstern, l'avait déshérité en moins de temps qu'il n'avait fallu pour le dire. Et lorsqu'il me le raconta, cet homme étrange éclata d'un rire sombre et mordant ! Le baron de la Bourse tenait son fils pour un bon à rien, puisqu'il ne se consacrait qu'à la peinture. « Allons donc ! C'est bien plus que cela ! » Et Artenstern me décrivit alors ce qu'il appelait l'œuvre de sa vie. Il s'agit, si j'ai bien compris, d'une sorte de panorama comme j'ai pu en voir dans mon enfance, en tout cas j'ai jadis visité sur les Champs-Élysées un *rondo* du même type, mais je ne me rappelle plus avec qui ni combien de fois. Et si, à l'époque, il avait représenté autre chose que des batailles ordinaires – par exemple la victoire sur l'Autriche à Solferino –, je me serais sûrement laissé séduire par cet art de la peinture circulaire. Car je me rappelle très bien que, sous le coup de ces vues gigantesques et emmêlées, je m'étais rapidement crue transportée dans un autre lieu et dans une autre époque : j'avais oublié Paris et j'avais cru vivre dans ma chair, non sans un effroi considérable mais dans un état de singulière ivresse,

Abandon du Tegethoff *après le retour des traîneaux*

les atrocités d'une guerre. À l'époque, j'avais presque pu entendre le tonnerre des canons et les cris des soldats dont les bouches grandes ouvertes se révélaient à moi avec une telle laideur. Artenstern parut totalement ahuri et comblé de bonheur lorsque je fis état devant lui de ces souvenirs précoces. « C'est tout à fait remarquable ! Ce que j'ai à l'esprit va toutefois bien au-delà ! Ce à quoi je travaille, Mademoiselle, n'est pas un simple panorama. Il s'agit plutôt d'une parfaite machine à illusion. Tous les arts regroupés dans l'activité suprême : la peinture, la comédie, la musique, la poésie, l'architecture, la sculpture et l'art des ingénieurs ! Sans que l'un de ces arts dépasse ou dirige les autres : au contraire, unis en cette formule de base tragique, ils se complètent de la manière la plus heureuse ! Puis-je vous révéler aussi le sujet du cosmodrame, Mademoiselle Blanchard ? Oui, je vais vous le dire. Il s'agit de l'expédition austro-hongroise au pôle Nord. Toute la ville, non, le monde entier, rassemblé ici, doit participer à la quête du passage nord-est à laquelle se livre le navire *Amiral Tegetthoff*, elle doit vivre les tempêtes polaires, les glaces éternelles, la lutte, l'échec, car un tel voyage ne peut rien apporter de mieux que la compréhension de l'impuissance humaine face à la nature ! Bientôt, Mademoiselle, bientôt je louerai un terrain au Volksprater, tout près de l'Exposition universelle, et j'installerai dans ce lieu tous les outils, tous les engins composés de fer, de bois et de voile, ces machines qui laminent, les mille cordes accrochées aux toiles peintes, le navire reconstitué pour l'occasion, la fosse d'orchestre, le sol en natte, les appareils de projection ! Bientôt tout cela sera terminé, transformé et érigé, car les cours montent, il ne me manque plus beaucoup. La hausse, Mademoiselle ! La hausse ! Imaginez, Mademoiselle Blanchard ! Une victoire de l'art sur la vie ! » Pris d'un soudain malaise respiratoire ou d'une faiblesse, il s'assit sur la rambarde en pierre de la terrasse. Une toux subite le secoua et d'un seul coup cet Oskar von Artenstern donna l'impression d'être très fragile et tout petit. « Pardonnez-moi, Mademoiselle, ce n'est rien. J'ai sans doute un peu exagéré la consommation de cigares ces derniers temps. » Alors Artenstern désigna le ciel au-dessus de la ville. On n'y voyait que quelques rares nuages. « Regardez là-bas, l'air qui tremble ! Allez, regardez ! Vous ne le voyez donc pas ? Vous ne voyez pas les ducats d'or qui pleuvent sur la ville ? Vous ne voyez pas les thalers de Marie-Thérèse ? Les louis d'or ? Les sovereigns ? Les roubles d'or ? Non ? Vous avez raison, Mademoiselle, parfaitement raison. Ce ne sont pas des ducats, il ne s'agit ni d'or ni d'argent ! Ce n'est que du papier ! Des coupures ! Des coupures coupées du monde ! »

OUVERTURE — Pluie, pluie. Tout coule. L'eau, du ciel, les humains, de leurs logis, tous affluent vers ce moment de l'histoire mondiale. Être ici, maintenant ! Et trempée, qu'est-ce que ça peut faire ! Les scribes sont prêts, les plumes affûtées. Les plaques en verre des photographes sont polies. La mégalopole est dans la plus joyeuse liesse, elle n'a pas perdu courage, elle s'est pomponnée et a passé ses plus beaux habits de fête. Elle défie obstinément ce climat répugnant. Je l'imite. La grève des charretiers s'est bien terminée. L'esprit révolutionnaire s'est rapidement tari. Autrement les patriotes en grève auraient raté cette belle fête. Qui voudrait une chose pareille ? On souhaite ici vivre dans le confort et la bonne entente. Et l'on préfère faire des affaires ! Sortant du portail de l'exposition, remontant la Hauptallee et la Praterstrasse jusqu'à la Ringstrasse et au quai, s'étire la monstrueuse file des voitures : équipages de Cour, confortable fiacre, charrette à un seul cheval.

Alignés en une file serrée, les mufles des chevaux touchant les coffres des calèches situées devant eux. Les passagers frissonnent d'effroi en sentant l'haleine chaude des bêtes dans leur nuque. On entend à peine les sabots puisque tout est bloqué. Je suis seule à avancer. Je marche, mon large parapluie déployé au-dessus de moi, je marche à grands pas et je suis à moi-même ce beau temps qui manque autour de moi. Certes, les talons s'enfoncent dans la boue, dans les cailloux, dans la crotte, ma jolie robe s'imbibe de pluie et pourtant c'est le grand jour. L'air déborde de signes du printemps. Il est chargé de vapeur. Dispendieuse, la terre exhale ses promesses. Et au-dessus de tout cela, ce parfum de nouveauté. Oui, c'est un commencement.

NEUVIÈME ALPHABET

VIENNE ET L'EXPOSITION UNIVERSELLE, MAI À OCTOBRE 1873

Le krach de la Bourse a été une césure à la suite de laquelle ce Moi s'est trouvé dans une situation très délicate. Comme toutes les factures sont restées impayées, le risque de perdre le logement de la Circusgasse n'a pas tardé à poindre. Et la menace d'un retour à Paris commençait à peser lourdement sur l'atmosphère. Mais la jeune femme réagit avec détermination, demanda un délai et se mit à la recherche d'un travail. Elle refusa, par fierté, une place de gouvernante. Mais le triomphe libérateur ne tarda pas – un poste de reporteure pour un journal libéral de Lyon, poste convoité qu'elle obtint à l'arraché, grâce à sa plume acérée, dans la section française de l'Exposition. Elle ne dépendait désormais plus de l'argent de personne. Elle ne devait plus contenter qu'elle-même – elle et son intellect incompris. Le journal prit en charge son gîte et son alimentation et lui versa de surcroît un modeste salaire en échange de deux articles hebdomadaires sur l'Exposition universelle.

C'est à celle-ci qu'elle consacra désormais tous ses efforts. Ce grand creuset des langues, des hommes et des choses était le seul lieu où elle trouvât encore le repos et le bonheur. Pendant plusieurs mois – de la fin du printemps jusqu'à l'automne – la jeune femme désormais âgée de vingt ans arpenta les cercles concentriques de l'Exposition : partant du point central et culminant de ce monde en miniature, de cette rotonde du palais de l'Industrie qui représentait l'Autriche et l'Allemagne, et de là en direction de l'ouest, jusqu'en Amérique, et de l'est, jusqu'en Extrême-Orient. C'était un Moi qui s'enivrait de sa contemplation, qui voyageait dans l'intérieur total formé par l'Exposition universelle et – en se consacrant au lieu le plus éloigné et le plus étranger, à savoir le Japon – connut une nouvelle métamorphose.

AMOUR — **1.** Il veut traduire *De l'amour* de Stendhal et en sait probablement aussi peu sur ce sentiment que le poisson, dans sa mare, peut comprendre la lune dont il perçoit chaque nuit un reflet diffus dans l'eau et dont il sent que cet éclat argenté sur ses écailles éveille en lui mainte nostalgie incomprise. L'amour, demande Stendhal, « que serait-ce après l'avoir vu décrit dans des centaines de volumes à réputation, mais ne l'avoir jamais senti, que chercher dans celui-ci l'explication de cette folie ? » Et la réponse arrive comme un écho : « C'est folie. »

2. « Alors, qu'est-ce que c'est, l'amour ? » m'a demandé aujourd'hui Monsieur Ōtomo, qui a admis n'avoir encore jamais aimé passionnément. Je n'ai pu m'empêcher de rire – sans doute parce que j'étais profondément effrayée par la question qu'il me posait avec un tel sérieux, et sans doute aussi pour dissimuler que, si je suis incapable de répondre, c'est précisément parce que je ne sais pas quoi répondre. Je brûle. Et pourtant mon sentiment a perdu son destinataire. Comment peut-on aimer dans le vide ? Adorer une photographie usée par le temps ? Désirer un cadavre dévoré par les vers ? Sans amour en retour, sans espoir. Que peut donc être mon amour, sinon la persistance de mon imagination stupide et invétérée ? Et pourtant il m'apparaît comme la chose la plus authentique et la plus vivante que je possède.

3. Amour, liberté, nature, Dieu, individu – tous ces grands concepts cultivés par les Européens, dit Monsieur Ōtomo, sont étrangers au Japonais. Plus encore : inconnus. « Quoi ? Vous n'aimez pas ?! Vous ne cherchez pas la liberté ?! » m'exclamai-je sans dissimuler mon effroi. « C'est possible. Mais peut-être le faisons-nous tout de même, sans savoir le désigner. » – « À quoi bon vivre, dans ce cas ? » Tout cela était trop troublant. Seul le silence de Monsieur Ōtomo me fit comprendre que je l'avais peut-être vexé. Son visage, impénétrable. Et beau.

4. Au Japon, on ne se chuchote donc pas de serments d'amour. On ne sent pas ce tressaillement, ce bonheur aveugle et fou, on n'éprouve pas non plus la douleur vive et bestiale de la séparation.

5. On connaît toutefois deux notions qui s'approchent peut-être de ce que nous appelons l'amour. *Ai* – à l'entendre, on dirait une exclamation stupéfaite, si bien que j'ai été tentée de croire que ce terme pourrait effectivement désigner l'amour. Mais voilà, ce code que les Japonais ont jadis emprunté à la Chine désigne simplement l'affection entre la mère et l'enfant, ou encore le fait d'être attaché à quelqu'un, ce que la religion bouddhiste ne juge nullement souhaitable. Et il y a *Koi*, qui désigne l'amour purement physique. Qu'ils me paraissent éloignés, ces deux termes, du moment où deux créatures se reconnaissent dans leur essence même, ce ravissement, ce bouleversement. J'ai osé révéler mes réflexions à Monsieur Ōtomo et je me suis donné l'impression d'être une enfant exaltée. Il a de nouveau regardé dans le vide, silencieux, méditatif, et a dit : « Si l'on voulait transposer dans ma langue ces mots – *Je t'aime* – de telle sorte que notre esprit les comprenne aussi, nous ne pourrions qu'avoir recours à une référence à la nature, en disant par exemple : *Comme la lune brille admirablement aujourd'hui, n'est-ce pas ?* »

6. Et si je pouvais recommencer à aimer ?

ARÔME — Citron vert et bois de santal, muscat et pomme de pin ! Je suis comme enivrée par ce parfum ! Me voilà qui entre dans cette terre inconnue par un simple portail constitué de quelques poutres. Devant moi apparaît une ruelle, un marché animé, bordé des deux côtés par de simples maisons en bois aux toits largement saillants, des pignons sculptés aux formes fantastiques, des lanternes qui vacillent dans le vent et des drapeaux portant le chrysanthème blanc. Sur les

Jardin japonais à l'Exposition universelle de Vienne

vérandas, les marchands japonais proposent leurs produits : talismans, sculptures sur bois, objets laqués ou en bambou, éventails en papier, parapluies abondamment décorés ! Et d'innombrables visiteurs venus des quatre coins du monde qui s'ébattent dans ce bazar. J'avance en titubant vers un pilier d'une construction en bois et pose la tête contre celui-ci. Je me sens alors entièrement emplie par cet air curieux ! Et le marchand japonais, dans ses amples habits, assis sur sa natte de jonc à fleurs, dans la lumière brumeuse des fenêtres aux vitres de papier, me regarde avec calme et amabilité, avant de s'incliner profondément. Devant moi apparaît un paysage singulier, dessiné avec un grand sens de la beauté. Fleurs d'aster, buissons de bambou, pivoines et lotus. Un petit étang, cerné de roches couvertes de mousse, une cascade qui tombe dans un bassin en franchissant une grotte, et un pont de bois qui décrit un arc aplati au-dessus de l'eau et donne sur une colline où s'élève un temple sobre, mais fantastique. Tout cela est entouré par une étrange flore japonaise et des lanternes en bronze et en pierre qui se dressent çà et là. Je remarque seulement l'étrange manière dont se rapprochent les mondes. Car comme sur une photographie où tout serait encastré, on trouve derrière le temple japonais, gigantesque, le palais du khédive avec son minaret ! Le monde est-il fait désormais de telle sorte que tout s'y comprime dans un seul regard ? Toute à mon bonheur, je demande à un vieux Japonais quel est ce parfum léger qui pénètre tout ici. C'est celui de l'arbre *hinoki*, une sorte de cyprès japonais dont le bois noble, spécialement importé du Japon, a servi à construire tous les bâtiments !

BALLON CAPTIF — 1. D'ici quelques jours doit donc être lancée l'exploitation du *ballon captif*. Depuis hier, il plane au-dessus du terrain d'ascension, étincelant sous sa peinture fraîche, avec ses six étages et les centaines de milliers de mètres cubes de gaz de ville qui l'emplissent. Un aéronef fantastique ! C'est Monsieur Yon, à Paris, qui a réalisé l'enveloppe en lin et en tissu d'ortie, colmatée avec du caoutchouc, de l'essence et du blanc de zinc. La Société impériale du gaz londonienne a acheminé spécialement une canalisation jusqu'au lieu de décollage. La machine à vapeur installée pour rembobiner et dévider le câble n'est arrivée de Berlin que la semaine dernière. Et la nacelle, faite pour accueillir douze personnes et attachée sous le ballon par pléthore de câbles, a été réalisée à la main en Moravie. Ce que je veux dire, c'est que l'ensemble se comporte admirablement ! Les visiteurs y prendront sans doute le plus grand plaisir. Mon nom est sur la liste, et si la chance est avec moi, ou la lettre de recommandation venue de Lyon, je ne tarderai pas à m'élever dans les airs comme si j'étais au théâtre des illusions de Kratky-Baschik !

2. J'ai reçu une invitation ! On m'a accueillie à la Société aéronautique impériale comme si mon nom était celui d'un hôte de marque. Non pas le mien, sans doute, mais celui de mes ancêtres et que je porte encore. Arrière-petite-fille de Marie Madeleine Sophie Blanchard – aéronaute de Napoléon – et de Jean-Pierre Blanchard – pilote de ballon et inventeur du parachute, le premier à avoir traversé la Manche à bord d'un aéronef. Ces messieurs ne se retenaient plus de joie. Car c'est mon arrière-grand-père, m'apprit-on, qui avait réalisé le premier vol libre en partant depuis le Prater de Vienne, en 1791. Et l'archiviste de la société, un ancien aventurier devenu un vieillard à la barbe drue et blanche comme neige, me garantit qu'il avait assisté à l'événement alors qu'il n'était encore qu'un gamin d'à peine cinq ans, avant de charrier et de déposer devant moi une montagne de documents : photos, récits, coupures de presse, lettres et billets. Dont le *Rapport détaillé sur le 38e voyage aérien entrepris, avec la très haute approbation de Sa Majesté Impériale et Royale, à Vienne, le 6 du mois de juillet 1791, par Monsieur Blanchard, citoyen d'honneur de Calais et Grossenzerstorf, pensionnaire de Sa Majesté très chrétienne*, texte qui commence avec les mots suivants de mon ancêtre :

> « Il était tout juste midi à ma montre lorsque je me suis élevé dans les airs au-dessus du Prater ; ma montée n'a été ni très rapide ni tout à fait verticale, car la mesure de la force d'ascension était calculée en fonction de la faiblesse du vent. Après avoir salué Votre Altesse Royale avec ma bannière, qui portait le blason de Votre Altesse Impériale et Royale, ainsi que la très illustre et nombreuse assemblée qui m'honora d'un applaudissement général, je me mis à effectuer quelques préparatifs nécessaires à mon voyage. Six

minutes après midi, je me délectai du spectacle de l'immense horizon que je voyais encore et cherchai avec la plus grande curiosité le lieu d'où j'avais décollé, que je découvris effectivement sous la forme d'un point, et l'assemblée nombreuse que je saluai encore une fois me parut ne plus être qu'un petit groupe de personnes qu'il m'était pratiquement impossible de distinguer les unes des autres. La ville de Vienne, avec ses faubourgs largement déployés, se présentait à moi comme une superbe miniature peinte et les paysages immenses ornés des plus belles couleurs offraient à mon regard ravi l'image naturelle la plus séduisante, encore enjolivée par la saison agréable. – Toute la Terre me semblait être une carte géographique dessinée avec art dont les surfaces étaient couvertes de tapisseries vertes. C'est à cette époque que le ravissement causé par mon séjour dans les airs s'est transformé en une volupté céleste, en cette humeur de l'âme qui s'élève peu à peu durant ces instants si plaisants, et c'est dans cette situation tellement désirée que j'ai pu tout oser, j'ai donc pris une feuille et une mine de plomb et j'ai écrit à Votre Majesté Impériale et Royale pour lui transmettre les impressions authentiques de mon cœur, dans des expressions qui étaient à peu près celles-ci : "Votre Altesse Impériale et Royale ! Un faible mortel qui s'élève en ce moment même dans les airs a l'audace de rendre ici hommage au plus grand et au plus puissant des princes du sang. La grâce suprême de Votre Majesté Impériale et Royale a forgé mon existence antérieure et la volupté céleste dont je jouis à présent ; dans le vertige du très suave sentiment de vos immenses bienfaits, je me jette avec le plus profond respect devant votre trône sanctifié. En l'air, le 6 juillet 1791, votre sujet très dévoué, Blanchard." »

3. Une fournaise insupportable. Sans doute le matin le plus bleu et le plus ardent de l'été, pas un nuage, pas une ombre, pas un souffle d'air pour apporter un peu de soulagement. Je me suis promenée, mon ombrelle japonaise au-dessus de moi, le long de l'avenue Élisabeth, je suis passée devant les halls de l'Industrie et de l'Art, devant d'innombrables pavillons, près du puissant bâtiment en forme de navire de la

Ballon captif

Lloyd, à côté du palais du khédive. Un seul mot tourbillonnait dans ma tête : de l'eau, de l'eau ! Puis, enfin, je suis entrée dans un bois dense, à l'ombre d'arbres de haute futaie entre lesquels se dresse le wigwam indien. De la glace ! Pilée, coupée de petits morceaux de citron et de sucre, et bue à la paille. Et comment cela s'est-il passé ensuite ? D'où sont venus tous ces nuages, l'obscurité qui s'est condensée, ce silence inquiétant, comme si rien, pas même un insecte, n'osait plus bouger sous cette chaleur de plomb, le claquement et le tintement nerveux des hampes de drapeaux, les chapeaux qui tournoient dans l'air ? Une tempête ! J'ai voulu m'enfuir tant qu'il était temps, j'ai laissé fondre ma glace au citron, il était déjà trop tard. Et, comme si une écluse s'était ouverte dans le ciel, il s'est mis à tomber des cordes. De la pluie ! De la grêle ! Une bourrasque insolente s'est emparée de l'ombrelle en papier que je tenais, désemparée, au-dessus de moi, et l'a emportée avec une rage folle. En quelques secondes, l'obscurité l'avait avalée ! Pour un moment encore, pour un moment seulement, dans la lumière criarde et fantomatique d'un éclair, je la vis tournoyer au loin. Alors retentit un tel roulement de tonnerre que la terre en trembla sous mes pieds et que je crus effectivement un bref instant que la fin était venue. Cela n'avait aucun sens. J'étais trempée. Et au moment même où je me sentis emportée par un effroyable désespoir, je remarquai cette singulière excitation qui se faisait une place en moi, d'abord insondable, puis de plus en plus distincte, et qui finit par dominer toute cette scène qui faisait l'effet d'un rêve. C'était du bonheur, du pur bonheur ! Il pleuvait. Quelle sensation merveilleuse cela produisait, sur la peau poussiéreuse et collante de cette journée ! Oui, j'avais froid. C'est bien possible. Oui, des frissons me parcouraient le corps. Et ma drôle de petite robe ressemblait peut-être au costume bouffon d'un clown, qui me pendait aux épaules, gorgée d'eau. Mais voilà, cela m'était indifférent. C'était un petit ravissement enfantin que je ressentais tout à coup, et j'eus envie de sauter en riant et en criant de joie dans les flaques et les ruisseaux qui continuaient à enfler sous le ciel noir et mugissant. C'est alors que je vis le ballon. Mais, de loin, je le pris d'abord pour une partie de mon tableau fantastique, pour l'un de ces petits jouets que l'on trouve dans les foires. J'ai donc couru à sa rencontre. Petit ballon ! Petit ballon ! Et c'est seulement lorsque je me suis approchée du terrain d'ascension, sous des trombes d'eau, que j'ai compris ce qui se passait ici. L'ouragan fouettait l'engin aérien de part et d'autre comme s'il dansait, il se tortillait, penchait, flagellait et tressaillait ! Mais la douzaine d'ancres qui avaient été enfoncées dans la terre, la centaine de cordes qui retenaient le ballon, tout cela ne servait à rien. Une bourrasque monstrueuse, qui brisa sans peine la branche maîtresse d'un arbre situé un peu plus loin et l'emporta en la secouant en tout sens, provoqua aussi la rupture de quelques cordes. Comme cela claquait ! J'éclatai de rire. D'autres ne tardèrent pas à suivre et les ancres se détachèrent du sol ramolli. Tandis qu'un coup de tonnerre solennel me faisait sursauter, le ballon se tortillait, s'incurvait, se secouait et finit par se détacher pour entamer sa montée frénétique ! Liberté ! Il partit d'abord tout droit vers l'altitude, comme s'il avait été catapulté par un ressort ; puis, saisi par la tempête venue du nord-ouest, il fut emporté dans le ciel gris-noir et strié d'éclairs.

CHOLÉRA— 1. J'ai été dans la banlieue. J'ai été dans les hôpitaux. J'ai été dans des quartiers populaires. Je suis peut-être malade. Voilà des semaines, des mois que je n'ai pas quitté la zone d'exposition. Ou plutôt : je ne m'en suis éloignée que pour dormir. Soir après soir, je me suis enfermée dans ma chambre. Mais à présent je suis pressée de sortir. Je voudrais voir. Je voudrais vivre ! On meurt si facilement dans les arrondissements. Mais ça a aussi touché l'hôtel du Danube, celui où j'ai passé mes premières nuits dans la ville. Même un marquis doit mourir un jour ou l'autre. Y compris s'il porte des diamants. On fuit donc la ville pour échapper à l'épidémie. Et Maman m'écrit elle aussi : « Mon enfant, reviens vite à Paris ! » Mais je ne veux pas aller à Paris. Si l'on regarde les choses lucidement, on meurt aussi à Londres, à Berlin, à New York. Et à Paris plus encore. Non, je reste ici.

J'ai commencé par prendre le tramway à cheval, puis je suis descendue, je préférais marcher. J'imaginais que les faubourgs étaient sombres. Mais dans ces rues qui, partant en étoile pour quitter l'éclat clinquant du centre-ville, s'étendaient jusque dans les quartiers pauvres, se dressent des immeubles de rapport à quatre étages. Des façades baroques, fanfaronnes, édifiées dans la rage de la spéculation. J'ai voulu croire que je marchais sur un boulevard de prestige. Mais quels visages me regardaient par les fenêtres ! Les joues creuses, les yeux vides. Quelles créatures décharnées dans les arrière-cours ! Et quelles hardes pitoyables aux balustrades d'apparat des balcons ! Si l'on se risque dans les ruelles sinueuses, la misère vous fait face, hideuse et sans ornement. Ils sont des milliers à loger ici, qui ont été exclus et chassés de la grande fête, les innombrables qui, après le krach, sont désormais sans travail et sans moyens, et savent à peine comment ils survivront au lendemain. Des temps de famine. Et pour le chagrin, pas d'autre consolation que le vin bon marché. Ici, on valse sur la *Danse macabre*. Le choléra y fait rage. On l'avale avec l'eau putride des puits. On inspire ses miasmes dans la vapeur étouffante des asiles de nuit. Je ne sais pas pourquoi, mais je n'ai pas peur. Je veux voir. Je suis avide de voir. C'est peut-être cela que nous enseigne l'Exposition universelle ? Surtout ne jamais cesser de regarder, jamais ! Comme elles m'ennuient, les tournures, les vitrines, les choses ! Je veux… Je ne sais pas ce que je veux. Dans un accès de bêtise et de sentimentalité, je me suis jetée dans la boue d'une ruelle obscure et je me suis arraché les cheveux. « Je suis l'une d'entre vous ! » ai-je voulu hurler, tout en cachant mon porte-monnaie encore un peu plus profondément dans ma jupe.

Je suis allée dans les quartiers populaires. Des appartements situés dans de vieux immeubles à moitié en ruine, avec trois ou quatre pièces dans lesquelles quatre-vingts, quatre-vingt-dix, cent personnes passent la nuit ! Sur des sacs de paille, sur des caisses retournées ou des nattes de chiffon à même le sol. Les unes à côté des autres. Les unes sur les autres. Il n'y a pas de place ici pour la pudeur. On exploite l'espace autant que faire se peut. Presque plus efficacement encore que ceux qui y passent la journée. Mais qui a du travail aujourd'hui ? Qui a encore le luxe d'être mis en servitude ? Depuis des mois, on ne construit plus. La ville est à l'arrêt.

J'ai pénétré dans un autre de ces quartiers dont on se racontait que les va-nu-pieds qui y couchaient commençaient par errer quatre nuits durant dans ses rues avant d'atteindre cette pesanteur du sommeil indispensable s'ils voulaient être insensibles à la vermine et à la puanteur qui y règnent. J'ai monté le vieil escalier en bois grinçant, j'ai fermé les yeux, j'ai respiré en gonflant aussi peu que possible mes poumons. Cet air lourd, âcre ! Alors sont arrivés quatre hommes qui poussaient des cris sauvages et confus et portaient quelque chose en descendant l'escalier obscur. Que me restait-il à faire d'autre qu'à reculer et à ressortir dans la rue, où j'ai seulement reconnu ce qu'ils tenaient par les bras et par les jambes. C'était une femme morte. On l'a jetée sur la charrette en bois et on l'a emportée.

2. Voilà des jours que l'on n'a plus vu Monsieur Ōtomo à l'Exposition. Aujourd'hui, j'ai demandé pourquoi, et l'on m'a répondu qu'il était alité avec de la fièvre ! Et si c'était le choléra ? J'aimerais aller le voir tout de suite, mais on me le déconseille fortement. Et de toute façon ce serait inconvenant. Me voilà donc assise dans ma chambre, je n'ai plus envie de bouger et l'inquiétude m'empêche de faire quoi que ce soit. Cette nature arbitraire me fait frissonner, qui emporte les gens comme il lui plaît.

CHEZ-SOI — Comme si je n'étais nulle part à la maison. Comme si j'étais toujours sur le seuil, entre les objets, les espaces et les humains. Heureux ceux qui n'ont jamais quitté l'étroit rayon du lieu où ils sont nés et auxquels le nid dans lequel ils ont un jour été jetés apparaît forcément comme la chose la plus naturelle et celle qui pose le moins de questions ; heureux sont ceux qui ne sont jamais tombés au bord du monde…

DEJIMA — Nous sommes allés voir les fleurs ! Rhododendrons, roses, géraniums, azalées. Elles sont tout en marge, presque personne ne va se perdre là-bas. C'est très facile : on marche en direction de l'Orient, on traverse le royaume des Grecs, celui des Ottomans, la Chine, le Siam et le Japon, on continue à avancer à travers le secteur des arts, on passe la lanterne du lac, on se risque dans l'inconnu, en terrain ouvert, et l'on se retrouve au pays des fleurs. Des lys et des œillets, des hortensias, des orchidées. Nous sommes donc entrés dans la serre, j'aurais volontiers plongé dans cette ivresse des couleurs ! L'air était lourd de mille parfums. Monsieur Ōtomo, lui aussi, est devenu très silencieux, ses yeux se sont éclaircis. Il m'a dit qu'au Japon, on vénérait « ce qui fleurit et se fane ». Cela m'a étonnée, mais je n'ai rien dit. Et comme nous nous promenions lentement dans ce pays, le plus riche et le plus beau de tous, en nous arrêtant constamment, devant un groupe d'éricacées ou de cycadées, je parvins à arracher à Monsieur Ōtomo les choses les plus étonnantes sur ce qui croissait et montait en vrille autour de nous : sur les fleurs, les fougères, les palmiers nains, les dracénas. Et lorsque je lui ai finalement demandé si toutes ces plantes magnifiques poussaient au Japon, ou bien s'il avait acquis ses connaissances botaniques ailleurs, il a répondu simplement, avec modestie, qu'il avait parfois grappillé une ou deux choses dans les livres de son père. « Votre père était donc un savant ? » me suis-je

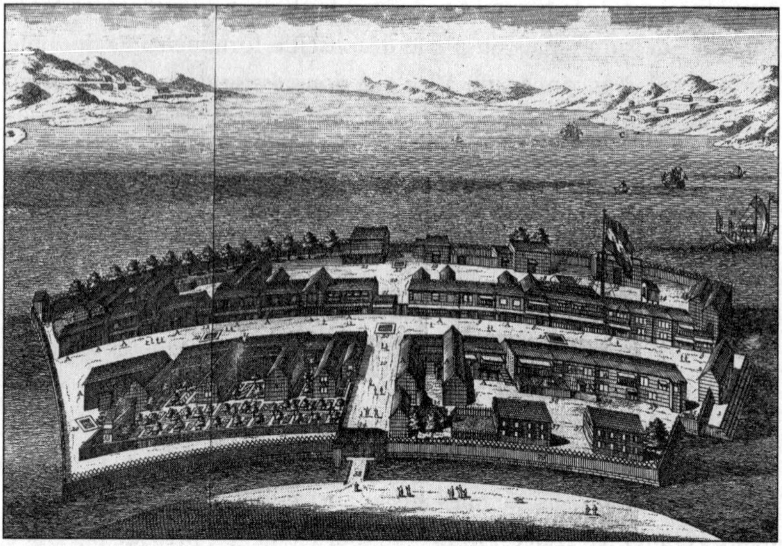

L'île artificielle de Dejima, dans la baie de Nagasaki

exclamée, enthousiaste. « Oui, Mademoiselle, il était traducteur et médecin à Dejima. » C'est ainsi que Monsieur Ōtomo, parce que je le pressais instamment de le faire, m'a parlé de cette petite île artificielle qu'on avait construite au XVIIe siècle dans la baie de Nagasaki, sur un socle apporté par des barges, afin d'y bâtir, isolée, en quarantaine, une porte donnant sur le monde. Car pour plus de deux siècles, ce Japon-là s'était retranché et coupé du reste de l'humanité, ne laissant plus personne entrer ou sortir, sauf par ce minuscule avant-poste, Dejima, un chas d'aiguille par lequel il gardait encore un contact avec le monde. « Mais au nom du ciel, pourquoi donc s'isoler ? » m'écriai-je. Monsieur Ōtomo fut suffisamment courtois pour ne pas rire de ma honteuse ignorance. « Vous savez, Mademoiselle, il y a plus de trois cents ans sont arrivés ceux que mes ancêtres appelaient les *Namban*, les barbares du Sud, qui ont apporté deux types de poison : les armes à feu et les missionnaires. » – « Les barbares du Sud ? » – « Des Portugais et des Espagnols, Mademoiselle, des jésuites qui redoutaient l'eau et le savon et qui mangeaient non pas avec des baguettes, mais avec les doigts. » Et comme le Japon, unifié sous l'autorité du seigneur de la guerre

Tokugawa, refusait absolument de devenir une colonie portugaise ou un pays de Dieu, on chassa les chrétiens et on ferma les frontières. Et sur l'île minuscule de Dejima, sous le contrôle rigoureux du shogun, on réserva à la seule Compagnie hollandaise des Indes orientales le droit d'édifier un comptoir commercial. Car les Hollandais étaient totalement dépourvus de fièvre missionnaire. Eux n'apportaient pas de poisons, mais des trésors : soie indienne, sucre, bois de sappan javanais, cuir de cerf siamois, travaux sur verre et sur laque, instruments techniques, médicaments. « Et des livres, Mademoiselle, du savoir ! » À cet instant, les yeux d'Ōtomo se mirent à briller. Car des savants européens vinrent eux aussi à Dejima, apportant leurs traités et leurs écrits, leurs gros volumes reliés de cuir sur l'anatomie, la chirurgie, les sciences naturelles et la physique, leurs atlas et de somptueux recueils illustrés. Ainsi se forma un cercle d'élèves qui se consacra au *rangaku,* aux études hollandaises, des érudits japonais qui traduisaient, étudiaient et jetaient des ponts entre les doctrines confucéennes et celles de l'Occident ; son père était l'un d'eux. Et le petit Tetsuo Ōtomo, qui grandit dans ce même environnement dans le district d'Oura, dépendant de Nagasaki, et dont la deuxième patrie était donc cette île en éventail peuplée de bienheureux, entre des marchands, des étudiants et des artisans hollandais, chinois et japonais, entre des marchandises provenant de tous les pays du monde, coqs de bruyère, paons, autruches, moutons et cerfs évoluant librement entre les comptoirs de vente, ce Tetsuo qui avait grandi ainsi, donc, ne souhaitait rien tant que de partir lui-même, un jour, à bord de l'un de ces navires qui jetaient l'ancre ici plusieurs fois par mois, et se lancer dans le monde à la voile en franchissant ce chas d'aiguille. Et tandis que Monsieur Ōtomo me racontait tout cela, dans cette forêt vierge où se mêlaient fleurs d'outre-mer, lianes et fougères, entre les feuilles crépues et tachées de rouge des bégonias, et les fleurs à épines des euphorbes d'Abyssinie, dans cette atmosphère lourde et terreuse qui régnait dans la serre, je me suis mise à trembler, un voile noir est tombé devant mes yeux et, avant même que je sache ce qui m'arrivait, je me suis retrouvée au sol. De bonheur ? D'imagination surchauffée ? Monsieur Ōtomo, qui n'était que calme et douceur, m'a tendu la main, m'a aidée à me remettre sur mes jambes et m'a ramenée chez moi en traversant le terrain ouvert qui me reconduisit en Occident. J'aurais préféré rester à l'étranger.

ÉCRIT — **1.** Mon nouveau Journal. Je l'ai acheté en Perse. Relié en cuir de chameau tanné, paré d'abondantes ornementations. Je ne peux m'empêcher d'y enfoncer mon nez sans arrêt. Il a pour moi une si forte odeur de désert. Et j'aimerais m'abandonner au rêve enfantin que, pourvu que j'y écrive avec l'encre qui convient, je me réveillerai dans un caravansérail !

2. En Allemagne, j'ai découvert un crayon à la nouvelle mode. Cet instrument est phénoménal, mais pas encore tout à fait au point. Il s'agit d'une plume en or dotée d'une pointe en iridium censée résister infiniment à la friction avec le papier. Mais l'innovation déterminante est un réservoir qui se trouve dans l'instrument lui-même et doit, par des canalisations, assurer un flux d'encre continu ! Je trouve cela vraiment remarquable, mais pour le moment j'en reste à mon encrier.

3. C'est infamant ! J'enverrais volontiers tout balader ! Si seulement je ne dépendais pas de ces ignorants ! Je passe des heures à peaufiner, je médite sur chaque mot, je m'escrime des nuits entières pour trouver des nuances ! Et tout cela pour finir avec ce genre d'esprit étriqué et balourd ! J'ai reçu les quotidiens des premières semaines. Madame Löwy m'a apporté le paquet dans ma chambre. Et j'ai cru que l'excitation allait me faire exploser le cœur au moment où j'ai défait le ballot. Je déchirais presque les pages, tant je les feuilletais avec frénésie, parcourant les rubriques à la recherche de mes mots. Et qu'est-ce que je trouve ? Des caricatures ! Leur lecture me fait rougir ! La moitié coupée ! Le reste tellement déformé et tordu que je ne m'y reconnais plus ! À quoi bon ciseler des chutes ? À quoi bon trouver des argumentations profondes ? À quoi bon la subtilité de la rhétorique si un rédacteur en chef régnant en autocrate massacre tout cela de sa plume grossière ? Je peux donc tout de même m'estimer heureuse que ce ne soit pas mon nom qui se trouve sous les articles, mais seulement ce pseudonyme absurde, le nom de je ne sais quel monsieur au mauvais style !

4. Monsieur Ōtomo a cité un poète japonais : « Puissent donc les tempêtes emporter les feuilles de mon texte et les gens croire qu'elles proviennent d'une plante sans racines. »

FAMILLE — 1. Elle se tient tout à coup devant moi et je ne sais pas si je dois rire ou crier, de joie, d'effroi, d'étonnement, tourner les talons et partir en courant ou simplement la serrer dans mes bras. « Maman ! Que faites-vous donc ici ? » Et elle, trop heureuse pour être vexée par cet accueil outrageant, s'exclame : « Viens donc, mon enfant, laisse-moi t'embrasser ! » C'est alors seulement que je les vois : Isabelle ! Berthe ! Je crois n'avoir jamais été aussi heureuse ! Soudain me vient l'idée effrayante que Papa pourrait aussi être ici. Je m'arrache à ses bras, je sèche rapidement mes larmes et je surveille le bas de l'escalier. « Que t'arrive-t-il, Paulette ? » s'exclament-elles en chœur. Mais il n'est pas là, il est loin, à Paris. Berthe, Isabelle, Maman ! « Où as-tu laissé tes petits, Isabelle ? Et comment ça se passe, la vie avec un mari, très chère Berthe ? Et vous, Maman, vous portez-vous mieux ? Vous écrivez que vous avez commencé à peindre ? » Mille questions tournoient en même temps dans ma pauvre tête, je m'efforce de me calmer, de me dire que ces êtres chers ne vont sûrement pas repartir tout de suite. « Vous restez quand même un peu, n'est-ce pas ? » Elles restent ! Pour quelques jours ! Le soleil impétueux passe par la fenêtre et je crie : « Venez ! Je vais vous montrer la ville ! » Je cours déjà devant elles, et la seule chose qui m'attriste est de ne pas avoir trois mains pour les tenir toutes en même temps. Nous nous promenons donc dans les ruelles sinueuses du vieux Vienne, sur le quai François-Joseph, le *Ring*, dans le parc municipal, le Volksgarten, nous quadrillons la ville au gré de nos humeurs, mais il y a tant de choses à raconter, nous aurions tout aussi bien pu marcher dans les catacombes, nous ne l'aurions même pas remarqué. Berthe attend un enfant ! Je n'arrive pas à y croire ! Ça me paraît fou. Et c'est pourtant la chose la plus normale qui soit. Le petit Victor d'Isabelle a eu la rougeole, dont il se remet lentement sur ses petites jambes minuscules. Elle a apporté une photographie de mon mignon neveu. Il ressemble comme deux gouttes d'eau à sa mère, ce petit gredin ! Maman a repris des couleurs au visage. Tout va dans la bonne direction. Elle paraît plus solide, ses yeux sont plus lumineux et elle a enfin cessé de prier. Pour nous requinquer, je les emmène toutes les trois au Grand Café de Vienne et je leur présente ma toute nouvelle découverte : ces sublimes boissons qui sortent de l'appareil américain à crèmes glacées au soda, lequel attire ces semaines-là par légion les gourmands et ceux qui ont trop chaud ici, dans la Wollzeile. Maman a léché une poire gelée, et Isabelle s'est autorisé un Sherry Cobbler !

2. « Dans une France gouvernée par le boucher en chef Mac-Mahon, l'assassin d'Eugène, je ne reviendrai jamais ! » me suis-je exclamée. Là-dessus, elles se sont tues toutes les trois. Maman, les larmes aux yeux.

3. Maman me laisse de l'argent. Au moment des adieux, elle me serre si fort dans ses bras que je crains un bref instant d'étouffer.

4. Reçu une lettre de papa, puisqu'il sait désormais où j'habite. Il ne sied pas à une femme de travailler, écrit-il, et encore moins à une Blanchard. Il ne sied pas ! Ah, merci beaucoup pour ces mots aimables et avisés, Papa ! Ô vous, chrétien moral et irréprochable. Qui, sinon vous, sait ce qui sied dans ce monde ? Et je suis certaine que par ces mots bienveillants vous vouliez dire que vous êtes fier de votre fille, qui ne vit plus désormais à vos crochets ! Il me qualifie de rusée et d'intrigante, et affirme que je fais de lui la risée de la ville. C'est un peu fort ! Paris, depuis peu, n'a plus d'yeux que pour papa, voilà une chose dont je n'avais pas encore pris conscience ! Quoi qu'il en soit, il ne s'exerce pas seulement aux exagérations extravagantes, mais aussi à toutes sortes d'outrances. Et il m'ordonne de revenir à Paris sur-le-champ. Je ne lui ferai pas ce plaisir ! Allons, je dois sortir d'ici, c'est tellement étroit, je n'ai pas assez d'air pour respirer.

HOMME MACHINE, L' — Et comme je marche à travers la colossale construction de fer du hall des machines, le regard comme abasourdi basculant d'un côté à l'autre sans pouvoir trouver dans cet espace qui s'étend à perte de vue un point de fuite ou un appui, il n'y a plus qu'un mouvement sans fin, un vacarme, un ébrouement, un tournoiement de mille rotules, pistons, chaudières et roues et l'idée me vient que le monde entier, et moi-même à l'intérieur, pourrions n'être qu'une gigantesque machine. Et si tous les tressaillements de mon âme n'étaient que des mouvements mécaniques ? Si même cet enchantement que je ressens tellement dans mon corps à cet instant précis n'était que l'effet d'un appareil ayant plus d'un tour dans son sac ? Je vois donc ici, d'un seul coup, nus sous mes yeux, les organes et les os de ces corps-machines,

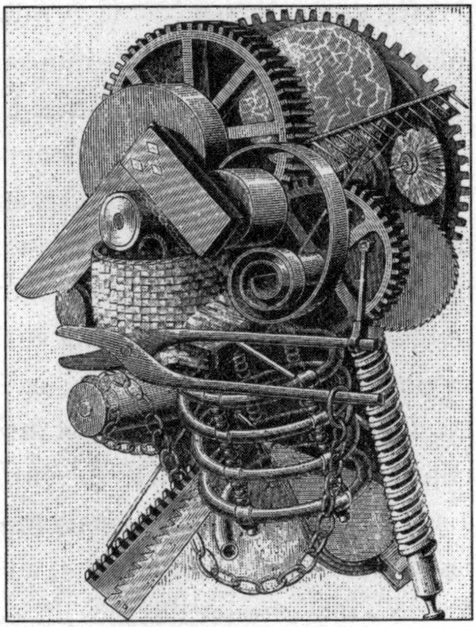

La tête de l'inventeur

ces mêmes squelettes que nous connaissons d'ordinaire sous leur enveloppe décorative qui ne révèle jamais rien de leur nature intérieure. Si ma peau n'était que la peinture la plus superficielle, le couvre-lit de mon âme électrique ? Une âme qui, tel le ressort d'une horloge, se remonte elle-même en ingérant d'autres corps mécaniques, dans son insatiable faim de machines ? Plantes machines, animaux machines à travers lesquels bourdonne le même fluide débridé de l'électricité, qui se transpose, dans un infini mouvement de destruction et de création, d'un automate à l'autre, se métamorphose et se transforme sans jamais se perdre ou se tarir ? De la même manière que les visages, sous l'effet de la machine à électriser de Duchenne, se plissent en grimaces voluptueuses. De la même manière que Galvani fixait les cuisses des grenouilles sur le câble de fer qui courait sur son toit, si bien que celles-ci tressaillaient comme si elles étaient vivantes à chaque éclair d'un orage ! Et les astronomes des siècles passés ont décrit l'univers comme un concert mécanique auquel participaient même les excentricités et les aberrations des astres ? Comme une grande et précise horloge perpétuelle, battant constamment et où la moindre petite roue, la moindre vis remplit la fonction indispensable qui lui est assignée ? Quel sens a dans tout cela le tremblement de ma machine spirituelle chauffée à blanc ? Quel objectif poursuivent l'incandescence et les jets d'étincelles de son imagination qui, telle une lanterne magique possédée par le diable, projette ses images sur l'écran tissé par la moelle cérébrale ? Quelle équation secrète régit le système sanguin de sa volonté ? Et que peut faire cette machine du Moi contre le fait que tous les organes lui échappent et, au bout du compte, la font éclater dans ses différents éléments ?

IDÉALISATION — **1.** Voilà qu'un rapide – qui doit couler quelque part à l'intérieur de moi-même – s'empare de moi et me charrie jusqu'au palais de l'Industrie. J'accoste dans le secteur japonais. Je respire enfin. L'odeur est là, de nouveau. Je me plonge dans quelques images disposées sur le mur, des études d'animaux exécutées à l'encre de Chine et à l'aquarelle : des oiseaux exotiques au plumage coloré posés sur les branches d'arbres inconnus et étranges ; des oiseaux qui se bercent dans le flot montant et descendant, des nuages, des vagues crépues, des massifs montagneux. Tout ici bouillonne et vacille, tout est d'une mobilité singulière et inconnue, si bien que je passe un certain temps à regarder les tableaux, l'air devant mes yeux commence à se brouiller comme si j'étais moi-même entrée dans ces peintures ondoyantes. Je me détourne et, tandis que mon regard oscille encore, je vois à une certaine distance un jeune Japonais qui éveille mon attention. Il est plongé dans une discussion avec un homme d'un certain âge, je peux donc l'observer assez précisément. Il porte un habit de style totalement européen, une redingote élégante, un tour de cou en soie. Son front altier, sa chevelure abondante, ce visage mince et fin, comme celui d'un enfant et rappelant en même temps celui d'un vieux savant. Il me fait l'effet d'un gamin de quinze ou seize ans mûri prématurément et qui enfile pour jouer les vêtements de son père en lançant des regards étincelants de sagacité. Mais en réalité l'homme aux cheveux gris avec lequel il s'entretient l'écoute humblement. Ses gestes, ses mouvements sont naturels et tendres. Je me retourne en vitesse et je décampe !

2. J'y suis revenue. Cela ne me lâche plus. C'est un gamin, Paulette ! Et toi, tu es une dame. Je ne l'ai pas trouvé. C'est peut-être une bonne chose, mais c'est peut-être terrible.

3. Aujourd'hui il m'a dévisagée. Alors que je faisais semblant d'être plongée dans la contemplation de ce monstre gigantesque assis sur un piédestal au portail d'entrée, avec son corps de poisson en tôles de cuivre assemblées, sa gueule de dragon grande ouverte et la gigantesque nageoire qu'il dresse au-dessus de lui sans que l'on sache si c'est une salutation ou une menace. Lui était assis là, l'âme paisible, absorbé par son livre. Je n'ai pas pu en discerner le titre. À cet instant, il a levé la tête et les yeux. Son regard m'a atteinte et j'ai cru que j'allais périr.

4. En deux mots : je suis dans la confusion ! Il est médecin. Ou plus exactement étudiant. Étudiant en médecine. Mais tout proche du diplôme. Il est loin d'être aussi jeune que je le pensais. Non, il doit être nettement plus âgé que moi. Cela se peut-il ? Son gouvernement l'a envoyé poursuivre ses études à l'université de Vienne auprès d'un célèbre médecin, le Dr Billroth. À ce qu'il paraît, dans son institut, on ouvre le corps des morts et l'on en extrait le larynx et l'œsophage ! Avec ces tendres mains ? Tout cela, notons-le bien, ce n'est pas lui qui me l'a raconté, mais le jeune Siebold, qui s'est montré très égayé par mes questions.

5. Nous nous sommes parlé. Je crois qu'il m'a trouvée stupide et ennuyeuse. Et je ne sais que faire de ce chagrin. Il parle couramment le français. Et il m'a raconté l'histoire de ce poisson monstrueux que j'ai fait mine d'observer il y a quelques jours de cela. L'animal ornait jadis le fronton du plus célèbre château fort du Japon. Pourtant, après la Révolution – qui s'est apparemment produite il y a quelques années seulement ! – on l'a démonté et transporté au musée. Depuis, les Japonais le considèrent comme le symbole d'un ordre déchu. Et moi, enfant naïve, j'ai pris ça pour une idole qu'ils adoraient ! Il m'a raconté bien d'autres choses encore, mais il m'a été impossible de suivre ses paroles. J'ai en revanche suivi le jeu de ses mimiques comme s'il s'agissait d'un art que je ne connaissais pas encore. Il m'a donc sans doute tenue pour idiote et a rapidement cessé de s'intéresser à moi. Il est parti, et je me suis retrouvée comme une gourde, abandonnée, jeune oie stupide que je suis !

6. Outre ma langue maternelle, il parle couramment le chinois, le néerlandais, l'allemand, le français, l'anglais, et si nécessaire l'italien. Quand il se décide à parler ! Mais non, il se tait et conserve tout son savoir comme s'il s'agissait d'un secret. Aujourd'hui il s'est contenté de marcher avec moi sans dire un mot ! Et plus il est silencieux, plus je suis embarrassée et plus le désarroi me fait bouillonner. Il me méprise. C'est désormais une certitude.

7. Il est froid ! Il ne ressent rien. Ça ne fait aucun doute. Son visage rappelle ces larves du théâtre nô, cette tragédie grecque de l'Extrême-Orient, dont il m'a parlé. Sans doute un arrogant qui voit en moi un jouet qu'il aime bien observer.

8. La décision était prise : j'écrirais un article, mieux, un hymne, sur la contribution japonaise à l'Exposition. J'ai donc demandé à Monsieur Ōtomo de répondre à quelques-unes de mes questions. Il a aussitôt accepté, mais uniquement à la condition qu'il puisse aussi m'en poser. N'est-ce pas déplacé ? Quelles questions ? Qu'ai-je donc à raconter ? Cela me fait peur, sans que je sache vraiment pourquoi.

9. Il m'écoute comme s'il me soupçonnait de dissimuler un savoir, un secret. Il est tout à fait singulier. J'ai parlé, parlé, il donnait l'impression de tout absorber, calme et avide à la fois. Il m'a beaucoup interrogée sur la France. J'ai fait un geste de dénégation qu'il n'a pas compris. « Vous n'éprouvez donc pas de fierté pour votre patrie, Mademoiselle ? » De la fierté ! Oh, je ne sais que penser. Je méprise ce morceau de belle terre, et pourtant je l'aime ! Et comme je me débattais, luttais et bredouillais, Monsieur Ōtomo me dévisageait avec la curiosité d'un enfant, incapable de décider ce qu'il devait penser de cette affaire. Il a fini par me révéler qu'il considérait la France comme le plus éminent des pays civilisés, qu'il ne pouvait trouver nulle part un sens de l'art plus fin et des pensées plus lumineuses qu'au pays de Montaigne, Descartes, Molière, Pascal et Rousseau. Je n'ai pu m'empêcher d'en rire à gorge déployée !

10. Aujourd'hui je lui ai parlé de la Commune. Il était tout ouïe. Je crois qu'il n'a pas cligné des yeux une seule fois. Et il a dû me poser un millier de questions. Non, je n'ai pas pleuré. J'ai été courageuse et j'ai gardé toutes mes larmes pour moi. Du moins au début. J'ai même éprouvé une sensation de chaleur et de clarté absolues en faisant ressurgir tous ces souvenirs. Ce singulier Monsieur Ōtomo m'a inspiré une telle confiance que je lui ai parlé d'Eugène. Rien ne me retenait plus. Je me suis mise à trembler de tout mon corps et mes larmes ont coulé. Et lui, d'un geste presque respectueux, m'a tendu son mouchoir orné de motifs japonais. Le contempler m'a ramené au calme. Il s'est comporté avec beaucoup d'égards. Et pourtant il m'est impossible de lire dans ses pensées.

11. Aujourd'hui je lui ai donné le bras. Et comme nous nous sommes présentés ainsi à l'Exposition, tous les regards se sont posés sur nous. Il tenait la tête haute, comme un prince. Je sais que cela l'amusait.

KIMONO — Plus de corset, enfin ! À la place, de l'espace pour respirer. Et les couleurs, les motifs, les ornements ! Cette robe singulière a pour nom *kosode*, Monsieur Ōtomo l'a aussi appelée un kimono. Au Japon, chaque femme le porte différemment selon son rang, son âge, l'occasion et la saison. Sa coupe pourrait difficilement être plus simple. Il est taillé entièrement dans une longue pièce de tissu, n'a que peu de coutures, des manches plus larges que longues, ce qui dans un premier temps paraît d'une grande drôlerie. Mais à peine a-t-on passé ce costume, fermé par une singulière écharpe qui s'appelle *obi* et qu'on noue dans le dos avec art, que l'on découvre ce tissu richement peint, brodé et tissé d'or et tellement séduisant, qui se colle au corps, fait des plis et bouffe d'une manière tellement enchanteresse qu'on pourrait croire que rien de tout cela n'est réel. Quel magnifique cadeau ! Monsieur Ōtomo m'a proposé – une lubie, ce qui paraissait d'autant plus remarquable compte tenu de son tempérament – d'essayer cette précieuse pièce d'exposition arrivée du Japon avec un certain retard, avant qu'elle n'aille prendre la poussière dans une vitrine du secteur de l'Industrie. Si cela a eu lieu, notez-le bien, c'est parce que j'avais fait un copieux éloge du costume que je voyais sur les images, car lui-même semble ne guère avoir d'estime pour cette tenue japonaise et chante au contraire des louanges tout à fait exagérées à la crinoline parisienne ! Nous nous sommes donc retrouvés à l'hôtel de la Ringstrasse où loge la délégation japonaise, dans un petit salon tranquille décoré de toutes sortes d'objets singuliers. J'y ai trouvé des paravents ornés de peintures de branches fleuries, des tapis noués avec une grande imagination, des vases et toutes sortes de porcelaine, d'étonnants arrangements floraux et, accrochés au mur, des rouleaux déployés de calligraphie japonaise. Puis Monsieur Ōtomo, visiblement embarrassé, a sorti d'un étroit coffre de bois la précieuse robe, me l'a

Kimono

posée sur les deux bras et m'a demandé d'attendre derrière le paravent. Je ne me sentais plus de joie ! Il s'est éclipsé quelques instants, puis est revenu en compagnie d'une jeune Japonaise, sans doute une femme de chambre de la délégation. Elle aussi portait un kimono du même type, mais nettement plus sobre. La femme de chambre ne parlait aucune autre langue que le japonais. Mais à quoi bon des mots ? Tandis que Monsieur Ōtomo quittait de nouveau le salon, cette chère enfant m'habillait. Aussi simple qu'ait pu, dans un premier temps, paraître le costume, s'y glisser est à peine moins complexe que pour le corset et la crinoline ! Au Japon, l'assistance à la garde-robe est donc une profession à part entière. À peine ces mains gracieuses eurent-elles commencé leurs gestes exercés, à peine la soie se déposa-t-elle autour de mes épaules, que j'éprouvai une sensation tout à fait singulière, comme si j'allais me métamorphoser. Le kimono gris argent aux fleurs bleu jacinthe, l'*obi* pourpre tissée de fils d'or, le large surcot que l'on appelle *uchikake*, peint avec art en rose Japon et doté d'une longue traîne et d'un ourlet abondamment brodé, l'éventail qu'elle me tendit. Comme si j'étais moi-même une œuvre d'art ! Un papillon au dessin somptueux ! J'ai eu honte, j'ai baissé la tête lorsque Monsieur Ōtomo est rentré dans la pièce, tant j'ai lu un profond ravissement dans son regard au moment où il m'a vue. J'ai été incapable de l'interpréter. Et pourtant j'ai pris ça pour un bon signe !

MARIAGE — **1.** Et si c'était vrai ? S'il me faisait à présent sa demande ? Si je le suivais tout simplement en Orient, si j'échappais à tout, ici, une fois pour toutes ?

2. Et quand bien même je ne le ferais que par malveillance, pour empêcher Papa de savourer le triomphe que serait mon retour, pour lui prouver que je ne rampe nullement à ses pieds et que je n'agis pas en fonction de sa volonté !

3. Je le veux ! Je ! Je ! Et si je le veux, je le ferai !

MACHINE ENCYCLOPÉDIQUE — Je vois des merveilles. Elles m'apparaissent, elles passent en pétaradant, elles jouent de la musique, elles combinent. Il y avait là le menuisier universel. Un brevet phénoménal ! C'est un appareil qui scie et qui rabote, qui perce, martèle, fraise et ponce, tout cela sans intervention humaine, mais à la vitesse

Automate musical

de cinquante mains ! Et entre les disques rotatifs et les bras en fer, dans un nuage de copeaux, on voit apparaître une magnifique décoration ou un meuble finement articulé. J'ai aussi vu la presse Marinoni ! Cette incroyable machine est capable de capter sur un rouleau de papier sans fin le cours infini du monde et de l'enregistrer. Elle avale avidement la bande blanche, découpe des planches, humidifie, imprime et plie, une fois, deux fois, trois fois, quatre fois, elle compte et trie les événements du monde dans la corbeille à sa disposition. Douze mille feuilles par heure ! Le double, le triple quand elle est lancée pour de bon ! Il est impossible que les événements se précipitent à ce point, que l'histoire se déploie aussi vite, que les colonnes des potins se remplissent si rapidement, et aucun lecteur ne peut survoler les lignes au rythme auquel cette machine est capable d'imprimer ! Il y avait le robot du comte Dunin ! Un homme, tout en acier. Comme ses gestes sont graciles, comme son corps en métal est animé ! Et il ne cesse et ne cesse d'exécuter le même geste, il lève le bras, tourne la tête. Ah, je l'admets : je suis presque tombée amoureuse ! Je reste les yeux écarquillés, stupéfaite, j'aimerais que l'homme d'acier répète et répète encore ses gestes. Et puis il y avait l'orchestrion ! Il semblait me dépasser largement par sa taille. Quelques rouleaux à pointes en rotation – est-ce là tout le secret ? Car de cette machine musicale énigmatique retentit toute une symphonie : flûtes, clarinettes, flageolets, cors, trompettes, cornets, bassons, tubas, timbales, tambours, tambourins et triangles !

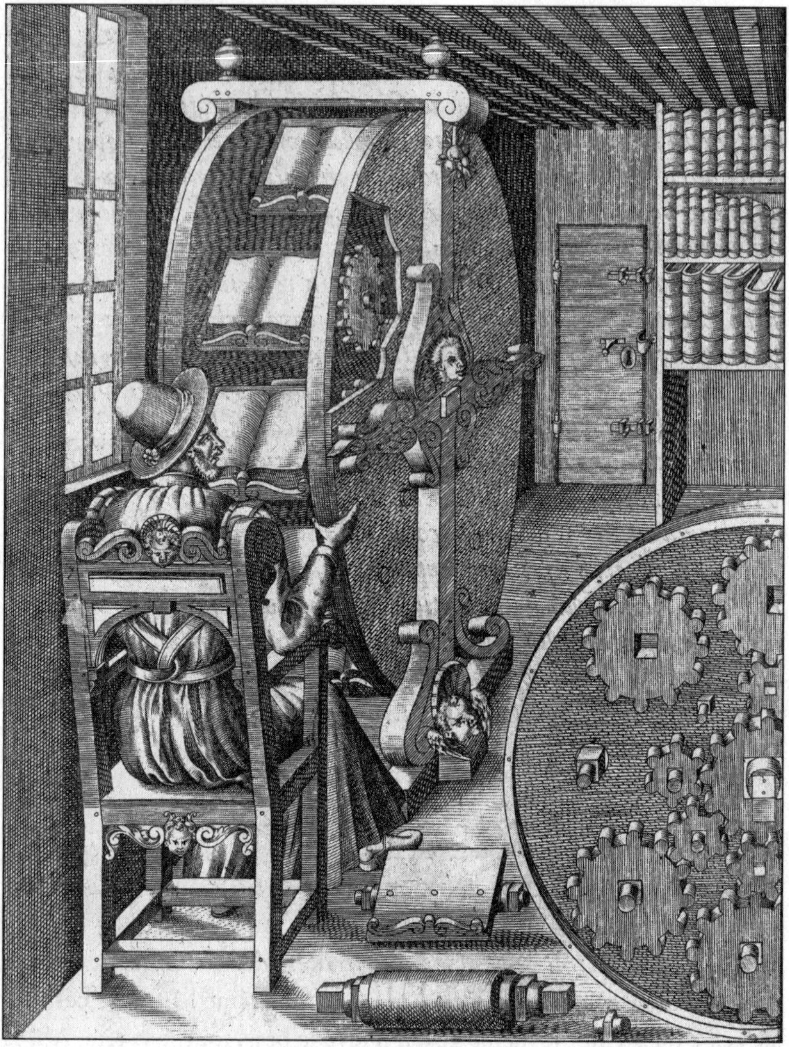

La roue à livres de Ramelli

Et comme cette union d'instrumentistes fait à cet instant sortir de sa boîte à magie *La Création* de Haydn, qui s'élève en sons et en courses totalement inhumaines tandis que plus d'un visiteur incrédule continue à chercher la légion de nains dont il ne peut que supposer qu'elle joue à l'intérieur de cette caisse, je ne peux quant à moi m'empêcher de battre bruyamment des mains, emportée par la jubilation. Mais autant que puissent me captiver tous ces appareils, le plus somptueux d'entre eux est tout de même la machine à encyclopédie ! Si elle ne coûtait pas des milliers de florins, je l'aurais achetée depuis longtemps et m'y serais attelée pour le restant de mes jours. Je me serais assise sur ce siège de bois, le plus haut des trônes célestes. Car celui qui y est installé dispose du savoir du monde entier. On se pose une question en son for intérieur, on actionne quelques leviers, et déjà l'oracle mécanique se met en mouvement comme la roue à livres de Ramelli, il passe au peigne fin les innombrables pavés de l'*Encyclopædia Britannica* et déploie devant vous, comme d'elle-même, la bonne réponse. Une lampe et une loupe sont déjà fixées à portée de tête, il est donc facile d'étudier les pages concernées, et si l'on y trouve une référence, ou si la chaîne des pensées entraîne l'esprit en un autre lieu, quelques petits gestes suffisent pour faire surgir comme par magie le volume, la page, le passage suivants. Il n'y a donc aucune interruption ! Le monde est à vos pieds. Il cesse d'être une énigme.

ORIENT — Nous nous sommes tant appréciées dès notre rencontre que nous avons décidé, sur un coup de tête, d'aller prendre un repas ensemble aux Frères provençaux. Madame Lemarque, tel était le nom de la femme, m'a aussitôt fait savoir qu'elle avait coutume de fréquenter les salons parisiens. Et tandis qu'elle nous aérait, tantôt moi, tantôt elle-même, avec l'éventail japonais dont elle venait de faire l'acquisition, elle me parlait d'un jeune homme de lettres, Zola, qui était un grand admirateur du Japon où tout prenait une forme absolument différente et même opposée à celle du monde connu. Il ne manque qu'une chose, l'idée que les Japonais marchent sur la tête plutôt que sur leurs pieds. Le printemps, selon Madame Lemarque, est aussi magnifique au Japon qu'en Italie. La lumière du soleil brille plus clairement et donne plus de chaleur qu'en France, tandis que l'atmosphère légèrement brumeuse permet aux fleurs de prospérer avec bien plus d'opulence et que les oiseaux et les insectes portent une robe encore plus chatoyante. Dans toute cette nature somptueuse, selon Madame Lemarque, les habitants de cet archipel, des êtres charmants, honnêtes et à l'esprit subtil, vivent en paisible harmonie. Elle mena son récit d'une traite et, je l'avoue, j'eus du mal à échapper à son enthousiasme. Ce furent des heures totalement insouciantes ! Nous avons fini par nous installer au Café turc où nous avons apprécié le parfum des narguilés dont on entendait le glougloutement énervé tout autour de nous. Un groupe d'hommes à la peau sombre, venus du pays de Misraïm, nous lançaient des regards, la tête enveloppée de tissus aux couleurs vives, leurs longs cafetans gonflés par le vent d'été. À cet instant, Madame Lemarque m'a regardée d'une manière fort étrange. Nous avons éclaté d'un rire clair et insolent ! Nous nous étions sans doute mutuellement prises sur le fait dans nos pensées impures.

REGARD — 1. J'ai vu : des machines, des fleurs, de l'art. J'ai vu : des dromadaires, de la fonte, des lances à eau, des calculs vésicaux. Mais aussi des atlas, des pipes en écume, des prothèses de dents, des chaînes d'ancre, du quinquina. J'ai vu : des tapis turcs, de l'ivoire chinois, de la soie lyonnaise, des brillants anglais, de la dentelle bruxelloise, de la pierre de malachite russe, des photographies américaines. J'ai vu des dieux et des idoles : Bouddha, Shiva, Osiris et Isis, Amaterasu, Zeus, Olorun, Sissi et Napoléon.

2. Tout se passe comme si je regardais à travers un kaléidoscope gigantesque et surhumain. Comme si j'avais la taille d'un insecte rabougri et observais l'univers des choses par le tuyau gigantesque d'un arbre creux massif. Et comme si ce kaléidoscope du savoir se mettait alors à tourner sur lui-même. Oui, il tourne et tourne encore ! Et comme tout brille et scintille !

3. De la même manière que l'on a besoin, en photographie, d'un temps d'exposition avant que l'appareil n'ait imprimé et stocké le monde inversé sur la plaque humide, mon regard a lui aussi besoin d'un temps de repos. Je me suis donc donné pour principe, devant tout objet que j'observe à l'Exposition, de compter en mon for intérieur au moins jusqu'à dix, jusqu'à cent pour les plus grands, et de l'appréhender aussi bien dans son ensemble que dans certains détails. Mais déjà la foule me pousse plus loin sur mon chemin ! Voilà la chose suivante, encore plus somptueuse, qui demande à être vue et admirée. Si bien que, souvent, quand je m'assois pour prendre une pause, martyrisée, les yeux fatigués, afin de noter mes impressions, n'apparaît dans ma mémoire qu'une

Le hall des machines de l'Exposition universelle à Vienne

peinture confuse, et j'entreprends en soupirant de photographier encore une fois les mêmes choses le lendemain, avec plus de soin.

4. Je me suis donc frayé un chemin dans la foule des badauds qui s'était mise à pousser des vivats. C'est alors que je les ai vus : Sa Majesté l'empereur François-Joseph et Sa Majesté l'empereur Guillaume, le maître boucher, entourés par un cordon de gardiens qui, se tenant par la main, formaient une chaîne vivante afin que ces illustres visiteurs puissent parcourir l'exposition sans craindre les assauts du bas peuple. Un couple étrange ! Car tandis que l'empereur d'Autriche donnait une impression anodine, pour ne pas dire naïve, le Prussien massif qui se tenait à côté de lui faisait l'effet d'un guerrier, un souverain par la grâce de Dieu, tête levée, poitrine large, couvert de décorations empilées qui ressemblaient à de grotesques écailles de poisson. Il y avait certainement deux douzaines de croix, d'étoiles et de médailles qui ballottaient et tintaient à chacun de ses pas pour célébrer ses actes meurtriers. Il avait fière allure, cet homme pourvu de tous les insignes du pouvoir, et pareil spectacle ne pouvait que faire frissonner le peuple qui l'entourait. Mais quelque chose de singulier survint à cet instant et je ne suis pas certaine que qui que ce soit d'autre l'ait même remarqué.

Lorsque, en effet, ce brillant empereur allemand se rapprocha de l'un de ces colosses mécaniques spectaculaires qui se dressaient dans le hall, au moment où l'appareil se mit au travail avec son impressionnant jeu de pistons, de roues, de clapets et de pompes, ce monarque tellement éminent eut un comportement tout à fait étrange. Il baissa le regard ! Il cacha ses mains derrière son dos comme s'il devait avoir honte de ces instruments pesants, balourds et obsolètes, comme si, non plus en tant qu'empereur mais comme enfant d'homme, charnel et empoté, il venait de reconnaître son régent dans cette machine parfaite. Et plus il observait le raffinement de l'appareil, plus il contemplait celui-ci dans son travail solennel, plus l'*imperator* paraissait soumis, servile et courbé dans son costume pompeux, empli de honte à l'idée de ne pas être en acier.

TERRE PLATE —

À Vienne le monde est un disque.

Un paresseux, celui qui met quatre-vingts jours à en faire le tour.

Moi, je le fais sans peine en quelques heures.

VIE NOUVELLE — Entre les poêles en faïence vieille Allemagne et des meubles de mauvais goût assemblés avec des ramures de cerf, j'ai trouvé un jeu d'échecs en ivoire dont les pièces représentaient les armées allemande et française. En blanc, l'empereur Guillaume à côté d'Augusta, les cavaliers Bismarck et Moltke ; en noir, Napoléon III, Thiers, Mac-Mahon. Un cabinet des horreurs ! On l'aurait dit sorti tout droit de mes cauchemars. Quelle glorieuse idée de faire un jeu avec ces actes atroces ! J'ai donc voulu fuir rapidement l'Allemagne et me rendre en Scandinavie quand s'est une fois de plus dirigé vers moi l'un de ces séducteurs qui ont le plus grand mal à supporter qu'une jeune femme se déplace seule dans le monde. Il m'a abordée en me parlant d'abord allemand, mais comme ma réponse lui a sans doute paru cryptée, il est passé sans transition au français. Il s'est présenté comme Heinrich von Siebold, traducteur du comité de l'exposition japonaise. Ce jeune homme a en tout cas trouvé extrêmement drôle la manière dont je me suis ébrouée instinctivement à la vue de cet épouvantable jeu d'échecs de la paix. J'ai eu le plus grand mal à me défaire de ce don Juan bavard. Et lorsque, à la question de savoir ce que faisait une jeune dame comme

Le monde avant l'apparition de l'homme

moi seule dans une ville étrangère, j'ai brusquement répondu que j'avais sans doute échappé à une catastrophe pour en trouver une plus grande encore, il m'a fait une réponse étonnamment spirituelle et m'a parlé de la théorie des cataclysmes.

Celle-ci cherche à répondre à rien de moins qu'à la question du déploiement de la vie. Je l'admets, je n'ai pratiquement jamais réfléchi en profondeur à l'histoire des premiers temps de notre Terre. Le jeune Siebold m'a donc parlé du sombre gouffre d'une immense époque qui s'était écoulée avant l'apparition de l'humanité, d'éons où d'autres créatures vivantes, inconnues de nous, peuplaient encore la Terre. Il me l'a dépeinte dans les couleurs les plus fantastiques, m'a parlé d'animaux des mondes anciens, d'océans qui recouvraient toute la planète, d'éruptions volcaniques et de gigantesques reptiles dont la découverte en Amérique du Nord a récemment multiplié nos connaissances sur le monde préhistorique. Les chercheurs en sciences naturelles, m'a expliqué le jeune séducteur, se voient donc confrontés à la question de savoir comment il a pu être possible que, dans les diverses strates de la roche, on trouve à chaque fois d'autres os fossilisés, d'autres créatures, d'autres formes qui, selon la couche dans laquelle le sol les a conservées, provenaient à chaque fois d'une profondeur du passé différente. Et l'on se prend ici à soupçonner que ce n'est pas seulement le genre humain, mais aussi et bien plus la nature elle-même qui a dévasté la surface de la Terre par ses propres guerres, catastrophes et multiples révolutions. Le Français Cuvier, qui a élaboré cette théorie des cataclysmes, pensait pouvoir démontrer grâce à ses recherches sur les sédiments que dans l'histoire de la Terre, chaque phase d'épanouissement de la vie était suivie d'une catastrophe survenant avec brutalité, et c'est sur les ruines et les reliefs de ce monde disparu que se dressaient de nouvelles espèces, qu'après chaque déluge se déployait donc une création naturelle inédite et qu'ainsi, cette curiosité qu'était la genèse ne cessait de s'accomplir. Pour illustrer son propos, Cuvier s'appuyait par exemple sur les cadavres d'animaux préhistoriques conservés dans la glace éternelle des pays nordiques et qui avaient péri d'un coup, jadis, surpris par une période de froid subite. Désormais, avec les nouvelles doctrines de l'Anglais Darwin, cette théorie de Cuvier paraît dépassée et l'on considère aujourd'hui que les transformations se sont au contraire déroulées progressivement et lentement, c'est-à-dire en aucun cas sous forme de tempêtes dévastatrices. En ce qui me concerne, je suis incapable de le confirmer. Ma vie ne peut que me faire l'effet d'une succession de bouleversements et de catastrophes fatales. Cette Paulette qui existait autrefois, dans mon enfance, celle qui a dû lui succéder et, pour finir, celle que j'ai laissée à Paris, toutes attendent sans doute qu'on les découvre dans les glaces éternelles. Mais des ruines renaîtra constamment une nouvelle Paulette Blanchard !

DIXIÈME ALPHABET

SUR LE PAQUEBOT
À DESTINATION DU JAPON,
NOVEMBRE 1873 – JANVIER 1874

C'est par une courte lettre de l'automne 1873 que la jeune femme informa sa famille de son mariage imminent avec Monsieur Ōtomo. Cela fit des vagues considérables. Et pendant des semaines pas un jour ne passa sans apporter une missive indignée de Paris. Pourtant, celle qui était désormais fiancée refusa obstinément de revenir sur sa décision ou même de rentrer pour une simple visite dans cette « France maudite ». Son père accepta finalement d'accorder une dot ridicule à sa fille, à la condition qu'elle ne se montre jamais plus à la maison Blanchard.

C'est ainsi qu'en novembre 1873, à Trieste, cette femme qui s'appelait désormais Madame Ōtomo embarqua avec son époux à bord du cargo Vulkan *appartenant à la branche autrichienne de la Lloyd et fit le voyage* via *Port-Saïd, le canal de Suez récemment inauguré, la mer Rouge et Djibouti en direction de Bombay, puis, à bord d'un navire français, le* Mékong, *reprit sa route par Colombo, Singapour, Saigon et Hongkong avant de rejoindre le Japon, où elle débarqua à Yokohama le 26 janvier 1874. Pour ce Moi, ce fut une époque d'ouverture jubilatoire. Ce fut un départ dans la vastitude purement infinie de la mer, qui ne pouvait rien promettre d'autre qu'une vie nouvelle et libre.*

Mais l'avant-dernier de ces soixante-trois jours de voyage – on était déjà à proximité de la côte japonaise –, le Mékong *fut pris dans un typhon qui plaça le navire dans une situation de sévère détresse. Deux personnes furent victimes de la tempête. Des verres, de la vaisselle, de nombreux meubles et un piano de concert furent réduits en miettes et de grandes parties des salles, des cabines et des cales furent inondées. Le Journal de cette période, qui comportait à lui seul plusieurs centaines de pages et que ce Moi avait empli pendant plus de deux mois d'une foule d'expériences, fut atteint par l'eau et devint illisible.*

TYPHON — **1.** J'écris sur des feuilles volantes. Le navire continue à danser. Ma plume fait toujours ce qu'elle veut et pourtant, cela semble bel et bien surmonté. Je peux recommencer à rédiger. J'ai aussi avalé un peu de pain sec, je ne supporte pas plus. On a servi un petit déjeuner à la salle, il y avait même des fruits et du café frais, comme pour nous consoler, et pourtant presque aucun des visages livides ne s'est montré. Tout le monde est incommodé, allongé avec le mal de

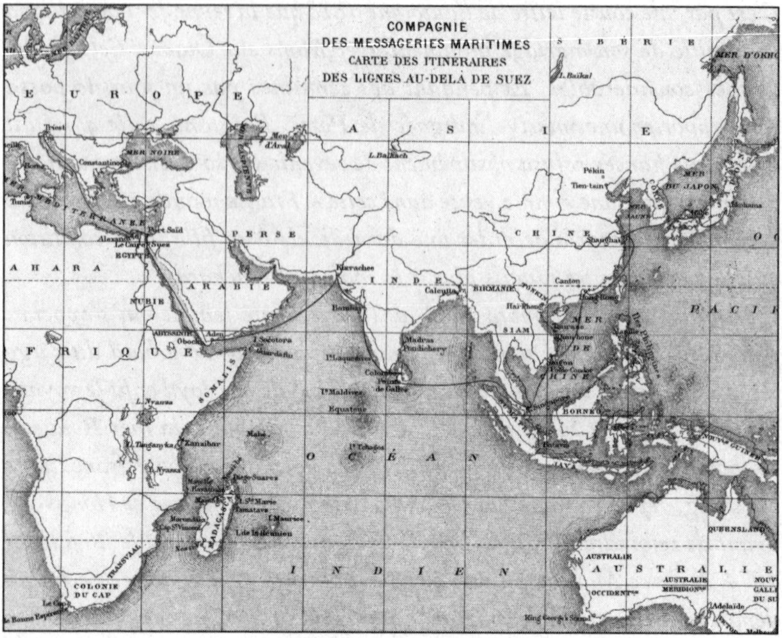

La traversée de Paulette Blanchard

mer et ne fait plus que prononcer les dernières syllabes des prières, quel que soit le Dieu auquel elles s'adressent. Les fenêtres des cabines sont de nouveau ouvertes, le soleil fait de timides tentatives d'apparition, il chuchote : tout cela n'était qu'un mauvais rêve. Mais voilà, sur le pont avant sont posés deux cercueils en bois. Un minuscule, portant l'inscription : « Victoria Felicitas dos Santos Valdés, cinq ans. » Une armoire a écrasé la petite fille en tombant. C'est tout de même effroyable ! Combien de choses encore cette petite créature aurait-elle pu vivre, combien d'expériences aurait-elle pu faire ? Elle était partie avec sa maman pour rejoindre son père, un marchand malaisien qui fait des affaires à Yokohama. La famille comptait poursuivre le voyage jusqu'à Manille et y vivre des jours heureux, désormais inséparable. Le deuxième cercueil était celui d'un matelot chinois : « Yiu Chanming, vingt-deux ans. » On m'a raconté qu'il était tombé des gréements en tentant de raccommoder la voile. Dixon, le curé anglais, doit tenir une oraison funèbre. On a lesté les caisses de bois avec des boulets de canon et l'on s'apprête à les faire basculer dans les flots.

2. La mer est aussi calme que si rien ne s'était passé. Et de fait, tout cela ne peut que me faire l'effet d'un rêve enfiévré. J'ai pris un déjeuner réparateur et je me sens revigorée. Tetsuo, lui aussi, a perdu sa lividité et j'en suis franchement soulagée. Il s'est remis à sa traduction. Je vais donc moi aussi m'installer pour consigner les derniers événements.

Le 23 janvier, à environ deux cents miles nautiques après Shanghai. Une mer agitée me réveille à quatre heures du matin. (La veille, déjà, alors que nous quittions le port en Chine, le perroquet de Monsieur Favières n'a pas cessé de criailler. Un signe indubitable de tempête imminente !) Une lampe à huile brûle. À côté de moi, Tetsuo vomit dans une écuelle. Le navire tangue désormais avec violence, je n'ai rien connu de tel de toute la traversée. On dirait que c'est la pesanteur elle-même qui vacille ici. Car à un moment, elle me presse contre le sol avec une force singulière, comme si je faisais à moi seule le poids de trois matelots et, juste après, elle me soulève comme si j'allais me mettre à voler. Si ce jeu n'était pas aussi effrayant, ce serait certainement une expérience pleine de gaieté. Il ne me reste donc rien d'autre à faire que d'attraper Tetsuo qui, gris comme la cendre, s'agrippe pour sa part avec colère à la porte de la cabine, pour ne pas être catapulté hors du lit. Pendant ce temps-là, il gémit légèrement, à peine audible, car les bruits qui nous entourent sont de l'espèce la plus horrible qui soit, comme si la coque allait éclater. Ou comme si deux monstres marins étaient en train de se déchiqueter mutuellement dans le ventre du paquebot, ce que mon imagination enfiévrée est déjà en train de se représenter dans de sombres couleurs. Nous restons là, allongés. J'ai le regard fixe, le souffle lourd. On a fermé le hublot de la cabine. Est-ce déjà le cercueil ? Lorsque le navire penche vers le point le plus bas, le rideau décrit un angle de quarante-cinq degrés. Je finis par avoir peur. On entend dans la coursive une épouvantable plainte et soudain notre porte s'ouvre d'un seul coup ! Une créature saute en piaillant sur le lit et je ne peux d'abord y voir que le tentacule de l'une de ces bêtes écumant de rage qui, un instant plus tôt, s'activaient encore dans le ventre du navire. Que me reste-t-il d'autre que d'appeler au secours ? Alors seulement, je reconnais cet hôte inattendu. C'est le petit singe avec lequel Mister Parslow est monté à bord à Hongkong. Le voilà désormais qui tremble à côté de moi sur le lit, il claque des dents, ses petits yeux luisent d'une terreur incomprise. Je caresse sa menue tête hirsute. Il trouve même cela à son goût. Puis on entend un coup puissant et la pauvre créature effrayée repart en couinant par la porte restée ouverte. L'état de Tetsuo s'aggrave. Il ne vomit plus que des sucs gastriques mêlés de bile. Et il faut tout de même que quelqu'un s'occupe de mettre en sûreté nos biens avant que tout ici ne nous tombe sur la tête. Je me lève tant bien que mal, mais je retombe à l'endroit même d'où je me suis relevée. Le spectacle qu'offre Tetsuo est tellement pitoyable, son affection des nerfs gastriques et sa nausée ont tellement progressé que je reprends courage et trouve la force d'essayer de lui procurer de la poudre effervescente, de l'eau de Seltz et un peu de pain. Je me mets donc sur mes jambes. Et ma peur n'est pas mince en découvrant que les sols des coursives sont trempés. Par où l'eau a-t-elle trouvé son chemin ? On a répandu du sable. La marche en est à peine facilitée. Les murs s'inclinent dans ma direction, les craquements et le fracas autour de moi sont tellement horribles que je ne peux imaginer qu'une descente aux enfers puisse être pire. On a tendu des cordes au long desquelles on pouvait, avec quelque peine, se tirer vers l'avant. D'un seul coup, s'installe un silence lugubre. Le navire, qui versait encore sur le côté un instant plus tôt, semble à présent comme cloué au fond de la mer, il demeure immobile, le temps s'arrête. Puis il bascule sur l'autre flanc à une telle vitesse que je me dis qu'à présent, il est inévitable qu'il chavire ! Je crie d'effroi et un abominable choc secoue le géant de la mer déjà bien endommagé, le fait mugir et trembler. Dans ma chute, je m'ouvre le coude. Mais qu'est-ce qu'une articulation écorchée par rapport à la crainte que nous ayons heurté un récif dans les eaux inexplorées de la mer de Chine ? Je vois déjà la coque ouverte, l'eau qui s'y engouffre. Pourtant le navire continue à se balancer. Il me berce. Je reprends ma respiration. Je me relève, je reprends mon chemin, j'arrive même à rejoindre la cabine du médecin de bord devant laquelle attend déjà toute une rangée de blessés, silencieux, les yeux écarquillés. Je me fais poser un bandage, je mets dans ma poche de la poudre effervescente ainsi qu'un médicament, et je reviens sur mes pas. En empruntant l'escalier qui mène au pont, j'entends le mugissement de l'eau comme un lointain appel, j'aperçois une clarté crépusculaire – et je suis incapable de résister. La mer semble se calmer un peu, oui, c'est le bon moment, il est certainement favorable, et même si cela me coûte quelque peine de refouler l'idée que Tetsuo est toujours allongé et abattu, je me risque finalement à aller tout en haut. Et quelle vue se révèle alors ! Le matin pointe, grisâtre. Il faut bien qu'existe un soleil derrière ces sombres nuages ! Je l'admets, je n'ai encore jamais rien vu de plus impressionnant. Je suis prise de vertige face à ce bonheur sans pareil. Les masses d'eau gris-bleu qui se dressent ici devant moi ! Les gigantesques vagues sombres dont le sommet crache de l'écume blanche. Cette image tantôt plus sombre, tantôt plus claire d'un combat élémentaire et monstrueux. On ne voit aucun horizon. Où s'arrête le ciel qui donne ses coups de fouet ? Où commencent la mer et sa force primitive ? Parfois une vallée se met à bâiller du côté où penche le navire, puis, de nouveau, une montagne de vagues se dresse, plus haut, toujours plus haut, barre toute perspective comme si c'était à tout jamais. Le paquebot n'est plus qu'une coquille de noix secouée par une insondable puissance, comme s'il pesait à peine plus qu'un sac de plumes et non quelques milliers de tonnes ! Comme je suis petite ! Et trempée. Voilà qu'un puissant rouleau arrache un canot en un clin d'œil. Il tressaille encore un moment sur le pont couvert d'embruns puis disparaît dans la profonde gorge d'une vallée creusée entre deux vagues. Je m'enivre ! Je m'enivre de cette puissance naturelle ! Et je me mets à hurler, à crier à pleins poumons, sans entendre la moindre bribe de mon appel, tant le bruit, le mugissement qui m'entoure est assourdissant ! Je m'imagine ainsi que je pourrais attiser la mer, lui inspirer encore plus de colère. Allez, viens donc, arrive ! Viens me chercher, sale bête ! Viens si tu en es capable ! Voilà que quelqu'un m'attrape par-derrière et m'entraîne loin du bastingage. C'est le premier officier, Monsieur Hakim. « Avez-vous perdu la raison, Madame ? Revenez sous le pont ! À moins que vous ne soyez fatiguée de vivre ? »

Je retrouve notre cabine dans un désordre innommable. De l'eau y est entrée, des caisses, des sièges et des tables roulent çà et là dans un bruit d'enfer. Le lit semble encore sec – une petite barque enchanteresse. Tetsuo me regarde, blanc comme un suaire, mais d'un calme tout à fait singulier. Il a l'air étranger, comme si je ne le connaissais pas. Et d'ailleurs, est-ce que je le connais ? J'attrape sa main et je la trouve terriblement froide. Je lui fais absorber les médicaments. Il prononce quelques mots en japonais. Son odeur m'écœure.

3. Au cours des derniers jours, j'aspirais déjà aux heures tranquilles qui m'attendaient prochainement à Tokyo : je pourrais y reprendre le Journal en mains, le relire depuis le début, revivre mon voyage jour après jour. Et maintenant ? On dirait que tout a été emporté par les flots, comme si non seulement l'écriture mais aussi ma mémoire avaient roulé avec les vagues et avaient été dissoutes par le sel. Plus encore : moi-même. Toute une partie de mon corps, amputée. Les essaims de poissons volants, les dauphins, les albatros devant Shanghai ; le vent rouge du Sahara ; la prima donna drolatique ; les tours du silence à Bombay ; le *boy* de l'Hindoustan qui pleurait ; le Bengali aveugle ; le boa à Colombo ; les noces chinoises ; les porteurs de charbon à Saigon ; les punaises, les puces ; l'histoire des enfants à l'éléphant blanc ; le portrait raté ; la chasse aux pirates ; la neige subite ; la chanteuse ravie au Victoria Harbour ; la ville qui nage ; la grotte à opium ; les cigares siamois à la paille ; les machines qui grinçaient dans la salle des moteurs ; l'odeur de la vapeur de charbon, le futur et la mer ; les heures avec Tetsuo où nous nous lisions Stendhal ou le *Werther* de Goethe ; les conversations, les danses, les paysages ! Tout cela, envolé !

ONZIÈME ALPHABET

YOKOHAMA ET TOKYO,
JANVIER À MARS 1874

Ce fut un moment d'extrême bonheur, celui où la jeune femme finit par débarquer à Yokohama, le 26 janvier 1874, sous une violente chute de neige. Ce Moi voulut prendre ce qu'il voyait devant lui pour l'île Utopia de Thomas More. Ce qu'il trouva au cours des semaines suivantes n'était cependant pas un paradis, mais au contraire un pays dans lequel se déroulait un bouleversement fulgurant et total. C'était la tempête de la civilisation occidentale qui ne laissa plus rien en place au cours de cette période turbulente de l'empire du Japon, qui bouleversa au plus profond son système politique, son type d'économie, sa manière de faire la guerre, la science, son quotidien, et même sa pensée. La maison de la famille Ōtomo, située à l'est de la capitale, Tokyo, dans laquelle les époux s'installèrent par la suite, ne fut pas épargnée par cet ouragan. Celui-ci hurlait et faisait grand vacarme dans la charpente, parfois joyeusement, mais souvent de façon menaçante. C'était la lutte engagée avec le nouveau et l'étranger qu'il s'agissait désormais de maîtriser : pour le peuple du Japon autant que pour ce Moi.

AMOUR — 1. « Est-ce que tu m'aimes ? » m'a aujourd'hui demandé Tetsuo à brûle-pourpoint. N'est-ce pas une question naïve et stupide ? Ne plonge-t-elle pas forcément chacun dans la confusion, y compris celui qui aime ardemment ? Nous flânions sur les berges du Sumida-gawa et, c'est vrai, je jouissais à pleines bouffées de la brise, des maisons de thé amusantes, des bateaux qui descendaient au gré du courant, tandis que Tetsuo s'adonnait à toutes sortes de galanteries – il tenait par exemple l'ombrelle au-dessus de moi, il me faisait les yeux doux et des compliments, il me laissait passer devant lui, ce qui n'était pas du tout dans les habitudes de ce pays où la femme doit marcher trois pas derrière l'homme, il est même allé jusqu'à s'exclamer : « Tu es adorable, Paulette ! », bref : il s'est comporté d'une manière extrêmement bouffonne. À deux reprises, je l'ai dissuadé de s'agenouiller devant moi ! Il semblait à peine prendre conscience des regards étonnés des passants qui n'avaient encore jamais vu comédie si singulière. Ou plutôt, si : il en jouissait sans doute d'une manière secrète et intense. Et comme j'admirais, pensive, le vol d'une grue au-dessus de ce fleuve aux scintillements argentés, ses longues ailes maigres dont les plumes effilées à leur pointe effleuraient l'eau comme pour jouer, il s'arrêta tout à coup et me prit la main. Puis il prononça ces mots, avec une totale légèreté d'esprit : « Est-ce que tu m'aimes ? » Eh bien, j'ai hoché la tête et je me suis dépêchée de poursuivre mon chemin à grands pas. J'ai dissimulé mon ressentiment. « Ton indifférence, ta froideur, a-t-il dit, sont certainement des signes de ta pudeur et de ta vertu. » S'attendait-il à ce que je lui réponde ? « Je croirais presque que tu prends parfois aussi plaisir à me taquiner. » À cet instant, il a éclaté de rire. Sa gaieté m'a paru forcée. « J'ai lu qu'en France, les femmes n'accordent aucune importance à un jeune homme tant qu'elles ne l'ont pas fait tourner en bourrique. Est-ce ton intention secrète ? » Et comme je continuais à me taire, il m'a cité Stendhal : « L'amour est comme une fièvre, il naît et s'étend sans que la volonté y ait la moindre part. » Quel était le but de son discours ? « Pourquoi m'importunes-tu ? » lui ai-je brutalement demandé. Son regard est devenu songeur, il a fermé l'ombrelle et a repris sa marche discrète et silencieuse à côté de moi. « J'aimerais que tu me répondes », a-t-il dit d'un ton entièrement nouveau et grave. « Oui, où veux-tu en venir ?! Mon Dieu, où veux-tu en venir ?! » – « J'aimerais savoir si tu m'aimes. » – « Mais enfin oui, par le ciel ! » – « Dans ce cas, prouve-le. » Avait-il tous ses esprits ? Voulait-il donc m'étouffer ? Il m'a expliqué, l'âme très tranquille, comment, selon l'ancien usage au Japon, les courtisans prouvaient leur dévouement à leur seigneur : « Par une lettre de prestation de serment, en s'arrachant les ongles, en se faisant tatouer la peau, couper les cheveux ou les doigts, ou en se blessant les jambes avec des instruments contondants. » J'ai pris peur ! Tetsuo s'est mis à rire, du rire le plus enfantin et le plus innocent qui soit ! S'était-il moqué de moi, par hasard ? Il me dévisagea, ses yeux étaient agités. « Tu sais que je n'ai aucun goût pour ce genre de mœurs barbares. » Et une fois encore il invoqua son poète : « À deux pas de moi vit un bonheur immense qui dépasse mes espoirs les plus audacieux et qui ne dépend que d'un mot, d'un sourire. »

2. Pourquoi a-t-il choisi la profession de chirurgien ? Parce qu'il espérait pouvoir comprendre les tressaillements du cœur humain une fois qu'il en tiendrait un entre les mains. En disséquant le corps, il pourrait reconnaître l'âme !

3. Cet idiot veut apprendre l'amour par les livres. Il compare chacune de ses émotions, chaque regard, chaque geste de ma part à son stupide almanach amoureux. Comme si j'étais un appareil qu'il s'agirait de décrypter avant de se régler sur lui ! Il lit Flaubert, Goethe et Dante, et il me semble qu'à chaque page son impressionnante confusion augmente encore. Tantôt il chante l'hymne de la chasteté, tantôt il dénonce l'esprit puritain, selon lui fondamentalement étranger aux Japonais, et donc incompréhensible d'eux. Le matin il découvre les avantages du libertinage, à midi l'amour passionné l'enivre, le soir il entonne des cantiques à la fidélité conjugale, conquête présentée comme la base de la civilisation ! Hier il a dit de son peuple – c'était sans doute dans un moment de lucidité sur son propre cas – qu'il était « une espèce relativement maladroite quant aux choses de l'amour, et qui n'était pas à la hauteur d'une sensualité débordante ».

4. Aujourd'hui il m'a dit : « Je suis déçu par votre amour. » Et ma frayeur n'a pas été mince, car j'ai commencé par croire qu'il parlait de mon amour personnel. Mais ensuite il m'a expliqué ses mots : « Vous, les Européens, vous avez pour toute chose un système, une grille, une logique. La seule chose que vous n'arriviez pas à mettre en ordre, ce sont vos sentiments. » Il aspire à une physique de l'amour et ne trouve que mythes et idolâtrie.

5. Il me prend pour une Bovary ! Et il s'enivre de cette pensée. Aujourd'hui il me dit : « Tu es une créature exaltée, irréfrénée ! » Il m'appelle « sa Française ! » et se croit sans doute épouvantablement chic et moderne. Je crains qu'il ne se ridiculise.

6. L'amour n'est rien.

ARRIVÉE — **1.** Ça se dégage. Mieux, je ne peux qu'avoir l'impression que c'est le premier moment de clarté depuis bien des années. Les ombres ont disparu. Et à la question à laquelle je me suis déjà souvent et craintivement confrontée, à savoir si une vie clôturée et dressée puis violemment frappée par le destin peut jamais s'épanouir vraiment, j'ai donc trouvé en dernier lieu une réponse. Il existe bien des arbres qui commencent par pousser de travers, mais qui, ensuite, grandissent tout droit vers le ciel, n'est-ce pas ? Le Japon ! Au bout du compte, je suis née à une heureuse époque. Car maintenant que ce pays emprunte la voie de la civilisation occidentale, qu'il a décidé par lui-même de régler son pas sur le pas transformé du monde moderne, que les fils du Japon viennent par conséquent étudier dans nos universités et que nos consuls fréquentent ses ports et sa capitale, que toutes les digues ont rompu et qu'on se tend la main d'un bout à l'autre du globe, qu'on peut se passer mutuellement la bague au doigt, je peux enfin tenter ma chance obstinée.

2. Le navire entrait dans la baie d'Edo au moment où une neige dense s'est tout d'un coup mise à tomber. De grands flocons lourds et chargés de rêves qui tournoyaient, montaient et descendaient, puis disparaissaient dans l'eau sombre. Le visage collé au hublot givré, j'ai suivi ce spectacle vertigineux, je voyais des formes, des figures, des histoires entières naître sous mes yeux pour se perdre ensuite dans le chatoiement blanc. Mon esprit était enfiévré. J'avais dû tomber malade plusieurs jours auparavant, pendant le typhon. Je ne voyais rien de la côte. Enveloppée dans la brume, elle m'était dissimulée. De cette image trouble et laiteuse surgissaient, de temps en temps, les contours des chalutiers, irréels et lointains avec leurs voiles en trapèze, leurs lanternes et leurs torches scintillantes, comme s'ils venaient d'un autre monde situé hors de notre réalité. Y avait-il vraiment des pêcheurs téméraires en mer à cette heure-là ? À un moment – tel un fantôme ! – une galère a glissé à côté de nous, et je sens encore aujourd'hui le désir ardent, sombre et familier qui s'est emparé de moi à l'idée de continuer à son bord et de hisser les voiles en direction de l'inconnu. J'ai soudain entendu des cris d'étonnement, lointains et étouffés. Je me suis dirigée vers eux et, plus en somnambule que guidée par mon entendement, j'ai tâché de m'abriter. Les flocons de neige fondaient sur mon front brûlant et mes joues en flammes. J'ai alors trouvé un groupe de voyageurs, dissimulés sous des parapluies, emmitouflés dans des couvertures, qui pointaient un doigt vers le ciel en poussant des cris

Le mont Fuji

Le port de Yokohama

de joie. J'ai donc moi aussi levé la tête en clignant des yeux – la vue troublée par la neige –, lorsque, comme pour nous saluer, un rayon de soleil s'est frayé un chemin étroit dans la sombre couverture nuageuse, à travers les bancs de brume et les bourrasques de neige, une route de lumière enchanteresse. J'ai compris ce qui flottait au-dessus des neiges, imposant et sublime. Je n'ai d'abord vu que lui ; l'instant d'après il avait de nouveau disparu : le mont Fuji, dont le sommet blanc dépassait de la brume grise comme s'il se fût agi de l'Olympe.

3. Nous avons jeté l'ancre devant Yokohama. En la septième année de l'ère Meiji, le 27 du mois de l'Affection, le jour de la Lune, à l'heure du Serpent. Aucune terre n'était en vue. Le Japon se cachait-il réellement derrière ce mur de neige et de vapeur ? Tremblante, impatiente, j'insistai pour qu'on nous débarque. Poser enfin le pied sur ces îles heureuses ! Et pourtant je dus souffrir le martyre pendant deux heures avant que Tetsuo déniche un marin de petite taille qui accepta de nous transporter à terre à bord de son esquif, en compagnie de quelques-uns de nos compagnons de traversée – parmi lesquels se trouvait la malheureuse Signora dos Santos, tellement chargée de chagrin qu'elle en était à peine capable de marcher, et dont je m'occupai aussi bien que je le pus. Et tandis que notre petit groupe de voyageurs se retirait sous une tente à l'arrière du navire et s'y cachait pour échapper à la chute de neige dense, les marins, vêtus d'une tenue charmante, avec leurs chapeaux concaves et plantureux, ainsi que des capes de paille de riz sauvage recouvertes de neige, actionnaient les longues et lourdes rames. Sans doute pour se faciliter le travail, ils entonnèrent en souquant un chant mélancolique et monotone qui suivait le rythme des battements de rames et qu'ils interrompaient seulement de temps en temps pour lancer leurs cris aigus et lugubres, lesquels, c'est du moins ce que je supposais, revenaient comme en écho depuis d'autres barques invisibles. Je me suis crue sur le Styx, Charon au gouvernail me menait tout droit au royaume des morts. Tetsuo m'a posé la main sur le front. « Nous arrivons, a-t-il chuchoté, tiens bon. »

4. Tout cela sort d'un conte de fées. Le débarcadère était couvert de neige. Les rues balayées par le vent. Les pignons des édifices anglais étaient ensevelis sous une couverture blanche, tout comme les cimes des arbres derrière eux. Le tableau d'ensemble était tellement onirique et coupé du monde que j'aurais sans doute été engloutie, tout étonnée, dans la neige et la glace si Tetsuo ne m'avait pas implorée de me remettre en route et de le suivre au bureau des douanes. Je tremblais désormais de tout mon corps. L'air, lui-même sans doute devenu glace, traversa inexorablement mes vêtements, jusqu'à la moelle.

Un jinrikisha

Mais avant même que je ne m'en rende compte, je fus entourée par de petits Japonais gracieux enveloppés dans plusieurs strates de tissu et de paille, qui sentaient le vin de riz et étaient sans doute venus me sauver. Mon époux les dirigeait en poussant de grands cris. D'un seul coup, je me suis retrouvée sur un drôle de siège couvert de coussins et de velours, pourvu de deux grandes roues apposées à ses flancs, qui lui servaient de pieds, ainsi que d'un toit de papier huilé qui, habilement tiré en un clin d'œil vers l'avant, m'entourait à présent comme une gangue protectrice ! C'était une sorte de calèche minuscule que l'on appelle *jinrikisha*. Seulement aucun cheval, âne ou bœuf n'était attelé au véhicule, uniquement un petit bonhomme énergique qui devait mesurer une tête de moins que moi et qui, chaussé de simples sandales en paille, me tirait bravement en avant dans la neige ! C'était trop amusant ! J'ai dû rassembler toutes mes forces pour ne pas éclater de rire. N'était-ce pas condamnable, de se faire tracter par un coolie comme par un esclave fouetté ? Et pourtant, j'ai ri ! Tout en ayant honte de ma pulsion. Je lui ai donc demandé de s'arrêter, mais j'aurais tout aussi bien pu le prier de danser en rond sur une jambe, car il comprenait aussi peu de choses à ma langue que moi à son monde. Il se mit donc à courir encore plus vite, pensant sans doute que je lui reprochais sa paresse et lui demandais de presser le pas ! Le moins qu'on puisse dire était que le chemin était cahoteux. Mes aïeux, je ne suis tout de même pas un sac de pommes de terre ! Mais mes protestations furent vaines, il ne me resta plus qu'à laisser ce malheureux serf accomplir son travail et à me promettre de le dédommager comme il se devait. C'est alors que me vint l'idée de relever un peu le toit en papier huilé du *jinrikisha* et d'oser jeter un coup d'œil au monde inconnu qui m'entourait. On aurait dit un tour de magie. Le paysage était éclairé par le plus vif des soleils ! Tout baignait dans un blanc étincelant. Le décor scintillait et jouait, pétulant, avec cette lumière qui tombait soudain du ciel. La brume, elle aussi, avait disparu. Et la baie d'Edo livra subitement l'ampleur de sa beauté. Les vagues devenues bleues et claires, les voiles blanches des bateaux des pêcheurs, les paquebots en provenance des quatre coins du monde ! J'entraperçus une dame insolite dont les yeux sombres me regardaient avec curiosité sous une coiffe somptueuse piquée avec des épingles à cheveux, tandis qu'elle passait devant moi comme si elle volait, à bord d'une litière abondamment décorée et portée par deux coolies. J'ignore comment cela se produisit, mais ce fut justement le moment où l'homme qui tirait le *jinrikisha* glissa, sans doute sur une plaque de glace, et perdit l'équilibre. Ensuite, tout alla trop vite. Je me retrouvai tête la première dans la neige ! Et tandis que le pauvre coolie, pleurnichard et dévoué, ne savait pas vraiment s'il devait épousseter mes vêtements, s'incliner profondément pour me demander pardon ou s'enfoncer de honte dans la terre, je ne pus rien faire d'autre que de partir d'un rire joyeux ! J'avais donc à présent, au sens propre, atterri sur le sol japonais !

5. Des heures d'attente auxquelles nous fûmes astreints parce que l'unique voie de chemin de fer du pays – la liaison entre Yokohama et Edo, construite par des ingénieurs britanniques et inaugurée en grande pompe deux années plus tôt ! – n'était pas praticable en raison des intempéries ; du saké qui nous réchauffa ; du voyage d'une heure, pour finir, que nous pûmes tout de même entreprendre, de la suite du parcours, à bord d'un *jinrikisha*, vers la haute ville ; de l'arrivée dans la famille Ōtomo, de tout cela je ne perçus qu'une poignée d'images schématiques, de sons et d'odeurs exotiques. Mon esprit était depuis longtemps plongé dans les rêves chatoyants d'une vie nouvelle et libre, d'une vraie vie.

AURORE — Le tissu humide sur mon front en feu. Qui me l'a posé ? Combien de temps ai-je été absente ? Sommeil obscur et sans rêves. Un matelas fin sur des nattes en paille de riz, un bloc de bois en guise d'oreiller, me voilà allongée au sol dans cette pièce sombre. Le brasero en cuivre dégage un peu de chaleur. La braise crépite, cela calme les nerfs. J'ai trouvé à mes pieds un récipient brûlant, enveloppé de tissu et dissimulé sous la couverture, il me tient chaud. Et une lanterne en papier, sur laquelle sont peints des caractères japonais, projette sa lumière maussade et me permet d'écrire. À plusieurs reprises je m'arrête au milieu d'une phrase, à cause de la soif qui me torture, je prends avidement quelques gorgées dans la petite tasse qui se trouve sur une planche à thé à côté de moi et où je verse d'une main tremblante l'eau de la carafe. Quel silence ! La seule chose qu'on entende est un gong, de temps en temps. Une cloche de temple ? Que s'est-il passé ? Si seulement je pouvais penser distinctement ! Pourquoi mon esprit déraille-t-il à la moindre ombre qui tombe sur lui ? J'aimerais être plus forte, avoir un sens plus solide de la réalité. J'aimerais… Bon, reprenons : que s'est-il passé ? J'arrive ici, prise de fièvre. Il règne une certaine agitation dans la maison. On me porte, sans doute dans cette pièce. Lorsque je me réveille, je suis dans la pénombre, comme maintenant. Il y a là un baquet en bois, de la vapeur s'en échappe. Et une jeune femme en kimono est assise sur ses talons à côté de moi, elle me chuchote quelque chose d'incompréhensible puis s'incline profondément, le front touchant le sol. Je suis trop faible pour me redresser et pour parler. Et pourtant je parviens à soulever un peu la tête. Je me vois ainsi allongée, nue, exposée dans la posture la plus vulnérable. La jeune Japonaise me frictionne alors la peau avec une serviette rugueuse qu'elle plonge dans l'eau brûlante et fumante à chaque fois qu'elle a accompli deux passages. Le clapotement, le bruit des gouttes, celui de l'essorage, tout cela est extraordinairement mélodieux et bruyant. Le chiffon gratte ma peau irritée. Elle me lave avec un dévouement et une abnégation tellement singuliers que je me laisse faire sans résister. Je redeviens un enfant, un nourrisson entre les mains aimantes de sa mère. Il ne me reste donc pas d'autre choix que de m'y plier. Lorsque je me réveille, le jour s'est levé. Je me retrouve enveloppée dans un kimono, je sens qu'un peu de force est revenue en moi. J'entends des hurlements dans la maison, une dispute, une voix profonde et gutturale qui me fait frissonner. Je tente de me relever, précautionneusement, et j'y parviens aussitôt. Pourtant je n'ose pas quitter cette pièce, je vais et viens sur la natte, pieds nus, sur la pointe des pieds, je mets à l'épreuve ma force retrouvée. Que se passe-t-il ensuite ? Ensuite, quelqu'un écarte à grand fracas une paroi murale et la terreur me fait presque bondir à travers le panneau de papier ! Il se tient planté là devant moi, le voyou qui braille en habits d'aristocrate avec sa veste pompeuse aux épaules en forme d'ailes, avec le tablier plié qu'il porte sur son kimono, son crâne aux cheveux coupés ras, la petite tresse qui tremble gauchement en son sommet et les épées luxueuses coincées dans sa ceinture ! Il me toise avec mépris. Et je me dis qu'il va me couper la tête. Puis il tourne les talons et s'en va sans dire un mot.

BAIN — C'est la distraction favorite du peuple japonais. Du plus pauvre raccommodeur de sandales à l'empereur, on ne trouve sans doute pas une personne pour laquelle le rituel quotidien du bain ne soit pas une obligation. Même le mendiant qui vit dans les fossés donne une

Un bain public au Japon

impression de parfaite propreté et ne renonce pas un seul jour de l'année à se laver consciencieusement. À cette fin, on utilise le plus souvent comme baignoire un baquet de bois qu'on remplit d'eau du puits avant de la réchauffer au-dessus d'un feu de charbon. Comme un tel aménagement, on s'en doute, entraîne un risque d'incendie considérable, la plupart des habitants y renoncent et préfèrent fréquenter les maisons de bain, dans lesquelles les gens les plus variés se rassemblent sans la moindre gêne. On ne connaît sans doute pas le péché au Japon, car la nudité ne heurte pas le moins du monde le sentiment de pudeur ! Il faut noter qu'on ne se savonne pas une fois qu'on est dans la baignoire, mais avant d'y monter, et qu'on le fait de la manière la plus attentive, en se frictionnant, de telle sorte qu'ensuite, on se plonge de la tête aux pieds, déjà propre, dans le baquet, pour rester en position du nourrisson, enfoncé jusqu'au menton dans l'eau qui mijote, le tout uniquement pour le plaisir. Comme j'étais donc soulagée d'apprendre que la maison des Ōtomo possède son propre bain ! Il est composé d'une sorte de cabane dans un coin de laquelle se trouvent une baignoire en bois et un petit poêle. Aujourd'hui, lorsque j'y suis entrée pour la première fois, j'étais tout de même fort étonnée. « Où sont les rideaux ? Où est la serrure ?! » Et mon époux a eu l'insolence de me rire bruyamment au nez ! Le côté de la salle de bains donnant sur le jardin était en effet entièrement en verre, sans paravent ni voile pour barrer la vue ! La porte est une simple paroi coulissante dépourvue de tout système de fermeture. Et une fenêtre non voilée ouvre directement sur la cuisine ! Mon Dieu ! On pourrait donc facilement, tandis que je suis dans la baignoire, me servir une coupe de riz par le guichet et, au passage, se repaître à l'envi de mes formes. Quel aménagement pratique ! Je me suis donc mise à l'ouvrage, j'ai rassemblé tous les tissus et toutes les épingles que je pouvais trouver dans la maison et j'ai commencé à occulter les ouvertures de la manière la plus méticuleuse ! Une entreprise d'envergure, qui m'a certainement occupée pendant une heure. Suzu-san, Kumiko-san, Koko-san, Daisuke-san, tous se sont rassemblés pour commenter ma singulière manœuvre avec admiration ou bien, je n'en suis pas tout à fait certaine, avec mépris. Je n'ai pas manqué non plus de leur faire un exposé détaillé sur la moralité européenne, mais en pure perte, car ils ne comprenaient pas un mot de ce que je disais. J'ai bloqué la porte de l'intérieur, avec un siège. Ah, comme je l'ai apprécié, ce bain !

BIENVENUE — 1. En deux mots, voilà ce que je crois comprendre de cette affaire : strictement rien ! En tout cas il semble y avoir trois mauvaises nouvelles et elles paraissent imbriquées de la manière la plus perfide qui soit et pour moi insondables. La première est la suivante : nous sommes certes mari et femme, mais pourtant nous ne le sommes plus. Tout dépend de la partie du monde depuis laquelle on considère la question. On ne veut pas reconnaître notre mariage ! On argue de formalités pour refuser de nous délivrer le certificat. Ai-je donc aussi épousé l'Empire japonais, pour que celui-ci ait également son mot à dire ? Et comme si cela ne suffisait pas, le message de malheur suivant arrive juste après ! Un ami, membre du clan Nabeshima, est venu hier soir à la maison, apportant la nouvelle qu'après des manigances et des actes condamnables, Sagara Chian, jusqu'alors le médecin le plus influent du pays, avait été chassé de toutes ses fonctions par le gouvernement. C'est manifestement à ce Sagara Chian que Tetsuo devait faveur et protection. C'est lui qui lui avait ouvert le chemin de l'Europe. Et c'est lui, pour finir, qui lui avait fait miroiter ce poste à la faculté de médecine. Bref, la chute de cet homme signifie aussi, et inéluctablement, la nôtre ! Tetsuo riait en me racontant tout cela. La troisième nouvelle est sans doute la plus sombre : il va y avoir une insurrection, peut-être une guerre. Il vaudrait sans doute mieux que je replonge dans la fièvre.

2. Tetsuo est opposé à toute aventure de ce type, il juge cela stupide et nocif pour ce pays en pleine ascension et qui a désormais sans aucun doute des missions plus urgentes à remplir que de s'épuiser dans un massacre et de s'attirer de la sorte le courroux des puissances occidentales. Mais son oncle, ce grossier personnage qui faisait hier un tel tapage dans la maison, est l'un des meneurs des va-t-en-guerre au Saga, la province du Sud d'où est issue la famille de Tetsuo, et il est sans doute venu gagner son neveu à sa cause. Ce n'est cependant pas contre la Corée qu'ils veulent désormais prendre les armes, mais contre les autorités de leur propre pays. On prépare une rébellion contre le gouvernement qui refuse de faire la guerre à la Corée ! Tout cela me fait peur. Tetsuo ne m'a-t-il pas expliqué, dès notre traversée, que cet ordre primitif des catégories sociales, des vassalités et des clans avait été définitivement aboli dans le nouveau Japon ? Cet oncle tonitruant ne semble en tout cas pas en avoir été informé ! Je ne peux me défaire du soupçon que la dissolution de la caste des samouraïs entreprise dans le sillage des grandes réformes pourrait être la véritable raison du désir de guerre et de gloire au combat qui commence à germer – bref, du désir d'affronter un ennemi, la Corée, qui doit aider à rendre supportable la chute des anciens hommes aux deux épées, ou les aider à trouver un nouvel éclat.

COLONIALISME — **1.** J'ai donc fini par céder et, en gentille épouse dévouée et bien élevée, j'ai accompagné mon mari chez les Rossignol, à Yokohama. Cette querelle m'était trop pénible. Et comme nous nous y sommes finalement rendus dans la calèche à deux chevaux privée de nos hôtes, en longeant des rizières et des bois de bambous, avec une perspective pittoresque sur la baie d'Edo, avant de monter sur la colline de la concession française, colline qu'ils appellent *The Bluff*, et de rencontrer toutes sortes de gentlemen anglais, français et allemands qui, passant à cheval près de nous, nous saluaient d'un air impassible, il arriva même que je me laisse emporter par des souvenirs

Une soirée mondaine au Japon

larmoyants de ma terre natale. Mieux, j'éprouvais une certaine joie à l'idée de dîner, pour une fois, dans une maison digne de ce nom. Nourriture française ! Vin français ! Mais comme elle s'est vite dissipée, cette sentimentalité absurde. On nous a reçus courtoisement dans cette demeure de maître, mais avec une froideur appuyée. Ces gens blasés, infatués ! On réside ici comme si l'on était dans la banlieue de Paris ou de Londres, et comme si l'on employait des *boys* chinois et japonais sous prétexte que l'on éprouve le spleen des hommes du monde ou que l'on entretient de curieuses marottes. Les autres invités étaient déjà arrivés. À côté de Monsieur et Madame Rossignol se trouvaient donc aussi Monsieur Fichaux, banquier de Paris, ainsi que Mister Maddock, un marchand de soie de Liverpool. (Auparavant, il faisait le commerce de l'opium en Chine.) Bref : j'étais tombée dans un amas de petits-bourgeois. Tandis qu'on servait l'apéritif, j'ai aussitôt eu l'audace d'interroger sans gêne ces messieurs sur les expériences qu'ils avaient faites au Japon. Un faux pas ! On aurait difficilement pu me faire savoir de manière moins équivoque que parmi les résidents européens, il n'est pas de bon ton d'éprouver le moindre intérêt pour ce pays dans lequel on daigne séjourner. Les pharisiens demeurent entre eux, toute autre attitude serait indigne. Madame Rossignol a été la seule à noter que ses leçons sur la Bible n'avaient jusqu'ici guère rencontré de succès et qu'elle allait avoir bien du mal à sauver ne fût-ce qu'une seule âme égarée. Loué soit Dieu au plus haut des cieux ! Amen. Je n'ai par conséquent guère apprécié les mets qu'on nous a servis. Mon époux s'est livré à un exercice de mutisme et m'a laissé le soin de faire la conversation, ce pour quoi je l'ai copieusement maudit. Ses intérêts professionnels ne pouvaient cependant que me tenir à cœur. C'est ainsi que, tandis que l'on s'attaquait à la bouillabaisse garnie de crevettes, de moules, de baudroie et de congre, j'ai dévié la conversation sur le projet d'école privée de sciences occidentales. Monsieur Rossignol a alors pris la parole. « Vous voulez que nous investissions ? Soit, mais dites-moi une chose : pour quel profit ? Cette science que vous songez à enseigner, Monsieur Ōtomo, n'est-ce pas celle-là même qui nous montre sans la moindre ambiguïté que la nature a attribué à chaque peuple certaines particularités, que la race mongole est malheureusement incapable de progresser, comme l'écrivent par exemple Herder, Buckle ou Draper, et que toute entreprise allant dans ce sens est donc peine perdue ? » Disons-le, j'en suis restée bouche bée. Ce n'était pas seulement son hôte, non, c'est la race entière que le maître des lieux déclarait imperméable à l'éducation, d'une seule phrase, tout en mangeant bruyamment ses moules. « Dieu nous a tous créés égaux ! protesta Madame Rossignol, et même le Japonais est capable d'accéder à la civilisation, j'en suis certaine. » On entendit Mister Maddock toussoter. « C'est utile à nos affaires. Point final ! Plus vite les réformes avanceront, mieux cela vaudra ! Le commerce stagne depuis plusieurs années. Pourquoi ? À cause de la frugalité du peuple indigène, qui ne connaît ni la misère ni la surabondance, qui ne ressent pas plus le besoin d'avoir les marchandises sous lesquelles nous pourrions l'ensevelir qu'il n'a les moyens de les payer. Mettez les Japonais dans des écoles, enseignez-leur la civilisation, et tout suivra son cours rationnel. » – « Mais voyons, ce peuple inférieur n'a pour cela ni l'entendement ni l'échine morale nécessaires ! répliqua vivement Monsieur Fichaux. Donnez votre savoir supérieur à un indigène qui ne maîtrise même pas les bases de l'école des pauvres, dont le petit intellect a été abruti par des années de méditation sur une succession de pictogrammes chinois, et il croira, dans sa morgue grotesque, qu'il peut contrôler et diriger ce dont il ne comprend pas même les prémisses. Il est possible qu'un jour, un Japonais puisse comprendre comment on manie un appareil télégraphique ou comment on dirige une locomotive, il n'en restera pas moins un barbare. Ce dont on a besoin, ce n'est pas d'écoles, mais de nos militaires, et les vieilles cultures de l'Orient, ces survivances, seront tôt ou tard entre des mains européennes. Tel est le cours de l'histoire. » J'avalai à cet instant une crevette de travers. Tetsuo ne disait rien. « Cela aura peut-être échappé à cette digne assemblée ? commencé-je. Il y a en tout cas plusieurs personnes dans cette pièce qui démentent vos propos. L'une d'entre elles a passé son doctorat auprès de l'un des médecins les plus renommés d'Europe. Un peu fort pour un spécimen d'un peuple inférieur, n'est-ce pas ? Quant à vos domestiques, Monsieur Rossignol… » L'intéressé me coupa grossièrement la parole. « Ah, Madame, ne me parlez pas de ces bons à rien ! Ils sont la pire chose que j'aie jamais vue ! Je leur préfère encore n'importe quel Chinois. Celui-là, au moins, reste Chinois où qu'il se trouve. Le Japonais, en revanche, qui a jadis lui-même emprunté à la Chine sa civilisation, sa religion et même son écriture, est un opportuniste. Et voilà maintenant qu'il singe l'Europe ! C'est sans doute dans sa nature d'imiter les autres, car il ne peut rien puiser à partir de lui-même. Ainsi, Madame Ōtomo, assurément, le domestique japonais imite-t-il fidèlement son maître ; mais abandonné à lui-même, c'est un esprit faible. Tendre et dépendant au-delà de tout, il faut le rosser régulièrement, ce qu'il supporte aussi sans colère. La canne de bambou est douloureuse, mais elle ne déshonore pas. Le Chinois, en revanche, n'éprouve aucune inclination pour le maître qu'il sert. Il est droit et correct. » C'en était assez ! D'un coup, je me levai, fis claquer ma serviette sur la table avec une telle force que les verres en vacillèrent. Tous les regards se braquèrent sur moi. J'avais le poing fermé de désespoir. Mes genoux tremblaient. Tetsuo se leva lui aussi et hocha la tête dans ma direction. « Nous partons. » Et sans dire un mot de plus, nous avons quitté cette maison infâme. « Vous devriez avoir honte, Madame ! Pareil agrégat contre-nature entre des races différentes ! Vous êtes une tache sur l'honneur de la France ! »

s'est exclamé Monsieur Fichaux dans mon dos. J'ai serré fort la main de Tetsuo. Mes larmes n'en finissaient pas de couler.

2. Il ne peut pas supporter la moquerie. Dans ce pays, l'affront pèse plus lourd que la mort.

FAMILLE — 1. Non, contrairement à ce que je croyais à tort, ce ne sont pas du tout trois sœurs ! Il y a donc Kumiko-san, ma jeune belle-sœur, une créature féerique, quasiment irréelle, avec ses lèvres aux reflets d'or, son visage rond et poudré, sa gracieuse coiffure et ses yeux noirs et farouches. Elle n'effleure jamais le sol, je suis certaine qu'elle vole, pas une seule fois encore je ne l'ai entendue produire le moindre bruit. Son regard m'évite en permanence. Elle est d'une telle pudeur, d'une telle chasteté que je brûle de l'attirer hors de sa cachette. Et puis il y a Koko-san, ni la sœur de Tetsuo ni sa maîtresse, mais une servante attachée à la maison, ce que j'aurais été incapable de deviner. Elle paraît plus ferme dans son attitude, mieux, plus affable et plus agile que Kumiko-san, et je les ai pourtant vues toutes les deux accomplir les mêmes travaux d'intérieur et se consacrer à leurs invités avec le même zèle. Quant à Suzu-san, ma belle-mère, je la prenais pour une femme de trente ans tout au plus ! Comment ai-je pu me tromper à ce point ? Je n'ai pas grand-chose à ajouter sur elle, car elle ne fait jamais que sourire. Vit également ici Daisuke-san, le vieux coursier, un personnage candide au cœur fidèle, la barbe hirsute et les yeux bienveillants.

Vie domestique au Japon

2. Certes, on est aimable avec moi. Pas un mot de travers, pas un regard méchant. On sourit, on s'incline, on se frotte vivement les genoux, on me sert du thé, on m'offre des cadeaux. (C'est ainsi par exemple que j'ai reçu ce somptueux coffret laqué rempli d'un effroyable brouet de farine et de graisse que l'on m'a vanté comme de la viande aigre-douce !) Et pourtant il me semble que toute cette cordialité ne dissimule que de la méfiance. Ou du mépris ? N'ai-je pas vu ce même sourire toujours identique sur le visage de Koko-san lorsque Tetsuo l'a réprimandée, hier ? Et aujourd'hui, le coursier n'a-t-il pas éclaté d'un rire strident lorsqu'il a parlé de l'atroce naufrage du *Nil* ?

3. Je suis ainsi revenue de belle humeur de ma petite excursion, j'ai pris le temps de payer mon souriant petit cheval humain, j'ai franchi le portail de la propriété et je me suis dirigée vers la maison avec une once de sensation oppressante, en m'abstenant cependant d'annoncer mon retour en lançant un bruyant *Tadaima ! Tadaima !* En passant le seuil, j'ai observé les trois femmes, de l'humeur la plus détendue qui soit, assises autour du brasero à faire cuire du riz et à découper le *daikon*, le gigantesque radis, à se taquiner, à plaisanter, à faire des bêtises et à glousser comme les plus ingénus des enfants. Je les ai vues tellement tranquilles, tellement familières les unes avec les autres, plongées dans leur petit présent rebondi, que le fait qu'elles n'aient même pas relevé ma présence me causa une vive douleur. D'un seul coup, tout me parut maussade et sans espoir. Ce fut le moment où elles prirent conscience que j'étais là et me firent sur-le-champ une gracieuse révérence, puis retournèrent, muettes et stupides, à leur radis. Je suis allée me cacher dans le bois de bambous.

4. Suis-je donc une menace pour eux ? Leur ai-je causé du tort, me suis-je comportée de manière contraire aux bonnes mœurs ? Ah, décidément, cela ne commence pas bien pour moi !

5. Tout est étiquette ! Tout est forme ! On passe ses journées à échanger des courtoisies. On ne cesse de présenter des excuses pour sa grossièreté, pour l'incongruité que représente le seul fait d'exister. Ce que les femmes, à la maison, ne sont ni ne possèdent elles-mêmes, elles le considèrent comme « O » – c'est-à-dire comme honoré. Et cette voyelle, « O », elles la placent devant chaque mot. Puis-je, honorée Madame, pour votre honoré retour, détacher vos honorées sandales de vos honorés pieds sales ? O, o !

6. Il y a dans la maison un petit autel que l'on appelle *butsudan*. Y sont disposés coupes à offrandes, compositions florales, petites tablettes ornées d'écriture dorée, bougies, encensoirs, riz cuit du jour et thé. J'ai pensé qu'il était consacré à une quelconque divinité, et je me suis étonnée lorsque j'ai vu Tetsuo y faire sa prière, lui qui n'a d'ordinaire que railleries pour ce genre de superstitions : faire sonner une clochette, joindre les mains, s'incliner. Je lui ai donc demandé ce qui lui arrivait. Il m'a expliqué que c'était l'autel de ses ancêtres. Que ce que l'on voyait était des tablettes mortuaires, des *ihai*, celle de son père, par exemple, ou celle de son frère aîné qui, il y a quelques semaines, pendant les insurrections, a connu une mort cruelle à la bataille d'Ueno. Quant à son père, il était mort peu avant le départ de Tetsuo. Il ne m'en a encore jamais parlé. Après quarante-neuf jours de deuil, il avait quitté le Japon, c'est ce qu'il m'a raconté aujourd'hui, « pour faire honneur à son nom en Europe ».

7. Nous sommes donc restés toute la nuit autour du *hibachi*, le brasero de charbon, et Tetsuo a raconté, tantôt en japonais, tantôt en français, les anecdotes les plus étonnantes, par exemple à propos de son père, ce savant excentrique, ou de l'aimable vanité de sa mère, ou des pitreries qu'il faisait dans son enfance à Dejima et de sa période d'errance lorsqu'il était étudiant à Vienne. Il racontait d'ailleurs moins ses histoires qu'il ne les jouait à la manière d'un mime, il se dressait, tournait sur lui-même, faisait des grimaces, se transformait en personnages, en animaux et en éléments, tout en produisant les bruits les plus fantaisistes. C'était vraiment trop drôle ! Je ne pouvais que le trouver d'une telle beauté ! C'est alors que j'ai remarqué que je ne notais plus vraiment si Tetsuo nous racontait ses histoires dans une langue ou dans l'autre : cela n'avait plus d'importance. Comme si nous nous comprenions tous. Kumiko-san a eu un éclat de rire aigu et a posé sa jolie petite tête sur mes cuisses. J'ai rassemblé toutes mes forces pour ne pas pleurer de bonheur. Pour finir, Suzu et Kumiko ont joué sur le *shamisen*, le luth japonais. On aurait dit qu'on accordait un piano, mais on m'a garanti que c'était de la très bonne musique.

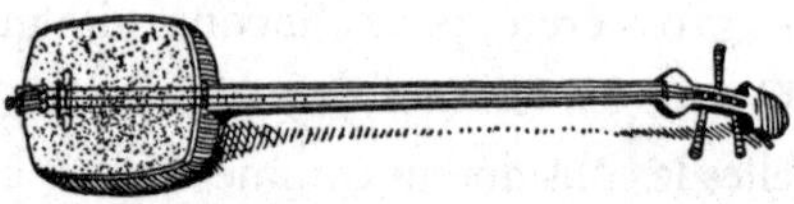

Shamisen

HABITS — Aujourd'hui j'ai couru dans les rues et j'ai consacré une attention illimitée à la garde-robe des hommes japonais. Ceux-ci ont en effet pris l'habitude, ces derniers temps, de mélanger de la manière la plus saugrenue leurs tenues traditionnelles locales et les importations européennes les plus modernes. Les chapeaux de quaker en feutre sont

Les progrès de la mode japonaise

par exemple l'un des accessoires les plus convoités dans le pays ! Chaque gentleman qui en porte un sur la tête sait en tout cas qu'il a une longueur d'avance dans la course au galop à laquelle se livre le monde. En quoi cela le dérange-t-il de porter son chapeau les pieds chaussés de sandales de paille et les jambes nues ? S'il le lève pour saluer comme un homme du monde, il dévoile désormais non plus sa tête rasée ornée d'une tresse, mais une chevelure abondante et brossée à l'européenne. Certains portent une pèlerine sans manches sur leur kimono ; les manches larges et souples leur rappellent sans doute leurs anciennes tenues traditionnelles et leur sont donc trop familières. Un monsieur accoutré de la sorte est passé devant moi et a fait preuve d'un certain sens de l'art : le but de l'accessoire lui étant sans doute demeuré une énigme, il portait en ceinture la chaîne de sa montre de gousset qui lui pendait ainsi sur la cuisse ! Mais ce qui vaut à ces messieurs progressistes les pires tourments de l'enfer, ce sont les chaussures. Ce qui manque au Japonais, ce sont les pieds de l'Europe, que des générations ont atrophiés, ratatinés et rétrécis. Si l'on porte des bas, ici, ceux-ci offrent un espace séparé pour le grand orteil, qui se détache largement, ce que je trouve franchement délectable. On imagine difficilement l'affliction d'un Japonais qui tente de passer sa première paire de bottes. Ces douleurs ! Chaque jour j'entends Tetsuo gémir et maudire, payer son tribut à la civilisation des œils-de-perdrix !

JAPON, VIEUX — 1. J'ai suivi le chat. Comme son pelage roux-brun brillait au soleil ! Et en un instant, franchissant deux ponts de pierre, remontant rapidement la colline, redescendant par la ruelle sinueuse, je fus dans un secteur éloigné de la ville. J'eus tout juste le temps de voir la queue disparaître par la porte d'un temple, comme si elle me faisait signe, puis je ralentis enfin le pas et finis par m'arrêter. Et pendant que, cherchant à reprendre mon souffle, je montais les marches moussues du portail, deux gardiens de la porte, d'effrayantes idoles peintes en rouge et en bleu, faisant des grimaces démoniaques, les corps tordus dans des poses grotesques, me regardaient d'en haut d'une mine tellement sanguinaire que j'hésitai brièvement à entrer. Quelle dévastation y ai-je trouvée ! On y voyait des piliers effondrés, les ruines de pilastres rouges abondamment sculptés, les restes de lustres, de vases et d'ornements sacrés. J'ai découvert une pagode de pierre en morceaux, un clocher à moitié effondré, la cloche de bronze du temple mise en pièces ! Les traces et les stigmates d'une destruction volontaire. Quelle colère les moines ont-ils bien pu s'attirer ? Ce que l'arbitraire humain n'a pas brisé et piétiné ici, la nature lui a donné son reste. Des lianes ont pris d'assaut les fentes et les fissures, des lichens et des mousses ont recouvert les surfaces en bois. Sur un tableau cassé orné de caractères et reposant dans la poussière poussaient de petites plantes pleines d'espoir qui s'apprêtaient à produire des fleurs. Je suis alors entrée dans le bâtiment que je ne pouvais que prendre pour le temple principal, avec son toit joliment recourbé et ses décorations énigmatiques ; j'ai pénétré dans la pénombre de cette grande salle qui fut sans doute, jadis, consacrée au culte. J'ai entendu un feulement, des pas hésitants, un miaulement ! Entre les statues effondrées des Bouddhas s'ébattaient des chats qui s'étiraient, somnolaient paresseusement, chassaient avec application ou se contentaient d'observer attentivement l'intrus, les yeux fixes et grands ouverts ! Ah, comme j'aurais aimé m'allonger avec eux, dans le lit de leur pelage laineux ! Une tribu de chatons fraîchement jetés dans le monde s'était joliment installée dans une coupe de bronze et y chahutaient, roulés en une unique pelote de fourrure hirsute. Oh, je crois avoir trouvé mon lieu préféré dans cette ville !

De jeunes chiots amusent le peuple dans le temple de Bouddha

2. Ce sont des milliers et des milliers de temples qu'on a ainsi voués à la ruine ces dernières années. Pour les rénovateurs, ils incarnent les maux de l'ancien temps. « Éliminez les Bouddhas, détruisez leurs écrits ! » crient ceux qui, après plus de mille ans au cours desquels la religion bouddhiste a agi ici, après qu'elle a apporté au Japon l'écriture, la littérature, l'artisanat et les arts, veulent à présent l'éradiquer. La majorité des cloches des temples a été fondue et transformée en canons !

3. « Pardonnez-moi, Madame Ōtomo, mais nous n'avons pas d'histoire ! » m'a expliqué Uemura-san tandis que je remplissais de nouveau de saké sa petite tasse. « Notre histoire commence seulement maintenant ! » Et Tetsuo, qui fumait sa pipe, approuva son ami. « Tout était barbare. » On percevait une étrange fierté dans leurs voix.

MARIAGE JAPONAIS — **1.** Comme si ce qui était en jeu n'était pas la liberté d'un être humain qu'on traite ici comme du bétail ! Kumiko-san doit être mariée selon l'usage barbare. N'a-t-elle pas tout juste seize ans ? Non, je ne vois aucune raison de me modérer et de réfléchir. Tetsuo m'explique que ce genre de procédé est tout à fait dans les mœurs. C'est un peu fort ! Comme s'il ne s'était pas lui-même destiné à rompre avec ce genre d'usages archaïques ! Non, je n'approuverai pas cela ! Je l'aime beaucoup trop pour cela, ma très chère Kumiko. Dois-je, par hasard, applaudir et regarder sans rien dire comment on te met proprement à l'encan ? Je vais au contraire t'éduquer pour faire de toi une femme libre !

2. On m'a fourni tous les détails sur ce rite. Il s'agit de la voie japonaise vers l'esclavage féminin : la jeune fille ne connaît pas son futur mari. Elle ne connaît que le grand-père, le père, les frères, à la volonté desquels elle est soumise, le domestique et les hôtes, avec lesquels il est interdit d'échanger ne fût-ce qu'un mot. L'autre sexe reste dissimulé à la jeune fille. L'enfance, la prime jeunesse est entièrement consacrée à s'exercer à la haute école de la soumission et du devoir. À peine l'enfant a-t-elle atteint l'âge de donner la vie qu'elle est jetée sur le marché, pour autant qu'elle n'ait pas été promise depuis longtemps. Elle n'a jamais entendu parler de l'amour. Elle patiente et attend jusqu'à ce qu'un *nakōdo,* un marieur, vienne parler à son père et à sa mère. Il n'est pas envoyé par un jeune admirateur, non, plutôt par les parents d'un inconnu venu faire une offre à la famille de l'épouse convoitée. Si le demandeur est d'un rang ou d'une fortune respectable, le maquignonnage commence. Non pas, toutefois, sans avoir auparavant interrogé l'interprétateur d'étoiles qui lit dans les astres et ne dit rien de l'infortune à venir. Une fois cette étape franchie, le *nakōdo* organise le *miai,* une première rencontre. Cela doit se faire comme par hasard, naturellement, en présence de toutes les parties impliquées dans ce sale commerce, à l'exposition de chrysanthèmes, par exemple, ou à la fête de floraison des cerisiers. Oh, j'imagine facilement à quel point cela doit être naturel et détendu ! Le caractère apparemment fortuit de la rencontre est important : il s'agit de pouvoir garder la face en cas d'échec. Le petit visage poudré de la future épouse ne cherche du reste absolument pas à plaire au jeune homme, mais plutôt à la mère de celui-ci. Que cette dernière donne son accord, et le drame suit son cours. Le malheur est scellé par des cadeaux de fiançailles. L'affaire est conclue. On ne demande pas à la jeune femme ce qu'elle veut. Se plier à son destin est son bonheur, elle doit libérer de sa personne sa famille pour laquelle elle est un fardeau depuis la naissance. Elle se porte elle-même à la tombe. C'est une morte qui entre dans le foyer de l'époux ; là, seulement, elle reçoit une nouvelle vie. Et de quelle admirable existence il s'agit là ! Épouse charmante et sacrifiée, elle peut désormais servir son mari, comme bonne, comme cuisinière, comme meuble, comme joli jouet, comme mère des futurs fils.

3. Ce qu'on endure ainsi ! Cette résignation ! Cette quête complaisante d'harmonie ! Rien ne pourrait m'écœurer plus que cela ! Tetsuo n'est-il donc pas le chef de cette famille ? Après la mort de son père, de son frère aîné ? Tout ne dépend-il pas que de lui ? Aujourd'hui, je l'ai exhorté : « Empêche ce mariage ! » Il m'a répondu avec insolence : « Ne te mêle pas d'affaires auxquelles tu ne comprends rien. » Et il a refusé toute discussion supplémentaire ! J'ai épousé une bête dévouée. N'obéit-il pas à sa mère ? Cette femme venimeuse et rongée par le chagrin n'est-elle pas la cause de son obéissance obtuse ?

4. Son nom sera le *Club des femmes du Soleil-Levant* ! Je dois encore trouver quelques compagnes de combat. Mais j'aimerais en établir rapidement les statuts !

5. Et si tel était aujourd'hui mon destin, ma vocation ? Ai-je donc suivi le chemin qui m'a conduite ici pour servir cette même cause ? Ai-je appris et souffert pour être finalement utile ici ? Puis-je donc de nouveau contribuer à façonner les choses ? Puis-je apporter ma petite pierre à un monde meilleur et plus beau ?

6. Aujourd'hui Tanabe-sensei m'a expliqué : « Vous plongeriez la pauvre enfant dans le malheur, Madame. Une femme japonaise sait quelle place lui est assignée. Elle ne souhaite rien tant que remplir son rôle de manière irréprochable. »

7. Non, pas de femmes du Soleil-Levant, une simple éclipse, c'est tout ! Ce fut, comment le qualifier autrement, un fiasco ! Et je me sens honteuse après tous ces efforts, ces visites que j'ai faites, ces invitations que j'ai adressées. J'avais spécialement préparé un gâteau et du thé, fait le ménage de la pièce, préparé les statuts et les textes. Mon poing était levé, le drapeau hissé. Le Japon, la France de l'Orient ? Laissez-moi rire ! Qui est venu ? Uniquement cette gamine américaine simplette, Nancy O'Hara, que je ne peux pas voir en peinture. Et Miss Bayley, qui se considère comme très éclairée, mais parle sans arrêt de Jésus-Christ.

8. On s'est donc ligué contre moi. Kumiko-san m'évite. Mieux : elle me punit de regards méprisants qu'aucun sourire dévoué ne peut plus dissimuler. Est-ce donc cela, le remerciement ? Mais que suis-je censée faire ici ? Cela me fait trop mal. Et je ne sais même pas où me cacher pour laisser enfin libre cours à mes larmes. Il faut que je quitte cet endroit ! On ne peut rien pour ces non-civilisés.

NAVIRES NOIRS — Au Japon, on les appelait les *navires noirs*, ces paquebots de la flotte américaine qui lâchèrent pour la première fois en 1853 leur fumée sombre et menaçante dans la baie d'Edo, ces bêtes dont les museaux obscurcissaient le ciel et qui retournaient la mer avec leurs hélices. Aujourd'hui, Tetsuo m'a raconté qu'à l'époque, son père, qui servait le shogun, avait assisté en tant qu'interprète aux négociations, cette « victoire de la raison, du progrès et de la civilisation ». Et comme il me le répéta à plusieurs reprises, ce ne furent nullement les canons qui donnèrent l'impulsion mettant un terme à des siècles d'isolation, mais bien au contraire l'inaltérable soif de savoir de son peuple qui l'a poussé à se plier au bout du compte, pour son propre profit, à cette puissance supérieure. À bord des navires noirs, en effet, on ne trouvait pas seulement des canons, mais également les plus merveilleuses productions de l'art occidental de la machine-outil. Et c'est ainsi qu'eut lieu la première exposition industrielle sur le sol japonais : on a déballé et présenté presses à imprimer, pompes à haute pression, moissonneuses, batteuses, machines à tisser et à filer à rotor ; un système télégraphique, des daguerréotypes, des fusils et des colts, mieux, la reproduction en miniature d'une locomotive à vapeur, rails compris, ont jailli des boîtes à magie que transportaient les navires ! Mais aussi des cartes géographiques, des catalogues de la New York State Library et des quantités considérables de whisky ! Chaque jour arrivaient ici d'immenses foules de badauds, des files interminables attendaient devant les daguerréotypes et les télégraphes

Navire noir

afin de pouvoir voir ces merveilles de leurs propres yeux. Et rien n'a pu dissuader jusqu'aux membres les plus éminents du gouvernement de tourner comme des enfants sur la minuscule locomotive, les joues en feu, la poitrine gonflée d'orgueil, en indiquant au peuple admiratif la direction du futur !

PATRIE — On me force à abjurer la France. Désormais je dois être entièrement japonaise, ainsi le prévoit le règlement. Tourner, donc, à tout jamais le dos à la France ? Est-ce que je m'en sens capable ? N'est-ce pas exactement ce que j'ai toujours prétendu vouloir ? Ne serait-ce pas tout de même une honteuse trahison ? Ne ferait-elle pas de moi une apatride dans ce monde ? N'est-ce pas ce que je suis depuis longtemps ?

PROGRÈS — *O saké !* J'ai peut-être trop bu. J'ai bien profité de ma soirée ! Même Tetsuo était presque détendu, en tout cas il n'a pas été avare de ses mots, ce qui m'a fait un bien fou. Daisuke est sans aucun doute un homme épatant et à chaque mot qu'il prononce on devine les années qu'il a passées à Londres. En fait, jusqu'ici, il ne m'était pas encore aussi clairement venu à l'esprit que ce Japon tente sans doute de franchir d'un bond un demi-millénaire de notre évolution culturelle : ce qui était encore il y a peu de temps un royaume féodal primitif tente à présent de s'approprier sans détour la totalité des conquêtes du XIXe siècle. N'est-ce pas là une révolution culturelle comme le monde n'en a encore jamais connu ? Un *salto mortale* ? Pourvu que ces Orientaux orgueilleux ne se rompent pas le cou à cette occasion. L'ardeur aveugle de Tetsuo me pose en tout cas de plus en plus de problèmes. Non, tout n'est pas bon du seul fait que cela a été créé un jour en Europe ! Plus d'une plante née de la civilisation se révèle vénéneuse et l'on devrait se garder de la transplanter sans précaution. Elle pourrait porter des fleurs cruelles. De l'Angleterre, l'industrie et le système bancaire, de l'Allemagne, la médecine et l'armée, de la France, le Code civil et la philosophie ! Tetsuo se laisse prendre à l'illusion qu'il a besoin du savoir et de rien d'autre pour mener sa nation vers le soleil. Il ne veut pas comprendre qu'il existe aussi bien un vrai progrès qu'un progrès purement mensonger et que toute évolution réelle ne peut reposer que sur une seule chose : la liberté ! Et c'est seulement à partir de la liberté que… Oh, ce saké ! Oh, ma tête ! Bonne nuit, Paulette, dors bien !

REGARD — Des poupées, partout des poupées, où que l'œil se pose. Creusées dans le bois, cuites dans la porcelaine ou procréées par des corps humains, c'est pareil. Des Tom Pouce et des géants ! Des samouraïs, par exemple, avec leurs épées et leurs armures impressionnantes, des dames de haut rang portant les tenues les plus extravagantes, des shoguns, des princes, des sages, des pèlerins, des chenapans ! Tout est plus vrai que nature, et jusque dans les détails. À moins que ce ne soit l'inverse, et que la vie, ici, suive cet univers de jouets ? On appelle ça *O Hina Matsuri*, la fête des poupées et des petites filles. Une foule haute en couleur se presse sur la Ginza, les sols des temples sont pavés de stands et de baraques où s'empilent les personnages, dans toutes les versions, toutes les tailles et toutes les modes. Entre tout cela s'ébattent de petites poupées humaines vêtues de brocart et d'*obis* réalisées avec art, les manches alourdies par les paquets pleins de marionnettes qui leur servent de modèles. Et je me tiens au milieu de cette mêlée. Cernée par des milliers et des milliers d'eux ! On me regarde de toute part. À cause de ma peau blême, à cause de la couleur de mes cheveux, à cause de ma robe étrangère. Ce sont des légions entières qui me suivent. Elles s'arrêtent quand je m'arrête, elles reprennent leur marche quand je reprends la mienne. Parfois un marchand est assez courtois pour effaroucher cette meute. Laquelle ne se laisse cependant pas ôter le plaisir de continuer à épier cette curiosité. Sans un rire, sans un chuchotement, on n'entend que le claquement des sandales de bois qui m'entoure, plus puissant que toutes les voix. Chaque cloison des frontons des maisons a ses yeux d'Argus lorsqu'une étrangère aux cheveux longs passe devant. La peur me prend – où m'enfuir ? Où un chemin s'ouvre-t-il à moi ? Partir, partir ! – lorsque, plus loin, je ne sais ni quoi ni où, quelque chose commence à détourner la curiosité de la foule. L'idée qu'il doit s'agir d'un quelconque et déplorable étranger me traverse l'esprit, mais j'aperçois au même instant le petit singe qui plonge la meute dans un tel ravissement. Il est assis là, par terre, anxieux, geignant, il ne sait pas quoi faire. Comme je me sens solidaire !

VISAGE — On me regarde fixement. Je deviens pour moi-même un objet de curiosité. Il me semble que l'on me trouve d'autant plus belle que je suis malheureuse. Ma peau est tellement pâle que chaque visage qui m'entoure a un reflet proprement doré. Mais que le mien est ennuyeux ! Qu'il manque d'éloquence ! Il y a quelques mois encore, en Europe, il rayonnait, il se démarquait entre cent, entre mille autres, c'était un événement, une énigme à résoudre. Et maintenant ? Il a perdu son mystère. Il n'est que la millième partie, une copie de plus dans cette masse immuable. C'est un visage banal et laid.

DOUZIÈME ALPHABET

TOKYO,
MARS À MAI 1874

Au fur et à mesure qu'avec l'apparition du printemps les journées devenaient plus claires et plus chaudes, l'âme de ce Moi se refroidissait et s'enténébrait. Tout indiquait que les serments de liberté n'avaient pas été honorés. Où la promesse du bonheur bascule-t-elle dans le désespoir, à quel moment le cœur enfiévré n'est-il plus agité que par des battements glacés ?

ACCOUCHEMENT — 1. Revoilà mon heure de douleur. Mais cette fois elle dure pendant des jours. Elle emplit chaque instant comme une tumeur prolifère. Qui cela peut-il étonner ? J'entends encore les cris de Mademoiselle Amami comme si c'étaient les miens. Seigneur, que donnerais-je pour un sommeil artificiel, une mort artificielle, un bonheur artificiel ! L'anesthésie ! Un flacon d'engourdissement versé goutte à goutte sur mon présent. Narcotisée à l'éther et au chloroforme. Je dois faire quelque chose contre la peur, oui. Il faut que j'écrive. « *Ōtomo-sensei ! Ōtomo-sensei !* » Je n'en ai pas compris plus. Mais ensuite tout est allé très vite. Le coursier dévoué se frottait encore les genoux, que déjà mon époux avait préparé sa sacoche de médecin, avait franchi la porte et s'en était allé. Et moi, encore peu habile à marcher sur les *geta*, ces pantoufles aux allures d'échasses, j'avais bien du mal à courir derrière lui et je fus donc heureuse que le laquais m'indique le trajet : il fallait monter la colline, y faire un bon bout de chemin puis franchir l'arche noire derrière laquelle un samouraï m'accueillit en me saluant, puis le long d'un sentier jalonné de haies de thé et de buissons alignés de roses japonaises, jusqu'à ce que j'atteigne la maison. Comme mon cœur se mit à battre lorsque j'entendis les cris ! Seule peut produire de tels sons la mort qui presse et qui s'approche. On me demanda qui j'étais, et je m'inclinai profondément au moment de formuler mes phrases japonaises maladroites. Mais à peine avais-je prononcé le nom Ōtomo qu'on me laissa entrer et qu'on me conduisit à la source de ces bruits épouvantables. Je vois alors cette misérable créature humaine, gémissant et se tortillant au sol, vêtue d'une chemise de nuit légère, le ventre rond comme un boulet, les joues exsangues et les yeux creux. Mon mari est agenouillé devant elle, il prend le pouls de cette pitoyable femme et lui palpe le ventre. Il y a encore d'autres silhouettes dans la pièce obscure : une vieille femme aux cheveux argentés qui s'efforce de tenir la main de la parturiente ; deux jeunes bonnes qui s'activent au-dessus du feu et mettent tout leur zèle à préparer du thé ; un vieillard, un peu à l'écart, qui me toise de ses yeux suspicieux et fatigués ; deux petites bouilles dans le coin le plus sombre de cette chambre, serrées très fort l'une contre l'autre, le visage en feu, figées comme deux piliers, elles regardent celle qui est en train de piailler, de se tordre et de tressaillir. Ce qui se passe ensuite demeure aussi énigmatique et voilé que dans des rêves lointains. Mais si ! La voilà, la photo, avec un parfait piqué : mon époux agenouillé, le bras fouillant les entrailles d'une femme inconnue ! Mon mari, qui penche la tête sur le côté afin de palper et de sentir encore plus distinctement. Son regard m'atteint. Est-ce du mépris que j'y lis ? Je suis si profondément effrayée que j'aimerais prendre la fuite sur-le-champ, descendre jusqu'à la mer, jusqu'au port, aller le long du môle, monter dans un bateau et lever les voiles, partir loin d'ici, dans un autre monde ! Mais voilà : mes jambes se dérobent, elles sont aussi éloignées que ce bateau, comme découplées de moi-même. Dun seul coup, les cris s'arrêtent. Sans doute la femme est-elle trop faible à présent pour continuer à s'épuiser. Toute la force doit à présent aller à l'intérieur, se concentrer là où l'on a besoin d'elle. En revanche, une dispute éclate entre le vieil homme et mon époux, qui sort son bras de ce corps étranger, se redresse et s'exprime en phrases brèves et cinglantes. Les deux bonnes, dans le coin, se tiennent solidement enlacées par leurs petits bras frêles. Puis le silence se fait, comme si l'on portait le deuil. L'effroi est général. On allonge finalement la malheureuse sur le dos, on se regroupe autour d'elle comme pour prier tandis que le médecin, oui, il n'est plus que *le médecin* et n'a strictement plus rien à voir avec moi, tandis que le médecin, donc, étale ses instruments devant lui, scalpels, aiguilles, pinces, bandages, médicaments, tout en donnant des instructions qu'on exécute sans rechigner, on lui donne de l'eau, on lui tend des draps, des cruches, des éponges. Le médecin se lave les mains, puis les frotte avec une lotion antiseptique, il diffuse dans la pièce cette solution censée détruire les miasmes comme un magicien le ferait avec son petit soufflet, ce qui fait disparaître la pauvre femme qui se cabre de douleur dans un nuage de phénol. Il réalise ensuite son tour de force, il prend un fin mouchoir de poche, le pose sur la bouche et le nez de la femme qui souffre, y verse, à la pipette, quelques gouttes d'éther pour former un masque narcotique, sur quoi, oubliant tout son malheur, elle sombre, bienheureuse, dans un sommeil artificiel. Et tandis que l'étonnement ne décline pas, tandis qu'on détourne tout de même le regard et qu'on respire péniblement à cause de cette substance piquante, on donne déjà à la vieille femme aux cheveux argentés les instructions afin qu'elle veille sur la suite de ce sommeil magique. Alors se déroule ce qui fournit la matière des plus sombres cauchemars. Le médecin dénude le corps de la femme insensible, prend un pinceau, le plonge dans l'encre, trace un trait sur son ventre nu, échange son pinceau contre un scalpel et lui ouvre son giron rebondi. Il prend les ciseaux, élargit la plaie. Du sang et des entrailles jaillissent de la chair béante. Les deux bonnes perdent connaissance. Le vieillard accourt, il sort, comme s'il était devenu fou, l'épée qu'il portait à la ceinture et la lève au-dessus du médecin en poussant des jurons. Celui-ci n'y prête pas la moindre attention, mais appelle mon nom, une fois, deux fois : « Paulette ! Tu as servi à l'hôpital militaire, n'est-ce pas ? J'ai besoin de ton aide. » Je fais ce qu'on me dit de faire, comme un automate, je lave mes bras dans la lotion, je prends les éponges et les draps, je nettoie le sang, je remets à mains nues les intestins dans le bas-ventre qui est tendre et chaud comme s'il avait sa propre vie. Respirer ! Respirer ! Le médecin plonge la main dans la blessure béante, le sang et le mucus, il le fait sans émotion, et en ressort avec une sorte de motte. Ce sont deux petits pieds. Mais la chose ne veut pas se détacher, elle s'accroche de toutes ses forces, elle n'a aucune envie de quitter ce lieu, le plus beau du monde. C'est le cordon ombilical, il s'est enroulé autour de la tête comme un nœud mortel. Le médecin le détache et en un clin d'œil, voilà un effroyable petit humain visqueux suspendu devant mes yeux. On le tend à la vieille, on coupe le cordon, on lui donne quelques claques sur les fesses, mais il reste immobile. Est-il mort ? Pendant ce temps-là, le médecin replonge dans le corps, sort de la cavité le placenta, les membranes et le sang accumulé, puis commence à recoudre à points grossiers. Alors, on entend un gémissement, un cri. Voilà donc comment naît la vie. À cet instant, mon esprit défaille lui aussi, retombe dans les limbes auxquels j'aspirais depuis longtemps.

2. Tout cela me touche autant que s'il avait mené une opération du péricarde, si cela avait été moi qui avais été allongée ici, s'il m'avait suturé le cœur. Comme si même le phénol de Lister ne parvenait plus à refermer cette blessure et à l'empêcher de suinter.

3. Chaque jour des cadeaux arrivent à la maison ! Comme cela me pèse ! Cette sempiternelle étiquette !

4. Dans ce pays, on considère cela comme un voyage. L'âme quitte le royaume des dieux pour celui des humains et la *sanba*, la sage-femme, y est vénérée comme une médium. Mais on n'avait sans doute jamais vu dans ce monde de messager céleste comme Ōtomo-sensei ni de miracle semblable à la *sectio caesarea*. Tetsuo m'a expliqué qu'au Japon on ne connaissait pas du tout la profession de chirurgien et que les médecins du *kampo*, la médecine par les plantes chinoise, étaient plutôt des botanistes et des droguistes qui se contentaient de prendre le pouls, d'administrer des médicaments à base d'herbe et de planter des aiguilles dans la peau de leurs patients, ce qui lui donna l'occasion d'éclater de rire, ce que je fis à mon tour avec insouciance. Ils n'avaient pas la moindre idée de l'anatomie. D'une manière générale, le peuple japonais tend à nourrir toutes sortes de superstitions. Dans la maison Amami, on se reproche à présent, par exemple, d'avoir provoqué la colère des *kami* en négligeant, comme le veut la coutume, de se rendre auprès de l'autel le cinquième mois, le jour du Chien, que les Japonais considèrent comme particulièrement fertile, de prier pour une naissance facile et de nouer autour du ventre de la future mère une écharpe spéciale qui devrait la protéger, tout comme son enfant, contre le mal et les mauvais esprits, face aux forces obscures desquels on est sans doute vulnérable au cours de cette période. Et comme nous avons rendu hier une visite à la jeune mère et à son poupon hilare, elle m'a montré avec fierté le cordon ombilical tombé qu'elle recèle dans un coffret en bois et qu'on doit, m'a-t-on expliqué, conserver toute une vie comme talisman et remède pour l'enfant. Quel usage répugnant ! Pour finir, j'ai encore pu régler la question qui me préoccupait depuis longtemps, à savoir où se trouvait ce bon à rien de père du petit brailleur lors de l'accouchement. Il s'est avéré que Mademoiselle Amami est la simple concubine d'un haut fonctionnaire qui dispose à son gré de plusieurs femmes. Un système de harem ! Par ailleurs, c'est un usage que l'on appelle *satogaeri* de prendre auprès de ses parents un congé à l'égard de l'époux, pour la période de l'accouchement et des couches, ce dont j'ai pris connaissance avec une certaine satisfaction.

AMITIÉ — 1. J'ose à peine l'écrire, par crainte que, comme dans un conte où l'on prononce la formule magique avec légèreté, cela lui fasse perdre son pouvoir comme s'il partait en poussière : j'ai trouvé un ami. Est-ce donc possible ? Et de fait, il me paraît un peu déplacé de coucher avec tant d'ingénuité ce mot, « ami », sur le papier, pour désigner une personne que je viens de voir pour la première fois. Horen-in est son nom. Quels yeux éveillés, bienveillants, entourés par un paysage de rides ! Je me suis retenue pendant quelques minutes avant d'éprouver le plus douloureux des tressaillements, puis je me suis réfugiée dans ces bras qui ont recueilli mes larmes comme si cela allait de soi. Comment aurais-je pu feindre un seul instant en sachant qu'un tel regard se portait sur moi ? J'ai cependant moi aussi perçu son profond chagrin, mais de surcroît une lumière sous laquelle tout ne peut que me paraître bon. J'ai eu honte à l'idée de charger sur cette chère personne le poids de la mienne et de mes vils problèmes de cœur. J'ai donc bondi sur mes pieds, me suis inclinée à plusieurs reprises en demandant pardon et j'ai pris mes jambes à mon cou. Je ne peux supporter d'être ainsi prise sur le fait !

2. J'ai passé la moitié de la nuit allongée, sans dormir, avec des images qui ne cessaient de tournoyer autour de moi : je la voyais tout à coup devant moi comme un spectre sur la colline du Kinryu, qui s'inclinait et m'expliquait, en une phrase qu'elle avait mémorisée en plusieurs langues, qu'elle s'intéressait aux gens, aux choses et aux mots étrangers ; puis elle m'attrapait, moi, l'âme perdue, me portait chez elle, dans son opulente propriété où, bien qu'elle se situe au cœur de la ville, elle semble vivre aussi coupée du monde que dans un ermitage en pleine montagne. J'ai ensuite rêvé qu'elle me conduisait dans la maison qui rappelle un temple abandonné, entourée d'un étang, cernée par un maquis impénétrable et recouverte par les mauvaises herbes. Qu'a-t-il bien pu se passer ici ?

3. O Horen-in, la vénérable vieille dame, a le rire d'une jeune fille de seize ans. La voir assise, tordue de gaieté, portant dans la main sa longue pipe gracile, devant le *tabako-mono*, le petit écrin à pipe ! « Plussur ! Plussur ! » s'exclame-t-elle alors, ce qui, dans son français spécialement inventé pour l'occasion, peut à peu près signifier : « Raconte-m'en *plus sur* cette drôle d'Europe ! » Et quel que soit le sujet dont je parle, elle y trouve toujours les aspects les plus merveilleux, qui la plongent ensuite dans la gaieté la plus divine.

4. Nous avons pris un bain ensemble. J'ai d'abord fait des manières, mais refuser m'a paru constituer un manque de tact, j'ai donc accepté. Tout s'est déroulé très calmement, comme une longue cérémonie intime, un rituel d'amour féminin. Nous nous sommes lavées l'une l'autre et, de nouveau, les larmes ont pu couler telles qu'elles venaient et se dissoudre dans l'eau. Plus tard, Horen-in m'a brossé les cheveux et m'a confectionné la plus somptueuse des coiffures, avec des baguettes japonaises et un peigne laqué, accessoires qu'elle sait piquer avec art dans les cheveux pour produire une coiffure tressée et arrangée. Elle m'a montré d'enchanteresses cartes à jouer en couleurs, qu'elle appelle *hanafuda* et qu'elle a peintes elle-même avec des motifs de fleurs. Au go, elle gagne toujours et s'en réjouit comme une gamine.

EXPROPRIATION — 1. Hier l'aimable Tanabe-sensei m'a donné mon premier cours de japonais. Au moins l'euphorie qui m'avait emplie à cette perspective ne m'a-t-elle pas été totalement arrachée. Je conserve une once d'espoir obstiné de comprendre un jour cette langue et ces gens. Même si mes *kanji* étaient un rien tordus, les dessiner m'a procuré une joie singulière et cela m'a rendue très calme, comme si avec chaque trait, chaque boucle décrite par le pinceau sur le papier de riz, mon esprit agité trouvait une ancre où s'accrocher. Je n'ai cependant pu que m'étonner lorsque Tanabe-sensei m'a expliqué que si la langue japonaise avait bien un mot pour dire « non », les femmes n'avaient pas besoin de le connaître : elles ne s'en serviraient jamais. Cela ne ferait que brusquer ! Le non que prononce une femme japonaise est une simple nuance dans la tonalité du oui.

2. Mon corps ne m'appartient plus. Les minces parois ont mille yeux et mille oreilles qui surveillent et épient en permanence. Il attend que je sois disponible à tout moment. Il est possible que je sois obstinée ! Il est possible que cela fasse partie des devoirs de la vie de couple. Mais voilà, en quoi cela me concerne-t-il, si je ne veux pas ! Et cela ne tient pas au fait que ça ne me causerait aucune joie, que cela continuerait à me faire souffrir, que je ferais des manières, que le vice me serait étranger ou que je ne connaîtrais pas le plaisir sexuel. Pas du tout ! C'est juste que le seul fait de me montrer docile est pour moi une horreur ! Une horreur !

3. Une future mariée japonaise avance vers ses noces en robe de deuil blanche. Ce qu'elle déplore, c'est sa propre mort. Car désormais ses parents la considèrent comme défunte. Sa vie ne se poursuit plus que dans la famille de son époux. Ce qu'elle porte en terre, c'est sa liberté, sa volonté, sa personne même. Il est sûr que cela ne peut que paraître effroyable à des oreilles européennes. Pour le Japonais, c'est la chose la plus naturelle qui soit. Il grandit dans un monde qui méprise le Moi, qui cherche à se vider, qui cherche à se dissoudre dans quelque chose qui dépasse et désagrège tout ce qui lui est proche.

4. Être dégagée de toute contrainte, échapper à tous les cachots, telle est mon unique quête. Tout le reste tue et anéantit mon cœur rebelle. Je me sens malade quand on m'enferme ! Rester là, froide et morte, ne plus être que la spectatrice du monde qui passe et s'écoule à côté de moi, une telle existence m'est insupportable, je la méprise et la maudis ! Et pourtant je veux aimer ! Je veux prendre ma part des choses ! Je veux m'enivrer de la vie, me désoler, me consumer ! Je veux parcourir le monde entier jusqu'à être engloutie. Et aspirer, aspirer la moelle de tout ce que j'aurai vécu. Qu'apporte la vie, sinon cela ?

5. Il me traite de capricieuse.

6. Jamais je ne serai l'une de ces épouses charmantes, obéissantes et serviles qui acceptent en souriant cette extinction de soi que représente la mise au monde. Il veut que je lui donne des descendants ! Je lui ai éclaté de rire au nez.

7. Il y a des femmes qui succombent à leur envie maniaque de plaire, qui ne peuvent pas faire autrement que de vouloir être aimées à tout prix, et subordonnent tout à ce besoin, en premier lieu elles-mêmes, en s'y conformant. Mais je n'ai tout de même pas quitté ma patrie, mon continent, ma famille, mes amis, pour m'abandonner ensuite et devenir le jouet et le valet de qui que ce soit !

8. Peut-être ne suis-je pas faite pour le mariage. Peut-être ma blessure est-elle trop béante, peut-être l'aiguille est-elle trop enfoncée dans la chair pour me permettre de plaire ou d'obéir encore. Non, je ne fonctionne pas ! Je ne suis pas un de ces automates bon marché. Je suis une femme française, née libre et pensant librement ! Je méprise ces mœurs de barbares !

9. Les sons rauques et étranglés produits par sa jouissance. À chaque acte j'éprouve plus de mépris. Je crains que je ne puisse me mettre à le haïr.

10. J'ai séparé mon corps de moi-même pour supporter cela. Je ne ressens plus rien. Ni dans ses bras ni ailleurs. Désormais, c'est donc la paix.

FEMME — 1. Elle s'est noirci les dents, rasé les sourcils. C'est quand même effroyable ! Pendant plusieurs jours, on a laissé mijoter la décoction qui sert à cette torture, eau, vin de riz, noix de galle, limaille de fer et clous chauffés à blanc. Elle a déposé au pinceau plusieurs couches de cette pâte noire comme jais, jusqu'à ce qu'elle ait satisfait à cette coutume repoussante et que son sourire brille comme du goudron. Cette défiguration passe pour un signe de fidélité féminine. Tout mon respect ! Kumiko-san est désormais une *yamato nadeshiko*, pour de vrai, un œillet japonais qui fleurit pour son nouveau maître. La maison est terriblement vide sans elle !

Soins de beauté de la femme japonaise

2. La chère Horen-in m'a raconté l'histoire du cueilleur de bambous et de la princesse de la lune, de cette Kaguya taquine et d'une beauté céleste qui n'avait d'autre quête que la liberté, résistait à toutes les tentatives de la marier, de la dompter et de la prendre dans la toile de l'obéissance féminine, qui se déroba même à l'empereur qui la convoitait jusqu'à ce que, au bout du compte, ne voyant plus aucune issue, elle s'enfuie vers son palais de la lune.

FUREUR — Par le diable, c'est épouvantable ! Ce besoin de tourmenter. Oui, je voulais imiter l'*Oiwa*, cette déesse de la vengeance qui, dans sa lanterne, hante le mari scélérat qui a commencé par la tromper puis l'a empoisonnée et tuée. Le misérable ! Oh, que j'aimerais moi aussi un beau, un doux poison ! Le misérable ! Oh, moi ! Comme il fait sombre ! Je dois être atteinte de cécité. Qui a jamais vu une telle nuit ? N'est-ce pas d'une beauté enivrante ? L'affaire est claire, j'ai frappé, oui, je me suis défendue, que me restait-il d'autre à faire ? Attaque-moi encore une fois ! Ose le faire encore une fois, et je m'oublierai ! Et il parle des courtisanes en riant. Et alors ? dit-il, qu'est-ce que ça peut faire ? Imagination surexcitée ! À la lumière des lampes à arc, nous avons sans doute oublié ce qu'était une vraie nuit noire. Ici, à Tokyo, elle règne encore, elle règne sur moi. Pas une ville lumière, non, une ville noire ! C'est alors que la bête m'a attrapée par les épaules, si fort que j'en ai crié. Et j'ai frappé encore une fois. Et encore ! Et encore ! Par amour sans doute, par amour-propre, discipliné, par haine, mais oui, tout à fait ! J'ai peur. Que faire à présent, Paulette ? Dans quelle direction te tourner encore ? Misérable, infâme créature. Ne sois pas lâche. Mais comment ? Aucune tour ne se dresse depuis laquelle il vaudrait la peine de se jeter. Aucun pont d'où tu pourrais aller chercher une mort certaine. Aucun poison à portée de main. Effroyable ville inutile ! M'attirer dans ce joug conjugal. N'est-ce pas une bassesse ? Monsieur Ōtomo, je vous hais ! Je vous méprise pour ce que vous avez brisé en moi. Allons donc ! Enfant lâche et infâme ! Comme si tu ne l'avais pas fait toi-même, comme si tu ne t'étais pas adonnée de ton propre chef à cet esclavage ! Et donc par ta propre volonté ? Ne serait-il pas plus beau d'être soi-même une courtisane ? Elle aussi est derrière des barreaux en compagnie de ses semblables. Un petit oiseau en cage. Mais tout cela est quand même épouvantable ! Et si j'enlevais à présent un petit oiseau endormi dans son nid, afin de lui tordre le cou ? Mais à quoi bon ? Comme si tout ne revenait pas au même. Regarde, les lampions sur les maisons de papier, ils me montrent le chemin. C'est *Oiwa* qui marche vers la vengeance. Mais où ? Où ? Je suis perdue.

HARA-KIRI (切腹) – Je n'ai pas pu assister à ce rituel de barbarie. On m'a tenue à l'écart, et Tetsuo est parti sans moi avant le lever du jour, j'ignore quelle était sa destination. On a peut-être aussi craint que je puisse intervenir et voler en plus, au bout du compte, son honneur à ce voyou. La mort par éventration passe après tout pour un signe particulier de bravoure et de mépris de la mort, et quiconque met fin à ses jours de cette manière, aussi abominable qu'ait pu être l'atrocité qu'il a commise, est ensuite vénéré comme un homme de pureté et de vertu. Et une nation pareille veut se compter au nombre des civilisées ? Tetsuo n'a rien dit de toute cette affaire. Et pourtant il m'est venu aux oreilles que le sulfureux oncle xénophobe l'a choisi pour l'assister. Il n'est tout de même pas possible qu'il ait accepté ! Mais Horen-in, auprès de laquelle je me suis réfugiée, m'a expliqué qu'il n'avait absolument pas le choix, car c'était l'honneur de toute la famille qui était en jeu. Billevesées ! On a toujours le choix ! Toujours ! Toujours ! Et qu'est-ce que cela signifie, « l'assister » ? Rien de moins que se transformer en bourreau. Le premier concerné prend le poignard qu'on lui présente sur le plateau et se le plonge dans le corps avec indifférence, moment

Une noble pratique – le rituel de l'éventration

auquel l'assistant lui rend le service de le décapiter d'un coup de sabre bien net. Je ne coucherai pas un mot de plus sur le papier à ce sujet. Hier, j'ai vu dans l'une des boutiques de Ginza, vendues à bas prix, des photographies de la tête coupée d'Etō, meneur de l'insurrection de Saga. J'ai entendu dire qu'en revanche, on lui avait refusé l'honneur de mettre lui-même fin à ses jours, et que son nom était désormais maudit et voué à une honte éternelle.

HONNE ET TATEMAE (本音と建前) (*Être et apparence*) – Ma bien-aimée Horen-in m'a appris aujourd'hui que le Japon était un royaume de la liberté. Et comme je m'en suis montrée tout à fait étonnée, elle m'a dit qu'il existait un district particulier où tout était permis, où plus rien n'était interdit ni restreint par aucune consigne ni aucune censure, un espace de cabrioles et de sensualité, de rébellion et d'excès, mâtiné de ce qu'il faut d'amour-propre. Oh, comme j'ai dressé l'oreille à ce moment-là ! Et ma décision a été prise presque à l'instant même : advienne que pourra, j'irais visiter ce lieu, en compagnie de Horen-in ou, si nécessaire, seule ! Et comme je la pressais de me révéler où se trouvait cette province, elle éclata d'un rire malicieux et m'expliqua que cette province s'appelait *honne* et se trouvait à l'intérieur de nous. *Tatemae*, en revanche, était le visage tourné vers l'extérieur, et celui-ci était condamné à mener son existence dans les chaînes.

INCENDIE — **1.** Un incendie ! Ce n'étaient pas des clochers, non, mais des tours de garde qui sonnaient l'alarme. Je ne gaspillai plus la moindre pensée sur ma propre vie, sur mon chagrin insignifiant, je n'étais plus habitée que par une idée : je voulais voir les flammes de mes propres yeux. Je voulais les sentir contre mon corps, sur ma peau, me nourrir du feu. Ce calme gelé en moi. Quel instinct me poussait ? D'où venait cette détermination d'assassin ? Mon pouls battait lentement, avec la sobriété d'une montre remontée, mon œil voyait plus distinctement que d'habitude, mon odorat était plus éveillé. Je humais déjà l'air aux relents de charbon, je flairais le parfum du roussi. Quelque chose couvait en moi. Quelque chose se passait et je ne devinais pas quoi. Mieux, je sentais même monter en moi de la gaieté, du soulagement, au fur et à mesure que je me rapprochais de l'incendie et que les gens devenaient plus nerveux et frénétiques. Le vent me souffla au

Une pompe d'incendie japonaise

visage. Il pousse donc le feu dans mes bras, ne pus-je m'empêcher de penser. Quel silence autour de moi ! Entre Kyobashi et Nihonbashi, où le peuple se presse d'habitude près des boutiques les plus somptueuses, s'échinait à présent, fiévreuse et sans bruit, une légion qui, s'étirant à perte de vue, portait des seaux d'eau, ramassait des marchandises dans des corbeilles, évacuait des nattes, des armoires entières pleines de marchandises enveloppées dans des draps, afin de les préserver du feu qui approchait, tout cela sans un gémissement, sans un cri. Je poursuivis ma route, m'approchai du foyer de l'incendie, me frayai un chemin à travers la foule silencieuse. Je voulais aller au plus près ! Je vis alors les flammes qui dardaient, s'élevaient puissamment vers le ciel. L'air était âcre, les nuées au-dessus de moi, obscures. Je n'y trouvai presque plus personne, hormis les pompiers avec leurs tenues bouffonnes, les vestes pourvues d'un épais molletonnage, les masques de tissu noir, les capuches qui, serrées autour de la tête, ne dévoilaient qu'une étroite fente pour les yeux et le nez, des hommes courageux, maniant sans cesse la corde et la hache et dont la stratégie pour endiguer le feu était moins de le noyer sous l'eau que de lui retirer tout ce qui était combustible en abattant une maison après l'autre. Des pompes en bois étaient toutefois elles aussi à disposition, grâce aux leviers desquelles deux hommes faisaient laborieusement monter l'eau tandis qu'un troisième dirigeait le jet contre les flammes. Le vent ! Il soufflait vers moi des flocons carbonisés, des particules incandescentes, des papillons noirs et rouges. Paris ! Tiens bon, Eugène, tiens bon ! Je viens te chercher ! Cette fois je suis plus sage, plus solide, je ne partirai pas en courant. Je veux être à vos côtés ou nulle part. Yann, Zoé, petit Jules ! Tenez bon, j'arrive ! Non, je suis partie. Je suis à Tokyo et mes amis sont morts. La fournaise me roussissait déjà la peau.

2. Et pourtant il recèle une force purificatrice et libératrice, ce feu qui tressaille, qui bat et qui emporte tout ce qui était encore là un instant plus tôt. Il est puissant et m'attire dans son sillage.

3. Me voilà une nouvelle fois poussée vers les ruines. Oh, comme j'ai tremblé au moment où j'ai lu dans le *Japan Herald* que des milliers de maisons avaient été détruites, que tout était en cendres entre Tsukiji et Nihonbashi, que la colonie européenne n'avait pas été épargnée et qu'il ne restait plus rien du quartier chinois. Mais quelle image ahurissante m'attendait ! Ce que je découvris n'avait rien d'une plaine nue où couvaient des braises. Ce qui se dressait encore tout autour de moi comme si rien ne s'était passé était une pléiade de *kura*, des greniers incombustibles, de petites tours de bois habillées d'une épaisse couche de ciment et badigeonnées de noir, les ouvertures barrées par des volets en fer massif, et qui, on me l'a garanti, sont capables de résister à n'importe quelle tempête, n'importe quel tremblement de terre, n'importe quel incendie. Ce sont les refuges de la ville, des havres de sécurité dans un monde qui vacille et mugit, des chambres fortes dont chaque commerçant possède plusieurs exemplaires, et toute personne fortunée au moins une. (J'aimerais moi aussi me cacher dans l'une d'elles.) Dès qu'un danger menace, tout ce qui est précieux y est mis à l'abri et scellé – ainsi protégé, cela résisterait même au destin de Sodome et Gomorrhe. Mais tout comme on est stupéfait de constater que ces tours ont résisté sans le moindre dommage à l'incendie, on ne peut qu'être épouvanté par le vide absolu qui les sépare. On ne voit pas de murs roussis dressés vers le ciel ni d'ossatures calcinées d'anciens fiers édifices, pas de restes de meubles, pas de poêles ou d'âtres tordus par la chaleur. Non, rien de tel. Rien ! Juste la cendre fine à quoi se réduit désormais toute une maison japonaise. Le bois, le bambou, le papier ne laissent pas la moindre trace. J'ai donc erré dans cet étrange paysage de greniers et de poussière, puis j'ai vu, ici et là, et en de nombreux lieux, de multiples cadres qui sortaient déjà du sol, une légion qui accomplissait son ouvrage avec zèle, comme si relever une ville était son pain quotidien. Femmes, hommes, enfants et vieillards, tous étaient affairés, balayaient, transportaient, martelaient et sciaient. Certains prenaient un instant de repos en tirant avec jouissance sur leur petite pipe de tabac ou en sirotant leur tasse de thé, en offraient de bon cœur au voisin qui, en échange, proposait des boulettes de riz ou des gâteaux. Pas trace de tristesse ou de désespoir ne fût-ce que sur un seul visage. Pas de gémissements, pas de jérémiades, pas un cri concernant ces lourdes pertes. Non, on échangeait, on s'aidait, on riait. Quel singulier petit peuple, tout de même ! Et au bout du compte, je l'ai pris en affection.

MOI — **1.** On m'a donc rayée des registres français, mais en contrepartie on m'a inscrite dans celui de la famille – comme une somme d'argent dans une colonne.

2. Le mépris du Soi que cultive cette race m'est insupportable. Après tout ce que j'ai vécu et vu, après les abîmes que j'ai contemplés et qui m'ont fait comprendre que les concepts de vice et de vertu varient selon les mœurs, les classes et les climats, qu'il n'existe donc aucun terrain solide, aucune chimère à laquelle je puisse donner le nom de Dieu, aucun peuple, aucune communauté qui n'interprète pas le monde en fonction de ses propres idoles, que nous ne sommes donc que mucus et os luttant pour la survie, je ne peux en tirer que cette conclusion : une seule chose peut encore être sacrée à mes yeux : moi-même !

3. La lecture de mes anciens Journaux me rend totalement étrangère à moi-même. Souvent je ne me rappelle même pas ce que j'ai écrit, je m'indigne et m'emporte contre cette idiote, ses conceptions stupides et ses migraines intellectuelles. Ce que j'étais encore hier, je ne le suis plus aujourd'hui et je ne pourrai pas l'être demain. Jamais plus je ne rencontrerai celle que je ne suis aujourd'hui que par hasard. Je devrais prendre au plus vite congé de moi-même, car je sens déjà qu'une autre se dépose au-dessus de moi.

4. Mais que m'arrive-t-il donc ? Cela me fait peur !

MONDE EXTÉRIEUR — Comme si tout était derrière un voile, comme si j'étais coupée du monde et que mes sens donnaient simplement un spectacle d'ombres chinoises, tout comme parfois la nuit, quand j'aperçois sur la paroi murale l'impression d'un rêve, jusqu'à ce que pour finir, sans que cela m'apporte de soulagement, j'y reconnaisse la silhouette de mon mari qui médite sur ses écrits de l'autre côté, à la lueur de la lanterne. Depuis bien des jours déjà, aux heures où je suis dégagée de toute obligation, je vais dans la ville comme si je n'étais absolument pas présente et, effectivement, accoutrée d'un kimono et de sandales de bois, personne ou presque ne m'adresse plus le moindre regard. J'observe ainsi, par exemple, cette légion d'enfants vêtus de couleurs vives, avec leurs drôles de têtes rasées, les nourrissons qu'ils portent sur le dos tout en faisant les fous dans la poussière de la rue, en jouant au *kotoro-kotoro* ou à la marelle. Les têtes minuscules des bébés sont si violemment secouées que je m'attends à les voir tomber de leur tronc à tout instant. Les petits n'émettent pas le moindre bruit. Le silence s'est sans doute profondément gravé en eux des siècles déjà avant leur naissance. Moi, comme un feu follet, j'observe la vieille qui enseigne sèchement à ses petits-enfants l'art de la révérence ; le colporteur qui tire dans la ruelle son chariot à ridelles rempli de tressages, de balais et de plumeaux ; le musicien aveugle qui joue sa mélodie bouffonne ; le vieillard et les sucreries colorées qu'il moule sur des bâtonnets. J'observe les deux clochards qui, même s'ils ne possèdent rien d'autre, ont tout de même suffisamment le sens de l'honneur pour échanger abondamment les rituels de la révérence et du sourire. Moi, comme une ombre, j'entends de loin la clochette du moine mendiant, le claquement que produisent les pas de poupée des geishas, l'air de

Sandales de bois japonaises

flûte de la masseuse, le grincement de la tige de bambou sur les épaules striées des porteurs, les glapissements des acrobates et le flageolement des dragons de papier représentant des démons qui tressaillent là, dans leurs couleurs saturées, au-dessus des toits de Tokyo. Je le perçois, certes, mais tout cela n'a rien à voir avec moi.

MONO NO AWARE (物の哀れ) (*Ce qui, dans les choses, déchire le cœur*) — On raconte l'histoire d'un pèlerin qui marchait dans les forêts montagneuses de l'arrière-pays et qu'épiait un tigre errant. Celui-ci se mit à le pourchasser et l'accula au bord d'une falaise en à-pic. L'homme n'eut donc pas le choix : il sauta pour échapper à une mort atroce. Et il parvint bel et bien à s'accrocher à la branche d'un arbre qui avait plongé ses racines dans la paroi abrupte. Quand il s'y retrouva suspendu, il remarqua le deuxième tigre, qui attendait au pied de la falaise qu'il termine sa chute. Il sentit alors sa force décroître lentement, regarda autour de lui en quête d'un appui et découvrit ainsi la fraise des bois qui sortait de la roche devant lui. Il la porta précautionneusement à ses lèvres, sachant sans doute que c'était la dernière qu'il mangerait de toute sa vie. Comme elle était suave !

MUSIQUE — Est-ce donc possible ? Est-il tombé du ciel ? Un piano ! Ils étaient cinq hommes qui portaient l'instrument en se dandinant et en gémissant, une fois en avant, puis en arrière, en cercle, s'étirant ou se penchant pour le faire passer d'une manière ou d'une autre par le portail tandis qu'un amas de passants hilares se pressaient autour d'eux, voyant sans doute pour la première fois de leur vie une drôle de caisse comme celle-là. Disons-le tout net, je n'ai pas pu me retenir, j'ai couru vers le piano en battant des mains, j'ai ouvert le couvercle et laissé mes doigts monter et redescendre les touches d'un bout à l'autre du clavier ! Au grand étonnement de la foule qui répondit à ces sons inouïs par des copieux *oh !* et *ah !*, mais au dégoût de ces déplorables portefaix à la tête cramoisie, dont les sourires crispés dissimulaient certainement les injures les plus disgracieuses. Mais quoi, le cher instrument s'en sortit sans le moindre dommage ! Et même si, au premier regard, il produisit tout de même un certain élément d'étrangeté une fois posé sur des nattes dans la maison vide, il décore pourtant la pièce comme si cette dernière n'avait jamais eu un autre aspect. J'ai passé des heures à jouer ! J'ai repris chaque morceau que se rappelaient mes doigts habiles, car je ne disposais d'aucune partition. Mais les auditeurs tombèrent dans le plus grand ravissement lorsque je grimpai au long d'une gamme chromatique ! Qui a besoin de Chopin ? Qui a besoin de Schumann ou de Bach ? Tout le quartier, sans doute, est venu s'agglutiner sur notre terrain. Koko et Suzu ne savaient plus où donner de la tête : on n'avait probablement encore jamais servi autant de thé et de sucreries en une seule journée dans la maison Ōtomo. Et pendant ce temps-là, Tetsuo brillait dans son rôle de fier époux, ce qui ne m'échappa pas. Les souffrances qu'il avait endurées semblaient enfin récompensées. En dernier lieu, Monsieur Dennewitz, le vendeur de l'instrument, vint nous faire à son tour l'honneur de sa visite. Et à la joie de son médecin, Ōtomo-sensei, qui lui avait quand même extrait quelques semaines plus tôt ses tumeurs au cou, ce monsieur enveloppé s'exerça lui aussi à l'art de manger, assis par terre, des gâteaux à la farine de riz.

OBÉISSANCE — 1. Je me soumets. Il faut donc qu'il en soit ainsi.

> « Par la présente, je jure de me plier aux demandes de mon époux et de ma belle-mère, ou plus exactement : de me consacrer quotidiennement, conformément aux règles, à l'étude de la langue du pays ; d'accomplir mes obligations au foyer ; de ne plus désormais m'opposer aux instructions maternelles ; de placer au-dessus de tous mes états d'âme le service du bien, de l'harmonie et du prestige du foyer ; de m'adonner généreusement aux devoirs conjugaux ; de servir les hôtes de mon époux conformément aux coutumes courantes ; de noter l'échange de cadeaux avec les voisins, parents et autres personnes ; de me former à l'art du thé, de l'arrangement floral et du luth ; de me taire lorsqu'on m'y invite ; de m'abstenir de commentaires offensants ou moqueurs ; et pour finir de renoncer aux actes violents, à savoir aux coups assénés à mon époux ou à la destruction volontaire d'objets. Si je devais ne pas me conformer aux points susmentionnés, je ne pourrais plus attendre le soutien et la protection du foyer. Signé : Paulette Ōtomo. »

2. On a remporté le piano ! Il appelle ça une « mesure ».

SOLITUDE — **1.** Le Japon m'a-t-il transformée ? A-t-il fait de moi ce petit être humain effarouchable, sensible, aérien ? Puis de nouveau cette bête ? Je ne sais plus ce que je suis, comment je suis et pourquoi je le suis devenue. Tout est lointain. Je vois des ombres.

2. Personne ne parle ma langue. Personne ne la parle réellement. Tel ou tel connaît des phrases en français, peut-être.

3. Je me comporte de travers. Je suis assise de travers. Je marche de travers. Je m'incline de travers. Je parle, je ris, je mange, je dors, je me tais de travers. Je verse le thé de travers dans la tasse et mon sourire est complètement de travers sur mon visage. Comment peut-on aimer de travers ? Comment ? Ah, j'en ai assez ! Assez d'être cette momie. Tout m'étouffe ici. C'est sans doute moi-même. Moi. Je suis de travers.

4. C'est tout de même singulier. Nous avons passé des heures ensemble aujourd'hui, des heures sereines ! Nous avons échangé des mots, des embrassades, des baisers, je me suis donnée à lui et pourtant il n'a rien à voir avec moi.

5. Est-ce l'état d'âme que donnent les contrées lointaines ? Il y a tant d'inquiétude et de doute en moi.

6. Et souvent me taraude cette vive douleur, un désir ardent et nostalgique. De quoi ? De ma patrie ? Où est-elle censée se trouver ? En direction du passé ? En direction de l'avenir ? En direction d'un futur antérieur, à la rigueur, que j'ai perdu à une quelconque courbure du chemin.

7. Personne avec qui je puisse avoir une discussion sérieuse. Aucun autre compagnon que ce Journal. C'est à toi, à toi seul, que je chuchote mon secret, conserve-le pour toi, en silence, tu me le promets, oui ? Je ne suis de nulle part.

8. Et pourtant ! Il ne se passe pas un jour où je ne me sente pas reconnaissante, où je ne me dise pas à moi-même : Regarde, Paulette ! Ce que tu as atteint. Là où tu es. L'intensité de ce que tu ressens. Pas une journée où, à un moment ou à un autre, je n'éclate pas d'un rire silencieux en pensant à ce triomphe qu'est ma vie. Non, jamais, Paulette, ne jamais prendre cela pour une évidence ! J'aime être seule, c'est peut-être le prix à payer. Mais regarde donc, la libellule qui tourne, le bambou qui pousse, l'océan qui bruisse !

9. Que signifie pour moi une idée que l'on n'a pas pensée à deux ? Qu'est-ce qu'un bonheur qu'on n'a pas vécu ensemble ?

YOSHIWARA (吉原) (*Prairie promettant le bonheur*) — Tout ce que peut faire un petit cœur ! Je tremble. C'est une froideur inhumaine, une fièvre glacée. Et quel ce râle en moi ? Pourquoi ma poitrine crépite-t-elle ? Quel tocsin sonne ? La peau est raide et ferme au toucher, comme un blindage. Je crois que je me transforme en pierre. Quelque chose se passe. Il y a cette tristesse profonde qui habite mon âme. Et elle nourrit la colère ! Elle me transforme. Il y a ce germe de poison en moi, et il enfle encore à chaque instant où je ne jouis pas de ma liberté. Je ne peux rien faire contre cela. Rien ! Cette crapule n'est donc toujours pas revenue. Il ne fait plus que courir après le plaisir. A-t-il froid, lui aussi ? Et pourtant je l'ai suivi. Il est possible qu'il ait été au courant, c'était peut-être un jeu sournois ? « Suis-le ! » ai-je ordonné au coolie. Il avait déjà tourné au coin de la rue. Et ensuite ? Le roulement des roues du *jinrikisha* ; la lumière de la lune, blême, dans les canaux ; la mélodie irréelle du chanteur des rues ; l'ivrogne qui s'est moqué de moi. Le pont détruit, sans doute par un tremblement de terre. Et ensuite ? La ville sans nuit. Mon fidèle époux a arrêté son coolie et j'ai fait de même avec le mien, un peu en marge, dissimulée dans

Le quartier des plaisirs à Yoshiwara

l'ombre. C'est donc à présent une certitude. J'ai vu de mes yeux ce à quoi je ne voulais pas croire. C'est tout de même répugnant ! Au lieu de m'offrir de l'air pour respirer, au lieu de me respecter, il m'humilie. Voilà le misérable qui, déjà, franchit l'*ōmon*, la grande porte qui ouvre ces murailles. « Mais allez, va donc ! Disparais ! » ai-je lancé pour chasser le coolie, qui s'est contenté de tressaillir, l'œil terne, comme un chien battu. Les gardes ne me quittaient pas des yeux et m'ont pourtant laissée passer sans un mot. Je suis donc entrée. Yoshiwara ! Ville singulière, scintillante. Je l'ai méprisée dès que je lui ai succombé. C'est une petite région sale, non, un agrégat joyeux et somptueux de maisons, de marionnettes et de la population la plus haute en couleur qui soit, pomponnée comme on n'en voit jamais ! Une vaste promenade s'ouvrait là, en son centre, clôturée, une rangée de cerisiers s'y dressait, les fleurs fanées éparpillées au sol. À gauche et à droite, les maisons les plus baroques, des lampions et des draps aux balustrades des balcons sur lesquels les putains se pressaient déjà. Avec quelle désinvolture, avec quelle nonchalance il s'y dirigeait, comme si c'était son occupation quotidienne ! Il n'aurait plus manqué qu'il siffle une petite chanson. Chaque pas était une once de poison supplémentaire. J'ai donc fait faire à mon foulard un tour supplémentaire autour de ma tête, j'ai caché mon visage et je l'ai suivi à bonne distance au cœur du bazar de l'amour où les maisons de thé formaient une ligne ininterrompue au long de laquelle, à mon effroi, les courtisanes posaient derrière des barreaux comme des animaux au Jardin zoologique. On les avait enfermées ! Dans chacune de ces cages à poupées ornées de peinture et de laque dorée se trouvaient deux douzaines de filles enveloppées de soie fleurie et de brocarts évocateurs, le visage rond comme la lune et poudré de blanc, avec une coiffure en paon piquée de somptueuses aiguilles. Elles étaient alignées les unes à côté des autres devant de petites tables à thé et des braseros, agenouillées sur des coussins de soie comme dans une boîte à bijoux ; elles tiraient sur leurs petites pipes d'argent, peignaient sur du papier de riz avec de fins pinceaux à encre, plongeaient les lèvres dans des tasses à thé grandes comme des dés à coudre ou charmaient les passants en jouant du luth et en chantant. Je pris un intérêt certain à tout cela. Pour un cauchemar, il avait tout de même des couleurs extraordinairement choisies ! Dans les rues animées s'écoulait par vagues un flot humain fort dense. Et ce spectacle produisait en particulier sur les hommes, comme je pus m'en rendre compte, l'effet le plus singulier. Enfin, mon époux emprunta une rue transversale et finit par s'arrêter devant une prostituée qui le regardait, comme transfigurée, avec une expression de dévouement exceptionnel. Oh, quel modèle de soumission ! Les petits pas trottinant, le chaste soulèvement de la traîne, les regards à la dérobée de ces petits yeux clairs et ingénus, le susurrement de la voix ! Mon Dieu, j'en ai eu la nausée ! Écume et effroi. Comme il plaisantait ! Quelles manières elle faisait ! Elle alluma alors sa petite pipe et la tendit à mon époux aimant. L'affaire était ainsi conclue. Fripouille dépravée ! Je n'avais aucun objet pointu à portée de main. Je fis donc demi-tour et m'en allai. Et maintenant ? Comme il fait froid ! Où est-il donc passé ? Où ? Malédiction ! Et que faire de tout ce sentiment putride ?

ANNEXE

Kusumoto Ine

Ici s'arrêtent les Journaux de ce Moi. Les notes sur Yoshiwara, le quartier des plaisirs, sont l'une des dernières feuilles de ce qui a été conservé. Un autre cahier aurait été rédigé sur des centaines de pages aux lignes serrées à l'été 1874, mais il a fini dans les eaux de l'océan Pacifique. La déchéance mentale qui s'était manifestée, notamment au début de cet écrit, produisit forcément sur ce Moi un effet d'autant plus effrayant qu'en relisant ce Journal, d'un geste impulsif, il ne vit d'autre issue que d'éliminer ce cahier en le jetant dans les flots.

Ainsi a été effacé tout témoignage d'une autre escalade du conflit entre les deux époux et du divorce qui ne tarda pas à suivre. Les semaines suivantes, que la divorcée, tout juste âgée de vingt et un ans, put vivre dans la chaleur et la sollicitude, au domicile de son amie Horen-in, ne sont mentionnées dans aucun document conservé. Il ne reste que de rares lettres pour donner encore quelques informations, si lacunaires soient-elles, sur la période suivante.

C'est dans la maison d'Horen-in que Paulette Blanchard fit la connaissance de Kusumoto Ine qui, nettement plus âgée qu'elle, se sacrifia pour tenter de réparer ce Moi brisé. Ine, fille illégitime d'une courtisane japonaise et du médecin allemand Philipp Franz von Siebold, lequel vivait autrefois sur l'île de Dejima, première femme médecin du Japon à avoir exercé jusqu'à la cour impériale, fit sur ce Moi une profonde impression. Plus encore : les deux femmes se fascinèrent mutuellement. Elles devinrent amies dès le premier jour.

Dès lors, on ne put interpréter que comme une singulière disposition du sort le fait que le demi-frère d'Ine, Heinrich von Siebold, ait déjà été connu de ce Moi depuis l'époque de l'Exposition universelle. Dans les monts d'Omori, un massif calcaire plein de fossiles, le chercheur en sciences naturelles et collectionneur avait trouvé des objets de l'âge de pierre qui suscitèrent un certain émoi, et s'était ensuite donné pour mission d'élucider l'énigme que constituait la préhistoire du royaume insulaire et de ses habitants.

C'est ce besoin irrépressible de s'échapper pour faire de nouvelles expériences, besoin dont l'obstination, qui en était l'aliment, était sans doute aussi la responsable, qui poussa ce Moi à ne plus démordre de l'idée audacieuse d'accompagner Heinrich von Siebold dans son expédition imminente. On l'en dissuada de toute part. Pour finir, Siebold refusa au motif qu'une femme lancée dans un tel projet ne pourrait qu'être un poids pour les chercheurs.

Imperturbable, ce Moi, libéré des soucis financiers par la dot qui lui avait été rendue, entreprit pourtant le 17 juin de l'an 1874 un voyage à pied – en la seule compagnie d'un serviteur, Fudo, et de deux tireurs de *jinrikisha*. Si ce Moi devait parvenir à atteindre par la voie terrestre, à des centaines de lieues de là, le port de Nagasaki avant le jour où l'expédition était censée y prendre la mer, l'incorrigible jeune femme aurait gagné le droit de participer au voyage.

C'est ainsi que la première femme européenne à avoir jamais traversé le Japon se retrouva effectivement, bien des semaines plus tard, parmi un groupe de chercheurs et d'ouvriers, à bord de la *Lemuria*, qui finit par lever l'ancre en direction des îles Liu-Kiu, archipel presque inexploré de la mer de Chine orientale.

Il s'agissait encore une fois de rassembler toute la force utopique, tout l'avenir prometteur de bonheur dans un geste de repli, dans une tentative de se concevoir soi-même comme la plus petite partie dans la grande fête de la nature.

À KUSUMOTO INE

Sur la rive du lac Biwa d'Otsu, le 9 juillet 1874

Ô Ine-san, sœur tant aimée ! Je vous le garantis, votre inquiétude est totalement injustifiée. Je me porte bien. Mes membres sont sans doute fatigués, mes pieds aussi écorchés que mon cœur, mais le « sentier entre les montagnes* » n'a finalement que de bonnes intentions à mon égard, et les dieux protecteurs en pierre, au bord du sentier, pointent sans arrêt sur moi leurs yeux bienveillants. Soyez donc sereine et tranquille comme je le suis en ce moment. Je me trouve en effet sur la véranda de la maison de thé, le débarcadère de ces petits vapeurs qui partent pour Otsu et dont vous m'avez parlé. Comment, dès lors, pourrais-je mal me porter ? Devant moi, dans la pénombre, s'étend le vaste lac, la cloche vespérale du temple de Mii-Dera résonne profondément, je suis entourée par le chœur des grenouilles et des cigales et tout en moi aimerait devenir pleine confiance.

Je suis émue par votre lettre d'une si tendre sensibilité. Et pourtant vous causez une certaine injustice à votre frère en lui adressant des reproches : c'est moi-même, après tout, qui ai insisté pour partir, c'est moi aussi qui lui ai proposé ce pari et qui l'ai pressé d'accepter. Il est vrai que mon esprit se trouvait dans un état d'effroyable confusion. Vous êtes suffisamment indulgente pour ne pas l'exprimer ainsi. Et pourtant je dois ma gratitude à Heinrich, car il a accepté et l'a fait pour l'amour de moi, même s'il savait en toute certitude que j'aurais besoin de bottes de sept lieues pour arriver à temps au point convenu. Mais cela n'est-il pas indifférent ? Il fallait que je parte ! Et plus l'objectif était éloigné et inconcevable, plus j'avais la force de me détacher et de me sauver de ces démons intérieurs. Qu'est-ce qui pouvait donc m'être plus profitable que l'attraction d'un archipel méridional et inconnu portant

* Nakasendo ; avec le Tokaido, l'une des deux routes de pèlerinage et de commerce qui reliait les deux centres de l'ancien empire – Kyoto et Edo –, route dont Paulette Blanchard allait emprunter une bonne partie sur le chemin qui la menait à Kyoto.

le nom enchanteur de Liu-Kiu ? Alors, n'en veuillez pas à Heinrich ! Voulez-vous me le promettre ?

Vous me demandez comment cela s'est passé pour moi jusqu'ici. Si seulement je pouvais le dire avec exactitude ! Voilà tout juste trois semaines que je suis en chemin, et pourtant il me semble être plusieurs fois devenue une autre au cours de ce bref laps de temps, comme si je n'avais cessé de muer à la manière de ces vipères tigrées qui se tortillent dans les champs de riz et dont je trouve parfois sur les chemins les enveloppes abandonnées et scintillantes. J'ai jadis rencontré à Paris un monsieur qui tenait de drôles de discours et utilisa plusieurs fois l'expression : « Quand j'étais encore un chien… » Sans doute croyait-il n'être devenu un humain que depuis peu. Mon état est aujourd'hui analogue. Je pars de l'idée que j'étais une plante ou une pierre. Alors qu'il m'arrive souvent de ne pas être certaine d'exister pour de vrai ; et bien d'autres fois je crois ressentir une lassitude accumulée au fil d'une trop longue existence, et je ne rêve que de dormir pendant quelques années !

Mais je ne voudrais pas vous inquiéter avec mes discours bizarres. En tout cas, les si vives et si sombres mises en garde de nombreuses personnes sur les risques courus se sont révélées parfaitement injustifiées. Aucun samouraï n'a jusqu'ici voulu assouvir sa soif de sang sur ma personne, je n'ai eu à subir aucune haine, aucune brutalité, aucun homme n'a eu de comportement scabreux à mon égard et personne n'a fait mine de me dépouiller jusqu'au linge et de me laisser poursuivre mon voyage nue et miséreuse. Aurez-vous l'obligeance de le faire savoir à Monsieur Gauthier, cet homme qui voit tout en noir ? Inesan, tout se passe au contraire comme vous me l'avez prophétisé avec clairvoyance. Le peuple est bienveillant et se soucie de mon bien de la manière la plus chaleureuse qui soit ! Parfois, il est vrai, on s'étonne et l'on m'entoure, mais ce n'est jamais de manière importune. Dans les auberges, on me cède les meilleures chambres dès que l'on a vent de mon arrivée, c'est la seule chose qui me fasse un effet un peu désagréable. Et, jusqu'à ce jour, chaque fois que j'ai quitté le Nakasendo, chaque fois que je me suis risquée dans les circonscriptions plus reculées du massif montagneux et que j'ai traversé de petits villages dissimulés dans des ravines ou blottis à flanc de colline, et dont les habitants, sur le sol noir et fertile, se consacraient par exemple à la culture de ce médicament qu'est la racine de ginseng, ou à l'élevage tellement répandu du ver à soie, on me remettait des présents et des cadeaux dans l'espoir que je sois une guérisseuse experte venue du royaume des barbares, et que je les libère, ces pauvres diables, de leur gale, de leur goutte ou d'autres maux épouvantables. Bref : j'ai à présent parcouru 132 *ri** sans la moindre perturbation, et je crois qu'il n'existe au monde aucun pays où une femme puisse se sentir aussi à l'abri des ennuis qu'au Japon !

Mon passeport, lui aussi, s'est révélé jusqu'ici comme un document précieux, et je me déplace aussi librement que possible dans le pays interdit**. Chaque patron d'auberge enregistre consciencieusement mes indications et ne manque pas, à cette occasion, de transmettre aussitôt au poste de garde le plus proche des nouvelles de l'étrangère venue de France – un pays lointain qui, pour beaucoup, ne correspond strictement à rien –, poste dont les policiers respectueux, vêtus de costumes européens, viennent ensuite, parfois, me présenter leurs hommages, posant dans une courtoisie servile telle ou telle question sur le but énigmatique de mon voyage. Fudo, qui, d'une manière générale, me sert de manière très dévouée et très fiable, fait aussi preuve d'habileté dans ce genre de cas, évoque les livres étrangers que je transporte avec moi, après quoi l'on veut bien me prendre pour une savante ou encore pour une poétesse en pèlerinage, ce qui constitue manifestement dans ce pays un type couramment répandu et semble en tout cas légitimer le voyage d'une femme.

Je préférerais ne rien vous dire sur les premiers jours de ma pérégrination. Ma souffrance nerveuse, la confusion, la chaleur brûlante. Vous savez, cela m'a mise à la torture. Ma poitrine se serrait encore sous l'effet de ces douleurs et dans ma tête revenaient constamment ces

* *Ri* : unité de longueur japonaise ; 1 *ri* correspond à peu près à la *lieue* parisienne, soit 3,927 kilomètres.

** En dépit des traités, l'intérieur du Japon demeure inaccessible aux étrangers. Les ports sous contrat de Yokohama, Hyogo (Kobé), Nagasaki, Niigata et Hakodate, ainsi que les grandes villes d'Osaka et de Tokyo, sont les seuls lieux où les étrangers aient le droit de faire du commerce et de se déplacer librement. Paulette Blanchard est cependant parvenue à se procurer, par l'intermédiaire de l'ambassade de France à Yokohama, un passeport qui l'autorisait à voyager librement à l'intérieur du pays.

mêmes questions affreuses : comment ai-je pu devenir aussi étrangère à moi-même ? Comment ai-je pu abjurer mes principes ? Qu'est-ce qui vit là dans ma poitrine ? Est-ce un cœur ? Puis-je seulement aimer ? Ou bien cet organe n'est-il plus que sécheresse et amertume ? A-t-il donc pris mon entendement pour modèle ? Hélas, Ine-san, avez-vous jamais vécu quoi que ce soit de ce genre ? Combien de choses sommeillent en nous, que nous n'avons jamais pressenties ! Les plus grandes taches blanches restent celles des cartes géographiques de l'intérieur de nous-mêmes. À moins que ce tressaillement courroucé ne me vienne de l'extérieur ? Sont-ce les circonstances qui ont fait cela de moi ? Ah, ce furent deux nuits emplies d'angoisse et de doute que celles vécues dans les *yadoyas** de Kanto, et je songeais déjà à jeter mon projet aux orties ! Et qu'aurais-je fait alors ? La chaleur écrasante et le bruit dans les rues, le jeu du *shamisen*, le chant nasillard des geishas, les cris – *Kori ! Kori !* – des marchands, le remuement des tam-tams et des tambours, le craillement des prières bouddhistes, le sifflement des *Amma-san*** à la tête rasée jusque bien après minuit, je souffrais les maux de l'enfer ! Je ne vous parlerai même pas des puces. Et l'on n'arrêtait pas d'épier par les fissures, on poussait éhontément les paravents de papier sur le côté, on me reluquait avec des yeux luisants où je me reflétais. Partir, partir dans la montagne ! J'ai laissé sur la rive de l'Usuigawa les coolies nus et tatoués qui tiraient les *jinrikisha*. Car je n'avais qu'une seule chose à l'esprit : monter, rien que monter ! Quitter l'air maussade et la confusion des plaines, respirer l'air sobre de l'altitude et l'ampleur des lointains. Je voulais voir, je voulais tout embrasser du regard. Réapprendre à le faire s'il le fallait. J'avançais donc d'un pas hâtif, je laissais derrière moi les bosquets de bambous, les mûriers, la belle allée de cèdres japonais, si bien que le vaillant Fudo ne tarda pas à être bien à la traîne derrière moi et me demanda régulièrement de faire halte dans l'une des maisons de thé, sous prétexte que le *mago**** devait passer de nouvelles sandales de paille. Et ce deux fois par jour ! Mais même le col

* *Yadoya* : auberge japonaise.

** *Amma-san* : masseurs qui annoncent leur arrivée en jouant de la flûte.

*** *Mago* : conducteur d'un cheval de transport japonais.

d'Usui ne m'apporta aucun soulagement. Je savais depuis longtemps dans quelle direction j'étais poussée. À savoir celle de l'Asamayama, ce puissant cône déboisé au-dessus duquel je vis de loin cette colonne de fumée qui montait dans le ciel en se tortillant et, au-dessus, le voile de brume chatoyant en violet et en rouge feu.

Nous partîmes donc le lendemain matin, avant même le lever du jour – oh, tout était encore plongé dans le silence complet et la myriade d'étoiles étincelantes brillait au-dessus de nos têtes –, nous avons abandonné tout notre ballast inutile et entamé la difficile ascension du volcan, dont l'activité était, nous dit-on, beaucoup plus instable qu'en temps normaux. Les éruptions récentes n'avaient provoqué que des pluies de cendres, la dernière remontait à quelques années. La montagne n'avait plus ouvert son gosier pour de bon depuis près d'un siècle. C'était au cours d'une nuit d'été, en 1783, et elle avait craché avec une telle violence que les habitants des vallées avoisinantes en frissonnent et tremblent encore aujourd'hui. Ils en parlent comme d'une fable horrible que leur racontaient leurs parents et leurs grands-parents quand eux-mêmes étaient encore enfants. Une puissante coulée de lave avait dévalé ses flancs, passant tel un rouleau d'une taille considérable sur des villages et des forêts vierges, des masses de pierres ardentes étaient tombées comme de la grêle et une pluie de cendre dense avait transformé le jour en nuit obscure. Des plaines fertiles tout entières étaient devenues d'un seul coup des déserts, des dizaines de villages, des centaines de personnes, d'innombrables singes, cerfs, renards, ratons laveurs, sangliers et oiseaux avaient succombé à ce déluge de roches brûlantes et même les créatures qui avaient eu la chance de trouver une protection contre les débris étaient finalement mortes de faim, les projections qui s'étaient abattues sur plusieurs lieues à la ronde ayant enfoui le sol loin en dessous d'elles et, de là, annihilé toute possibilité de vie.

Ce fut la mort la plus atroce, et en même temps la plus belle à laquelle j'aie succombé depuis le début de mon parcours. La naissance qui s'ensuivit en moi-même fut d'autant plus solennelle. Avez-vous déjà plongé votre regard dans un gosier comme celui-là ? Je n'ai jamais rien vu de plus excitant. Connaissez-vous ce mythe grec qui évoque la plus profonde crevasse du monde souterrain, le Tartare, dont Hésiode écrit qu'une enclume que l'on y jetterait depuis la surface de notre planète tomberait pendant neuf jours avant d'atteindre enfin le fond de cette gueule infernale, autant qu'une chute de la Lune à la Terre ? Je me tenais donc devant le gigantesque cratère, l'esprit embrumé par les vapeurs qui en émanaient, par le soleil qui, perché haut dans le ciel, me brûlait la tête, et par l'épuisement que je ressentais dans mes membres et dans mon âme, encore éloignée du rebord dont je n'osais m'approcher, et je tendais l'oreille. Je n'ai jamais rien entendu de tel ! Il n'existe pas un seul son, sur tout notre globe, qui équivaille aux mugissements rauques, bouillonnants, infernaux qui s'échappent d'une fente comme celle-là. J'ai d'abord pensé à des cascades, au tonnerre d'un gros orage, au glouglou visqueux d'une décoction en ébullition, au bruit des canons et de la mitraille. Rien de tout cela ne peut décrire cette pulsation rugissante, cette ébullition rageuse d'un corps céleste dont la blessure béante s'ouvre devant vous. Et il m'a semblé voir mon propre sang qui bouillonnait ici. C'est alors que je me suis précipitée vers le rebord du cratère. La gorge de l'enfer y produisait un fracas encore plus assourdissant ! Le vent emporta loin de moi les vapeurs sulfureuses et je pus regarder à l'intérieur : les parois verticales, roussies et chatoyantes, descendaient jusqu'au fond du cratère où d'innombrables fentes et crevasses lâchaient de la fumée jaune, de la lave rouge et ardente débordait par les puits et les cols et se déversait dans des bassins où les flammes dardaient et tressaillaient nerveusement. J'ai voulu tomber, Ine-san, tomber dans ce battement de cœur de la terre, dans ces murmures de la Création. Et, enfin, me calciner !

Ah, quelle sotte je fais ! Et pourtant, c'est la plus belle chose que j'aie jamais observée. Croyez-moi, chère amie, je ne suis plus la même depuis. J'ai l'impression d'avoir bu dans ce singulier trou de la terre, tant cela tremble et pulse en moi à présent, l'impression d'avoir contemplé le début et la fin des choses – et donc de moi-même –, comme si j'étais désormais liée à la braise de tout ce qui est vivant. Mais cela doit vous paraître stupide à entendre. Excusez la gaucherie avec laquelle je pose ici mes mots, ce que je dis paraît certainement exagéré et balourd. Et pourtant ! Je le ressens, et en tout cas cela m'a métamorphosée. Avec quelle légèreté vais-je à présent poursuivre mon chemin ! Et même Fudo paraît comme changé, libéré et serein depuis que sa maîtresse a cessé d'afficher une grimace de souffrance acharnée. Ah, Ine, nous avons ri, nous nous sommes laissé emporter sur le chemin par des salves de rires pétulantes, à en effrayer les perdrix des neiges ! Mais j'étais tellement épuisée et martyrisée après cette aventure, pire, ma santé d'une manière générale me donna tout à coup tant de fil à retordre qu'il me fallut m'offrir une partie du trajet en *kago**. Et comment aurais-je pu ressentir plus distinctement ce sentiment de vie naissante, cet ahurissement que cause ce qui vient de fleurir, que dans ce véhicule qui me berce d'un mouvement archaïque, me fait progresser si près de la terre, me fait planer au-dessus des herbes folles du sous-bois, tout comme les milans et les busards glissent, ici, au-dessus des montagnes ? C'était un tel sentiment de bonheur ! Se balancer au-dessus des prairies tandis que les roseaux, les lianes et les fleurs me caressaient la joue, que la rosée du matin me rafraîchissait les orteils et que mon regard, en éclaireur, se risquait dans des régions étranges que le marcheur foule d'ordinaire sans y prendre garde. C'était un petit monde précieux qui s'ouvrait là devant moi. Cette forêt vierge de prêles et de tiges de fleurs dans laquelle lumière et ombres s'ébattaient nonchalamment, les petits vers, les scarabées, les papillons ! Partout les choses s'animaient et marchaient à quatre pattes, partout on entendait bourdonner et l'on voyait scintiller le feuillage du bambou nain et les hostas, le muguet, l'épilobe, le lespédèze, l'herbe à éléphant. Si seulement j'avais eu les livres qu'il fallait pour déterminer la flore sans erreur possible ! Et figurez-vous que j'ai trouvé une sorte de soldanelle chinoise ! Elle se tenait, toute seule, à l'ombre d'une pierre moussue, à côté d'un sanctuaire, et attendait que je la trouve. Je vous l'envoie sous ce pli. Et j'y ai doucement déposé un baiser en signe de ma gratitude. Je joins aussi un morceau d'écorce de l'arbre *hinoki*, dont le parfum me trouble tant. Et un cocon de soie que j'ai dérobé sans me faire voir, une petite chose étonnante.

* *Kago* : litière japonaise de deuxième rang (à côté du *norimono*, plus luxueux), composé d'une petite cabane en treillis et en bois ainsi que d'une barre de transport fixée au-dessus et généralement portée par deux coolies.

Le poète que vous mentionnez* m'était encore inconnu. Mais les vers que vous avez traduits m'ont accompagnée comme des compagnons de voyage que j'ai pris en affection. Fudo a eu l'amabilité de me traduire de mémoire quelques-uns de ces tercets dont j'aimerais vous recopier ici mes préférés et les plus proches de mon expérience.

Rien que des puces et des poux
Et tout près de mon oreiller
Pisse de surcroît un cheval

Vous le voyez, je n'ai pas perdu le goût de rire. Vous me manquez, bien-aimée Ine, je prends souvent en main le portrait que Horen-in- a dessiné de vous, et c'est pour moi une consolation. (Hier, tout juste, j'ai envoyé une lettre à part à ma chère amie** !) Écrivez-moi vite une nouvelle lettre ! Le mieux est de l'envoyer à Shimonoseki, ou carrément à Nagasaki, le courrier devrait m'y parvenir en sécurité. Et racontez-moi comment se passent les choses pour vous dans votre maternité ! Si le plus grand nombre possible de petits humains qui viennent à peine d'apercevoir la lumière du monde ont votre visage comme première vision, j'ai de l'espoir.

Je vous embrasse cordialement
et reste votre
PAULETTE

* Il s'agit de Matsuo Bashō (1644-1694).
** Cette lettre n'a malheureusement pas été conservée.

À KUSUMOTO INE

Napa-Kiang, Liu-Kiu, le 15 août 1874

Ô Ine-san ! Qu'est-ce qu'un tremblement de terre*, quand seul le bambou tremble et se balance autour de vous, quand le petit oiseau, pris d'une brève frayeur, s'envole de la branche ou quand le campagnol surgit d'un fourré et fronce le museau dans une étroite clairière ? (Et en me regardant avec de grands yeux !) Non, cela ne vaut même pas la peine d'en parler. Quelques minutes plus tard, il est déjà oublié et tout suit de nouveau son cours habituel. Le zostérops vert et jaune gazouille son chant aigu sur une autre branche, le campagnol se fraie un nouveau chemin puisque la terre lui paraît désormais fiable, le bambou grince et bruisse au vent de l'été. La nature est d'une telle indifférence. Si nous vivions encore dans les champs, plutôt que dans les villes, si nous habitions en plein air au lieu de nous élever dans le ciel, un étage après l'autre, les toits ne pourraient pas s'effondrer sur nos têtes !

Ah, Ine-san, ces derniers jours, à chaque fois que j'avais un instant pour le faire, j'ai dévoré le Rousseau que m'a envoyé Monsieur Chōmin** et c'est tout à fait ahurissant, on dirait que tout s'assemble pour former une image, que je tiens dans mes mains une clef qui me permet au bout du compte de comprendre ce qui m'est arrivé.

Vous me demandez mon modeste jugement ? Si, donc, j'avais à choisir entre prêter foi à ce pessimiste de Hobbes, pour qui l'homme est par nature une bête, un humain ayant été créé semblable à l'autre et tous convoitant par conséquent les mêmes choses, ainsi condamnés à devenir des rivaux dont la seule quête est leur propre avantage, selon qui, par conséquent, l'homme ne peut qu'être un loup pour l'homme et

* Le 13 août 1874, un tremblement de terre secoua le nord de l'archipel de Liu-Kiu. Paulette Blanchard le raconta à Kusumoto Ine dans la lettre précédente, laquelle, à l'instar de deux autres lettres auparavant, n'a hélas pas été conservée.

** Nakae Chōmin, philosophe, relation de Kusumoto Ine, qui traduisit en japonais quelques écrits de Rousseau.

la guerre de tous contre tous une fatalité jusqu'à ce que la bénédiction de la civilisation ait enfin mis ce monstre en chaîne et d'après lequel, en conséquence, l'État et les lois sont nécessaires pour dompter et domestiquer ce naturel violent, la manie prédatrice des animaux humains à l'état sauvage. Ou bien, comme voulait le croire ce pessimiste encore plus sombre qu'était Rousseau, qui nous a au contraire démontré que l'homme était par nature doux et bon, doté d'une empathie pure, un être qui, jadis, vivait libre sans être le sujet de personne, sans langage ni domicile, sans aucune quête puisqu'il se satisfaisait à lui-même, ignorant tout vice et toute vertu puisqu'il ne connaissait ni l'amour ni la guerre, un éternel enfant qui, animé autant que maudit par ce funeste mouvement, s'arrachait d'abord au moyen de la raison à cet état originel et scellait sa perte en inventant la propriété : seule cette dernière en effet créa des riches et des pauvres, tantôt dominants et dominés, tantôt maîtres et esclaves, dès lors que le narcissisme, le souci du prestige et la cupidité refoulèrent bientôt la frugalité et l'empathie, et qu'il fallut écrire, au bout du compte : « L'homme est né libre et partout il est dans les fers ! » Si, donc, je devais décider d'approuver le contempteur du genre humain qu'est Hobbes ou le défaitiste qu'est Rousseau, je ne pourrais que trancher en faveur du second. Aucune autre conclusion ne me semble possible !

C'est ce monde, ô Ine-san, qui a fait de moi une bête ! Je verse bien des larmes sur cette phrase. Ce sont peut-être celles de la guérison, elles humectent un sol fertile. Et je trouve une consolation dans la nature. Mais où la trouver ailleurs ? Il n'y a plus qu'auprès de vous et de Horen-in.

Amie bien-aimée, je n'éprouve pas aujourd'hui le calme nécessaire pour continuer à écrire.

Je vous serre dans mes bras,

votre

PAULETTE

À KUSUMOTO INE

Barrow Bay, Liu-Kiu, le 26 août 1874

Ô Ine-san, votre petite lettre m'a donné grand entrain et m'a fait rire de bon cœur ! Si seulement vous saviez ! Je suis bel et bien devenue un animal, et j'ai littéralement rampé à quatre pattes. Je venais, de manière tout à fait fortuite, de découvrir la dépouille de l'un de ces petits humains qui avait encore eu la chance de vivre ses jours intégralement dans l'état naturel décrit par Rousseau. Sans que l'épouvantable civilisation ait pu l'effleurer. Mais soyez tranquillisée, je n'ai pas l'intention de faire du troc avec les os. Comme vous l'écrivez, il y a, même dans ce qui a été brisé, une étrange beauté.

Mais je veux enfin vous faire ce récit ! Nous étions, donc, au troisième jour depuis notre départ de Napa-Kiang pour le cap méridional de l'île – cap qui semble presque exclusivement constitué d'un vieux massif corallien, une contrée ravinée par les vallées et les vallons, d'où émergent partout les falaises et les bancs de coraux usés par le vent et la pluie, dressant leurs pointes d'un blanc ou d'un gris aveuglant comme des silhouettes pointant le ciel –, quand nous nous sommes retrouvés dans cette grotte singulière, après avoir suivi l'indication de quelques indigènes qui nous avaient parlé de grottes et de fossés. Ce fut du reste à la grande répugnance de cet hurluberlu d'Anglais, Finkelstein, qui vit en missionnaire dans un temple dévasté, sur un écueil situé près de Napa-Kiang, et qui n'a que moqueries pour les idées de Darwin autant que pour notre voyage de recherche ! Heinrich le trouva terriblement drôle, ce qui me soulagea beaucoup. La *yuta*, en revanche, une espèce de chamane du culte local, nous fit savoir que c'étaient des os très anciens, des os antiques de ses ancêtres qui se trouvaient là-bas. Ine-san, je n'aurais pu me dépeindre le jardin d'Éden en couleurs plus aimables ! Et même Monsieur Van Leeuwen en fut pris d'une excitation inhabituelle – vous connaissez son caractère presque japonais. Cette gorge fut jadis une rivière souterraine qui avait fouillé et battu la roche calcaire jusqu'à ce qu'une grotte ainsi creusée s'effondre et que s'ouvre cette vallée à travers laquelle un cours d'eau peu profond se fraie en murmurant un chemin sinueux. La vie jouit manifestement ici d'un sol fertile, car nous avons trouvé la totalité du bassin du val recouvert de la végétation la plus pittoresque qui soit : une nature enivrée en était totalement redevenue maître. Des alocasia larges comme des parapluies et aux feuilles gigantesques, des cycas du Japon, des baquois, ces faux ananas, d'épaisses haies de bambous de Meng-Zong, des sagoutiers – survivants d'une lointaine préhistoire botanique, comme me l'a expliqué Monsieur Van Leeuwen ! – et ces figuiers des banians que les gens d'ici appellent *gajumaru*, avec leurs innombrables racines aériennes qui, formant un treillis épais, descendent des branches comme des lianes pour chercher le sol, si bien que l'on pourrait croire que les arbres eux-mêmes progressent vers l'avant. Ah, comme j'étais heureuse ! Ce toit en feuilles, Ine-san, vous auriez dû le voir de vos propres yeux, ce labyrinthe de formes et de structures qui jouaient et se mêlaient avec tant de pétulance que j'en fus prise de vertige, et qui pourtant ne pouvaient que me paraître presque logiques et ordonnées. Toute la vallée était sans doute habitée depuis la nuit des temps, ou du moins arpentée par des chasseurs et des cueilleurs auxquels les nombreuses grottes naturelles offraient probablement une protection contre la pluie et les tempêtes sévères qui balayaient souvent l'île de leur souffle impitoyable. Nous rencontrâmes bientôt un groupe d'indigènes qui descendaient vers la vallée, comme en pèlerinage, pour y faire leur prière. Chunjun, notre petit traducteur rusé, qui espionne pour le compte de l'archipel et ne nous quitte jamais un seul instant, nous a expliqué, non sans un certain mépris, qu'on trouvait là deux cavernes qui abritaient des idoles de la fertilité vers lesquelles le petit peuple affluait de tous les côtés de l'île afin de prier pour une descendance rapide et une heureuse mise au monde. Inagudo, grotte dans laquelle vit une déesse, et Ikigado, où réside un dieu de la virilité. Nous sommes donc allés visiter cette dernière caverne et nous avons effectivement trouvé à son extrémité une gigantesque concrétion qui rappelait de manière fort manifeste un organe sexuel masculin et que les serviteurs de l'idole n'avaient aucune honte à prendre en main et à frictionner pour assurer leur bonheur futur. Non, je n'ai quant à moi pas pu toucher ce phallus qui était sans doute plus grand que moi-même ! L'idée ne m'abandonnait pas, qu'il pourrait se briser et m'enterrer en dessous de lui. Nous avons aussi trouvé une grotte pleine de tombes, mais que nous n'avons pas eu le temps d'examiner, d'autant moins que celles-ci semblaient présenter un moindre intérêt parce que datant de notre époque. Il est vrai que ces messieurs ont d'abord été pressés de descendre dans cette caverne que l'on appelle *Gyokusendo* et dans laquelle passe un cours d'eau qui semble déboucher également en un autre lieu. On nous a raconté que les ancêtres des insulaires méprisaient et évitaient ces galeries, car un puissant *habu*, un serpent, vivait à l'intérieur, qu'un moine bouddhiste de Shuri avait, il n'y avait pas si longtemps, réussi à apaiser et à chasser avec ses psaumes. J'étais tout à fait incapable de dire si cela m'inspirait ou non confiance. Là où la coupole de la caverne était enfoncée béait son ouverture, envahie par une végétation sauvage, notre porte étroite vers l'intérieur de la terre ! Ah, Ine-san, à cet instant un étonnant petit oiseau a pépié pour prendre congé de nous, il portait un plumage noir somptueux et aux reflets chatoyants, un demi-cercle bleu lumineux autour de son petit œil et une traîne de plumes qui mesurait sans doute trois fois la longueur de son corps. Monsieur Van Leeuwen l'a baptisé tchitrec de paradis japonais et s'est dépêché de réaliser un dessin de cette beauté insolente qui, non sans vanité, posait patiemment et sans se lasser tandis que Heinrich et Mister Bristol installaient les échelles de corde et que les coolies, si zélés d'habitude, nus comme des vers à part leur pagne, sirotaient du thé à l'ombre, fumaient leur petite pipe et observaient en riant avec bienveillance les étrangers qui se faufilaient volontairement dans cette fente. C'était effroyablement obscur, ma chère amie ! Et humide comme si l'on prenait un bain froid dans l'air. Comme mon cœur battait ! Je sentais mes genoux fléchir et flageoler. Comment vous décrire de manière expressive, ô Ine-san, ce que j'y ai vu à la terne lumière de nos torches ? Imaginez une gigantesque cathédrale comme Notre-Dame de Paris, ou mieux encore comme la basilique Saint-Pierre de Rome ; l'incroyable grandeur de cet édifice, nos propres dimensions d'un minuscule écrasant et le sentiment d'humilité que nous inspirait cette beauté ; et imaginez à présent ce même édifice colossal en cire, dans toutes les nuances imaginables de couleurs terreuses, depuis le brun saturé des marécages jusqu'au gris maussade en passant par le rouge de la terre glaise. Maintenant, chère amie, faites fondre un peu, dans votre esprit, cette cathédrale de cire, laissez-la s'affaisser légèrement et former d'immenses, de gigantesques fils avec ce qui fut jadis un toit, et là-dessus, de nouveau, de plus petits fils, et ainsi de suite, jusqu'à ce qu'ils s'écoulent par milliers, visqueux, en direction du sol, avant de se figer ; et ils ne se contentent pas de descendre des coupoles et des voûtes, non, imaginez que la pesanteur soit en quelque sorte inversée, de telle sorte que ces ramifications en forme de filets d'eau s'élèvent vers le ciel comme des piliers, et vous aurez une idée approximative du monde singulier qui se trouvait face à moi et de ce que je ressentais. C'étaient des formations fantastiques ! Des formes et des figures oniriques, une mer de tombes, un firmament de stalactites, une architecture irréelle et absurde faite de portails, d'obélisques, de cloches et de chaires, de bouddhas engloutis et de corps du Christ crucifiés, de chutes d'eau et de jardins suspendus, de groupes d'animaux et de spirales débordant de fruits ! Et combien ai-je vu de visages qui pointaient leurs yeux sombres dans ma direction ! Ils étaient dans ces recoins, ces fentes et ces niches dans lesquels la lumière vacillante des torches ne pénétrait pas et se perdait dans le gris-noir. D'autres passages étincelaient et brillaient quant à eux comme s'ils étaient parsemés de diamants, même s'il s'agissait sans doute seulement de minuscules éclats cristallins qui reflétaient la lumière de nos torches. Il n'est pas nécessaire d'avoir une imagination trop vive quand on se déplace dans de telles galeries souterraines. Car on tend naturellement à attribuer tout cela à un art archaïque et bizarre plutôt qu'au travail indolent et indifférent de la nature. Partout pendaient des perles d'eau infiltrée, et tandis que notre caravane évoluait prudemment dans ce monde souterrain, c'est ce bruit permanent de goutte-à-goutte qui, en résonnant, me fit totalement échapper à ces instants. Chère amie, nous continuâmes notre descente dans l'abîme ! Nous avançâmes de plus en plus en profondeur dans les entrailles de la Terre, si bien qu'il me sembla que nous ne tarderions pas à atteindre le fond de l'océan, là où, selon un célèbre mythe des insulaires, se trouve le palais nacré du dieu de la Mer. Le sol paraissait glaiseux, mais il était ferme et pas trop glissant ; en revanche il était jonché de stalagmites en forme de cierges dont on pouvait si nécessaire se servir comme de bons appuis. Je me cognai à plusieurs reprises contre ces cônes malveillants, si bien que tout se mit à bourdonner et à virevolter autour de moi. Puis, pendant assez longtemps, nous avançâmes en pataugeant dans un cours d'eau souterrain qui charriait à hauteur de genou une eau cristalline, si bien que mon sobre costume de voyage se révéla une nouvelle fois bien utile et que je renonçai, après mes bas, à mes chaussures, remontai impudemment ma robe jusqu'aux hanches et espérai satisfaire, avec mon simple pantalon léger, aux pesantes obligations du chic ! Le silence qui règne tout autour de vous dans ce type de grottes est vraiment singulier, lorsque même le murmure familier d'un torrent devient inquiétant. Ah, Ine-san, j'ai été courageuse, je suis allée voir de très près les chauves-souris velues qui pendaient de la voûte, à côté de ma tête, enveloppées par leurs ailes sombres dans l'un des méandres de la galerie, et qui m'ont à cette occasion paru tout à fait admirables. En dessous d'elles se trouvait un tas de crottes que Monsieur Van Leeuwen tenta, avec une certaine habileté, de me faire apprécier. Les excréments, me dit-il, étaient décomposés par des bactéries qui servaient ensuite de nourriture aux petits vers et aux petits insectes qui nourrissaient à leur tour d'autres espèces de plus grande taille, par exemple des araignées, si bien que même des lézards et des serpents trouvaient leur pitance dans cette obscurité. N'est-ce pas fameux ? Je vis alors une gigantesque scolopendre se rapprocher de nous sur la paroi et Monsieur Van Leeuwen dut se débrouiller tout seul avec cet auditeur aux innombrables pattes, car j'avais pris les miennes à mon cou ! Nous étions certainement en marche depuis au moins une heure et je commençais à me demander si nous reverrions jamais la lumière du soleil ; nous nous trouvions dans une passe où la voûte, qui avait d'abord des allures de cathédrale, commençait à se rétrécir en galeries parfois ramifiées, si bien que nous dûmes bientôt tirer la conclusion que les passages praticables s'achevaient ici, avant de découvrir cet orifice resserré, large comme une épaule et montant à peine jusqu'à la hanche, que Heinrich se dit aussitôt disposé à explorer. Il éteignit donc sa torche, attrapa une petite lampe à huile et disparut à quatre pattes dans ce trou noir ! Nous ne tardâmes pas à le suivre, en file indienne, car la caverne qui succédait à ce goulet, et dont le plafond bas était plus qu'inquiétant, n'offrait guère plus de place qu'à une seule personne. Ô Ine-san, je rampai et me tortillai à travers cet étroit boyau rocheux, poussant pas à pas ma petite lumière devant moi en récitant des prières confuses, persuadée que mon air se raréfiait progressivement. Et si la Terre à présent se mettait à trembler ? Ce serait ma tombe ! J'étais donc entièrement entourée par la pierre. Et j'ai péri des mille morts, Ine-san, en constatant que ma robe s'accrochait quelque part, sans doute à une petite saillie diabolique de la paroi rocheuse, si bien que je ne pouvais plus avancer d'un pas, et encore moins reculer. J'étais bloquée, ma chère amie ! J'étais complètement coincée ! Était-ce donc possible ? Les rochers me pressaient-ils au sol ? N'étaient-ils pas en train de se rapprocher ? Ne devenaient-ils pas plus lourds et plus froids à chaque seconde qui s'écoulait ? Ne se posaient-ils pas, déjà trempés, autour de mes jambes et de ma poitrine ? Ma dernière heure n'avait-elle pas sonné ? Alors, d'un seul coup, ma robe se détacha et je fis un bond en avant qui me propulsa vers une caverne étroite, renversant à cette occasion ma petite lampe qui s'éteignit instantanément, me laissant dans les ténèbres. Jamais il n'avait fait aussi noir. Et rien, rien ne parvenait jusqu'à mon oreille. Sauf mon souffle, et mon cœur qui battait comme s'il était devenu fou. J'étais tout ouïe. Il n'y avait plus de bruissement de l'eau. Plus de voix. Les yeux, grands ouverts, ne recevaient plus une once de lumière, autant qu'ils puissent la chercher. Oui, il y avait encore de l'air, peut-être. À quelle profondeur pouvais-je me trouver ? Cinquante, cent, mille brasses sous la terre ? J'avançais à tâtons, je palpais les parois de ma chambre étroite, le sol sablonneux autour de moi, humide et froid ; un sarcophage de roche et de terre. Le silence était désormais implacable, il absorbait tout en lui. Et subitement régna en moi une telle paix que l'on aurait cru toute peur et toute souffrance englouties avec le son et la lumière. Ô Ine-san, je n'étais plus solitaire ou anxieuse, allongée comme je l'étais sous la terre, profondément inhumée dans un silence obscur. J'étais au contraire profondément proche de mon corps. Et peut-être aussi de moi-même. Il n'y avait rien à redouter. Si telle est la mort, elle me convient fort bien. C'est peut-être ainsi que se sent un fœtus avant de s'engager sur le chemin qui le fait sortir du ventre de sa mère et entrer dans ce monde glacial. Il nage dans l'obscurité, dépourvu de tout Moi, cette chose étrange dont il n'a pas encore besoin. J'ai alors tranquillement rampé vers l'avant, à l'autre bout de cette chambre. Je n'avais peut-être encore jamais été aussi tranquille en état de veille. Et à l'instant où je me suis dégagée de cette fente sinueuse pour passer dans la galerie qui, désormais, s'étirait loin devant et au-dessus de moi, j'ai trouvé, chatoyant au loin, la lueur du jour qui se frayait quelque part un chemin dans la caverne.

Chère amie, tout cela est quand même singulier ! Car il s'avéra bientôt que c'était un os de l'âge de pierre qui m'avait en quelque sorte retenue, ou plutôt, soyons précis, auquel ma robe s'était accrochée sans possibilité de s'en défaire. Mister Bristol, qui avançait derrière moi dans le goulot, y trouva encore accroché un morceau de ce tissu de laine claire, comme un petit fanion qui voulait nous dire : « Voyez donc ! Je suis là ! » N'est-ce pas fabuleux ?

Heinrich passa ensuite près d'une semaine, avec l'aide des ouvriers, à examiner et dégager les lieux, ce qui fut sans doute un travail infernal dans ces galeries étroites et détrempées. Et de fait, Ine-san, il a ainsi mis au jour, un petit os après l'autre, comme s'il se fût agi d'un puzzle préhistorique, les membres d'un squelette humain, y compris, pour finir, un crâne, quoique effrité et prisonnier d'une abondante gangue de calcaire. J'en frissonne ! Heinrich dit que c'est un miracle, il est totalement hors de lui. Il a donné à ces ossements le nom d'« enfant de Gyokusendo » – car il s'agit sans doute d'un enfant, tant ces os sont petits, notamment le crâne. Votre frère suppose que cette frêle et petite créature peut avoir été un *alali* des premiers temps, c'est-à-dire un anthropoïde qui n'était pas même doué de parole. Parfois il est pris d'exaltation et se félicite que nous ayons découvert un ancêtre du peuple de l'archipel ! L'histoire japonaise raconte en effet – et pardonnez-moi, chère amie, si je vous ennuie avec des choses que vous connaissez depuis très longtemps, mais que je viens moi-même tout juste d'apprendre – que le premier souverain du Japon, Jimmu tennō, un descendant direct de la déesse du Soleil, Amaterasu, qui arriva du Sud au cours d'une campagne de conquête, était originaire d'une certaine île du Dragon, ce qui est finalement la seule signification du nom « Liu-Kiu » ! La similitude de la langue des habitants de cette île avec celle du vieux Japon nous fournit encore d'autres renseignements sur cette parenté, tout comme la découverte de cette perle de culte, la *magatama*, dont on a déjà attesté la présence sur les îles japonaises jusqu'au nord de Yeso et que nous avons aussi trouvée voici quelques jours dans les grappes de coquillages de la baie de Barrow. Avez-vous jamais entendu parler de Lemuria, très chère Ine-san ? Je sais bien que c'est ainsi qu'on a baptisé notre navire, mais moi, enfant ingénue, j'y voyais seulement le nom d'un petit singe exotique. Crois-moi, Ine-san, mon imagination l'emporte comme un souffle aérien depuis que j'en ai entendu parler. Lemuria ! Comme me l'a trop sobrement expliqué Heinrich, il s'agit en effet d'un continent désormais englouti sous l'océan Indien qui, jadis, s'étendait sans doute en Asie du Sud, de Madagascar jusqu'aux îles de la Sonde, et que des cataclysmes dévastateurs ayant affecté notre Terre ont fait pencher, puis couler. Suspicieuse comme je suis, j'ai d'abord voulu prendre ce récit pour une invention de votre frère ; celui-ci, piqué au vif, est alors allé tirer dans la bibliothèque un livre du scientifique Haeckel et m'a récité d'une voix forte les passages qui concernent notre sujet. C'était vraiment bizarre ! En tout cas, les spécialistes d'histoire naturelle considèrent que les Lemuria ont été la patrie originelle du genre humain, le lieu où nos tout premiers ancêtres se sont développés pour devenir des singes au nez fin avant de partir conquérir tout le globe terrestre. Les indigènes de Liu-Kiu se racontent l'histoire d'un pays de Cocagne nommé *Nirai Kanai*, qui existait jadis de l'autre côté de l'océan, un royaume de la félicité où toute vie a pris son origine et d'où les dieux ont rapporté le blé et le savoir. Un autre mythe des insulaires évoque pour sa part *Nirai Kanai* comme le royaume du dragon, l'ancien roi de Liu-Kiu au fond de la mer ! Il suffit de savoir que un plus un font deux. Dites-moi, Ine-san, qu'en pensez-vous, est-ce possible ? En tout cas, Heinrich a décidé, en son for intérieur, que la tribu de notre petit homme en os doit avoir quitté sans transition cette Lemuria aujourd'hui engloutie pour rejoindre les îles de Liu-Kiu, même si l'on ne peut pas établir combien de temps ils peuvent avoir consacré à leur voyage et à quelle époque peut remonter cette migration. Je les vois comme s'ils étaient là, ces sauvages archaïques, ces créatures primitives, heureuses, poilues, avec leurs corps nus parés de coquillages et de plumes, s'engageant en suivant leur instinct dans la tentative hasardeuse qu'était pareil voyage, fuyant peut-être des fauves ou la faim qui les taraudait, en quête de terrains de chasse, de fonds poissonneux ou de terres fertiles, se hasardant sur le vaste océan à bord de radeaux ou de pirogues, s'abandonnant aux flots et, poussés par les tempêtes, débarquant pour finir sur l'île au dragon. Quelle a bien pu être la vie de ce petit homme chassé du paradis ? Quel âge peut-il avoir eu ? Et de quoi a-t-il bien pu mourir ? Peut-être est-il tombé dans une crevasse ? Ce serait tout de même épouvantable ! À moins que ses propres parents ne l'aient enterré dans cette grotte ? Ah, Ine-san, tout cela me monte bel et bien à la tête. Et plus encore à celle de votre frère, qui se voit déjà porter de nouvelles médailles et hautes distinctions et, comme il me l'a révélé dans un moment de faiblesse, ou plutôt, non, de courage, nourrit désormais l'espoir d'être digne de l'héritage de son père tout-puissant. Pauvre Heinrich !

Voilà que j'ai passé la quasi-totalité de la nuit assise à écrire et à chasser les moustiques ; me voici à présent aussi fatiguée que si j'avais consacré la journée précédente à me frayer un chemin dans l'inextricable forêt vierge. Car c'est précisément ce que nous avons fait après notre voyage de plusieurs jours à travers le centre de l'île et en direction du nord. Et pourtant je ne suis toujours pas d'humeur à dormir. Comme jadis, jeune fille, quand je refusais absolument d'aller me coucher, la vie me paraissant bien trop excitante pour que je ferme les yeux. Avant, donc, que j'étende mes membres fatigués sur les nattes molles de la *kung-kwa**, à l'ombre du feuillage abondant des bananiers et des bambous, afin de m'abandonner à un sommeil en souffrance, puisque le jour pointe déjà et que tout s'éveille, que les hommes vont sans doute bientôt se lever et partir pour retourner sous le cagnard les grappes de coquillages et les passer au peigne fin en quête d'artefacts et de fossiles, je vais à présent me rendre secrètement dans le village

* *Kung-kwa* : abri typique des îles Liu-Kiu.

de pêcheurs, dans la baie, tant je suis pressée de rejoindre la mer de Corail. Ah, Ine-san, vous vous le dites probablement, il sera facile de convaincre les pêcheurs locaux, sans aucun mot et en quelques gestes, d'embarquer sur leur canot une jeune femme venue de l'autre bout du monde. On se disputera même l'honneur de me faire monter dans une pirogue. Et comme la mer sera calme, comme le soleil montera tout juste au-dessus de l'horizon, me balançant sur l'un de ces canots *sabani* qui, fabriqués dans le tronc excavé d'un cèdre ou d'un pin, hissent sur leurs mâts de bambou une voile blanche et simple et plus loin, glissant sur la lagune que les indigènes considèrent comme sacrée et qui est lardée de coraux, de poissons aux couleurs vives, d'algues et de toutes sortes de mollusques, puis sortant sur la mer aux reflets turquoise, tandis que les pêcheurs se prépareront à entamer leur travail avec leurs filets, leurs nasses, leurs harpons et leurs tridents, je pourrai peut-être voir au loin une dizaine d'insulaires chichement vêtus plonger dans les flots depuis leurs barques, ressortir un moment de l'eau pour reprendre leur souffle et s'enfoncer bientôt de nouveau dans les profondeurs afin de pousser par la ruse des bancs de poissons entiers vers un filet tendu entre deux canots. Et comme nous glisserons, un peu en marge et solitaires, vers l'horizon, la voile à peine enflée par le vent, je remarquerai un ressac, juste à côté du canot ; et avec un bruit gigantesque, dans un flot d'écume, à quelques pas de nous seulement, le dos d'une gigantesque baleine à bosse s'élèvera doucement au-dessus des ondes. La voyez-vous donc, Ine-san ? Cette créature gigantesque qui, comme nous, accouche et allaite, qui chante comme nous et joue et fait de longues migrations, elle soufflera un jet d'eau qui retombera sur nous en crachin. Elle se tournera tantôt sur le dos, tantôt sur le ventre, pour jouer, très précautionneusement afin que les vagues ne nous mettent pas en danger, et se collera pour finir tout près du canot afin que ma main puisse se tendre vers elle et caresser la peau épaisse de cette créature sensible, après quoi, à quatre, cinq ou six longueurs de canot de distance, sa nageoire tremblera voluptueusement. Et une fois cette amitié nouée, je quitterai le canot pour monter sur le dos de la baleine, je serrerai fermement son aileron dorsal, je ferai comme ces diatomées dorées qui s'attachent à sa peau et, ainsi tendrement liée à elle, je finirai par plonger dans la profondeur, vers le continent disparu, Lemuria, le palais du fond de la mer que la nature ne cesse de reconstruire.

Ah, Ine-san, pardonnez-moi, voilà que je dors tout éveillée et pourtant je ne puis arrêter d'écrire. C'est tout de même étrange. Des années durant j'ai écrit pour moi seule et jamais *à* quelqu'un, craignant sans doute de me perdre si je le faisais. Avec vous, c'est différent. Je suis épuisée et heureuse.

Rêvez bien, toute à vous, votre

PAULETTE

À KUSUMOTO INE

Nagasaki, le 15 septembre 1874

Amie de mon cœur ! J'ai tout de même à présent une certitude, et il n'y a plus de doute sur l'origine du vertige qui affecte mon corps. Dans un accès de faiblesse, je suis tombée d'un petit rocher. Il m'aura sans doute fallu cette extrême terreur et une *onarigami** pour voir l'évidence que je tentais de refouler de toutes mes forces : que je porte un enfant dans mon ventre. Il est de Monsieur Ōtomo, cela ne fait aucun doute. Sa croissance doit déjà être avancée, bien qu'on ne puisse pratiquement pas le remarquer de l'extérieur. Il ne me reste qu'à revenir en Europe. Sans délai. Mon enfant doit vivre en liberté. Autant que faire se peut. Je suis dans la solitude, d'autant plus que je sais désormais que je suis deux. Car je porte en moi *le souvenir d'une époque distante* et je ne parviens pas à en éprouver du bonheur. En cela aussi, désormais, nous sommes sœurs**. Et je veux vous prendre pour modèle, Ine-san, vous et votre cœur rebelle de renarde, découpler le fruit de la douleur dont il a jailli, effacer la blessure et aimer de toutes mes forces, d'une force surhumaine, cette petite créature qui peut à présent arriver. Mon bateau part demain. Je vous écrirai dès que je serai en Europe.

Mille tendresses, votre
PAULETTE

* *Onarigami* : prêtresse de clan, guérisseuse spirituelle sur les îles Liu-Kiu.
** La naissance de la fille de Kusumoto Ine fut sans doute le fruit d'un viol.

(*Aventures d'une baleine**.) En guise d'événement intéressant, peut-être le seul existant dans le fonctionnement des câbles sous-marins, le *Times* publie la nouvelle suivante, transmise par le président de la Société ouest-américaine du Télégraphe, qui permet de comprendre quelles funestes conséquences peut avoir, pour une baleine, une attaque contre un câble de télégraphe sous-marin. Le câble de la société en question a été coupé pendant sept jours et a été réparé par le paquebot qui venait effectuer sur lui des travaux d'amélioration. Le rapport établi par le capitaine de ce navire sur la cause de la perturbation, dont on trouvera un extrait ci-dessous, expose les faits suivants : « Alors que nous avions repêché le câble sur une longueur de vingt et un nœuds et que nous étions encore occupés à récupérer le reste de celui-ci, une monstrueuse baleine qui s'y était emmêlée se dressa à la proue du navire. Elle semblait avoir environ soixante-dix pieds de longueur. Au cours du combat qu'elle mena pour se libérer, le câble s'enfonça profondément dans son flanc, si bien qu'en jaillirent des entrailles et de grands flots de sang. Dans son dernier combat contre la mort, elle coupa le câble contre les bords de la proue, puis l'emporta vers le côté exposé au vent. Le câble, en forme de corde, était détressé sur à peu près deux brasses et semblait si profondément entamé en six emplacements différents qu'il fallut arrêter le trafic. Il ne fait aucun doute que c'est la baleine qui a provoqué cette panne. » À ce rapport, l'agent de la société stationné en Amérique ajoute les mots suivants : « Comme cela a déjà été exprimé dans le rapport du capitaine Morton, la cause de cette panne était une monstrueuse baleine qui s'était emmêlée dans les boucles du câble et y avait été retenue prisonnière sept jours durant. La panne fut certes très regrettable, mais apporte tout de même la satisfaction d'apprendre que le câble n'a pas cédé et qu'à l'emplacement où il a été repêché son enveloppe et son centre ont été retrouvés dans un état de presque aussi grande perfection et dans un aussi bon aspect que le jour où il a été posé. »

* À la lettre du 15 septembre était joint, sans commentaire, cet article de presse grossièrement arraché à une page de journal. Il avait paru dans *Le Temps* du 3 septembre 1874, que Paulette Blanchard avait sans doute acheté à Nagasaki.

Source des illustrations

P. 15 Claude Augé et Paul Augé (éd.), *Nouveau Petit Larousse illustré*, Paris, 1924.
P. 17 John Henry, Wright, *A History of All Nations*, Philadelphie et New York, 1905.
P. 21 Gaston Tissandier, *La Nature. Revue des sciences et de leurs applications aux arts et à l'industrie*, Paris, 1878.
P. 22 Ernest Leoty, *Le Corset à travers les âges*, Paris, 1893.
P. 24 Pierre Mouchon, *Table analytique et raisonnée des matières contenues dans les XXXIII volumes in-folio du Dictionnaire des sciences, des arts et des métiers, et dans son supplément*, Paris, 1780.
P. 28 Archives de Pearson Scott Foresman.
P. 31 Albert Lavignac, *Music and Musicians*, New York, 1906.
P. 33 Orson Desaix Munn *et al.*, *Scientific American*, New York, 26 avril 1890.
P. 35 John Gilmary Shea, *The Story of a Great Nation*, New York, 1886.
P. 43 Paul Richer, *Études cliniques sur l'hystéro-épilepsie ou grande hystérie*, Paris, 1881.
P. 45 Michel-Charles Fichot, *Prolongation de la rue Drouot – Magasins de nouveautés du Carrefour-Drouot*, Paris, 1861.
P. 47 Louis A. Godey et Sarah J. Hale, *Godey's Lady's Book and Magazine*, Philadelphie, 1858.
P. 49 Avery Elroy M., *School Physics*, New York, 1895.
P. 51 Orson Desaix Munn *et al.*, *Scientific American*, New York, 1870 (March 5) et Alfred E. Beach, *The Pneumatic Dispatch*, New York, 1868.
P. 52 Galdrau, Jules, *Travaux nocturnes des constructions de la rue de Rivoli, éclairés par la lumière électrique*, Paris, 1854.
P. 54 Guillaume-Benjamin Duchenne, *De l'électrisation localisée et de son application à la physiologie, à la pathologie et à la thérapeutique*, Paris, 1872.
P. 55 Charles Darwin, *The Expression of the Emotions in Man and Animals*, Londres, 1872.
P. 62 Robert M. Vogel, *Elevator Systems of the Eiffel Tower 1889*, Washington, D. C., 1961.
P. 63 Amadeo Guillemin, *El mundo fisico : Gravedad, gravitacion, luz, calor, electricidad, magentismo*, etc., Barcelone, 1883.
P. 69 United States Government Printing Office, *The French Mitrailleuse : Full and Complete Description of its Construction, Service etc.*, Washington, D. C., 1873.
P. 71 Albert Ellery Berg, *The Universal Self-Instructor*, New York, 1883.
P. 74 Jules Rouquette, *Histoire de la Commune révolutionnaire*, Paris, 1871.
P. 76 Jean-Jacques Dubochet et al., *L'Illustration, journal universel*, Paris, avril 1862.
P. 91 Claude Augé et Paul Augé (éd.), *Nouveau Petit Larousse illustré*, Paris, 1924.
P. 92 Frank Moore Colby, *Outlines of General History*, New York, 1899.
P. 94 Heinrich Bünting, *Europa Prima Pars Terrae in Forma Virginis*, Hanovre, 1582.
P. 99 Eugène Delacroix, *La Liberté guidant le peuple*, Paris, 1830.
P. 100 Carol Belanger Grafton, *Victorian Goods and Merchandise*, New York, 1997.
P. 104 Représentation historique de Pierre-Joseph Proudhon (Wikimedia Commons).
P. 105 Guillaume Joseph Gabriel de La Landelle, *Aviation ou Navigation aérienne sans ballon*, Paris, 1863.
P. 111 Jean-Jacques Dubochet et *al.*, *L'Illustration, journal universel*, Paris, mars 1871.
P. 113 Gravure sur bois, Paris, 1871.
P. 117 Thos. W. Herringshaw, *The Biographical Review of Prominent Men and Women of the Day*, Chicago, 1889.
P. 124 Jules Rouquette, *Histoire de la Commune révolutionnaire*, Paris, 1871.
P. 126 Frank Moore Colby, *Outlines of General History*, New York, 1899.
P. 136 James Henry Breasted, et James Harvey Robinson, *History of Europe, ancient and medieval*, Boston, New York, Chicago, Londres, Atlanta, Dallas, Columbus et San Francisco, 1920.
P. 142 John George Wood, *The Boy's Own Book of Natural History*, New York, 1861.
P. 144 Jean-Jacques Dubochet *et al.*, *L'Illustration, journal universel*, Paris, juin 1871.
P. 148 Carol Belanger Grafton, *Victorian Goods and Merchandise*, New York, 1997.
P. 158 Hugh Chisholm *et al.*, *Encyclopædia Britannica* (11e éd., vol. 7), New York, 1910.
P. 163 Moritz Bermann, *Alt- und Neu-Vienne. Geschichte der Kaiserstadt und ihrer Umgebungen*, Vienne, Pest et Leipzig, 1880.
P. 166 Friedrich Wilhelm Hackländer et Eduard Hallberger (éd.), *Ueber Land und Meer. Allgemeine Illustrirte Zeitung*, Stuttgart, 1873.
P. 169 *Die Rotunde des Weltausstellungs-Gebäudes*, Berlin, Sammlung Archiv für Kunst und Geschichte, 1873.
P. 175 Edward L. Youmans, *The Popular Science Monthly*, New York, mai à octobre 1873.
P. 178 Claude Augé et Paul Augé (éd.), *Nouveau Petit Larousse illustré*, Paris, 1924.

P. 183 Johann Jacob Weber (éd.), *Illustrierte Zeitung*, Leipzig, Berlin, Vienne, Budapest et New York, 1873.
P. 188 Maria Sibylla Merian, *Erucarum Ortus Alimentum et Paradoxa Metamorphosis*, Amsterdam, 1718.
P. 191 Ernst Keil (éd.), *Die Gartenlaube. Illustrirtes Familienblatt*, Leipzig, 1875.
P. 199 Friedrich Wilhelm Hackländer et Eduard Hallberger (éd.), *Ueber Land und Meer. Allgemeine Illustrirte Zeitung*, Stuttgart, 1873.
P. 203 Gaston Tissandier, *La Nature. Revue des sciences et de leurs applications aux arts et à l'industrie*, Paris, 1878.
P. 208 Thomas Salmon, *Hedendaagsche historie of tegenwoordige staat van alle volkeren*, Amsterdam, 1729.
P. 213 Gaston Tissandier, *La Nature. Revue des sciences et de leurs applications aux arts et à l'industrie*, Paris, 1878.
P. 217 James Hunter, *Young People's History of the World*, Philadelphie, 1897.
P. 219 Carl Birnbaum *et al.* (éd.), *Das neue Buch der Erfindungen, Gewerbe und Industrien*, Leipzig et Berlin, 1872-1875.
P. 220 Agostino Ramelli, *Le diverse et artificiose machine del Capitano Agostino Ramelli*, 1588.
P. 223 Friedrich Wilhelm Hackländer et Eduard Hallberger (éd.), *Ueber Land und Meer. Allgemeine Illustrirte Zeitung*, Stuttgart. 1873.
P. 225 Camille Flammarion, *Le Monde avant la création de l'homme*, Paris, 1886.
P. 232 *Compagnie des Messageries maritimes. Carte des itinéraires des lignes au-delà de Suez*, Paris, 1889.
P. 242 *Inosima, And Mount Fusiyama, From A Japanese Sketch*, gravure sur bois, 1871.
P. 243 John Russell Young, *Around the World with General Grant*, New York, 1879.
P. 244 James Hingston, *The Australian Abroad Branches from the Main Routes Round the World*, Londres, 1879.
P. 248 Wilhelm Heine, *Public Bath at Simoda*, 1854.
P. 251 Terry Bennett, *Japan and the Illustrated London News. Complete Record of Reported Events 1853-1899*, Folkestone, 2006.
P. 254 James Hingston, *The Australian abroad. Branches from the main routes round the world*, Londres, 1879.
P. 256 William Dwight Whitney, *The Century Dictionary. An Encyclopedic Lexicon of the English Language*, New York, 1911.
P. 257 Terry Bennett, *Japan and the Illustrated London News. Complete Record of Reported Events 1853-1899*, Folkestone, 2006.
P. 259 Terry Bennett, *Japan and the Illustrated London News. Complete Record of Reported Events 1853-1899*, Folkestone, 2006.
P. 262 Impression historique, Japon, 1854.
P. 276 Aimé Humbert *et al.*, *Japan and the Japanese illustrated*, Londres, 1874.
P. 278 Aimé Humbert *et al.*, *Japan and the Japanese illustrated*, Londres, 1874.
P. 280 Terry Bennett, *Japan and The Graphic. Complete Record of Reported Events 1870-1899*, Folkestone, 2011.
P. 283 *Shoes Worn By Japanese*, gravure sur bois, 1857.
P. 287 Aimé Humbert *et al.*, *Japan and the Japanese illustrated*, Londres, 1874.
P. 292 *Kusumoto Ine (1827-1903)*, photographe, lieu et date inconnus.

Autres références *via* les archives du Suhrkamp Verlag.

COMPOSITION : NORD COMPO À VILLENEUVE-D'ASCQ
IMPRIMÉ EN FRANCE SUR LES PRESSES
DE NORMANDIE ROTO IMPRESSION S.A.S. À LONRAI (2101552)
EN JUILLET 2021